U0074525

金庸武俠史記〈笑傲編〉
三版變遷全紀錄
心一堂　金庸學研究叢書　金庸版本的奇妙世界系列
Sunyata

書名：金庸武俠史記〈笑傲編〉三版變遷全紀錄
系列：心一堂　金庸學研究叢書　金庸版本的奇妙世界
作者：王怡仁
執行編輯：潘國森　陳劍聰
封面設計：陳劍聰

出版：心一堂有限公司
通訊地址：香港九龍旺角彌敦道610號荷李活商業中心十八樓05-06室
深港讀者服務中心：中國深圳市羅湖區立新路六號羅湖商業大厦負一層008室
電話號碼：(852) 67150840
網址：publish.sunyata.cc
電郵：sunyatabook@gmail.com
網店：http：//book.sunyata.cc
淘宝店地址：https：//shop210782774.taobao.com
微店地址：https：//weidian.com/s/1212826297
臉書：　https：//www.facebook.com/sunyatabook
讀者論壇：http：//bbs.sunyata.cc

香港發行：香港聯合書刊物流有限公司
香港新界大埔汀麗路36號中華商務印刷大廈3樓
電話號碼：(852)2150-2100　傳真號碼：(852)2407-3062
電郵：info@suplogistics.com.hk

台灣發行：秀威資訊科技股份有限公司
地址：台灣台北市內湖區瑞光路七十六巷六十五號一樓
電話號碼：+886-2-2796-3638　傳真號碼：+886-2-2796-1377
網絡書店：www.bodbooks.com.tw
台灣國家書店讀者服務中心：
地址：台灣台北市中山區松江路二〇九號1樓
電話號碼：+886-2-2518-0207
傳真號碼：+886-2-2518-0778
網址：www.govbooks.com.tw

中國大陸發行 零售：深圳心一堂文化傳播有限公司
地址：深圳市羅湖區立新路六號羅湖商業大厦負一層008室
電話號碼：(86)0755-82224934

版次：二零一九年一月初版

平裝

定價：港幣　一百九十八元正
　　　新台幣　七百九十八元正

國際書號　978-988-8582-20-4

心一堂微店二維碼

心一堂淘寶店二維碼

大俠們的江湖故事，從此塵埃落定

二〇〇六年新修版《鹿鼎記》上市後，金庸的第二次大改版全數竣工。金庸筆下俠士俠女的江湖故事，看似已拍板定案、塵埃落定，然而，在後來的報社採訪中，記者又報導：「《鹿鼎記》中七女共事一夫的結局，金庸覺得不符合人性，認為『不夠愛』韋小寶的阿珂、方怡、蘇荃，甚至是打打罵罵的建寧公主，都應該『跑了才對』。不過金庸搖搖頭說，『改下去沒完沒了』，現在他一心專注於歷史研究之中，『暫時』放她們一馬吧！」

這段話就像是伏筆，讓研究金庸版本的我充滿期待，總覺得金庸在有生之年，必然還有第三次大改版，而且第三次大改版一定會讓韋小寶的感情世界有翻天覆地的更動。

但就在二〇一八年十月三十日晚上，我得知了金庸溘然仙逝的消息。霎時之間，我的內心澎湃無已，既感傷大師離世而去，同時也確信，金庸筆下的江湖，已然塵埃落定，不會再有更新的版本了。

那天晚上，我撫觸著書架上一整套的金庸小說，心中百感交集。我總覺得，我這一代人幾乎都是在金庸的陪伴下長大的，以我而言，不論是學生時代暗無天地的升學考試歲月，或踏入職場後的許多枯索煩悶的時光，每當我打開金庸小說時，郭靖、黃蓉、楊過、小龍女、張無忌、趙敏……就會馬上陪在我身邊，我也會一頭栽進詭奇精彩的金庸武俠世界，忘卻一切煩憂。

一直到現在，每每在出差前，想到交通與旅館中的寂寞時光，想要帶一本書來消遣，即使已經閱讀過無數次，熟悉書中每個細節，我還是會再拿出一本金庸小說，塞進行李箱，成為我旅途中的良伴。

而在我投入金庸版本的研究後，更是對金庸的創作功力讚嘆無已。金庸小說歷經兩次大改版，有三種版本，小說中有多段情節，在三種版本中，各有不同的風貌。原本我還期待，在新修版出版後，意猶未盡的金庸，還會有第三次大改版，因為我相信金庸腦袋中的創意，絕對不會在新修版中悉數呈現，因此他或許還在醞釀下一次的改版修訂。然而，隨著金庸的仙去，我輩讀者們再也無福知道，金庸是否還有更多未展露的創意，也無緣再欣賞大師尚未道出的精彩。

大師仙去，身為讀者的我們，除了感傷，更有無限的感恩。雖說哲人已遠，大師仙逝，但金庸筆下的江湖仍將永遠存在，在江湖中也依然有著金庸的身影。我相信金庸已然成為永恆，我們緬懷大師，也將繼續沉醉於金庸的武俠世界中！

王怡仁

二零一八年十月三十一日

武史出版社舊版（一版）《笑傲江湖》第五冊封面，並無得金庸正式授權，《笑傲江湖》在報上連載時並無作者授權的合訂本。

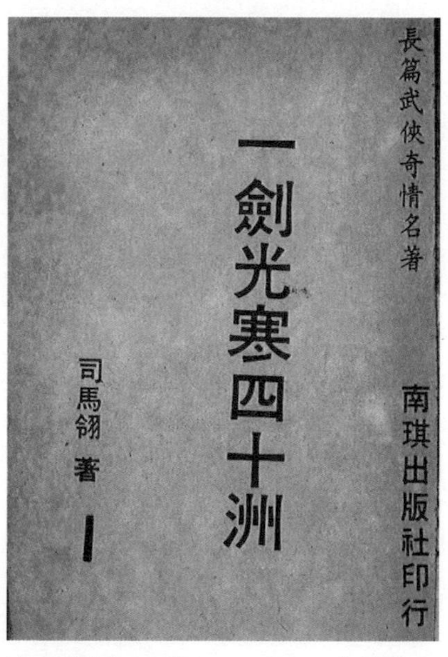

台灣南琪出版社36開本盜版（一版）《笑傲江湖》，該版將全書分拆成上部《一劍光寒四十洲》（書名可能模仿諸葛青雲《一劍光寒十四州》）及下部《獨孤九劍》，作者署名司馬翎。

令狐冲只有苦笑，說道：「藍教主和晚輩只是在黃河舟中見過一次，蒙她以五仙藥酒相贈，此外……此外可更無其他瓜葛。」平一指厲聲道：「更無其他瓜葛，然則雲南點蒼派柳葉劍江飛虹，又爲什麽伏劍自殺？」令狐冲吃了一驚，道：「江飛虹江前輩，聽說他劍法輕盈靈動，是點蒼派中近年來傑出的好手，却何以伏劍自殺，那…那…」平一指道：「是你害死他的！」令狐冲更是吃了一驚，道：「晚輩和這位江前輩素不相識……如何……」平一指道：「是我親眼所見，難道還有假的？這個江飛虹，乃是受我所邀請的七大高手之一，本來是要救你來的。爲什麽七大高手只到了六個？難道我平一指請人帮忙，人家會不賣我面子，不肯前來？豈有此理！只因爲江飛虹死了，才少了一個，知不知道？你…你…你恩將仇報，我偏偏在殫精竭慮，要救你性命，真是他媽的老胡塗了。」

令狐冲見他鬚髮俱張，神情極是激動，只有默然不語。平一指隔了半晌，說道：「這件事本來也怪你不得，都是藍鳳凰這妖女不好。江飛虹老弟劍法內功都是武林中第一流的，人才旣生得俊，又是我殺人名醫平一指的朋友，他看中了藍鳳凰，單相思了十年，要娶她爲妻，那有什麽配不上她了？不料藍鳳凰這妖女一口拒絕，說道她是五仙教教主，决計不嫁人的。不嫁人那也罷了，却爲什麽又當衆叫你『大哥』？她雲南苗女，這『大哥』二字，是只叫情人的。旁人不知道，江飛虹是雲南人，怎會不知？他一聽到五毒教中的人傳了出來，說他們教主叫你『大哥』，氣憤之下，在道上便伏劍抹了頸子。唉，令狐公子，你心中旣然有了意中人，怎麽又去和藍鳳凰勾勾搭搭？給你心中那個人知道了，豈不是又另生事

武史出版社舊版（一版）《笑傲江湖》點蒼派江飛虹因藍鳳凰叫令狐沖為大哥而自刎的原文。

笑傲江湖　　八九四

祖千秋道：「聖姑雖是黑木崖的三大弟子之一，武功高強，道術通玄，畢竟是個年輕姑娘。世上的年輕姑娘初次喜歡了一個男人，縱然心中愛煞，臉皮子總是薄的。咱們這次拍馬屁拍在馬腿上，雖是一番好意，還是惹得聖姑發惱，只怪大夥兒都是粗魯男人，不懂得女孩兒家的心事。五霸岡羣豪聚會，拍馬屁聖姑生氣。這一回書傳了出去，可笑壞了名門正派中那些狗崽子們。」

老頭子朗聲道：「聖姑於大夥兒有恩，衆兄弟感恩報德，盼能治好了她心上人的傷，大丈夫恩怨分明，有恩報恩，有仇報仇，有甚麽錯了？那一個狗崽子敢笑咱們，老子抽他的筋，剝他的皮。」令狐冲這時方才明白，一路上羣豪如此奉承自己，都是爲了這個名字叫作盈盈的聖姑，而羣豪突然在五霸岡上一鬨而散，也爲了聖姑不願旁人猜知自己的心事，在江湖上大肆張揚其事，因而生氣。他轉念又想：聖姑以一個年輕姑娘，能令這許多英雄豪傑來討好自己，自是一位驚天動地的人物，而自己和她相識，只不過在洛陽小巷中的隔簾傳琴，說不上有半點情愫，是不是有人誤會其意，傳言出去，以致讓聖姑大大的生氣呢？

只聽祖千秋道：「老頭子的話不錯，聖姑於咱們有大恩，只要能成就這段姻緣，令她一生快樂，大家就是粉身碎骨，也是死而無悔，在五霸岡上碰一鼻子灰，那算得什麽？只是……只是令狐公子乃華山派的首徒，和黑木崖勢不兩立，要結成這段美滿姻緣，恐怕這中間阻難重重。」計無施道：「我倒有一計在此。咱們何不將華山派的掌門人岳不羣抓了來，以死相脅，命他主持這樁婚姻。」

武史出版社舊版（一版）《笑傲江湖》聖姑盈盈是黑木崖三大弟子之一的原文。

笑傲江湖　　一〇九四

是想他不通。本來嘛，他對你心中頗有所忌，怕我說不定將教主之位傳了給你。但你既然不辭而別，已去了他眼中之釘，儘管慢慢的等下去好了。」向問天道：「就是東方不敗發難那一年，端午節晚上大宴，小姐在席上說過的一句話，教主還記得麼？」任我行搔了搔頭，道：「端午節？小令令小孩子家，說過什麼話啊？那有什麼干係？我可全不記得了。」

向問天道：「教主別說小姐是小孩子，可是她聰明伶俐，心思之巧，實不輸於大人，那一年小姐是八歲吧？她在席上點點人數，忽然問你：『爹爹，怎麼咱們每年端午節喝酒，一年總是少一個人？』你怔了怔說道：『什麼一年少一個人？』小姐說道：『我記得去年有十個人，前年有十一個，大前年有十二個。再往前我可不知道了。今年；一、二、四、五……咱們只賸下了九個人。』」任我行嘆了口氣，道：「是啊，當時我聽了小令令這句話，心下很是不快。早一年東方不敗處決了郝賢弟，再早一年丘長老不明不白的死在甘肅，此刻想來，自也是東方不敗暗中所安排的毒計了。再先一年，文長老被革出教，受華山派、恆山派、衡山派三派高手圍攻而死，此事起禍，自也是在東方不敗身上。唉，小令令小孩子家，無意中吐露真言，當時我猶如身在夢中，竟自不悟。」

他頓了一頓，喝了口酒，又道：「不瞞你說，向兄弟，其時我修習吸星大法雖然已在十年以上，在江湖上這神功大法也是大有聲名，正教中人，聞者無不喪胆，可是我自已却知這神功大法之中，有幾個重大的缺陷，初時不覺，其後禍患便會顯露出來。這幾年中我已然深明其患，知道若不及早補救，終有

武史出版社舊版（一版）《笑傲江湖》任我行稱呼女名為「小令令」的原文。

令狐世兄，你不但不是無行浪子，實是一位守禮君子。對着滿船如花似玉的姑娘，你竟絕不動心，不僅是一晚不動心，而且是數十晚始終如一。如你這般男子漢、大丈夫，當真是古今罕有，我莫大好生佩服。」大拇指一翹，右手提拳，在桌上重重一擊，說道：「來來來，我莫大敬你一杯。」說着便提起酒壺斟酒。

令狐冲道：「莫師伯之言，倒教小侄好生惶恐。小侄卻也不是不動心，只是覺得不該動心。不瞞莫師伯說，有時煩惱起來，到岸上妓院中去叫幾個粉頭陪酒唱曲，倒是有的。但恆山派同道的師妹，卻如何可以得罪？」莫大先生呵呵笑道：「光明磊落，這才是男兒漢的本色。我莫大若是年輕二十歲，教我晚晚陪着這許多姑娘，要像你這般守身如玉，那就辦不到，難得啊難得！來，乾了！」兩人舉碗一飲而盡，相對大笑。

令狐冲見莫大先生形貌落拓，衣飾寒酸，那裏像是一位威震江湖的一派掌門？但有時眼光一掃，立時便顯出英發勃勃的模樣，只是這等精悍之色一露即隱，又成為一個久困風塵的潦倒漢子，心想：「恆山掌門定閒師太慈祥平和，泰山掌門天門道長威嚴厚重，嵩山掌門左冷禪談笑風生，我恩師是位彬彬君子，這位莫師伯外表猥瑣平庸，似是個市井小人。但五嶽劍派的五位掌門人其實都是十分深沉之人，我令狐冲草包一個，可和他們差得遠了。」

莫大先生說道：「我在湖南早便聽到你和恆山派的尼姑混在一起，甚是詫異，心想定閒師太是何等

武史出版社舊版（一版）《笑傲江湖》令狐冲自稱會到妓院尋粉頭陪酒唱曲的原文。

緩緩說道：「這部『葵花寶典』，武林中向來都說，是一雙夫妻所合著。至於這一對前輩高人姓甚名誰，已是無可查考，有人說，男的名字中有一『葵』字，女的名字中有一『花』字，所以合稱『葵花寶典』，但這多半也只是猜測之詞。大家只知道，這對夫妻初時恩愛甚篤，後來却因故反目。這對夫妻撰作『葵花寶典』之時，年方壯盛，武功如日中天，反目之後，從此避不見面，而一部武功祕笈，也就分爲兩部，歷來將那男子所著的秘笈稱爲乾經，女子所著的稱坤經。」

令狐冲道：「原來『葵花寶典』分爲乾坤二部，晚輩今日是首次得聞。」方證道：「經分乾坤，那也只是武林中某一些人的說法，也有人稱之爲『天書、地書』、『陽錄、陰錄』的，總之原書上並無標籤，任由後人隨意稱呼了。二百餘年來，事情也十分湊巧，始終並無一人同時讀通了乾坤二經，將寶典中的武功融會貫通，若說沒有機緣，却也不然。百餘年前，乾坤二經都曾歸福建莆田少林寺下院所有，其時莆田少林寺方丈紅葉禪師，乃是一位大智大慧的了不起人物，依照他老人家的武功悟性，該當通解乾坤二經才是，但據他老人家的弟子說道，紅葉禪師並未通解全書。」

令狐冲道：「看來這部寶典內部深奧無比，即是紅葉禪師這樣的聰明智慧之士，也難以全部領悟。」方證大師點頭道：「是啊。老衲和冲虛道兄都無這等緣法，無福見到寶典，否則雖不敢說修習寶典的功夫，看上一看，知道其中所載到底是些什麽高深莫測的秘訣，也是好的。」冲虛微微一笑道：「大師却動塵心了。咱們學武之人，不見到寶典則已，若是見到，定然會廢寢忘食的研習參悟，結果不但誤了

第七三回　密商大計　　一四五一

武史出版社舊版（一版）《笑傲江湖《葵花寶典》原創自一對夫妻的原文。》

「他道：『你這人倒是乾脆。你是我女兒的徒弟，倘然我斷了你手脚，我女兒的徒弟武功太差，她臉上也沒光采。怎生教你以後做不得採花大盜才好，有了！』他突然將我點倒，將我那枝袖箭刺入了我那話兒之中，又將袖箭打了個圈兒，哈哈大笑，說道：『你這採花淫賊，從今以後，你可做不得那採花勾當了吧？』」令狐冲又是好笑，又是驚駭，道：「有這等事？這大和尙可真是異想天開。」

田伯光苦笑道：「豈不是異想天開？當時我痛得死去活來，險險暈了過去。我罵他：『死賊禿，你要殺便殺，爲何用這惡毒法兒折磨你老子？』他笑道：『還有什麼惡毒？給你害死的無辜女子，已有多少？我跟你說，以後我見到你，便要查察，若是這袖箭脫了出來，我給你另插兩枝，下次見到倘若又是給你除了，那便插上三枝。除一次，加一枝』。」令狐冲捧腹大笑。田伯光頗有愧色。令狐冲道：「田兄莫怪，小弟並無譏笑之意，只是此事太過匪夷所思。」田伯光道：「誰說不是呢。他給我敷上金創藥，命我在客店中將養。後來他得知我師父記掛着你，於是便命我到華山來邀你和她相見。」

令狐冲這才恍然，原來田伯光當日到華山來邀自己下山，乃是出於不戒大師之意，其時他受不戒之制，滿腹是難言之隱，甚麼都無法明說，那裏料想得到這中間竟有這許多過節。他又想：「儀琳小師妹想要見我，那是爲了甚麼？當日在衡山附近，我和她共歷患難，此後見面，都是和旁人在一起。她對我感恩，那是可想而知的了，但除此之外，是否尙有別情？」

令狐冲又不是傻子，儀琳對他情深一往，他如何不知？只是一來儀琳是出家人，二來年紀幼小，料

第七七回　不可不戒　　一五三五

武史出版社舊版（一版）《笑傲江湖》不戒大師以袖箭插入田伯光「那話兒」的原文。

，全是爲了令狐大哥。她們盼我練好劍術，殺了岳不羣，那時做恆山派掌門，誰也沒有異議了。她這樣解釋，我才相信了。不過這恆山派的掌門，我怎麼做得來？我的劍法再練十年，也及不上儀和、儀清師姊她們，要殺岳不羣，那是更加辦不到了。我本來心中已亂，想到這件事，心下更加亂了。啞婆婆，你瞧我怎麼辦才是？」令狐冲這才恍然：「她們所以如此日以繼夜的督率儀琳練劍，原來是盼將來繼我之位，接任恆山派掌門，實是用心良苦，可也是對我的一番厚意。」

儀琳幽幽的道：「啞婆婆，我常常跟你說，我日裏想着令狐大哥，夜裏想着令狐大哥，做夢的時候，也總是做着他。我想到他爲了救我，全不顧自己性命；想到他受傷之後，我抱了他奔逃；想到他跟我說笑，要我說故事給他聽；更常常想到在衡山縣那個什麼翠玉院中，我……我……跟他睡在一張床上，蓋了同一條被子。啞婆婆，我明知你聽不見，所以跟你說這些話也不害羞。我若是不說，整天憋在心裏，可真要發瘋了。我跟你說一會話，輕輕叫着令狐大哥的名字，心裏就有幾天舒服。」她頓了一頓，輕輕叫道：「令狐大哥，令狐大哥。」

這兩聲叫喚情致纏綿，當真是蘊藏刻骨相思之意，令狐冲聽在耳裏，不由得身子一震。他知道這位小師妹對自己極好，却想不到她小小心靈中包藏着的深情，竟是如此驚心動魄，心道：「我若不是已有盈盈，萬萬不能相負，真要便娶了這個小師妹，她待我這等情意殷殷，令狐冲今生如何報答得來？」

儀琳輕輕嘆息，說道：「啞婆婆，爹爹不明白我，儀和、儀清師姊她們也不明白我。我想念令狐大

第八九回　陰謀已敗　　一七八一

武史出版社舊版（一版）《笑傲江湖》令狐冲心想自願娶儀琳為妻的原文。

目錄

迷人又好玩的金庸版本學（總序一）

打從中學時開始閱讀金庸小說，我就聽聞金庸小說還有修訂前的「舊版」，也非常渴望親睹「舊版」的廬山真面目，卻始終無緣得見。

就在二〇〇一年時，有位武俠小說藏書名家慨讓給我《射鵰》、《神鵰》、《倚天》與《天龍》等幾部一版金庸小說，從此激發出我蒐羅一版金庸小說的決心。在那一年中，只要有時間，我就走訪台灣的舊書肆與租書店，或是逛網路拍賣，慢慢地收集了近乎一整套的一版金庸小說。

二〇〇二年間，我在台灣金庸茶館發表了「台灣金庸小說版本考」一文，完整呈現台灣各式各樣一版金庸小說的版式與封面圖案，這也是我的第一篇金庸版本研究文章。

不過，比起版式與封面圖案，我更希望與金庸讀者們分享的，是不同版本的金庸小說，究竟有哪些差異，於是，在二〇〇六年遠流出版社出齊新三版金庸小說後，我一口氣將三種版本金庸小說讀完，並於二〇〇七年發表了「大俠的新袍舊衫——試論金庸小說的改版技巧」一文，粗略討論金庸小說三種版本的差異，此文獲得了金迷們的廣大迴響。

發表「大俠的新袍舊衫」一文後，我仍感覺意猶未盡，因為金庸改版的精彩之處實在太多，這篇文章實在無法包羅所有改版的妙趣，於是，從二〇〇七年八月起，我在遠流出版社官網「遠流博識網」架設了「金庸版本的奇妙世界」部落格。在這個部落格中，我以逐回逐字比對的方式，與金迷朋友們分享金庸小說的版本差異，並分析金庸的改版技巧。

這個部落格從二〇〇七年八月開張，直到二〇一〇年八月，我陸續完成了《射鵰》、《神鵰》、《倚天》、《天龍》、《笑傲》與《鹿鼎》六部金庸長篇小說的版本回較，部落格格友們始終熱情支持。二〇一〇年八月完成《鹿鼎》版本比較後，我就鮮少貼文，但一直到多年後的今天，這個部落格每天仍都有數百點閱率，可知喜好金庸版本學的同好著實不少。

二〇一三年在潘國森老師鼓勵下，我將「金庸版本的奇妙世界」的《射鵰》、《神鵰》版本回較文章整理後付梓，出版了《彩筆金庸改射鵰》、《金庸妙手改神鵰》兩書。出版後讀者的反應極好，但而後因瑣事繁忙，另幾部金庸小說的版本回較並未出版。

一眨眼過了四年，在二〇一七年時，潘老師向我提起出齊六部小說版本回較的計劃。幾經思慮後，我決定將部落格文章再一次細心整理修改，成為好看的金庸版本專著，於是，經過一段時日的重新整編、校定、改寫之後，《射鵰》、《神鵰》、《倚天》、《天龍》、《笑傲》與《鹿鼎》六部金庸長篇小說版本回較的「書本版」陸續完成，並將逐部出版，系列定名《金庸武俠史記──三版變遷全紀錄》。

我相信這套書一定會是好看又好讀的「金庸版本學」著作，也相信經過我的穿針引線，讀者們都將全面認識不同版本的金庸小說，也能品味金庸改版時所用的技巧，並體會金庸修訂著作時的用心。

於我而言，閱讀金庸小說真的是很快樂的事，然而，比之閱讀金庸小說，更深的快樂是投入金庸版本的比較，因此，即使這些版本回較文章已經完成，我依然喜歡一再品味同一段故事，不同版本的不同說法。徜徉在版本變革的妙趣中，常常讓我對金庸的巧思會心一笑。

經由改版修改作品的作家很多，但像金庸這樣，大刀闊斧修訂自己成名數十年經典名著的作家則是絕無僅有。我相信「金庸版本學」一定會成為金庸研究中的一門有趣學問，這門學問不只不枯燥，還迷人又好玩。

經由這套書《金庸武俠史記──三版變遷全紀錄》的出版，希望吸引更多朋友們都來閱讀不同版本的金庸小說，大家一起來「玩」金庸版本學，發現更多金庸改版時的巧思！

王怡仁

喜見金庸學考證派發揚光大（總序二）

金庸小說毫無疑問是二十世紀最偉大的中文小說，金庸也毫無疑問是二十世紀最偉大的中國文學作家，這裡沒有所謂「之一」而是「唯一」、「獨一」。而且二十世紀已經完滿落幕近二十年，這兩個「最偉大」可以作為定論。

金庸武俠小說自上世紀五十年代在香港面世不久已經甚受讀者重視，最早較具規模的論述始自八十年代初的「金學研究」。在此之前，倒不是未出現過有份量的評論文字，但是以數萬字長文刊行的單行本，則始由曾為金庸代筆的作家倪匡開先河。

後來因為金庸本人謙光，認為「金學研究」的提法不好，於是大家就改稱為「金庸小說研究」。這個叫法還是不夠全面，此所以我們決定用涵蓋面更廣的「金庸學研究」，為在二十一世紀重新推廣研究金庸其人及其小說這樣的學術活動給一個新的定義。

文學研究可以分為內部研究和外部研究。

內部研究以作品本身為主，作者本人為輕。在於金庸學當然以武俠小說為主，至於研究金庸寫武俠小說時的同期作品，如政論、劇本、雜文等都可以作為點綴。

外部研究則可以旁及作者的生平，他所處時空的歷史背景和社會面貌，以及他交遊的人物等等。雖然與作品本身未必有實質的因果關係，但是也不失為全面了解金庸武俠小說的助談資料。

金庸兩番增刪潤飾全套武俠小說作品的原意，其實可以概括為貪新厭舊四字。早在七十年代重刊修訂二版之前，金庸就靜悄悄地在香港市面上搜購所有流通在外的初版單行本，然後拿去銷毀。可是事與願違，金庸無法回收香港所有舊版，而海外讀者見到二版的改動之後，更把手上的舊版視如珍寶。

到了二十一世紀新三版面世時，金庸曾經公開聲稱原來風行多時的二版全面作廢！但是許多老讀者對新三版頗有微詞，後來金庸見群情洶湧，便改口說讓二版、三版並行，隨讀者喜好自便。不過，可以預期三版出而後二版不重印，在金庸的心目中，還是以三版為優。按照現時的情況，我們可以肯定不會再有第四版的金庸小說問世了。

著名學者、教育家吳宏一教授總結過去數十年讀者對金庸小說的討論，將眾多研究者粗略分為「點評派」、「詳析派」和「考證派」三大流派①。並分別以倪匡、陳墨和潘國森等人，作為

①「隨着金庸小說研討會在港台、美國以及中國南北各地的陸續召開，讀者的熱情仍然不減，討論的風氣似乎更盛。從早期倪匡的點評，中期陳墨的詳析，到最近潘國森等人的考證，在在顯示出金庸小說的魅力。金庸的武俠小說，真的如世所稱，已成一種中國文化的特殊現象。」見吳宏一，〈金庸印象記〉，《明月》（《明報月刊》附刊），二零一五年一月號，頁42-47。

三派的代表人物。

從字面理解，點評派的特色是見點而隨緣說法。代表人物倪匡打從金庸小說初刊就亦步亦趨，據說他是金庸四大好友之一，並且曾經代筆《天龍八部》連載數萬字。因為倪匡非常接近金庸本人，所以同時是金庸學外部研究的一部活字典。

詳析派則是將一部小說從頭到尾細加分析討論，代表人物陳墨也是截止今天，刊行金庸小說評論專注最多的論者。

至於考證派，可以說是比較貼近傳統中國文史哲研究的舊規矩、老辦法。研究《紅樓夢》的紅學，當中亦有考證一派。因為金庸不願意與紅學爭勝，所以我們今天也沒有金學而只有金庸學。

我們金庸學考證派，較多用上中國文史哲研究的利器——「普查法」。潘國森在上世紀八十年代就是先從查找《金庸作品集》（二版）所有個人能夠看得見的錯誤入手，不過那是一個小讀者希望心愛的小說免除所有可以避免的小瑕疵，而不是打算要拿小說的疏漏去江湖上四處炫耀。

吳教授說「潘國森等人的考證」，這「等人」二字落得真是精確。我們或可以說倪匡的點評派和陳墨的詳析派都要後繼無人。

金庸學考證派，至少還有專注金庸版本學研究的王怡仁大夫和開展金庸商管學（Jingyong

Business Administration, JBA）的歐懷琳等人在二十一世紀之後加入研究的行列。

王大夫既屬考證派，亦帶有詳析派的研究心法。他既用普查法同時地氈式的搜索遍了三版小說；也有跨部排比，即是將不止一部小說串連在一起評論。現在王大夫只願意整理修訂金庸武俠六大部超過百萬字的回較——《金庸武俠史記——三版變遷全紀錄》，即《射鵰英雄傳》（約九萬字）、《神鵰俠侶》（約十七萬字）、《倚天屠龍記》（約二十萬字）、《天龍八部》（約三十三萬字）、《笑傲江湖》（約二十二萬字）和《鹿鼎記》（約四萬餘字）。餘下八部中短篇（《書劍恩仇錄》、《碧血劍》、《雪山飛狐》、《飛狐外傳》、《鴛鴦刀》、《白馬嘯西風》和《俠客行》）和不重要的《越女劍》的回較就不打算再最後定稿和發表了。這樣就為考證派的後來者，留下了可持續發展的空間。其實金庸小說其他領域需要好好考證的地方還多著呢！

這鉅細無遺的六大部三版回較——《金庸武俠史記——三版變遷全紀錄》，等同於其他學術領域入面最扎實的基礎研究，為金庸學更細緻的進階考證準備好最詳盡的三版演變紀錄。筆者認為是今後所有立志於金庸學研究的後來者必備的參考工具書，那怕是學院入面嚴肅的博士論文、碩士論文，還是一般讀者輕輕鬆鬆的看書消閒，都宜以小說原著與王怡仁回較並讀。

願金庸學考證派從此發揚光大！

是為序。

潘國森

序於香港心一堂

二零一九年戊戌歲仲夏

原來練「辟邪劍法」，不必先「自宮」

《笑傲江湖》的男主角令狐冲可說是金庸六部長篇中，命運最坎坷的一位。令狐冲行走江湖時，師父鄙夷他、同道誤會他，連最心愛的小師妹都棄他而去。在金庸書系中，要說命運悲慘，大概就只有《連城訣》的男主角狄雲慘過令狐冲了。

然而，處身逆境中，《笑傲江湖》卻寫出了令狐冲的樂觀與自在。不論環境再苦，令狐冲都能在苦中微笑，再繼續活下去，這也就是讀者們喜歡令狐冲的原因之一。

或許金庸想告訴讀者們的，就是逆境中的樂觀，即是真樂觀，在爾虞我詐的黑暗江湖中，令狐冲依然能笑傲江湖，這也才是真正的「笑傲江湖」。

《笑傲江湖》是金庸後期的作品，整體結構從報紙連載時就非常穩定，因此《笑傲江湖》並不像《倚天屠龍記》或《天龍八部》，在改版過程中，經歷了翻天覆地的大修訂，不過，要說《笑傲江湖》改版幅度「小」，那也只是相對於《倚天屠龍記》或《天龍八部》來說的，若單看《笑傲江湖》一書的三種版本，修訂的程度還是令人乍舌。

《笑傲江湖》的修訂並不只是字詞的修訂，而是有許多讓人驚訝的大翻轉，比如《笑傲江湖》的武功，最讓讀者們津津樂道的，應是《葵花寶典》。《葵花寶典》的修練功法「欲練神功，引刀自宮」，更是膾炙人口的經典名句。

但誰能想像，在一版《笑傲江湖》的原創意中，練《葵花寶典》竟是不須自宮的！一版說《葵花寶典》創自一對夫妻，而《葵花寶典》之所以名為「葵花寶典」，是因為這對夫妻男的名字中有個「葵」字，女的名字中有個「花」字，所以合稱『葵花寶典』。一版的《葵花寶典》還分成乾坤兩部，男的寫的叫「乾經」，女的寫的叫「坤經」。

而既然《葵花寶典》是創自一對夫妻，那自然不須在練功前先自宮，這還真是讓人吃驚。原來二版讀者們琅琅上口的「欲練神功，引刀自宮」，在一版的原創意中，竟是「不須自宮，也能成功」。

而談起《笑傲江湖》，自當談談書名所由來的「笑傲江湖之曲」。

相信許多讀者在看《笑傲江湖》一書時，心中對於「笑傲江湖之曲」，都有著自己想像的旋律與曲意。

一九九〇年徐克電影「笑傲江湖」上映時，黃霑填詞作曲的主題曲「滄海一聲笑」風靡一時，直到這首歌問世約三十年後的今天，人們依然廣為傳唱。

聽聞黃霑唱：「滄海笑，滔滔兩岸潮，浮沉隨浪記今朝。」那笑開天下古今愁的曲風，相信許多讀者都會感覺，黃霑真正唱出了「笑傲江湖之曲」的意境。

因為二版《笑傲江湖》並沒有寫出「笑傲江湖之曲」的寓意，電影或電視主題曲作詞作曲者，都可以依自己的想像力，寫出自己所認為的「笑傲江湖之曲」，黃霑的「滄海一聲笑」即是其中之一。然而，二版改寫為新三版時，為了配合歷史真實，新三版說「笑傲江湖之曲」取自「廣陵散」，廣陵散的寓意則為「聶政刺韓王」，因此「笑傲江湖之曲」說的即是「聶政刺韓王」。

「聶政刺韓王」這麼悲壯的故事，只怕很難讓讀者們再聯想到「滄海一聲笑」了。不同版本的《笑傲江湖》之間，就是有著如此天差地別的不同，因此《笑傲江湖》的版本比較，有著無比的樂趣！

那麼，就歡迎大家跟我們一起來，品味有趣的《笑傲江湖》版本比較！

凡例

一、關於金庸小說的版本定義

一版：最初的報紙連載及結集的版本。

香港：三育版及鄺拾記版等授權版本，以及光榮版、宇光版等多種未授權版本。

台灣：時時版、吉明版、南琪版等多種版本，均為未授權版本。

二版：一九八〇年代十年修訂成書的版本。

中國：三聯版

香港：明河版

臺灣：遠景白皮版，遠流黃皮版、遠流花皮版

新三版：即一九九九至二〇〇六年的七年跨世紀新修版本。

中國：廣州花城版

香港：明河版

臺灣：遠流新修金皮版

二、一版，讀者通稱「舊版」。二版，讀者通稱「新版」。新三版，讀者通稱「新修版」。

三、本系列的回目，是以二版的劃分法為準，一版內容以對應二版分回作比較，一版回目則從略。

林震南的家傳絕技是「辟邪劍法」、「翻天掌」與「銀羽箭」

——第一回〈滅門〉版本回較

《笑傲》第一回的故事是福威鏢局滅門血案。且來看一版與版二迥異的這段故事。

先看福威鏢局的介紹，一版對福威的鏢局淵源，介紹地一清二楚。

一版的詳細解說為：這福威鏢局乃大江以南第一家大鏢局，總鏢頭姓林，雙名震南，鏢局是林家的祖業，傳到林震南手中已是第三代了。林震南的祖父林遠圖以一套七十二路「辟邪劍法」，一百單八式「翻天掌」，十八枝「銀羽箭」馳名中原。在故鄉福州開設福威鏢局，自福建出仙霞嶺到杭州府，經江蘇、山東、河北而至關東，沿海六省之中，鏢車上只須插上「福威鏢局」四字鏢旗，趟子手只須喊出「福威平安」四字鏢號，不論是多麼厲害的黑道英雄，正眼兒也不敢向鏢車瞧上一瞧。

林遠圖直到七十歲大壽那天。才金盆洗手，將鏢局傳給了次子林仲雄執掌。大兒子伯奮武舉出身，積功升到副將。林仲雄在四十歲上中風而死，這福威鏢局便由他兒子震南執掌。林震南的武功是祖父親傳，一十六歲即可單掌滅燭，銀箭射穴。

林震南接管鏢局後，不但在沿海六省省會中設立分局，連廣東、江西、湖南、湖北、廣西五省之中，也有分局，事業好生興旺。

林震南的夫人姓王，也是武林世家，這位王夫人自己的武功雖不甚高，但她父親金刀無敵王元霸是中州洛陽金刀門的掌門人。王夫人單生一子，雙名平之。這林平之自幼便在父親嚴加督促之下，修習祖傳的劍、掌、箭三絕技，有時更纏著母親，傳他金刀門的刀法。林震南還請了位宿儒，教他讀書。這林平之卻三日中倒有兩日逃學，這年已是十八歲，連一部四書也未讀完。好在林震南只要他專心練武，原不盼他讀書中舉，考取甚麼功名，逃不逃學，也未多加理會。

這一大段二版整段刪除了，刪除的原因推測是金庸於一版初撰時，尚未設想及「練辟邪劍法必先自宮。」因此，一版練過「辟邪劍法」的林遠圖不但有子，而且有兩個兒子，林震南的武功則是林遠圖親傳，武藝卓絕。

故事而後說到林平之一行到薩老頭與宛兒經營的酒肆，接著，青城派二人也進了來，因青城派人出言調戲宛兒，林平之路見不平，兩造遂大打出手。雙方鬥毆間，林平之誤殺了余滄海的愛子，故事隨即轉至青城派對福威鏢局「滅門」的恐怖故事。

最先被殺死的是隨林平之出獵的四鏢頭之一白二。

一版說林震南瞧白二臉色如常，絕無青紫之色，嘴角邊還帶著一絲微笑。而白二之所以死時臉帶微笑，一版第四回的解釋是：「這笑容並非真笑，乃是『摧心掌』一發之後，裂人心肺，中掌者劇痛之下，臉上肌肉痙攣形成這等古古怪怪的笑容。」然而，真有人能在劇痛之下還能發出笑容嗎？

二版將林震南所見白二的「帶著微笑」詭異死狀刪掉了。

白二死後，林震南談起青城派，一版林震南道：「四川省的青城、峨嵋兩派，和少林、武當齊名，立派數百年，門下英才濟濟，著實了不起。」

二版將林震南之言改為：「四川省的青城、峨嵋兩派，立派數百年，門下英才濟濟，著實了不起，雖然趕不上少林、武當，可是跟嵩山、泰山、衡山、華山、恆山這五嶽劍派，已算得上並駕齊驅。」

由此可知，金庸在一版此回，不見得已經構思出「五嶽劍派」，二版因此書的主結構即是「五嶽劍派」，故而於第一回補寫伏筆。

白二死後，鄭鏢頭又接著死去。鄭鏢頭死後，林震南帶林平之與鏢師陳七到東廂房說話。而後，林震南要林平之展演對手踢他的招式，林平之演出後，一版林震南道：「這兩下反踢，倒似是青城派的得意絕技『百變幻腿』。」

二版將「百變幻腿」更名為「無影幻腿」。這是要與《鹿鼎》韋小寶的「神行百變」做區隔。

林平之展演後，林震南發現史鏢頭也失蹤了。

而後，林震南要林平之、陳七與崔季二鏢頭同往薩老頭的酒店。一行人到酒店後，到菜園中要挖出林平之誤殺的余姓漢子屍首，豈知挖出來的，竟是史鏢頭的屍首。

林震南一行遂分頭查看薩老頭的酒店，林平之在宛兒房間找到一塊綠色帕子。

一版說帕子邊緣以綠絲圍了三道邊，一角上繡一朵小小的黃色玫瑰。

二版將「一角上繡一朵小小的黃色玫瑰」改為「一角上繡著一枝小小的紅色珊瑚枝」，帕子圖案由「玫瑰」改為「珊瑚枝」，自是隱含宛兒的真名「靈珊」了。

而後，一版說林震南提著燈籠俯身又到床底照著，見靠著牆壁的角落有一顆珠子，林平之鑽入床底，撿了出來，林震南一見即知，這是一顆從珠釵或珍珠耳環之類首飾上掉下來的珍珠。

這段二版全刪，這顆珍珠自是暗喻岳靈珊的豪門出身，但這伏筆從後面的情節看來，似乎顯得多餘。

而後，一版林震南等人發現陳七失蹤，於是又走回菜園，想不到史鏢頭的屍首竟不見了，陳七卻被殺死埋在菜園中。

林震南欲追查殺陳七的兇手，星月微光之中，林震南見到馬椿上所繫自己那匹白馬的背上，有一人彎腰凝坐，林平之驅前一看，竟然是史鏢頭的屍身。四個人你瞧瞧我，我瞧瞧你，半晌都說不出話來。

這段大顯恐怖氣氛的故事，二版幾乎全刪。一版陳七就此死在薩老頭酒店中，二版陳七此刻卻仍未死。不過，經此大幅刪除，二版的恐怖氣氛明顯大減了。

追查未果，林震南一行又回到鏢局。

而後，林震南派出探查的二十三名鏢師悉數被殺，屍體紛紛被送回。

見到鏢頭均死去，林震南低聲問王夫人道：「娘子，瞧見了甚麼動靜？」

一版王夫人大聲道：「就是沒見到動靜呀。這些狗賊子，就是怕我林家七十二路辟邪劍，一百單八路翻天掌，怕了咱們一十八枝銀羽箭。」

二版不再強調林家祖傳的「三大神功」了，改為王夫人大聲道：「就是沒見到動靜呀。這些狗賊，就怕了我林家七十二路辟邪劍法。」

二版只強調重要性貫穿全書的「辟邪劍法」。

面對強大的敵人，林震南決定求援。王夫人問道：「你說該邀那些人？」一版林震南道：「就近的先邀。咱們先把杭州、南昌、廣州三處鏢局中的好手調來，再把閩、浙、粵、贛四省的武林同道邀上一些，比如溫州的陳老拳師，泉州的青風劍高一龍、漳州的鐵拐霍中霍二哥，都可發帖子去邀來。」

然而，一版林震南所提的這些「溫州的陳老拳師，泉州的青風劍高一龍、漳州的鐵拐霍中霍二哥」後來在全書中連個影兒都不見，可知這幾位全都是「冗人物」，二版因此將他們都刪除了。

二版改為林震南道：「就近的先邀，咱們先把杭州、南昌、廣州三處鏢局中的好手調來，再把閩、浙、粵、贛四省的武林同道邀上一些。」

青城派而後在林家門外用鮮血寫著六個大字：「出門十步者死」。離門約莫十步之處，畫著一條寬約寸許的血線，林家的男僕與廚子先後於出門後死亡。

接著，一版的故事是，次日早晨，西鄉兩名菜農挑了菜送到鏢局來。想不到菜農一離開福威鏢局，竟也被殺了。

這段二版全刪了，想來青城派也算名門大派，就算要威脅福威鏢局，怎能殃及無辜菜農呢？而後，林震南解剖了霍鏢頭，證實為青城派「摧心掌」所殺，林震南對林平之道：「他（青城派）確是將福威鏢局視若無物。」

一版林平之道：「說不定他是怕了爹爹的一百單八路翻天掌，否則為甚麼始終不敢明劍明槍的交手，只是乘人不備，暗中害人？」

二版不再強調「翻天掌」與「銀羽箭」這兩門林家祖傳功夫了，改為林平之道：「說不定他是怕了爹爹的七十二路辟邪劍法，否則為甚麼始終不敢明劍明槍的交手，只是趁人不備，暗中害人？」

面對敵人的威脅，林震南決定棄鏢局逃難。

一版說：林震南一家三口逕行向南，過閩江後，經南台、南嶼、越葛嶺，到了永泰，投宿客店歇宿。豈知次日清晨，林震南發現，店小二、掌櫃夫婦及他們四五歲的孩兒，竟都中了摧心掌而死。

這一大段二版全刪，二版只說林震南決意棄鏢局而去，一家三口遂徑向南行，出城後折向西南，過閩江後，到了南嶼。

二版會刪去這一大段，理當是跟刪除一版菜農被殺的理由一樣。說來青城派也算四川大門派，應該不致於一再濫殺無辜。

而後，林家父子至小飯鋪打尖，卻導致賣飯漢子夫婦均為青城派所殺。

接著，一版說王夫人見到飯鋪前地下忽然多了一條殷紅血線，旁邊還寫著：「出門十步者死」六個血字。

這段二版全刪。

恐嚇林家三人後，青城派的于人豪率先現身。林平之長劍向于人豪一送，一版說便是一招「掃蕩群魔」，二版將此招更名為「直搗黃龍」。

至於林平之在薩老頭的酒店所殺之人為何呢？一版在此有了說明。

一版說，原來林平之在小酒店外所殺之人，確是余滄海的小兒子，名叫余人彥。此人的母親是余滄海的第四房小妾，甚得寵信，余人彥自幼被母親溺愛，不肯好好練武，瞞著父親，儘是去搞賭錢嫖妓的勾當。這次余滄海派人來到福建，余人彥心想在青城山上實在獃得膩了，纏著母親給父親說，要同來福建，歷練歷練，增長見識。其實歷練是假，真正用意，還是要到花花世界來大玩一場。

余滄海知道這個兒子在諸子中最是無用，若是甚麼鬥爭比武，說甚麼也不會派他出來，免得丟了青城派的臉面，但此番去福威鏢局只是回拜，絕不致和人動手，也就准了，那知道一路之上，余人彥吃喝嫖賭，倒是安然無事，到了福州之後，卻死在林平之的匕首之下。

這一大段二版全刪了，二版只說林平之所殺為余滄海愛子，至於余滄海愛子余人彥的出身，一版說是「小師娘」所出，二版則改為「師娘」所出。

繼于人豪之後，方人智亦現了身。

林震南挺劍來戰于人豪，關於兩人過招的情節，一版與二版最大的差異，就在於一版青城派要滅福威鏢局，是使他門派中的「摧心掌」與「松風劍法」，二版則將「松風劍法」改為「辟邪劍法」。這是因為二版為強調余滄海處心積慮想奪得林家祖傳「辟邪劍法」，因而竊取並傳授門人林家當前所使的「辟邪劍法」。故而二版于人豪、方人智等人所使劍法，乃余滄海新授的林家「辟邪劍法」。

最後，一版于人豪使青城派的「松風劍法」，二版于人豪則是使竊學自林家的「辟邪劍法」，大敗林震南，林震南終於被于人豪制服，

林家三口遂都成了青城派俘虜。

看過一版到二版的改變，再看二版到新三版的變革。

關於林平之的母親，二版照舊說法稱為「王夫人」，新三版則依現代人的通稱，改為「林夫人」。

《笑傲》此回的情節，一版到二版最顯著的差異有二，一是福威鏢局並無關全書弘旨，二版因此刪去了一版福威鏢局陳七、史鏢頭、崔鏢頭等人各具特色而活潑的言行，刪去了林家家傳的「銀羽箭」，亦削弱了對「翻天掌」的描寫。二是為強調余滄海傳授青城派弟子「辟邪劍法」，因此一版于人豪所使的「松風劍法」，二版改為「辟邪劍法」。

經過改版之後，余滄海欲奪取林遠圖「辟邪劍法」秘笈的陰謀，就變得更鮮明了。

【王二指閒話】

金庸的每部小說中，幾乎都會有「恐怖」的戲碼。而經典恐怖之作，自然當屬「滅門」。也就是將某人一家殺得雞犬不留，並讓讀者深深為殺手的殘忍恐怖所震懾。

細數金庸書系中，「滅門血案」如下：

一、《碧血》中，溫方祿玷污了金蛇郎君夏雪宜的姊姊，並殺害夏家一門五口。金蛇郎君慘遭溫方祿滅門之禍，決定對棋仙派溫家滅門報復。而後，金蛇郎君立誓殺溫家五十人，污其婦女十人，每殺一人，便於死者身上插一枝竹籌。在殺污溫家多人後，金蛇郎君因為愛上溫儀，遂終止了對溫家的滅門行動。

二、《射鵰》中，為了栽贓黃藥師殺人，歐陽鋒與楊康在桃花島上屠殺江南五怪，江南五怪則留下了殺人兇手的線索，即「楊」與「黃」共同的起始筆劃「十」字，以及「東」與「西」共通的起始筆劃，導致郭靖誤會黃藥師殺了江南五怪。

三、《神鵰》中，李莫愁因陸展元辜負了她的愛情，與何沅君結為連理，遂決定滅了陸展元的弟弟陸立鼎滿門。李莫愁先在陸家留下九個血手印，製造滅門的恐怖氣氛，而後才掩殺而來。李莫愁欲滅陸家一門時，陸家得了武三通夫妻的強援，楊過則在無意中參與了陸家的滅門血案。

四、《倚天》中，殷素素委託龍門鏢局都大錦將俞岱巖送回武當山，都大錦卻將俞岱巖誤交歹人，殷素素於是將龍門鏢局滿門七十餘口滅門。殷素素滅門時，還留下餘響，那就是她假扮成張翠山，導致少林僧人誤以為張翠山就是滅門兇手。

五、《天龍》中，玄慈一行於雁門關伏擊蕭遠山一家，蕭遠山遂展開「連續滅門」行動，共計殺了喬三槐一家、玄苦大師、譚公、譚婆、趙錢孫、泰山單家滿門。蕭遠山的殺人路線，恰好跟蕭峰的行動路線一模一樣，因而讓江湖中人都以為兇手就是蕭峰。

《笑傲》是金庸後期的作品，相對於前幾樁「滅門」血案，《笑傲》的「福威鏢局血案」顯然是金庸所有小說中的恐怖之最。以他部小說的「滅門」血案來說，《碧血》金蛇郎君想滅溫家滿門，但以溫家五老的武功，仍可放手與金蛇郎君一搏，因此金蛇郎君的威脅性並不夠；《神鵰》李莫愁要滅陸家滿門時，竟有武三通夫婦前來奧援，如此一來，李莫愁沒有壓倒性的優勢，恐怖感就不夠強烈；《倚天》殷素素滅龍門鏢局，但龍門鏢局與都大錦都並非書中重要幫派與重要人物，讀者也不那麼關心這一門派生死，就算滅門，恐怖氣氛對讀者的感染度也不充足；《天龍》蕭遠山所殺的趙錢孫等人，角色份量也是明顯偏輕的。

《笑傲》修正了數書缺點，先營造「福威鏢局」的重要形象，吸引讀者的注意力。而後再塑造福威鏢局林家武功上的遠不如青城派，以使「貓玩老鼠」的態勢更清楚，恐怖威脅感也更強烈。此外，《笑傲》也擷取了其他血案的恐怖梗，如將李莫愁留的血手印引用而為青城派所書「出門十步者死」，以及師法殷素素殘忍滅門，大規模屠戮的恐怖模式。經過這番營造，《笑傲》開場的滅門血案，就遠較他部小說的滅門血案恐怖了。

第一回還有一些修改：

一．史鏢頭勸林平之莫進山，告訴林平之：「天快晚了，山裡尖石多，莫要傷了白馬的蹄子……」二版說他知道不論說甚麼話，都難勸得動這位任性的少鏢頭，但這匹白馬他卻寶愛異常，決不能讓它稍有損傷。新三版刪了這句明顯道出林平之「重人勝於馬」的說法。

二．林平之率眾鏢頭出獵，一版說這日林平之帶同鏢局裏史、鄭兩名鏢頭，白二、陳七兩個趟子手，又到西郊行獵。他胯下這匹白馬，是外婆從西域買來的大宛名駒，在他十七歲那年送他的生日禮，端的是奔行如風，林平之十分寶愛。二版將這段當「冗說明」，刪了。

三．一版薩老頭自道來歷，說：「離家五十多年，家鄉的親戚朋友一個都不在了。」但勞德諾年紀並沒這麼大，二版將「五十多年」改為「四十多年」。

四．林平之以匕首刺入姓余漢子小腹後，姓余漢子而後拔出匕首，將那匕首擲出。一版說那姓賈的右手一抄，抓住了匕手之柄。一版賈人達抓住這匕首，應該是要回去向師父報訊徵信之用，但說來這柄匕首究竟能證明甚麼？賈人達只要口頭告訴余滄海是林平之殺人，余滄海一定相信。二版刪掉了賈人達抓住匕首之柄的說法。

五・見到自家鏢局為人挑釁，一版王夫人道：「咱們邀集人手，明日一早動身，上四川跟青城派評評這個理去。連我爹爹，幾位叔叔和哥哥都請了去。」但因王夫人並沒有武功高強的「叔叔」，二版因此將王夫人話中的「連我爹爹，幾位叔叔和哥哥都請了去。」改為「連我爹爹、我哥哥和兄弟都請了去。」

六・林震南前來看鏢師屍體，一版說只見廳上原來擺著的桌子椅子都已挪開，整整齊齊排著十七具屍首。二版改為只見廳上原來擺著的桌子椅子都已挪開，橫七豎八的停放著十七具屍首。二版更能顯出鏢師們的慌亂。

岳靈珊以假毒酒迷昏了林平之——第二回〈聆秘〉版本回較

《笑傲》前兩回是林平之與岳靈珊邂逅的故事，第一回中林平之「英雄救美」，第二回反過來，是岳靈珊「美女救郎」，且來看一版與二版完全不同的這段故事。

話說林震南、王夫人及林平之父子三人為于人豪、方人智與賈人達三人所制，並押於飯鋪中。

一版的故事是這樣的：于人豪三人忽見灶下轉出一個青衣姑娘來，手中托著一隻放有酒壺與酒杯的木盤。這姑娘低著頭，但仍可見到她臉上滿是凹凹凸凸的痘瘢。賈人達認出這姑娘便是福州北門外的賣酒少女，余人彥便因譏笑她而起禍。

賈人達問那少女為何在這裡？少女回他：「我們賣酒為生，爺們在甚麼地方要喝酒，我們便到甚麼地方侍候。」賈人達又問少女賣甚麼酒，少女竟說：「賣的是鶴頂紅、砒霜、七孔流血酒。」

賈人達大怒，喝道：「原來你是這兔崽子（林平之）的姘頭相好！」反手一掌，向那少女橫掃過去。不料少女一閃身，竟將賈人達推得跌進了池塘裡。

方人智看過少女的招式後，冷冷的道：「華山派和咱們青城派素無仇怨，兩家師長也是一向交好，姑娘請我們喝這杯鶴頂紅、砒霜、七孔流血酒，只怕過份點了吧？

少女問方人智怎知她是華山派的？方人智道：「姑娘適才這兩招『順水推舟』，剛勁中夾有柔勁，確是華山派岳大掌門的正傳。華山派威震江湖，在下眼力不濟，倒還瞧得出來。」

少女對方人智說，她知道他是青城派的方人智，另一位則是于人豪。方人智問少女姓名，少女只說她是華山派的醜丫頭。

少女接著又說：「我也知道華山派和青城派素來交好，聽說貴派有一位姓余的師兄調戲良家女子，給人路見不平，仗義殺了，當真是可喜可賀。這件事於整頓貴派門風，大有好處，相信余觀主得知之後，一定十分高興。三位回到松風觀中，觀主定然重重有賞。因此上我特地備下這三杯鶴頂紅、砒霜、七孔流血酒，給三位慶功道賀。」

賈人達對方人智說，余人彥就是因此賣酒少女而死，並說余人彥譏笑此少女是醜八怪，因而與林平之起衝突，才會為林平之所殺。方人智點頭道：「原來如此。人家為姑娘打抱不平，姑娘也為人家打抱不平來啦。」

而後，那少女拿著林平之的黃金匕首，不住打量，見刃鋒上刻著「平兒十週歲」五個小字，又有「福壽綿綿」四個大字，不由得微微一笑，向躺在地下的林平之瞧了一眼，心道：「原來這是你十週歲的生日禮物，你卻拿來為我殺了人。」

接著，少女手持匕首，作勢要殺賈人達，賈人達嚇得逃入了竹林。

賈人達逃走後，少女問方人智與于人豪喝不喝桌上的「七孔流血酒」，于人豪聞言大怒。少女而後射出匕首，解了林平之穴道，並問林平之敢不敢喝她的「七孔流血酒」。林平之聽那少女說，「七孔流血酒」中有天下至毒的鶴頂紅與砒霜，沾唇即死，但受少女所激，遂將三杯酒一飲而盡。

林平之喝完三杯少女的「七孔流血酒」後，並無異狀，于人豪這才明白，「七孔流血酒」並不是毒酒，於是大言夸夸的說，青城派有解毒靈藥，他師兄弟根本不怕毒酒。

少女於是提起桌上的一把粗茶壺，在三隻酒杯中斟了三杯茶，再從懷中取出一個小瓷瓶，將瓶中的綠色粉末分倒在三隻酒杯之中。粉末溶入茶中，三杯清茶登時化成墨綠之色，看來是有劇毒。

少女再問方人智與于人豪敢不敢喝這三杯毒酒，兩人不敢喝。少女道：「這位林少鏢頭（林平之）為我而殺死了貴派余大俠，兩位找到他頭上，我總不能袖手不理。可是青城、華山兩派的上輩素有交情，也不能在咱們小輩手裏傷了和氣。咱們得想個兩全其美的法子，我向兩位求個情。如何？」方人智回道：「要饒了這小子的性命，我們在師父面前可無法交代。」那少女道：「這樣吧，咱們請林少鏢頭來喝了這三杯酒，讓他得個全屍，不致身首異處而死。兩位既報了仇，又賣了面子給我。」

林平之聞言，心想他堂堂男子漢，何必要一個女子來向人求情？於是拿起桌上三杯毒茶，一飲而盡。喝完後，只覺得天旋地轉，站立不定，翻身而倒。

眼見林平之已為少女毒死，方人智於是押著林震南夫妻離去。臨去前，方人智怕林平之不死，還舉足重重踢了林平之的頭頂「百會穴」，林平之就此人事不知。

不知道過了多少時候，林平之才漸漸醒轉，醒來時發現他身在一個土坑中。林平之心想：「我明明服了那女人的毒水，頭頂又被重重踢了一腳，怎地居然未死？是誰將我埋在這裏的？當然是那個華山派的醜姑娘了。」想起她的埋葬之情，對她的怨懥不禁減弱了許多。

而既然未死，林平之連忙從土坑中爬出來，趕著要去救爹娘。

這段一版長達近十五頁的內容，二版完全改寫了，二版改為：被縛的林平之想掙扎起身，撲上去和方人智、于人豪一拚，但後心被點了幾處穴道，下半身全然不能動彈。突然之間，只見那滿臉痘瘢的賣酒醜女竄了進來。那醜女將林平之抓到門外，放到馬背上，並縱馬奔去。林平之記掛父母安危，到樹林中時，從馬上跳了下來。

而後，林平之聽到有兵刃交加之聲，連忙伏入草叢。他往前一看，原來是醜女及他的祖父薩老頭正與方人智及于人豪互鬥。林平之心想：「我先前只道這兩人（醜女及薩老頭）也是青城派的，哪知這姑娘卻來救我。唉，早知她武功了得，我又何必強自出頭，去打甚麼抱不平，沒來由的惹上這場大禍。」又想：「他們鬥得正緊，我這就去相救爹爹、媽媽。」可是背心上穴道未解，說甚麼也動彈不得。

而後，只聽方人智連聲問薩老頭怎會使青城派劍法，薩老頭未答。方人智與于人豪敗在薩老頭劍下後，雙方即各自離去。

過了一會，林平之又聞馬蹄聲響起，原來是方人智與于人豪分別牽了一匹馬，馬背上縛的赫然是林震南和王夫人。林平之張口欲叫「媽！爹！」卻硬生生的縮住，因他心知這時倘若發出半點聲音，非但枉自送了性命，也失卻了相救父母的機會。

林平之在草叢中躺著靜靜不動，過了好幾個時辰，背上被封的穴道終於解開，這才掙扎著爬起，慢慢回到飯鋪之前。

從一版修訂為二版，岳靈珊救林平之的故事，變成了兩種完全不同的情節。之所以會做出這樣的修訂，理當是因岳靈珊初出茅廬，即以「假毒酒」賭方人智與于人豪的膽識，未免顯得太過於「老江湖」。一版岳靈珊這一回的行徑，像極了黃蓉或趙敏，頗為流裡流氣，這與後來「小師妹」純真可愛的形象未免相差太多，因此改之為宜。

這段故事修訂的另一個原因是，一版岳靈珊自曝身份，豈不是會製造華山派與青城派的衝突？想那岳不羣才剛因令狐冲將侯人英與洪人雄踢下樓，派勞德諾至青城派道歉，岳靈珊怎會在這當口，又與青城派結下更大的樑子呢？二版改為勞德諾對方人智與于人豪使青城派劍法，不露本門武功，顯然周延多了。

而後，岳靈珊與于人豪、方人智及林震南夫婦先後離去，林平之也開始了追尋父母下落之行。

林平之西行，至被申人俊與吉人通所佔的福威鏢局長沙分局，並聽得申吉兩人要對劉正風送禮之事。

一版林平之聽到吉人通說，從福威標局搶來的珍寶，送劉正風一件也就夠了。申人俊接著說，該當將寶物拿回去孝敬小師娘。

二版將這整段刪了。一版余滄海跟《倚天》崑崙派掌門何太沖一樣，都是納有妻妾的一派之主，林平之所殺的余人彥，便是青城派「小師娘」之子。二版則不再強調余滄海妻妾成群之事。

申吉二人而後說起青城派偷學「辟邪劍法」及擒獲林震南夫婦之事。一版吉人通說：「喂，申師哥，方師哥他們拿到了林震南夫妻，不立即解回本觀，卻又帶到衡山去幹甚麼？」申人俊笑道：「劉正風金盆洗手，各門各派都會遣人到賀，方師哥和于師弟拿到江湖上有名聲的福威鏢局總鏢頭，那有不到酒筵上去炫耀一番之理？」

這段二版全刪，若青城派將福威鏢局一舉覆滅，而後將林震南夫婦囚禁到衡山遊街示眾，藉以炫耀他青城派的武功，那麼，青城派豈非成了天下第一邪派黑幫？

申吉二人聊罷入睡後，林平之進房偷了申吉二人的三個包裹。一版說林平之見桌上放有筆硯，便拿過筆來，在口中沾得濕透，提筆在二人床前的白板桌上書道：「福威鏢局林平之到此一遊」。寫完這個「遊」字，聽得那個鬍鬚漢子（申人俊）鼻息如雷，童心大起，便想在他臉上寫上幾筆，振筆欲揮，終於強自克制，尋思：「他若一醒覺，我命休矣。」

然而，以林平之當時的狀況，真還有心情戲弄青城派申吉二人嗎？二版因此將這段全刪了離開申吉二人之房後，林平之即離開長沙分局，而後來到一間茶館，並遇上了勞德諾等華山派師兄妹。

華山派師兄妹說話時，林平之聽出岳靈珊對大師哥頗有情意。一版林平之心想：「這姑娘滿臉麻皮，相貌實在太過醜陋，誰也瞧她不上，所以她只好愛上一個老年喪偶之人。這醜姑娘良心不好，她大師兄是個酒鬼，那是再好沒有了。」

二版因已無岳靈珊讓林平之喝「假毒酒」之事，也刪掉了林平之想法中「這醜姑娘良心不好，她大師兄是個酒鬼，那是再好沒有了。」這陰損岳靈珊的三句。

一版到二版的修訂之此。此回最主要的修訂，即是刪改掉「岳靈珊毒酒計救林平之」一事。

在《笑傲》書中，「智計型」的任盈盈跟「天真型」的岳靈珊，恰好是兩相對照的兩位女主角。一版岳靈珊以「假毒酒」試方人智與于人豪，顯得極有智計，二版刪去了岳靈珊施展智計，以「假毒酒」從方人智及于人豪手中救下林平之之事，岳靈珊即不能分去任盈盈的「智計」風采，岳靈珊也就更是「天真」的岳靈珊了。

《笑傲》是接續在《天龍》之後的作品，依照金庸的創作邏輯，後一部小說必有承繼前一部小說的創意之處。

所謂的後一部小說承繼前一部小說，在武功上尤其明顯，比如《射鵰》中的武功以《九陰真經》為天下第一，《神鵰》即承襲《九陰真經》為武功至尊的說法。

《倚天》是《神鵰》之後的作品，《神鵰》既以《九陰真經》為問鼎武林的至上功夫，《倚天》遂又創造出《九陽真經》，「九陰」、「九陽」各領千秋。

《倚天》之後有《天龍》。在《倚天》中，張無忌以「乾坤大挪移」稱雄於江湖，《天龍》承繼此創意，讓姑蘇慕容以與「乾坤大挪移」頗為類似的「以彼之道，還施彼身」（即「斗轉星移」）傲視武林。

《笑傲》創作在《天龍》之後，《天龍》是充斥「神化武功」的一部小說，「北冥神功」、與一版「冰蠶異功」均是可以吸人內力的神奇武功，《笑傲》的武功邏輯也承繼《天龍》，「吸星大法」亦是可以吸人內力的功夫。

【王二指閒話】

《笑傲》沿襲《天龍》創意的部份，還不只武功，情節創意上亦有承襲之處。《笑傲》的「嵩山派勞德諾到華山派臥底」一事，與《天龍》「蓬萊派諸保昆到青城派臥底」之事極為類似。

《天龍》中的青城、蓬萊兩派世代為仇。為了傾覆青城派，蓬萊派都靈道人覓得四川人諸保昆為弟子，並遣之帶藝投師於青城派，藉機竊學青城派的功夫，並尋求一舉消滅青城派的良機。

這段精彩的「間諜戰」故事，在《天龍》書中，只在第十三回以「大綱」的模式敘述事件的來龍去脈。金庸可能覺得這段情節大有可以發揮的空間，因此在《笑傲》中，將諸保昆的故事擴展為嵩山派華德諾帶藝投師，並趁機竊取岳不羣《紫霞秘笈》，以及監視岳不羣之事。

在《射鵰》與《神鵰》兩書中，武功高手不論正邪，都是光明正大的好漢，絕不會使「間諜」的陰險技倆。寫及《倚天》時，金庸創作了范遙至汝陽王府臥底，以及小昭潛伏光明頂，意欲竊取「乾坤大挪移」心法的兩則間諜故事，但范遙與小昭這對男女間諜，顯然都是失敗的，因為他們雖然化妝臥底，卻沒有達成預期的目標。

《天龍》中的「間諜」故事則是諸保昆這樁，但諸保昆的故事只是簡單帶過，令人意猶未盡。到了《笑傲》中的「嵩山派勞德諾至華山派臥底」及「青城派盜學福威鏢局辟邪劍法」兩個故事，金庸書系中的「間諜故事」終於發展成熟，不只遠邁前書，也勝過《笑傲》之後，《鹿鼎》中的「風際中於天地會臥底」故事。

第二回還有一些修改：

一．林平之至農家乞討，誤踹牛糞滑倒，二版說林平之臉上手上都是牛糞。但林平之又不是跌個狗吃屎，臉上怎會有牛糞？新三版改為林平之背上手上都是牛糞。

二．茶博士說話間往往帶著「哈你家」幾字。一版解釋說「湖南人稱人『你家』，乃是尊稱，是『你老人家』的簡化。」二版將此當「冗解釋」刪了，但為怕讀者不懂，新三版又將這解釋加了回來，新三版較二版增解釋，說「『你家』是『你老人家』的簡略，乃是尊稱。」

三．林平之打算換上死人衣衫時，一版說突然間一陣冷風吹來，油燈立滅，黑暗中就在一雙死屍之旁，不由得汗毛直豎，腳也軟了，當下跟搶回到灶下，重點油燈，再去將那男子的死屍拖將起來，動手除他衣衫。若是換著平日，林平之見到這種死屍，早就遠遠避開，此刻為了相救父母，再為難的事也就做了。這段二版全刪，一版一再強調林平之如何由紈絝子弟練出豪膽，二版將部份說明刪了。

四．申人俊說他已備好送劉正風的大禮，一版吉人通喜道：「那是甚麼禮物？我怎麼一點也不知道？申師哥足智多謀，只怕號稱『智多星』的方師兄也比你不上。」二版刪去了「申師哥足智多謀，只怕號稱『智多星』的方師兄也比你不上。」在一版中，金庸可能要讓方人智當「江南七怪」中的朱聰，或「武當七俠」中的張松溪，成為全派最足智多謀的人，但方人智在整部書中份量並不重，因此二版刪去了他的「智多星」外號。

五．一版吉人通對申人俊道：「師父這次派了咱們師兄弟十六人出來，看來還是咱二人所得最多。」但區區「十六人」當真就能挑了福威鏢局偌大的基業嗎？二版將「十六人」增為「幾十人」。

六．一版申人俊告訴吉人通：「方師哥和于師弟他們攻破了福州總局，擄獲想必比咱們哥兒倆更多，只是將小師娘寶貝兒子的一條命送在福州，師父面上或許可以將功折罪，小師娘卻一定饒不過他們。」一版這位青城派「小師娘」，等於《倚天》崑崙派的「五姑」，是最受寵愛的「師娘」，二版刪去了這人物，余人彥也不是這「小師娘」所生了。二版將申人俊的話改為：「方師哥、于師弟、賈人達他們挑了福州總局，擄獲想必比咱哥兒倆更多，只是將師娘寶貝兒子的一條性命送在福州，說來還是過大於功。」二版余人彥的出身，乃是余滄海原配的「師娘」之子。

七．在茶館中，岳靈珊見窗外雨下不停，道：「若是昨兒跟大夥一起來了，今日便不用冒雨趕路。」一版陸大有道：「師父吩咐我們到衡山來，送禮赴宴後，便到福建來和你們相會，沒想到你們反先來了。」二版將這段話刪了。若是華山派弟子齊集到福建會師，一起監視福威鏢局與青城派，未免太過大張旗鼓，也不符合岳不羣謹慎的性格。

八．陸大有說罷令狐冲喝「猴兒酒」之事後，一版勞德諾問：「莫大先生為甚麼忽然在這裏使出『九連環』式來，一劍削七杯？你們都瞧見了是不是？」一版此處自相矛盾，先前說莫大先生所使乃三十六路迴風落雁劍第十七招「一劍落九雁」，這會兒又變成了「九連環」。二版為求前後統一，將「九連環」改為「一劍落九雁」。

九．令狐冲踢過侯人英與洪人雄，余滄海來信告知岳不羣，一版說令狐冲因此在大門外跪了七天七夜，二版減為一日一夜。

岳靈珊的原名叫做「寧兒」——第三回〈救難〉版本回較

岳靈珊的名字在一版故事中，竟然前後不一。在一版《笑傲》第三回，定逸師太叫岳靈珊為「寧兒」，但隨著故事開展，「寧兒」一名不見了，從第五回開始，岳靈珊便「正名」為「靈珊」。至於「寧兒」一名，或許就轉而為岳靈珊母親的名字「寧中則」。

且來看一版到二版的修改。

故事接續上一回，勞德諾在茶館中講述福威鏢局與青城派的恩怨，林平之則在一旁聽聞。一版勞德諾提及岳不羣曾說「林遠圖是林震南的祖父，福威鏢局就是他一手創辦的。當年林遠圖以七十二路辟邪劍、一百零八招翻天掌、一十八枝銀羽箭開創鏢局，當真是打遍黑道無敵手。」

二版則從第一回開始，就將林家的祖傳武功簡化為以「辟邪劍法」為主，「翻天掌」為輔，「銀羽箭」則完全刪除。因此，二版勞德諾轉述岳不羣的說法，也改為「當年林遠圖以七十二路辟邪劍法開創鏢局，當真是打遍黑道無敵手。」

接著，勞德諾說起青城派對福威鏢局「滅門」一事。

一版勞德諾道：「當天晚上，我和小師妹又上福威鏢局去察看，只見侯人英、洪人雄、于人豪、方人智等十多個大弟子都已到了。」

二版則改為：「當天晚上，我和小師妹又上福威鏢局去察看，只見余觀主率領了侯人英、洪人雄等十多個大弟子都已到了。」

一版與二版在「滅門」血案上最大的差別是，一版的滅門事件是由侯人英、洪人雄、于人豪、方人智執行並完成，余滄海隨後再趕來接收福威鏢局。但如此一來，漏洞亦跟著出現，因為倘真如此，以「摧心掌」擊斃眾鏢頭的，必是侯人英等人，那麼，青城派的集體武功境界未免高得離奇。

二版改為余滄海領軍，就化解了整個青城派都會使「摧心掌」的問題。只是二版余滄海以一人之「摧心掌」，竟能神出鬼沒，殺眾鏢頭，武功也高明得太出奇。

而後，勞德諾說到林家父子被于人豪等人押解到小飯舖之事。

一版接下來的故事是：梁發聽聞小師妹將賈人達摔進池塘，問勞德諾後續如何。勞德諾說方人智瞧出小師妹是華山派的，小師妹而後跟方人智及于人豪開玩笑，將胭脂調在酒裏，說是毒酒，逼他倆喝，但方人智跟于人豪都不敢喝，不料林平之竟將胭脂酒喝乾了。

聽聞勞德諾之言，林平之才知道，他當時喝的「七孔流血酒」原來是胭脂酒。

勞德諾接著又說，小師妹而後要給方人智、于人豪喝的墨綠色毒酒，是以「降龍伏虎丸」調的藥酒，因「降龍伏虎丸」藥性太強，因此林平之喝完即醉倒。

勞德諾說，林平之醉倒後，他跟小師妹為防方人智與于人豪去而復返，遂挖個土坑，將林平之埋了，但只在他身上堆一些樹枝石頭，好讓他透氣。他醒轉之後，即可自行離開。

林平之聽到這裏，才明白那醜姑娘逼自己吃藥後，將自己埋入地下，倒是出於相救之意，不由得心中暗自感激，先前所存的不滿之心，登時消了。

二版因改去了岳靈珊用計使林平之喝毒酒之事，這段改為：梁發問勞德諾，方人智和于人豪沒再來追勞德諾與小師妹嗎？小師妹說有，但兩人被勞德諾的青城派劍法絞得長劍飛上了天，又因勞德諾當時用黑布蒙上了臉，因此方于二人並不知道是敗在華山派手下。

勞德諾接著說起青城派尋找「辟邪劍法」劍譜之事，施戴子不解，搔頭道：「他們明明會使這路劍法，又去找這劍譜作甚？真是奇哉怪也！」

勞德諾於是對施戴子說明「辟邪劍法」定然另有訣竅，並反問他：「要是林家的確另有秘訣，能將招數平平的辟邪劍法變得威力奇大，那麼將這秘訣用在青城劍法之上，卻又如何？」

一版施戴子聞言，叫道：「這才明白了！原來余滄海想當『萬劍盟主』！」

一版的「萬劍盟主」一詞理當不是施戴子獨創，據此推測，金庸在一版《笑傲》中，應是有意讓劍法最高之人成為武林中的「萬劍盟主」，「萬劍盟主」或許等同於「武林盟主」。

二版刪去了「萬劍盟主」之說，改為施戴子叫道：「這才明白了！原來余滄海要青城劍法在武林之中無人能敵！」

華山派師兄妹說話間，定逸師太率領恒山派群尼也到了茶館。

一版定逸師太見到岳靈珊，說道：「你是寧兒麼？怎地裝扮成這副怪相嚇人？」

原來一版的岳靈珊在此回名為「寧兒」，但在第五回中，又直接改名為「靈珊」。二版因此將定逸的問話改為：「你是靈珊麼？怎地裝扮成這副怪相嚇人？」

定逸師太此番前來，乃是要尋找令狐冲，原因是定逸聽說令狐冲擄走了儀琳。

寧兒（岳靈珊）說這多半有人造謠，一版恒山派儀光說她親眼見到令狐冲與儀琳師妹一起在醉仙樓上飲酒。還說儀琳師妹顯然是受了令狐師兄的把持，不敢不飲，神情十分苦惱。

二版將此段改為：儀光說，泰山派的師兄們告訴她，天松道長在衡陽城中，親眼見到令狐冲師兄和儀琳師妹在迴雁樓飲酒。儀琳師妹顯然是受了令狐冲師兄的挾持，不敢不飲，神情甚是苦惱。與他二人在一起飲酒的，還有田伯光。

一版的「醉仙樓」，因與《射鵰》江南七怪及丘處機相約比武的「醉仙樓」撞名，二版因此改為「迴雁樓」。

一版接著說：寧兒說儀光一定是看錯人了，儀光則說，她不可能認錯令狐冲，但同桌還有另一個人，即是田伯光。她因為怕見田伯光，故而沒有叫回儀琳。

眾人聽到田伯光，都啊的一聲，站了起來。原來這田伯光外號叫作「萬里獨行」，是黑白道上人人聞之頭痛無比的獨行大盜，此人武功極高，兼之機詐百出，來去飄忽，而出手又殘忍之極，姦淫擄掠，無惡不作。武林中的好漢數次大舉圍捕，他都隱匿不見其蹤，等到圍捕之人一散，他卻一個一個地去收拾，或偷襲或下毒，無數英雄好漢都命喪其手。這田伯光又是十分貪淫好色，稍有姿色的婦女落在他手中，鮮能得保貞潔，是以武林中人對之切齒，而女流之輩更是聞之膽落。

勞德諾問儀光，她能認出田伯光嗎？儀光道：「這人左額上有老大一塊青記，青記之上，生得長毛。」這青記和長毛，正是田伯光形相的特徵。

恆山派諸人想到儀琳落入田伯光之手，必無倖免，人人都為她傷心。

一版這段故事是頗見瑕疵的，怎麼儀光一見田伯光，為保自己的貞節，竟棄師妹儀琳於不顧？儀光倘真如此自私，怎能不受定逸的重懲？

此外，一版花了不少篇幅在描述田伯光，但田伯光出色之處就只有在《笑傲》前段，而非縱貫全書，二版因此刪去了部份對田伯光的描寫。

這段故事二版刪改為：岳靈珊說天松師叔一定看錯人了。定逸大聲說，泰山派天松道人怎可能看錯人？又說令狐冲竟與田伯光為伍，還挾制儀琳，絕不可輕饒！

華山恆山兩造爭執後，劉正風弟子前來茶館迎接恆山派師徒及華山派師兄弟。一版劉門弟子向大年見到梁發時，道：「原來是華山的『九鼎手』梁發三哥，久慕英名。」

二版刪去梁發的「九鼎手」外號。

恆山派與華山派群英而後隨劉正風弟子來到劉府。

接著，青衣漢子以門板抬進了泰山派的兩人。

一版說此二人是地絕道人與董百城，二版則改為天松道人與遲百城。

一版泰山派是依「天地人」排序，依序是天門道人、地絕道人、人清道人，二版改為「天」字序輩，依序為天門道人、天松道人、天柏道人。

而後，劉正風向眾人轉述天松道人在迴雁樓頭見聞令狐冲之事，才剛說完，青城派羅人傑的屍體亦被抬進了劉府。羅人傑身上插著一柄利劍，劍上刻著「華山令狐冲」五字。

接著，儀琳來到了劉府。定逸師太要儀琳說迴雁樓頭之事，儀琳先說起在山溪旁為田伯光擒至山洞。

儀琳逃不出山洞，田伯光伸手扯她衣裳，而後，令狐冲為救儀琳而在山洞外大笑，田伯光於是點了儀琳穴道，追擊而出。

田伯光出山洞後，令狐冲乘機溜進山洞，問儀琳田伯光點了她何處穴道。一版儀琳說她被田伯光點中「肩貞」「環跳」兩穴，令狐冲得知後，伸手替儀琳在肩貞與環跳兩穴推宮過血。定逸師太聽到這裏，不禁皺起了眉來，心想男女授受不親，何況你是個女尼，環跳穴是在大腿之上，給一個男人伸手推拿，實在大大的不妥。

原來一版令狐冲碰過儀琳較為私密的大腿，二版則將儀琳被田伯光點的穴道，改為「肩貞」、「大椎」兩穴，令狐冲因此就不必碰觸儀琳的大腿。一版定逸師太所想「男女授受不親」一段心思，二版也就刪去了。

一版至二版的修改至此，令狐冲與田伯光的鬥法與鬥劍，直到第四回儀琳才將故事說完。

說過一版到二版的改變，接著再談二版到新三版的修訂。

這一回新三版的變革，是將二版儀琳對令狐冲的稱呼「令狐大哥」，改為「令狐師兄」。

對於江湖兒女而言，「大哥」有曖昧之意，因此一版愛慕藍鳳凰的江飛虹，一聽藍鳳凰稱令狐冲為「大哥」，便醋勁大發，抹脖子自盡。

儀琳是恆山出家比丘尼，衿持守禮，焉能當眾對令狐冲連聲「大哥」，叫個不停？新三版將儀琳稱呼令狐冲的「令狐大哥」改為「令狐師兄」，確實妥當多了。

【王二指閒話】

金庸書系中多的是絕頂高手，所謂「絕頂高手」，當然不能默默無聞，關起門來稱「高手」，而是必當有其聲動四方，令人津津樂道之處。因此，藉由先出場的好手們的吹捧或惶懼，將尚未出場的絕頂高手引介出來，故事的鋪陳會更加順當。

金庸書系中安排「預告出場」的高手，方式概分兩大類，一類是「改版補寫的預告出場高手」，另一類是「一版即存在的預告出場高手」。大體說來，所謂「改版補寫的預告出場高手」，因為是一版全書架構完成後才補寫的，因此在補植之後，會使全書的緊密度大幅提高，故而都是成功的補寫。而「一版即存在的預告出場高手」就不是這麼回事了，因為一版是連載小說，在連載過程中，作家的創意與靈感會隨著時日而改變，故而今日「預告出場」的人物，明日可能連作家自己都不認帳。如此一來，一版的「預告出場」高手故事即可能變成二版非刪不可的累贅情節。二版若還存在這些情節，將破壞故事的周延性。

茲將此兩類「預告出場」的高手各舉數例：

第一大類：改版補寫的預告出場高手

一、《射鵰》黃藥師：一版《射鵰》直到第二十四回，才由王處一首度提及天下五絕，他問韓小瑩：「韓女俠，你可曾聽見過『東邪西毒、南帝北丐、中神通』這句話麼？」在此之前，書中還稱讚丘處機是「當今第一位大俠」。二版改版時，首回就加寫了曲靈風遙想他那「無一不會，無一不精」的師父黃藥師，亦即為天下五絕的出場做預告。

二、《倚天》明教：《倚天》中最強的教派是明教，然而，在一版故事中，於元朝之前，明教在南宋的金庸江湖中根本籍籍無名。二版為補寫這個疏漏，在將《九陰真經》的作者由達摩改為黃裳時，增寫了黃裳因與明教徒有所仇恨，才潛心鑽研武功，並因而寫下《九陰真經》。這麼一來，明教徒的武功至少就與《九陰真經》等高，也由此預告了元代明教的聲勢。

三、《天龍》逍遙派：一版《天龍》的前三回，根本不見逍遙派的影子。但《天龍》一書中，武功最稱神異的逍遙派怎能在武林中默默無聞呢？二版於是在前三回增寫了無量劍派所見無量玉壁的「仙人舞劍」，乃是逍遙子（新三版無崖子）與李秋水練劍，又增寫了神農幫被天山童姥的靈鷲宮收服之事。增寫之後，逍遙派威震江湖之勢就山雨欲來了。

第二大類：一版即存在的預告出場高手

一、《天龍》三善四惡：一版《天龍》初數回時，即預告江湖上有「武林七尊，三善四惡」，一版南海鱷神的自稱，亦是：「我是『三善四惡』的『四惡』之一，惡名素著，天下皆聞。」然而，隨著故事推衍，段延慶為首的四大惡人是現身了，但「三善」終《天龍》一書，連個影子都不見，二版遂把這「預告出場」的「三善」刪了。

二、《天龍》姑蘇慕容：一版首數回所寫及的無量山洞、神仙姊姊玉像及「凌波微步」，全都是姑蘇慕容先人所留，身為慕容氏後人的王夫人則酷似山洞中的神仙姊姊玉像。書中雖以「以彼之道，還施彼身」，聲勢極大地預告慕容復的出場，但慕容復出場後，馬上為鳩摩智所擾而要自刎，而最後與蕭峰的比武，更明顯不堪一擊。因為慕容復「雷聲大，雨點小」，二版改版時，將無量山洞、神仙姊姊玉像及「凌波微步」，全都轉為逍遙派所有，成為逍遙派的練武遺跡。

相較起「三善四惡」及「姑蘇慕容」，同屬「一版即存在的預告出場高手」，令狐冲的創造顯然是成功的，此因一來令狐冲在預告後馬上出場，沒有留給作者太多餘裕改變創作思維，二來令狐冲是第一主角，作者創作之前本就對其有過較縝密的思考，因此從一版到二版，令狐冲都從「預告出場高手」，成為真正名揚武林的高手。

第三回還有一些修改：

一・一版陸大有向何三七叫了「十七八碗」餛飩給華山派師兄妹吃。然而，叫了「十七八碗」，一版陸大有到底有沒有確實「點名」在場的師兄妹有幾人？二版改為陸大有叫「九碗」，但當場只有八位華山派師兄妹（依次為：勞德諾、梁發、施戴子、高根明、陸大有、陶鈞、英白羅、岳靈珊），怎會多叫一碗？二版應該是誤把令狐冲也算在內了，新三版將「九碗」更正為「八碗」。

二・定逸師太要私下問事於儀琳，余滄海本欲阻攔，卻為劉正風勸和。二版余滄海心想「今日就算勝了定逸，她掌門師姊決不能撇下不管，這一得罪了恆山派，不免後患無窮。」二版余滄海想的只是得罪恆山一派之後患。新三版余滄海則更老謀深算，思慮更廣，改為余滄海心想「今日就算勝了定逸，她掌門師姊決不能撇下不管，何況恆山派是五嶽劍派之一，五嶽劍派，同榮共辱，這一得罪了恆山派，不免後患無窮。」

三．儀琳說及田伯光將她抓到山洞後，二版儀琳又說：「那惡人田伯光只是逼我，伸手扯我衣裳。我反掌打他，兩隻手又都被他捉住了。」新三版儀琳再加說：「我大聲叫嚷，又罵了他幾句。師父，弟子不是膽敢犯戒，口出粗言，不過這人當真太也無禮」。這一增寫，儀琳的反應才像被性騷擾女子的正常反應。

四．令狐冲自稱是勞德諾後，見儀琳還遲疑不走，二版令狐冲道：「田伯光，你一刀砍死我罷，我老頭子今日是認命啦！」新三版增為令狐冲道：「田伯光，你一刀砍死我罷，我老人家活了七八十歲，也算夠了，今日認命罷啦！」新三版這一加寫更合理，因為令狐冲冒充勞德諾，本意就是要讓儀琳誤以為自己是老頭子，若連這點都沒表達出來，他冒充勞德諾就毫無意義了。

五．勞德諾說起青城派滅福威鏢局總局之事，一版勞德諾道：「我二人在福州城外耽不了幾天，青城派的弟子們就陸續到了。最先來的是侯人英和洪人雄二人。」二版將「最先來的是侯人英和洪人雄二人。」改為「最先來的是方人智和于人豪二人。」

六・吃完餛飩後，何三七向勞德諾收錢，一版何三七道：「十四碗餛飩，五文錢一碗，七十文銅錢。」二版何三七的餛飩漲價了，改說：「九碗餛飩，十文錢一碗，一共九十文。」可知一版在場的華山派的弟子是十四人，二版則是九人。

七・在迴雁樓頭見到田伯光，一版是地絕道人（即二版天松道人）拍桌，罵道：「你是淫賊田伯光麼？」二版改為是遲百城拍桌大罵。

八・前來稟告發現羅人傑屍體的泰山派天門道人弟子，一版名為「王崑」，二版刪去其姓名。

九・儀琳說起田伯光將她擒到山洞之事，一版儀琳接著又道：「這人折斷了我的劍後……」定逸道：「他折斷你的劍？」儀琳道：「是啊，他又說了許多話，只是不讓我出去，說我……我生得好看，要我陪他睡……」一版此處前後矛盾，因為儀琳隨即又說，是她而後要逃出山洞時，田伯光才折斷她的劍。二版因此刪去儀琳此處所說田伯光折斷她劍之事，只說：儀琳道：「那個人又說了許多話，只是不讓我出去，說我……我生得好看，要我陪他睡……」

曲非烟以一招「百鳥朝凰」技驚群豪——第四回〈坐鬥〉版本回較

《倚天》與《笑傲》兩書的主結構都是「名門正派」與「魔教」的爭鬥。《笑傲》最早出場的魔教中人是曲洋的孫女曲非烟，一版曲非烟甫出場，即以一招「百鳥朝凰」技驚劉正風府上的群豪，二版曲非烟則跟韋小寶、王語嫣一樣，都被廢去了武功。且來看從一版到二版，由武功高手淪為嘴砲高手的曲非烟。

故事要從儀琳述說令狐冲與田伯光在迴雁樓頭比劍說起。

且說田伯光擊敗天松道人後，便轉而與令狐冲鬥劍。令狐冲為救儀琳，自稱有一套坐著打的劍法，要與田伯光坐著較勁。

聽聞此事，一版勞德諾心想：「原來大師哥暗中創了一套劍法，怎地不跟師父說，難道他想自立門戶不成?是了，多半他受了師父杖責，心中不忿，有意脫離華山一派，免得多受屈辱。」

二版則將勞德諾的心思刪為：「原來大師哥暗中創了一套劍法，怎地不跟師父說?」

一版身為華山派二師兄的勞德諾，似乎不太了解大師兄令狐冲。令狐冲敬重師父師母，怎可能因師父杖責，就另創門派?

坐鬥前，令狐冲與田伯光相約，輸的人要拜儀琳為師。

一版儀琳心想：「我恆山派中個個都是尼姑，怎能夠……怎能夠……」

二版改為儀琳想的是：「我恆山派不論出家人、在家人，個個都是女子，怎能夠……怎能夠……」

由此可知，一版金庸初構想的恆山派，跟少林派一樣，闔派均是剃度的出家眾。但故事發展至後來，為了不讓恆山派過於嚴肅拘謹，金庸又為恆山派加入了秦絹、鄭萼等較為活潑的在家女弟子，因此二版改版時，回頭做了訂正。

為了激使田伯光同意坐鬥，令狐冲向田伯光說，五嶽劍派掌門將天下眾高手排了武功高下的順序。一版令狐冲還說：「站着打，我令狐冲在普天下武林之中，排名第三十九；坐着打，排名第二！」

二版令狐冲較謙遜，改說：「站着打，我令狐冲在普天下武林之中，排名第八十九；坐着打，排名第二！」

田伯光再問令狐冲，自己排名第幾，令狐冲道：「五位師尊對你的人品罵得一錢不值，說到你的武功啊，大家認為還真不含糊，站着打，天下可以排列第十四。」

一版田伯光道：「五嶽劍派掌門人領袖武林，一字之褒，榮於華衮。田伯光排名第十四，哈哈，那是過獎了。」

由田伯光的話可知，金庸在一版的初構想中，未必有讓少林武當加入《笑傲》武林中的構思，因此當時執名門正派牛耳的，便是五嶽劍派，而劉正風金盆洗手的盛事，亦不見少林武當派員賀喜。

二版因已確定當時的武林中有少林武當，田伯光的話也更改為：「五嶽劍派掌門人都是武林中了不起的高人。居然將田伯光排名第十四，那是過獎了。」

而後，儀琳詳實說完令狐冲以智計勝了田伯光之事，接著又說田伯光離去後，青城派的羅人傑前來迴雁樓，並與令狐冲互刺要害一劍。

儀琳才剛說完，青城派的申人俊與吉人通便被人以「屁股向後平沙落雁式」踢進了劉府。余滄海疑心踢他弟子的是「塞北明駝」木高峰，木高峰恰於此時現身於劉府中。

而後，余滄海與木高峰為了林平之，對峙了起來。此刻又有兩名青城派弟子被踢了進來，只聽一個女童叫道：「這是青城派的看家本領『屁股向後平沙落雁式』！」

這個女童即是《笑傲》中，第一位出場的魔教人物曲非烟，一版與二版的「曲非烟」，新三版更名為「曲非煙」。

不過，「曲非烟」更名為「曲非煙」，並不見得是更名，也可能是金庸用字習慣的改變。二版的「烟」字，新三版一律改為「煙」，比如「烟火」改為「煙火」。

一版說曲非烟約莫「十二三歲」，二版加了一歲，改為約莫「十三四歲」。

一版接下來的故事是：花廳上眾人眼見那兩名青城弟子兀自躺着不動，余滄海將一位弟子翻過身來，只見他臉露詭異微笑。一見這笑容，余滄海即知他是中了青城派絕技「摧心掌」而死。在場另有好幾個人識得這「摧心掌」之特徵，說道：「原來是青城派同門相殘，死在自已人的手裏。」

這兩名青城派弟子是被曲洋踢死的，若照一版的說法，兩名弟子竟是死於「摧心掌」之下，那麼，曲洋不就也精通《天龍》姑蘇慕容的「以彼之道，還施彼身」？

二版將一版這一大段刪改為：花廳上眾人眼見那兩名青城派弟子兀自躺著不動，屁股朝天，屁股上清清楚楚的各有一個腳印，大暴青城派之醜。余滄海伸手到一名弟子身上拍了拍，發覺二人都被點了穴道。

二版青城派兩人是被點穴後，踢進了花廳，而不像一版是被殺死，二版才符合曲洋答應劉正風的，願與名門正派和平共處。

而後，余滄海叫方人智命人將兩位弟子抬下去，曲非烟則出言諷刺青城派。

見到曲非烟，一版儀琳回想起，昨日於醉仙樓頭，在臨街的一角之中，一張小桌旁坐着二人，這兩人即是曲洋與曲非烟祖孫。

二版改為儀琳回想起，昨日於迴雁樓頭，在臨街的一角之中，一張小桌旁坐著個身材十分高大的和尚，另一張小桌旁坐著二人。二版這高大的和尚是儀琳的生父不戒和尚，另二人則是曲洋祖孫。

二版此處修改，理當是因為一版中只有曲洋能制田伯光，而曲洋在第七回中便已亡故，若不創造出一個不戒和尚，便無人可逼田伯光遂行當儀琳弟子的誓言。

余滄海怒問曲非烟她爹爹是誰？曲非烟哭而不答，余滄海遂以一紙團向曲非烟臉上擲了過去。

一版接下來的故事是：只見曲非烟抬起右手，食指向那紙團一彈，嗤的一聲響，紙團竟碎作千百片小紙片，在她身前一丈之處，如蝴蝶般四散飛舞，群豪中便有二十餘人忍不住叫起好來。

定逸、余滄海以及天門道人、劉正風、聞先生、何三七等高手見到曲非烟的功夫，臉色均異乎尋常的難看。余滄海道：「嘿嘿，小姑娘，你這手『百鳥朝鳳』，可使得俊得很哪。」原來曲非烟所使是魔教絕技「百鳥朝鳳」，這招練到深時，能一招之間，同時殺傷十人八人，招數毒辣，實是難以閃避。曲非烟小小年紀，功夫當然沒練到家，但若假以時日，她彈的又不是紙團，而是毒砂之類劇毒暗器，數丈方圓的籠罩之下，千百粒細砂突然撲到，只怕再強的高手，也會登時送了性命。正派中人談到魔教時，對這門功夫均感頭痛，苦無善法抵擋，自是無不憎惡。那料到這樣一個粉裝玉琢般的女孩，竟會使這門既毒、又厲害的武功。

曲非烟嘻嘻一笑，道：「誰說這是『百鳥朝鳳』？我媽媽說，這功夫叫做『一指禪』，只不過我沒學會，再練二十年，那就差不多啦。可是怎麼又等得到二十年？那時候啊，我頭髮都白了，牙齒也掉啦，還使甚麼『一指禪』的功夫？」天門道人和定逸對望一眼，臉上都現出驚異之色。定逸道：「你說這是『一指禪』神功？那麼你媽媽是東海紫竹島上的嗎？」那女童又是嘻嘻一笑，道：「是與不是，你自己去猜，我媽媽吩咐的，咱們的來歷，可千萬不能跟人家說。」天門等人雖然久聞魔教中「百鳥朝鳳」這一招之名，但到底是怎生模樣，卻是誰也沒有見過，何況這女童功夫沒練得到家，其間真偽，甚難分辨。至於「一指禪」功則是東海紫竹島鏡月神尼的絕技，聽說向來不傳外人，這女童既然會使，自與鏡月神尼有極深的淵源了。鏡月神尼久已是武林中傳遍眾口的絕世高人，誰也比她不起。雖然這女童所說不知是否屬實，卻寧可信其是，不可信其非，何必沒來由的去得罪這一位猶如神龍莫測的世外高人？一霎時間，天門等人都是「哦」的一聲，臉色由厭惡變為尊重，余滄海臉上卻是青一陣，白一陣，陰晴不定。

定逸師太本來最喜相貌秀麗的小姑娘，何況這女童又說與東海紫竹島頗有淵源，大家同為佛門一脈，絕不能讓她給余滄海欺侮了，於是要儀琳帶著曲非烟去找她爹爹媽媽。

這段故事在二版大幅修改為：曲非烟矮身坐地，哭叫：「媽媽，媽媽，人家要打死我啦！」她這一縮甚是迅捷，及時避開紙團，明明身有武功，卻是這般撒賴。定逸師太而後要儀琳帶著曲非烟去找她爹娘。

一版曲非烟身擁「百鳥朝凰」或「一指禪」的絕世神功，二版則被廢去了功力，成為武功平凡，卻愛耍嘴皮、逞口舌之快的女孩。

至於東海紫竹島鏡月神尼，因在後來的故事中並未出現，故而一版改寫為二版時，即將此人刪去了。

看過一版到二版的改變，再看二版到新三版的變革。

二版令狐冲曾自創了一句順口溜，即關於「天下三毒」的「尼姑砒霜金線蛇，有膽無膽莫碰他！」

然而，「金線蛇」是一種無毒蛇，新三版因此將這句順口溜改為：「尼姑砒霜青竹蛇，有膽無膽莫碰他！」

「赤尾青竹絲」是知名的劇毒蛇種，這一改，「天下三毒」就沒有「金線蛇」是否有毒的爭議了。

【王二指閒話】

金庸在每部小說中，都會塑造出震古鑠今，天下無敵的絕頂武功高手，然而，這些高手「取之於武林」，自前輩高人或古傳秘笈中練得一身驚人的藝業，卻往往未再「傳之於武林」，導致許多高明武功，就如同嵇康手上的「廣陵散」，隨人逝而消亡。

隨大俠之死而埋入地底的絕學，包括《天龍》虛竹的逍遙派武功、段譽的「六脈神劍」《神鵰》楊過與小龍女的《玉女心經》、《倚天》張無忌的《九陽真經》、「乾坤大挪移」，及楊姓黃衫女子的《九陰真經》等等。

之所以會屢屢發生「功隨人滅」的情況，乃是因為金庸書系中的主角俠士在武功傳承上，大多有兩個原則，一是不願開宗立派，二是不肯納徒傳功。

先談「開宗立派」。俠士若是想「開宗立派」，身為一派之主後，就必須與弟子一起受幫規門律的束縛。然而，金庸筆下的俠士，都是喜好自由，遠勝於為人師表的。與其要讓他們成立門派，以團體之力普惠於江湖或國家，他們還寧可以自己一人之力，做做「隨喜功德」。大俠絕不可能犧牲自己的自由或家庭共享天倫的時光，用以成立宗派，肇建武林事功。

金庸筆下有多位主角俠士曾參與過幫派事務，如《書劍》陳家洛當家過紅花會、《碧血》袁承志領導過金蛇營、《倚天》張無忌執掌過明教、《天龍》喬峰統領過丐幫，但於他們而言，幫派的參與都只是武林經驗的過渡。以這幾位主角俠士來說，除了「紅花會」最後退隱回疆，組織鬆散，有若於無，因而陳家洛還被奉為「大當家」外，其他的袁承志、張無忌、喬峰等人，都於青年時期就已離開其所領導的幫派。

而既然幫派的參與只是人生的一段過渡時期，俠士也就均無將其武功傳諸幫派中佳徒之事。

又若從文學角度來看，俠士們不願開宗立派，乃是「文學上的故意」。若俠士們個個成為宗派之主，那麼，張無忌出場時，「郭靖幫」與「楊過派」四處耀武揚威，張無忌怎還有發揮的空間？故此俠士們自然不能開宗立派了。

再談「納徒傳功」，金庸筆下的俠士們，除了故事跨越《射鵰》與《神鵰》的郭靖外，主角俠士們明明都身懷絕世武功，卻都不願納徒授功，也就因為如此，大俠的武功絕不可能透過弟子學徒，繼續嘉惠武林。

俠士在傳功一事上，「藏私」之心極為明顯，他們對於高明武功的傳授，頂多及於「親人」，絕不外流，如郭靖的「降龍十八掌」，不管他是不是真曾認真指導過武敦儒與武修文，真正得他真傳的，畢竟只有他的女婿耶律齊。而楊過所學的《九陰真經》，亦只傳於應是他後人的楊姓黃衫女子。

郭靖、楊過還肯傳於血親或姻親，更多的俠士則是誰都不傳，如段譽身擁「北冥神功」、「凌波微步」與「六脈神劍」三門絕學，但他的孫子一燈大師段智興於這三門武功根本聞所未聞，其他的俠士如虛竹、張無忌、令狐冲等人，則都將「逍遙派武功」、「乾坤大挪移」、「獨孤九劍」帶入了地下，從他們以後，武林中再也無人習得這幾門功夫。

若從文學角度而言，俠士們不肯納徒傳功，也屬「文學上的故意」。倘使張無忌方出江湖時，「郭靖傳人」、「楊過徒孫」滿街亂竄，張無忌還能指望甚麼建樹？

在這一回中，一版勞德諾懷疑令狐冲要自立門戶，可見勞德諾並不懂創造出他的主子金庸。在金庸的創作中，只要是主角，不要說令狐冲，就是楊過、張無忌、段譽等等，都既不可能開宗立派，也絕不會納徒傳功。

第四回還有一些修改：

一．聞儀琳說田伯光之事，天門道人問天松道人（一版地絕道人）道：「師弟，這惡賊的武功當真如此了得？」一版地絕道人一聲長嘆，臉上本來已無半點血色，此時更加猶如死人一般的慘白，緩緩將頭轉了開去。眾人均知此是不答之答，乃是默認田伯光的武功確是十分了得。一版如此說法，顯得田伯光武藝極端高強，二版改為天松道人一聲長歎，緩緩將頭轉了開去。二版這一改，也就降低了田伯光的武功層次。

二．快刀砍中天松道人（地絕道人）胸口後，一版田伯光道：「……這一刀居然砍他不死。天下英雄中能逃過我這一刀的，這位地絕道人還是第一個。」二版刪去了「天下英雄中能逃過我這一刀的，這位地絕道人還是第一個。」兩句話，若田伯光快刀真這般天下無敵，豈非凌駕於少林、武當、丐幫及魔教之上？

三・儀琳說令狐冲向田伯光連攻三劍，這三劍去勢凌厲，劍光將田伯光的上盤盡數籠罩住。一版定逸說令狐冲所使劍招為「長江三疊浪」，二版則為配合令狐冲的華山派出身，將招名更改為「太岳三青峰」。一版金庸小說中，數度出現「長江三疊浪」，如《倚天》第十五回，衛璧曾對張無忌使出「長江三疊浪」。一版《倚天》華山派矮老者也曾使「長江三疊浪」，二版則更名為「華嶽三神峰」。

四・聽完儀琳說令狐冲與羅人傑拚鬥，互刺一劍之事後，一版天門道人向地絕道人道：「師弟，當時你是親眼目睹的了？」地絕道人道：「令狐冲和羅人傑，都是一般的心狠手辣，終於鬥了個同歸於盡。」二版因天松道人已離開迴雁樓，自是刪了天門道人此問。但二版雖無天門道人問地絕道人之事，為徵儀琳所敘事蹟之信，又增寫：劉正風向那姓黎的青城派弟子道：「黎世兄，當時你也在場，這件事是親眼目睹的？」那姓黎的青城弟子不答，眼望余滄海。眾人見了他的神色，均知當時實情確是如此。否則儀琳只消有一句半句假話，他自必出言反駁。

五・木高峰叫林平之向他磕頭，一版林平之尋思：「昔年韓信曾受胯下之辱，到後來終於登壇拜將，成不世的功業。大丈夫小不忍則亂大謀，只須我日後真能揚眉吐氣，今日受一些折辱又有何妨？」」二版刪去了林平之話中「昔年韓信會受胯下之辱，到後來終於登壇拜將，成不世的功業。」幾句套用典故之處。金庸塑造的江湖人物，大都少讀經史古籍，尤其在改版之後，俠士們腹中的墨水是每下愈況了。

六．余滄海決意接受木高峰的挑戰後。一版解釋說，青城派的武功本屬玄門正宗的一支，擅於以柔克剛。二版刪了此話。

七．儀琳回想起抱著令狐冲「屍體」，下了迴雁樓，再至荷塘旁之事。一版儀琳心中的念頭是：「當我抱著令狐大哥的屍身之時，我心中最是反常。」至於「反常」之意為何，二版寫實了，二版儀琳心想：「當我抱著令狐大哥的屍身之時，我心中十分平靜安定，甚至有一點兒歡喜，倒似乎是在打坐做功課一般，心中甚麼也不想。」

田伯光在全武林中最怕的就是曲洋——第五回〈治傷〉版本回較

這一回說的是儀琳收田伯光為徒的故事。田伯光之所以拜儀琳為師，是因為令狐冲與田伯光比武，以「拜儀琳為師」當賭注，後來田伯光輸了，才不得不拜儀琳為師。儀琳並沒有半分令田伯光拜服之處，田伯光也不願拜儀琳為師。而若想讓田伯光願賭服輸，乖乖當儀琳的徒弟，儀琳就須有個鎮得住田伯光的靠山，才能逼田伯光拜師。一版儀琳的靠山是曲洋，曲非烟藉曲洋名義，逼田伯光實現賭誓，二版儀琳的靠山則是不戒和尚。

且來看看此回的版本變革。

就從在劉正風府中，定逸師太囑咐儀琳陪曲非烟去找爹娘說起。

話說儀琳與曲非烟說話間，一版曲非煙抓住了儀琳左手，央求道：「好姊姊，我一個兒孤苦伶仃的，沒人陪我玩兒，你就陪我一會兒。」

一版說儀琳給她一抓住脈門，只覺半身酸麻，不由得暗暗吃驚，心想這小姑娘的武功確是在自己之上。

一版曲非烟武功高強，二版則將這幾句描述曲非烟武功的詞句删了。曲非烟這魔教率先出場的「小妖女」，在二版被廢了武功，殘存的功力已經不值一哂。

而後，為了尋找「令狐冲的屍體」，曲非烟帶著儀琳來到了妓院「群玉院」。隨曲非烟進了「群玉院」後，一版說儀琳忽聽得門外有個男人聲音哈哈一笑，這笑聲甚是熟悉。儀琳一驚站起，伸手去拔腰間佩劍時，卻拔了個空，不知何時這佩劍已被人取去了。那人大笑之中，掀開門帘走了進來。

來人原來是田伯光，田伯光一見到儀琳，即轉身搶步出門外。曲非烟要田伯光願賭服輸，拜儀琳為師，田伯光道：「此事再也休提，我是上了令狐冲的大當。非非，你怎麼到這種地方來啦？快去，快去，女孩兒家，怎麼到妓院裏來胡鬧？」

曲非烟笑說，她為甚麼不能來妓院？田伯光在門帘之外，頓足說道：「你爺爺若是知道你在這裏，非殺了我不可，求求你，好非非，乖非非，別開這種古怪玩笑，快快帶了這位小師父走吧。你只要立刻就走，不論要我幹什麼，我都依你。」曲非烟則笑說，她要跟儀琳姊姊在妓院睡覺。

田伯光急道：「你到底去是不去？」曲非烟笑道：「我是自然不去，你怎麼樣？大丈夫一言既出，駟馬難追，說不去，便不去。」田伯光道：「你又不是大丈夫，乖非非，你快去吧！明兒我去找三件好的玩意兒來給你玩。」曲非烟道：「呸，我希罕什麼玩意兒？我跟爺爺說，是田伯光把我帶到這裏來的。」田伯光連連頓足，道：「我可沒得罪你啊，你撒這個謊，可坑死我啦。你有良心沒有？」曲非烟道：「你來問我有沒有良心。田伯光，你有良心沒有？怎地見了自己師父，頭也不磕，轉身便溜？」田伯光道：「好啦，算是我的不是，非非，你到底要我幹什麼？」曲非烟道：「我是為你好，叫你做大丈夫，說過的話，應當算數。快滾進來，向你的師父磕頭。」田伯光躊躇道：「這個……這個……」

儀琳道：「我不要他磕頭，也不要見他，他……不是我的徒弟。」田伯光忙道：「非非，你聽，這位小師父根本就不要見我。」曲非烟道：「好，算你的。我跟你說，我適才來時，有兩個小賊鬼鬼祟祟的跟着我們，你去給打發了。我和你師父在這裏睡覺，你就在外看守着，誰也不許進來打擾我們。到得明天，我決不跟爺爺說便是。」田伯光顯然很怕她爺爺，無可奈何的道：「好吧，你說過的話可要算數。」曲非烟格的一笑道：「我又不是大丈夫，說過的話算數也可以，不算數也可以。」

一版田伯光稱曲非烟為「非非」，可見兩人顯然非常熟稔，而天不怕地不怕的田伯光，在一版故事中，最怕的竟然就是曲非烟的爺爺曲洋。

二版將這段修改為：儀琳隨曲非烟進了妓院後，忽聽得隔壁房中有個男子聲音哈哈大笑，笑聲甚是熟悉，正是那惡人「萬里獨行」田伯光。聽到田伯光的笑聲，儀琳嚇得雙腿酸軟。曲非烟對儀琳笑說：「我也認得他的笑聲，他是你的乖徒兒田伯光。」田伯光聞言，在隔房大聲道：「是誰在提老子的名字？」曲非烟告訴田伯光，他師父儀琳在此，叫他過來磕頭。

田伯光道：「她怎麼會在這種地方，咦，你……你怎麼知道？你是誰？我殺了你！」聲音中頗有驚恐之意。曲非烟叫田伯光過來向儀琳磕頭，田伯光本要逃走，曲非烟又叫道：「田伯光，你別逃走！你師父找你算帳來啦。」田伯光罵道：「甚麼師父徒兒，老子上了令狐冲這小子的當！這小尼姑過來一步，老子立刻殺了她。」

田伯光仍不願過來磕頭，曲非烟道：「好，算你的。我跟你說，我們適才來時，有兩個小賊鬼鬼祟祟的跟著我們，你快去給打發了。我和你師父在這裡休息，你就在外看守著，誰也不許進來打擾我們。你做好了這件事，你拜恆山派小師父為師的事，我以後就絕口不提。否則的話，我宣揚得普天下人人都知。」

一版田伯光最怕的是曲洋，因此曲非烟以曲洋之名，威脅田伯光非兑現承諾，拜儀琳為師，然而，《笑傲》的故事發展到第七回，曲洋便已一命歸天了，若田伯光在這世上最怕曲洋，「儀琳收徒」一事只怕便得破局。

為了讓「儀琳收徒」一事得以周延，二版讓儀琳的生父不戒和尚提早出場，並將田伯光最怕的人改成不戒和尚，如此一來，「儀琳收徒」一事才能延續。又因二版田伯光最怕的並非曲洋，因此田伯光跟曲非烟也被改為素不相識。

田伯光離去後，曲非烟領著儀琳為重傷的令狐冲治傷。

而後，曲非烟說起昨日於迴雁樓頭之事，一版曲非烟對儀琳說起她與爺爺曲洋，昨日在醉仙樓頭，看令狐冲和田伯光打架。曲非烟道：「昨日爺爺和我都改了裝，所以田伯光這壞蛋沒認出來。他最怕我爺爺，要是知道我爺爺便坐在旁邊，他早就逃到二百里之外去了。」儀琳心想：「既然如此，當時只須你爺爺一現相，便將田伯光嚇走，令狐大哥那裏會死於非命？」但她臉嫩，這種埋怨旁人的話卻說不出口。曲非烟道：「你心中一定在怪我爺爺，既然他能嚇走田伯光，為什麼卻儘在旁看熱鬧，害得你的令狐大哥慘在死敵人劍下，是不是？」儀琳不會說謊，心頭一酸，哽咽道：「都是我不好。前天我若不去山溪裏洗手，不給田伯光捉去，就不會害到令狐大哥，我……我……我怎敢怪你爺爺？」

曲非烟道：「你不怪我爺爺最好，他最不喜歡人家怪他。我爺爺說，要瞧瞧田伯光是不是真的壞到了家，是否打不過人家就賴。姊姊，嘻嘻。」

一版田伯光在世上最怕的是曲洋，二版則改為不戒和尚。二版因此將這段刪為曲非烟對儀琳說，她和爺爺曲洋昨日在迴雁樓頭，看令狐冲和田伯光打架。

二版曲洋並不認識田伯光，田伯光也不怕曲洋。

儀琳為令狐冲施藥後，令狐冲醒轉來。定逸師太、余滄海、劉正風等人也均因追索田伯光而來到「群玉院」。

余滄海為搜索田伯光，查到令狐冲房中，令狐冲則將儀琳與曲非烟藏到被窩中，只露出曲非烟的長髮。

余滄海進房後，一版令狐冲道：「余觀主，聽說你是童子出家，一生從未見過光身赤裸的女子，自己又不敢宿娼嫖妓，何不叫你弟子揭開被窩開開眼界？」

一版令狐冲這說法好生奇怪，余滄海名滿天下，妻妾成群也不是甚麼秘密，令狐冲怎可能從未聽聞？

二版改為令狐冲道：「余觀主，你雖是出家人，但聽說青城派道士不禁婚娶，你大老婆、小老婆著實不少。你既這般好色如命，想瞧妓院中光身赤裸的女子，幹麼不爽爽快快的揭開被窩，瞧上幾眼？何必借口甚麼找尋恆山派的女弟子？」

二版令狐冲的說法顯然合理多了。

被令狐冲一言譏諷後，余滄海劈了令狐冲一掌，令狐冲為掌風掃及，余滄海待要再出一掌，躲在一旁的林平之叫道：「以大欺小，好不要臉」。

聞林平之之言，余滄海當下奔出。見到余滄海後，林平之自承就是殺余滄海之子的林平之。

聞林平之所言，一版令狐冲雙手按着窗檻，道：「余觀主，原來你有妻有子，我還道你童身清修，當真把你瞧得高了。」

二版因令狐冲本知余滄海妻妾成群，這段全數刪了。但一版令狐冲這段話頗為可議，在武林之中，豈有用「童身清修」與「有妻有子」來定高下之事？若「童身清修」比「有妻有子」來得高潔，金輪國師便比郭靖偉大高潔許多了！

此時，「塞北明駝」木高峯也現身，並為了「辟邪劍譜」，而與余滄海爭奪林平之。

余滄海與木高峰搶奪林平之，余滄海遞出長劍。一版說木高峯左手一揮，噹的一聲响，將他長劍格開，手中已多了一個閃閃發出金光的大輪子，這輪子不住轉動，輪周裝着八柄小刀。木高峯轉動金輪，輪上利刀將余滄海的來劍一一格開。

一版木高峰使的是「金輪」，那麼，木高峰莫非是金輪國師的傳人？

二版改為：木高峰左手一揮，嗆的一聲響，格開長劍，手中已多了一柄青光閃閃的彎刀。木高峰揮動彎刀，將來劍一一格開。

二版改寫後，木高峰不使金輪，也就不是「金輪國師」的傳人了。而來自「塞北」的木高峰使用「彎刀」，顯然更符合其出身。

余木二人相爭的結果，余滄海讓步，林平之便為木高峰拉了過去。

木高峰搶得林平之後，逼林平之拜他為師，就在此時，岳不羣出手救了林平之。

一版岳不羣使出「混元功」，二版則將「混元功」改為「紫霞功」，並增寫解釋說：聽說這門內功初發時若有若無，綿如雲霞，然而蓄勁極韌，到後來更鋪天蓋地，勢不可當，「紫霞」二字由此而來。

岳不羣使出「混元功」（二版「紫霞功」）救林平之後。一版說木高峯驚詫之下，將手掌又迅捷的按到了林平之的頭頂，這一次更是使上了他平生絕技「磁峯千斤力」。

二版刪去了「磁峯千斤力」的招名。

最後，木高峰不敵岳不羣，終於放開了林平之。

在木高峰與岳不羣的對話中，一版木高峰說岳不羣已「六七十歲年紀」，二版岳不羣年輕了一些，改為是「快六十歲了」。

木高峰離去前，譏刺岳不羣：「真想不到華山派如此赫赫威名，對這《辟邪劍譜》卻也會眼紅。」岳不羣聞言，臉上滿佈紫氣，只是那紫氣一現即隱，頃刻間又回復了白淨面皮。

一版木高峰一見到他臉上紫氣，心中不由得打了個突，尋息：「這是華山派的『紫霞功』啊，素聞這『紫霞功』是各派內功之冠，是以又有『王者功』之稱，數百年來，聽說華山派中從未有一人練成功過。岳不羣這廝居然有此毅力，將這神功練成，駝子倒是得罪他不得。」

二版對「紫霞功」的描述不再這麼誇大了，這段改為：木高峰見到岳不羣臉上紫氣，心中打了個突，尋思：「果然是華山派的『紫霞功』！岳不羣這廝劍法高明，又練成了這神奇內功，駝子倒得罪他不得。」

岳不羣與木高峰等人先後離去後，儀琳抱著令狐冲至荒山之中，兩人在瀑布之旁，令狐冲說起了與岳靈珊練劍之事。

一版令狐冲說：「我是個無父無母的孤兒，十三年前蒙恩師收錄門下，那時靈珊師妹還只五歲，我比她大得多。」

二版改為令狐冲說：「我是個無父無母的孤兒，十五年前蒙恩師和師母收錄門下，那時小師妹還只三歲，我比她大得多」。

從一版改為二版，令狐冲拜師的時間提早了兩年。

一版到二版的修訂到此，接著再看二版到新三版的修改。

話說儀琳將令狐冲救出群玉院後，來到瀑布旁。令狐冲見儀琳忽然臉紅，而淚水未絕，便如瀑布旁濺滿了水珠的小紅花一般，嬌艷之色，難描難畫。二版令狐冲心道：「原來她竟也生得這般好看，倒不比靈珊妹子差呢。」

新三版改為令狐冲心道：「原來她竟也生得這般好看，似乎比靈珊妹子更美呢。唉，她是出家人，我怎可拿她來跟小師妹比美。令狐冲，你這人真無聊……」

「情人眼裡出西施」，二版令狐冲深戀小師妹岳靈珊，儀琳再美，放在岳靈珊前面，令狐冲頂多給句「不比靈珊妹子差」的考語。新三版令狐冲卻竟讚儀琳「似乎比靈珊妹子更美」，令狐冲還壓抑自己，不准自己拿儀琳跟岳靈珊比美。

在金庸自稱「我心中對之有柔情、有愛意、願意終生愛護她的女子（和妻子不同）——郭襄、小昭、儀琳、雙兒、阿碧、阿九、程英、公孫綠萼、甘寶寶。」名單中，儀琳排名第三。按照金庸新三版修訂的邏輯來看，這份名單中的女子，金庸都透過男主角們，頗為加料照顧，儀琳當不能自外於新三版的修改原則，因此令狐冲也對她更為青眼相加。

岳靈珊最後棄令狐冲而去，儀琳則自始至終心中只有一個令狐冲，因此，金庸在修訂新三版《笑傲》時，原則之一就是「貶低岳靈珊，抬高儀琳」。但將令狐冲改為對儀琳也有點心儀，二版令狐冲對岳靈珊一往情深的的愛戀，在新三版就打了折扣。二版令狐冲只鍾情於岳靈珊一人，新三版令狐冲則變得多情。且不說讀者覺得如何，就不知任盈盈較喜歡二版專情的令狐冲，還是新三版多情的令狐冲？

【王二指閒話】

金庸善寫人性，也常經由小說揭破人性中的「偽善」。在金庸書系中，還屢次塑造「偽佛」「假仙」之流人物，再藉由折穿這些「偽佛」「假仙」的假面具，道出這類「偽聖人」在儒佛道等宗教羊皮下包藏的狼心。

所謂的「偽佛」，乃是以釋迦牟尼佛曾用過的頭銜或曾說法之地名，將自己包裝成儼然就是得道的活佛，這包括以下三人：

一、《神鵰》金輪法王：關於「金輪」一詞，佛典中有云：「轉輪聖王所以致金輪者。帝釋常勅四天王。」意思就是說，金輪王能統治天下。在佛陀出家前，就曾有仙人對佛陀的父親淨飯王預言：「悉達多太子若是不出家修道，就做轉輪聖王，又名金輪王。」

《神鵰》金輪法王以「金輪」為法號，當是自喻為「金輪王」，也就是說，他是自比於佛陀的。但觀諸「金輪法王」在江湖中的言行，總是想殺郭靖以奪「蒙古第一勇士」之位。他貪名貪利，嗜殺嗜血，充其量也不過就是自稱「金輪王」的屠夫。

二、《天龍》鳩摩智：佛陀出家修道後，曾於「雪山」苦修六年。《天龍》鳩摩智則於「大雪山」大輪寺為僧，人稱「大輪明王」。書中說鳩摩智具大智慧，精通佛法，每隔五年，開壇講經說法。

雖說西藏本有「大雪山」，但鳩摩智以「大雪山」為道場，理當也有以在「雪山」修為的佛陀自況之意。然而，鳩摩智在《天龍》中，又是要燒段譽以祭慕容博，又是要計引慕容復自殺，其殘忍無道之心，完全與佛陀攀不上邊。

三、《天龍》天山童姥：佛經中說，釋迦牟尼佛出生後，一手指天，一手指地，說道：「天上天下，唯我獨尊；三界皆苦，吾當安之。」而佛陀成道後，遊化印度各國，最常出入王舍城，住在靈鷲山中。

《天龍》天山童姥將自己的居所取名為「靈鷲宮」，且一版天山童姥最精擅的武功，便是「天上天下唯我獨尊功」，一版靈鷲宮的九天九部諸女更以「教主」尊稱天山童姥，足知天山童姥根本是把自己當作佛陀。但觀乎天山童姥素行，竟是以「一招殺人」取樂，其無端暴行怎堪配佛陀於萬一？

說罷「偽佛」，再說「假仙」。在「七年改版十五部，金庸說：減肥成功」這篇採訪中，記者陳宛茜寫及：「新修版還有甚麼不滿意的部分？金庸說，他本想將《神鵰俠侶》中的公孫谷主，寫成像黃藥師一樣『有仙氣』的世外高人，可惜寫壞了，現在也沒想到好的改法。」

金庸毋須惋惜，就算少一個「公孫止」，金庸書系中的「假仙」人物還是不少。外表飄逸如仙，內在卻殘暴嗜殺，如《射鵰》黃藥師、《神鵰》公孫止、《天龍》丁春秋等等，都是這類人物。

《笑傲》岳不羣當然也位列「假仙」的仙班之一，外號「君子劍」的岳不羣，外貌是「輕袍緩帶，右手搖著摺扇，神情甚是瀟洒」，一脈「神仙」模樣，內心卻是為得「辟邪劍法」，奸謀算計他人的卑鄙小人。不過，與黃藥師、公孫止及丁春秋一樣，金庸塑造出「假仙」岳不羣，便也旋即拆穿他的假面目。

真正的「佛道」與「仙道」都是修出來的，如張三丰這般無欲無求，方近「真仙」，若只用「偽佛」或「假仙」的外貌包藏內在的狼子野心，金庸自是不能使之善始善終了。

第五回還有一些修改：

一．說起曲非烟的爹媽，一版曲非烟對儀琳道：「我爹爹媽媽去世很久很久了。你要找他們，便到陰世去。」二版改為曲非烟道：「我爹爹媽媽早就給人害死啦。你要找他們，便得到陰世去。」然而，二版曲非烟爹媽被人「害死」，後來並無解釋，不知是死於魔教與名門正派之爭，還是東方不敗擔任教主後，魔教內部的整肅？

二．一版儀琳稱呼曲非烟為「非非」，二版改為「曲姑娘」。

三．木高峰逼林平之拜他為師，林平之尚在猶豫，一版木高峰暗道：「江湖之上，不知有多少人想拜我為師，甚至千方百計，想駝子認為記名弟子亦不可得。我自已開口要收你為徒，那是武林中千千萬萬人求之不得的大喜事，你居然在駝子面前搭架子。若不是為了那辟邪劍譜，我一掌便將你劈了。」二版刪去了木高峰這段讀者均知的心思。

三．岳不羣自木高峰手中救得林平之後，一版說他（木高峰）是個老奸巨猾之人，渾不知羞恥為何物，當即笑嘻嘻的道：「岳兄，你越來越年輕了，駝子真想拜你為師，學一學這『陰陽採捕』之道。」二版刪去了「他是個老奸巨猾之人，渾不知羞恥為何物」兩句對木高峰的人格描寫。《笑傲》從一版修訂為二版，刪去許多一版對人物性格的直接敍述，此因讀者由人物的言行，即可知其性格，不須作者說白。

四．見到陸大有回「群玉院」尋找令狐冲，一版令狐冲心道：「畢竟還是六猴兒有義氣。」二版改為令狐冲心道：「畢竟還是六猴兒跟我最好。」

五．儀琳要抱著令狐冲出城，一版說儀琳當即沿着城牆快步而行，到城門口時，急竄而出，其時天色尚未大明，守門的兵丁也未瞧得明白，眼前一花，儀琳早已去得遠了。一版對儀琳輕功的這般描述，幾乎等於是《天龍》中出興州城的虛竹，或出枯井的慕容復了，但儀琳輕功真有如是上乘嗎？二版改為儀琳沿著城牆疾行，一到城門口，便急竄而出。二版的說法較符合儀琳的武功層次。

六・見到令狐冲醒來，儀琳險些失手將他掉落，一版儀琳急使一招「敬捧三寶」，俯身伸臂，又將令狐冲托住。二版將「敬捧三寶」改為「敬捧寶經」。

七・儀琳要令狐冲好好睡一忽兒，一版令狐冲道：「我恨不得立起身來，到劉師叔家去瞧瞧熱鬧去，唉，師父也到了，一定有大事要發生，否則師父他老人家決不會親自出馬。」一版令狐冲此話頗為詭異，華山派與衡山派同屬五嶽劍派，劉正風金盆洗手，岳不羣恭臨盛會，何怪之有？怎會說岳不羣是因有大事將發生，才會到劉正風府上？二版將令狐冲的話刪為：「我師父也到了衡山城。我恨不得立時起身，到劉師叔家瞧瞧熱鬧去。」

八・令狐冲欲看彩虹，走了一會，見到一塊大石，儀琳扶著他過去，坐下休息，道：「這裡也不錯啊，你一定要過去看瀑布麼？」一版令狐冲笑道：「我天生的賤脾氣，想到了的事，非做到不可。」二版改為令狐冲笑道：「你說這裡好，我就陪你在這裡瞧一會。」二版令狐冲的說詞，更符合令狐冲一向嘴巴甜，善討女性歡喜的說話風格。

九・令狐冲自打耳光，欲博儀琳一笑。一版說儀琳勉強笑了一笑，但突然之間，想起自己身世，忍不住悲從中來，淚水撲簌簌的落下。二版將「想起自己身世」改為「也不知為甚麼傷心難過」。

十・儀琳對令狐冲說《百喻經》中「醫與王女藥，令率長大喻」的故事後，令狐冲說他若是御醫，能令公主一天長成十七八歲，儀琳問他用甚麼法子，一版令狐冲微笑道：「外搽天香斷續膠，內服熊膽回生散。」二版將「熊膽回生散」改為「白雲熊膽丸」。

〈笑傲江湖〉之曲說的是聶政刺韓王的故事
——第六回〈洗手〉、第七回〈授譜〉（上）版本回較

《笑傲江湖》的〈笑傲江湖〉之曲改編自〈廣陵散〉，金庸在創作一、二版《笑傲江湖》時，或許以為〈廣陵散〉早已失傳，因而對〈廣陵散〉賦予大幅想像。但在新三版改版時，金庸已知〈廣陵散〉在當今世上仍有流傳，內容是「聶政刺韓王」的犯上悲壯之曲，金庸於是將〈廣陵散〉的真實曲意雜揉進小說中，卻因此產生了矛盾。且來看看這段修訂。

故事由岳不羣率徒至劉正風府上說起。

話說岳不羣在劉正風府上遇上余滄海，一版岳不羣深深一揖，說道：「余觀主，多年不見，越發的清健了。聽說余觀主已練成了貴派天下獨步的『鶴唳九霄神功』，當真是可喜可賀。」

一版接著說，天門道人、定逸師太等人聞岳不羣之言，心下都是一凜。這些人都知「鶴唳九霄神功」是青城派威力奇大的武功，數百年來沒聽人練成過，還道早已失傳，沒想到這矮子道人居然暗中痛下苦功，練成了這項功夫。難怪他這幾日氣燄囂張，旁若無人，果然是有恃無恐。

二版將余滄海練就「鶴唳九霄神功」之事刪了，改為岳不羣深深一揖，說道：「余觀主，多

年不見，越發的清健了。」

一版《笑傲》創作至此時，金庸很可能還沒有想出「葵花寶典」（即「辟邪劍法」）、「獨孤九劍」及「吸星大法」等天下幾大神功，因此在一版首數回中，各路高手均擁有一些傲視天下的奇功，如林震南的「銀羽箭」、岳不羣的「混元功」、曲非烟的「百鳥朝凰」、木高峰的「磁峰千斤力」、以及余滄海的「鶴唳九霄神功」等。這些號稱威震天下，後來卻不了了之的「絕世神功」，二版盡皆刪去。此外，一版還說到岳不羣的「紫霞功」是「王者功」，二版也刪去此說。

劉正風金盆洗手前，先得朝廷新授為「參將」。他自訴求官後，便欲退出江湖。

為阻止劉正風金盆洗手，嵩山派高手三人來到劉正風府邸。

左冷禪的第四師弟費彬到來後，兩位嵩山派高手緊接著出場。一版說站在東首的是個禿子，頭頂禿得發亮，一根頭髮也無，那是嵩山派掌門人的二師弟丁仲，西首那人卻如個癆病鬼，弓腰曲背，面黃肌瘦，餓得七八天沒吃飯一般，羣雄認得他是當今嵩山派第一代人物中，坐第三把交椅的黃面諸葛陸柏。

二版將這段改為：站在東首的是個胖子，身材魁偉，他是嵩山派掌門人的二師弟托塔手丁勉，西首那人卻極高極瘦，是嵩山派中坐第三把交椅的仙鶴手陸柏。

《笑傲》跟《天龍》一樣，金庸在改版過程中，都將書中多位人物改名，一版的禿子「丁仲」，二版改名胖子「丁勉」，一版的「黃面諸葛」「陸柏」，隨後在同是一版此回中，又改名「陸相」，二版則統一稱為「仙鶴手」「陸柏」。

不只一版到二版有多位人物更名，二版改為新三版時，又將嵩山派的「萬大平」，改名「萬登平」。

嵩山派諸高手阻止劉正風金盆洗手後，定逸師太出面駁斥嵩山派諸人。費彬旋即又說，左盟主吩咐要查明劉正風和魔教教主東方不敗暗中有甚麼勾結。

一版接著說，五嶽劍派所以結盟，最大的原因便是為了對付魔教。魔教教主東方不敗有「百年來第一高手」之稱，他名字叫做「不敗」，確實是藝成以來，從未敗過一次，實是非同小可。

一版說東方不敗是「百年來第一高手」，可以當考證《笑傲》背景年代的參考。若《笑傲》的背景時代在明朝，那麼，朱元璋建國時，世間尚有第一高手張無忌。倘使張無忌跟張三丰一樣，都有近百年高壽，張無忌故世時，已在明英宗正統年間。而若東方不敗是「百年來第一高手」，從明英宗正統年間往後再推百年，《笑傲》的年代就在明世宗嘉靖年以後了。

二版刪去了這條線索，這段改為：五嶽劍派所以結盟，最大的原因便是為了對付魔教。魔教教主東方不敗有「當世第一高手」之稱，他名字叫做「不敗」，果真是藝成以來，從未敗過一次，實是非同小可。

二版以「當世第一高手」形容東方不敗，對《笑傲》的背景年代便無參考意義了。

原來劉正風是與魔教的曲洋相交，故為五嶽劍派盟主左冷禪所詰難。嵩山派隨後殺了劉家滿門家眷及弟子，劉正風卻為曲洋救走。

曲劉二人而後至令狐冲與儀琳所在的荒山中琴蕭和鳴，曲劉兩人所奏，即是〈笑傲江湖〉之曲。兩人在性命將盡之時，將〈笑傲江湖〉的曲譜交託給了令狐冲。

一版〈笑傲江湖〉的曲譜是琴譜、簫譜各一本，將曲譜交給令狐冲時，一版是曲洋取出「笑傲江湖曲」的琴譜，劉正風再取出「笑傲江湖曲」的蕭譜，兩人各將琴譜與簫譜交給令狐冲，再請令狐冲將琴譜簫譜携至世上，覓得傳人。

二版則將〈笑傲江湖〉的曲譜改為一本，曲洋將「笑傲江湖曲」的琴譜簫譜交給令狐冲，請令狐冲將之携至世上，覓得傳人。

至於〈笑傲江湖〉之曲的曲譜由來，二版較一版增寫了一大段。

增寫的這段內容是：劉正風對令狐冲說，〈笑傲江湖〉之曲中間的一大段琴曲，是曲洋依據晉人嵇康的「廣陵散」改編的。

曲洋解釋說，嵇康因得罪鍾會，遭司馬昭殺害。臨刑時，嵇康撫琴一曲，並說「廣陵散從此絕矣」。但曲洋想，「廣陵散」又不是嵇康作的，嵇康是西晉時人，此曲就算西晉之後失傳，西晉之前理當仍有。於是曲洋發掘西漢、東漢兩朝皇帝和大臣的墳墓，一連掘二十九座古墓，終於在蔡邕的墓中，覓到了「廣陵散」的曲譜。

二版這段曲洋盜墓以得〈廣陵散〉的故事，乃是褫移自一版謝遜盜墓得「廣陵散」之事，原封不動地搬過來，變成曲洋盜墓的故事。

而〈笑傲江湖〉之曲的內容又是如何呢？二版未述及，新三版則增寫了曲洋對令狐冲說道：「這〈廣陵散〉琴曲，說的是聶政刺韓王的故事。全曲甚長，我們這曲〈笑傲江湖〉，只引了他曲中最精妙的一段。劉兄弟所加簫聲那一段，譜的正是聶政之姊收葬弟屍的情景。聶政、荊軻這些人，慷慨重義，是我等的先輩，我託你傳下此曲，也是看重你的俠義心腸。」

新三版增寫的〈笑傲江湖〉之曲及〈廣陵散〉內容，乃是「歷史真實」。〈廣陵散〉是現今實存的古傳樂曲，自東漢流傳至今，並未真因嵇康之死而失傳。根據目前所存〈廣陵散〉曲譜及其相關研究來看，《廣陵散》全曲有四十五段之多，也是目前存見最長的一首琴曲，曲中所說便是「聶政刺韓王」之事。

然而，金庸在新三版增寫了〈笑傲江湖〉曲中所要表達的是「聶政刺韓王」之事，卻讓〈笑傲江湖〉之曲曲風變得悲壯，而不再是一、二版的瀟灑豪邁之感，也就不符合「笑傲」兩字了。

金庸在創作一版與改版二版時，也許不知世間真有〈廣陵散〉，亦或不知〈廣陵散〉曲中所要表達內容，故而說曲洋自〈廣陵散〉改編出〈笑傲江湖〉。然而，在二版修訂新三版時，金庸已知世上確有〈廣陵散〉，也知曉了〈廣陵散〉所含真義，這似乎使得金庸陷入了兩難之局，因為金庸若不把〈廣陵散〉的琴意補寫入小說，便是刻意違背「歷史真實」，而若要將琴意寫入小說，那麼，依「聶政刺韓王」改編的曲譜，曲意當因犯上而悲壯，這般意境彈奏出來，怎能有「笑傲江湖」的瀟灑豪邁之感？

將廣陵散曲中所說為「聶政刺韓王」一事納入小說，或許顧及了「歷史真實」，但對於小說中〈笑傲江湖〉之曲的原意，卻造成一大硬傷。

至於〈笑傲江湖〉的曲譜是如何寫就的？一版與二版也有不同。

一版說令狐冲翻開曲洋的琴譜，只見前面十餘頁中，都是坐功的口訣，又繪着許多人體，身上註滿了經脈，此後又是掌法指法的訣要，到二十餘頁後，才是撫琴之法，以後小半則全是古古怪怪的奇字，這些奇字即是琴譜，令狐冲一字也不識。

一版的〈笑傲江湖〉曲譜確實含有武功在內，但若譜中有武功，日後洛陽金刀王家的王家駿與王家駒兄弟懷疑令狐冲偷了林平之家的「辟邪劍譜」，又懷疑〈笑傲江湖〉曲譜便是「辟邪劍譜」，令狐冲就更難洗清嫌疑了。

二版改為令狐冲翻看「笑傲江湖」曲譜，只見全書滿是古古怪怪的奇字，竟一字不識，原來這些奇字乃是七絃琴的琴譜。

二版的〈笑傲江湖〉曲譜純粹就是曲譜，不涉任何武功，自然就單純多了。

從一版到新三版，〈笑傲江湖〉之曲的內容越來越詳細，但新三版增說〈笑傲江湖〉之曲曲意為「聶政刺韓王」與「聶政之姊收葬弟屍」，將來令狐冲與任盈盈若合奏〈笑傲江湖〉之曲，內心不斷浮現「聶政刺韓王」及「聶政之姊收葬弟屍」的畫面，只怕會想哭泣吶喊，而難以湧起「笑傲江湖」的豪情。

金庸小說「文以載道」，經由故事所闡述的義理之一，就是「破除禮教」。金庸一再經由筆下故事，將傳統社會禮法、道德教條及宗教戒律等等，拘禁人心自由的禮教，一一予以衝撞，甚至破除。經由俠者「破除禮教」的行逕，金庸要讓讀者明白，「自由」與「選擇權」都是人與生俱來的權利，絕不容許被任何禮教所拘束或扭曲。

《射鵰》郭靖在蒙古被成吉思汗敕封為金刀駙馬，與成吉思汗的掌上明珠華箏公主訂下婚約，成為鐵木真的乘龍快婿。而雖然得蒙成吉思汗青睞，郭靖仍不願受婚約束縛。南來中原後，他馬上與黃蓉陷入熱戀，昔時的婚約完全被他丟諸腦後。

父母之命的「婚約」即是金庸要破除的「禮教」之一，在「真愛」面前，父母之命的「婚約」也不過是無用的一紙虛文。

在《神鵰》故事中，年輕時標榜「真愛勝於婚約」，因而棄華箏、娶黃蓉的郭靖，中年後搖身一變，成了「禮教」的捍衛者。郭靖認為楊過如果甘冒禮教之大不韙，非與師父小龍女結婚不可，他寧可殺了楊過。

儘管阻力重重，楊過仍堅持娶小龍女為妻。《神鵰》所要破除的「禮教」，即是南宋時代的「師生戀」禁忌。

在「真愛」面前，郭靖突破了父母之命的「婚約」、楊過突破了「師生戀」的禁忌，《倚天》張無忌與趙敏的愛情，則是突破了「敵國戀」的禁忌，《笑傲》令狐冲與任盈盈突破的，是「黑白兩道相戀」的禁忌。每一部小說的俠士俠女，都讓讀者看到他們為「真愛」而衝撞「禮教」的決心。

除了突破愛情與婚姻的禁忌外，金庸筆下的俠士俠女也在衝撞各式各樣的門派或宗教教條與禁忌。

《神鵰》小龍女信奉古墓派的「養生十二少」，即「少思、少念、少欲、少事、少語、少笑、少愁、少樂、少喜、少怒、少好、少惡。」然而，這「十二少」理當是透過修煉而來，而非用壓抑的方式強迫出來的。小龍女自幼凜遵師命，摒除喜怒哀樂之情，因而養出冷酷孤僻的性格。

小龍女這「冰山美人」是「壓抑」出來的，而非「修煉」出來的，不過，內在渴求與異性戀愛的「少女心」仍在，因此，一旦楊過猛烈追求，小龍女友就開始衝撞「十二少」的禁忌了。

《倚天》張無忌領導明教，明教的教規乃「食菜事魔」。不過，「食菜茹素」或許有助內在修為，但元末的明教並非「宗教」，而是「革命黨」。既要殺伐於戰場，何須墨守「食菜」教規？因此張無忌上任後，隨即廢了「不茹葷酒」這條教規。

佛教的許多戒律，小說人物也在試圖衝撞。《天龍》與《笑傲》的虛竹及儀琳，一個是比丘，一個是比丘尼，都是自幼出家，從小謹守佛教戒律的出僧侶。然而，虛竹與儀琳墨守戒律，內在卻仍有著慾望，因此虛竹第一次吃到雞湯，便覺「味道異常鮮美」，而遇到男女情慾，方當青春妙齡的虛竹跟儀琳，都因無法自持而陷入天人交戰中。

金庸透過俠士俠女對戒律的衝撞，所要告訴讀者的，就是「戒律」未比不好，但必須心甘情願守戒律，而非被迫持戒。

若不是心甘情願持戒，像小龍女、虛竹與儀琳，強迫自己守戒，固然會因困守於戒律而痛苦，也可能試圖衝撞戒律。而若像玄慈、岳不羣等人，明明一肚子裡男盜女娼，表面上卻又要裝成一派持戒大師，想必內心更為衝突矛盾。

第六回還有一些修改：

一．來到劉府的賀客，二版提及「川鄂三峽神女峰鐵老老」，「鐵老老」當是字誤，新三版已更正為「鐵姥姥」。

二．劉府的席位擺開，二版說依照武林中的地位聲望，泰山派掌門天門道人該坐首席。新三版增說為依照武林中的地位聲望，以及班輩年紀，泰山派掌門天門道人該坐首席。照新三版的說法，敘及「班輩年紀」，推天門道人為首，方才合理，否則若按「地位聲望」，劉正風如何為諸多高手排序位？五嶽劍派領導人誰會自承地位聲望低於他人呢？

三．官員頌唸授劉正風為參將的聖旨後，二版劉正風轉頭向方千駒道：「方賢弟，奉敬張大人的禮物呢？」新三版將「方千駒」增寫為「他妹夫方千駒」。

四．費彬要劉府中不甘附逆的弟子，都站到左首去，便有三十餘名衡山派弟子走到左首，二版說這些都是劉正風的師侄輩。新三版再加說一句「並非劉正風的弟子」，這是要突顯劉正風弟子尊崇師父，並無貪生怕死之輩。

五．一版說來到劉府的遠客有二百餘人，二版增為五六百人。

六・一版劉府賀客之一的點蒼二友神刀白克，二版改為曲江二友神刀白克。

七・一版說劉正風的內弟是「快馬方千駒」，二版刪去「快馬」之號。《俠客行》長樂幫前幫主司徒橫的外號，則是由二版的「八爪金龍」，在新三版改成了「快馬」。

八・史登達持五嶽劍派令旗，喝令劉正風金盆洗手之事押後。一版劉正風躬身說道：「盟主旗令，劉某自當遵行。」二版刪了此話，因此時劉正風退出江湖之心堅決，不當如此輕易服從。

九・劉正風叫嵩山派弟子一齊現身，後堂出來的嵩山派弟子各以匕首抵住劉家家眷弟子後心。一版說反是萬大平對劉小姐特別客氣，只是叫她不可隨意走動，並未以武力脅持。二版刪去了這對萬大平略帶讚美的說法。

十・嵩山派諸人斥責劉正風與曲洋相交，劉門弟子米為義道：「哪一個要害我恩師，先殺了姓米的。」一版費彬冷笑道：「米粒之珠，也放光華！」左手一揚，嗤的一聲響，一絲銀光，電射而出。因費彬的專長乃「大嵩陽手」，二版因此改為丁勉左手一揚，嗤的一聲輕響，一絲銀光電射而出。

十一・曲洋救得劉正風後，一版說丁仲、陸相、費彬三個人六掌齊出，分向他二人後心拍來。一版接著又說，曲洋出掌在劉正風背上一推，同時運勁於背，硬生生受了丁仲、陸相、費彬三大高手的拼力一擊。饒是曲洋武功高強，但嵩山派這三大高手的掌力何等了得，單是中了一人的掌力，已是難以抵受，何況六掌齊施？二版將施掌之人減去費彬，改為丁勉、陸柏二人四掌齊出，分向他二人後心拍來。而後，曲洋出掌在劉正風背上一推，同時運勁於背，硬生生受了丁勉、陸柏兩大高手的並力一擊。

第七回還有一些修改（上）：

一．與儀琳在荒山中，二版說這一天兩晚中令狐沖只以西瓜為食。新三版將「一天兩晚」更正為「一天一晚」。

二．令狐沖譏刺費彬，對劉正風說道：「欺辱身負重傷之人，算不算俠義？殘殺無辜幼女，算不算俠義？要是這種種事情都幹得出，跟邪魔外道又有甚麼分別？」二版曲洋聞言，道：「這種事情，我們魔教也是不做的。」但曲洋怎會稱自己的教派為「魔教」呢？新三版將曲洋話中的「魔教」改為「日月教」。

三．流星出現時，儀琳打了個結，一版令狐沖喜道：「好，好！你打成了！老天爺保佑，一定教你得償所願。」但儀琳是佛教女尼，怎會祈求「老天爺」呢？二版將令狐沖話中的「老天爺」改為「觀世音菩薩」。

大嵩陽手費彬究竟有沒有殺了曲非烟？

——第七回〈授譜〉（下）版本回較

曲非烟是魔教最早出場的人物，在一版《笑傲》中，曲非烟竟然「人間蒸發」，從此回的故事之後，就再也沒有出現過。一版改寫為二版時，為了讓曲非烟的故事有始有終，金庸於是將她寫成被費彬一劍刺死，這麼一來，曲非烟就從《笑傲》故事中，真正退場了。

且來看看這段修改。

故事就從曲洋與劉正風在荒山中合奏〈笑傲江湖〉之曲後，費彬現身欲殺曲劉二人及曲非烟，先點了曲非烟穴道說起。

令狐冲與儀琳此時也在荒山中，遂挺身相救。

費彬要殺令狐冲，儀琳拔劍相救，令狐冲在混戰中受了費彬一劍，儀琳搶上去扶住，哽咽道：「讓他把咱們一起殺了！」令狐冲喘息道：「你……你快走……」曲非烟對令狐冲笑道：「傻子，到現在還不明白人家的心意，她要陪你一塊兒死……」

一版接下來的情節是：曲非烟話沒說完，費彬臉露獰笑，挺着長劍緩緩上了一步。

二版則改為：曲非烟話沒說完，費彬長劍送出，刺入了她的心窩。

一版曲非烟仍活得好好的，二版曲非烟則就此一命歸天。

因為曲非煙在一二版的生死結局迥異，後續的情節也隨之不同。

而後，莫大現身殺了費彬，並隨即離去，曲洋遂與劉正風論起莫大的胡琴曲風。

一版令狐冲聞言心想：「這二人躭於音樂，當真是入了道，在這生死關頭，還在研討什麼哀而不傷，什麼風雅俗氣。」

二版改為令狐冲心想：「這二人愛音樂入了魔，在這生死關頭，還在研討甚麼哀而不傷，甚麼風雅俗氣。幸虧莫大師伯及時趕到，救了我們性命，只可惜曲家小姑娘卻給費彬害死了。」

從一版修訂為二版，曲非烟從生被改成死，但金庸並未補寫相關的「配套情節」。二版曲非烟死了，曲洋卻仍跟一版曲非烟沒死一樣，自在地與劉正風討論莫大的曲風，一點祖孫間的哀傷之情都沒有。彷彿曲非烟自去死她的，干他曲洋何事？這實在大大違反人情邏輯。

因一版曲非烟只被費彬點穴而未死，在曲劉二人論樂時，一版曲非烟叫了起來：「爺爺，你給我解開穴道吧，咱們該得走了。」曲洋支撐着待要站起，但只欠了欠身，便又頹然坐倒，搖頭道：「我辦不了。」

這段二版自然是刪了。

而後，曲洋與劉正風將〈笑傲江湖〉曲譜交託給令狐冲，兩人隨後雙手相握，閉目長逝。

令狐冲伸手去探二人鼻息，已無呼吸。

一版接著說，曲非烟見到令狐冲的臉色，叫道：「爺爺，爺爺！」令狐冲搖了搖頭。曲非烟顫聲道：「爺爺死了？」見令狐冲不語，知道爺爺確已逝去，哇的一聲，便哭了出來。儀琳將她抱在懷裏，慢慢的替她推宮過血，但她被費彬的大嵩陽手所點，儀琳功力有限，一時卻解不了她的穴道。

二版因曲非煙已死，自然刪去了這段「哭爺」的情節，只是說也奇怪，金庸在一版曲洋死後，描寫曲非烟對於祖父去世的悲傷，二版改成曲非煙先曲洋而死，曲洋的反應卻跟看到費彬死了差不多，沒有甚麼反應。

而後，令狐冲說要將曲洋等人的屍首埋了。一版曲非烟聽到要掩埋爺爺的屍身，又哭了起來。儀琳見她哭得傷心，陪着她垂淚。

一版曲非烟從曲洋之死哭到曲洋之葬，這是與二版曲洋的薄情最大的差別。

二版因曲非煙已死，此處增寫說：儀琳向著曲非烟的石墳道：「小妹子，你倘若不是為了我，也不會遭此危難。但盼你升天受福，來世轉為男身，多積功德福報，終於能到西方極樂世界，南無阿彌陀佛，南無救苦救難觀世音菩薩……」

二版增寫了儀琳對曲非烟喪命之傷感，卻不知為何未增寫曲洋的對於孫女之死的傷痛，可能的解釋是，曲洋本已決定一死，因此對孫女之死較無傷心之感。

葬過諸人後，令狐冲見西北角有人鬥劍，趨前一看，原來是見到岳不羣與余滄海在鬥劍。而後，令狐冲耳聞木高峰威脅林震南夫婦說出《辟邪劍譜》之所在。見林震南夫婦危險萬分，令狐冲於是挺身而出，並嚇走木高峰。

林震南臨終前，對令狐冲說出《辟邪劍譜》所在之處。一版林震南說林家祖傳之物（即《辟邪劍譜》），是在「福州葵花巷老宅地窖」，二版改為是在「福州向陽巷老宅地窖」，新三版再刪去二版「福州向陽巷老宅地窖」中的「地窖」兩字，因「辟邪劍譜」並不在地窖，而是在林家老宅佛堂屋頂所藏的袈裟中。

林震南夫婦交代完遺言，便即逝去。而後，岳不羣也來到了破廟中，令狐冲於是點火箭炮召喚同門師弟妹。關於令狐冲點的火箭炮，一版說這是華山掌門召集門人的信號火箭，烟花中的銀色長劍，便是他外號「君子劍」的表記。

二版刪去「君子劍表記」之說，說來火箭鞭炮本就大多如此發光，跟「君子劍」有甚麼關係？

以火箭召喚華山弟子後，高根明、勞德諾、陸大有、梁發、施戴子、陶鈞、英白羅、岳靈珊與林平之先後來到破廟之中。

見到林平之後，令狐冲欲對林平之轉告林震南的遺言。一版說，此時岳不羣心念一動：「余滄海卻也看中了辟邪劍譜，林震南的遺言，我一個字也不要入耳。」忙左手一擺，道：「這是平兒父親的遺言，你單獨告知平兒便了，旁人不必知曉。」

從這些細節可以揣測，一版直到此回，金庸可能仍將岳不羣塑造成真正的儒家君子，但寫到後來，岳不羣又搖身一變，成了「偽君子」。二版因此刪去了一版岳不羣所想的：「余滄海卻也看中了辟邪劍譜，林震南的遺言，我一個字也不要入耳。」幾句話。

而後，岳不羣師徒便由回轉華山了。

華山上岳不羣所居之處，一版叫「退思軒」，二版改為「有所不為軒」。「有所不為」典出《論語》：「狂者進取，狷者有所不為。」

在「有所不為軒」（一版「退思軒」）中，令狐冲比劃田伯光的刀法給岳夫人看。一版岳夫人說，田伯光的快刀刀法好似「亂披麻式」的連環一十三刀，二版則改為令狐冲說，田伯光曾自道，這是「飛沙走石」十三式刀法。

令狐冲說，他以言語相激，騙得田伯光使完十三式快刀。田伯光使畢，也要令狐冲使出他自吹的「華山派快刀」。

一版令狐冲對田伯光說，華山派使劍不使刀，他師娘的快劍名為「飛繡神針劍」，但只傳女弟子，不傳男弟子。二版則將「飛繡神針劍」改為「玉女金針劍」，以與「華山玉女峰」相契合。

而後，令狐冲使出田伯光的快刀，與岳夫人練劍，田伯光的劍招終於為岳夫人長劍一劍而破。

令狐冲與岳夫人比劍畢，一版岳不羣引眾人至後進的「祖先堂」，在列代祖宗前，正式收林平之為徒。

二版將後進的「祖先堂」改說是「後堂」，並增寫林平之見樑間一塊匾上寫著「以氣御劍」四個大字。二版增寫的這塊匾，自是要為而後華山派劍氣兩宗之爭的回溯補植伏筆。

這一回一版到二版的修訂就到此處，此回修訂的重點是曲非烟由一版的生，改為二版的死，修改的原因是因金庸的創作原則，向來會把每個人與每件事的始末都交代得一清二楚，即使是像曲非烟這樣的配角，金庸也不會讓她無端失蹤，而是會將讓她既有出場故事，也有退場情節，絕不含糊。

【王二指閒話】

金庸每部小說均有數十萬字至百來萬字之譜，要駕馭字數如此龐大的故事，本非易事，更何況金庸的一版作品，是以每日新撰一段的報紙連載方式法發表，這種呈現方式，即便金庸是才氣縱橫的文豪，也難以完全掌控整部小說的所有細節流向。

「報紙連載」所易產生的問題之一，就是今天塑造出的人物，明日可能棄而不用，又或是明明是同一個角色，前段故事與後段故事的出身及年齡竟不相同，甚或是因為人物過於龐多蕪雜，連作者都忘記曾創作過某些人物。這些有頭無尾，或前後矛盾的人物，即是「破綻人物」。金庸在修訂改版時，會妥為處理這些「破綻人物」。

茲就金庸處理「破綻人物」的技巧，分說如下：

一、將「破綻人物」改頭換面成另一新人物：一版《倚天》起先述及金花婆婆時，胡青牛說金花婆婆銀葉先生數十年前威震天下，可見金花婆婆是貨真價實的老婆婆。但故事發展到後來，又改說金花婆婆是假扮成老太婆的紫衫龍王黛綺絲。一版《倚天》金花婆婆在前段故事與後段故事中，年齡竟差距數十歲。為了解決這處破綻，二版改為胡青牛為金花銀葉二人搭脈，說「老年人而具如此壯年脈象，晚生實是生平第一次遇到。」修改之後，二版金花婆婆即不是威震天下幾十年的「真老年人」，而是中年人黛綺絲偽裝的「假老年人」。

二、將「破綻人物」的過往經歷予以刪削：一版《倚天》中，張三丰本要拿「太極拳十三式」及「武當九陽功」交換「少林九陽功」，陳友諒竟因此背下「太極拳十三式」及「武當九陽功」，然而，雖然擁有張三丰的兩大神功，陳友諒俟後並無武功上的傑出表現。可知這段故事有頭無尾，二版《倚天》因此刪去陳友諒背得「太極拳十三式」及「武當九陽功」之事。

三、將「破綻人物」從書中刪除：一版《天龍》中有多位有始無終的「破綻人物」，包括與木婉清敵對的「三掌絕命」秦元尊、青松道人、「一飛冲天」金大鵬、「黑白劍」史安、申四娘、以及段譽的未婚妻高湄、與黃眉僧較量的石清子等人，這些人全都在出場之後，即為金庸所遺忘，也無後續故事。二版因此刪除了這些人物。一版《笑傲》的任無疆也是有始無終的「破綻人物」，白髮童子任無疆曾與平一指一起治療桃實仙，但在治療桃實仙之後，終《笑傲》全書，都不再提起此人，二版因此將他刪除了。

四、將「破綻人物」適時處死：《笑傲》的曲非烟是魔教最先出場的人物，但曲非烟在一版後來的故事中，再也不曾出現。因曲非烟有其角色上的重要性，無法刪除，金庸因此在二版將曲非烟改寫成被費彬殺死，就此做個了結，也算處理了這個「破綻人物」。

第七回還有一些修改（下）：

一・曲洋、劉正風雙雙去世後，令狐冲見有高手在鬥劍，二版令狐冲尋思：「本門哪一位尊長在和人動手？居然鬥得這麼久，顯然對方也是高手了。」二版的說法頗見瑕疵，因為此時的華山派，令狐冲的上一代尊長，僅存岳不羣與寧中則二人，怎還另有甚麼「尊長」？新三版因此將「本門哪一位尊長在和人動手？」一句，改為「莫非是師父在和人動手？」

二・華山派師徒回到華山後，說起華山弟子的排序，二版說華山派規矩以入門先後為序，因此就算是年紀最幼的舒奇，林平之也得稱他一聲師兄。新三版再增寫說，只勞德諾年紀實在太老，入門雖然較遲，若叫舒奇等十幾歲孩子做師兄，畢竟不稱，岳不羣便派了他做二師兄。新三版增寫了這段，才能完整交代勞德諾排序為「二師兄」的緣由。

三．岳靈珊要林平之稱她「師姊」，二版說她本來比林平之小著好幾歲，但一定爭著要做師姊，岳不羣既不阻止，林平之便以「師姊」相稱。新三版將二版的「小著好幾歲」改為「小著一二歲」。

四．令狐冲向寧中則說起與田伯光鬥劍之事，二版令狐冲道：「那時在山洞外相鬥，恆山派那位師妹已經走了……」但當時令狐冲與田伯光明明是在「山洞內」相鬥，新三版因此將「山洞外」更正為「山洞內」。

五．令狐冲對寧中則談起他對田伯光說，田伯光的快刀是偷學自華山派，且華山派快刀只傳女弟子，二版田伯光回道：「令狐兄，田某佩服你是個好漢，你不該如此信口開河，戲侮於我。」但當時令狐冲明明是自稱「勞德諾」，田伯光怎可能稱他「令狐兄」？新三版將田伯光話中的「令狐兄」改為「勞兄」。

六．岳不羣問令狐冲下山後犯了華山七戒的多少戒條，二版令狐冲道：「犯了第六戒驕傲自大，得罪同道的戒條，在衡山迴雁樓上，殺了青城派的羅人傑。」新三版將「衡山迴雁樓」更正為「衡陽迴雁樓」。

七・令狐冲至木高峰及林震南夫婦所在的破廟，一版說是「紅牆」廟宇，二版改為「黃牆」廟宇。令狐冲會走向那間廟宇，一版說是令狐冲正想找處地方歇息，便向那紅牆處行去。二版改為令狐冲突然間聽聞左首樹林中傳出一下長聲慘呼，聲音甚是淒厲。他擔心是同門師弟妹和青城派弟子爭鬥受傷，快步向那黃牆處行去。

八・令狐冲在破廟中，聽聞木高峰威脅林震南夫婦，若不說出辟邪劍譜的所在，他便要一掌劈死林平之。一版說木高峰說着提起右手輕輕向丈餘之外的土地神像劈了一掌，掌風到處，喀喇喀喇一聲响，土地公公的神像登時垮了下來。然而，這段描述是來自令狐冲的「竊聽」，既然是「竊聽」，令狐冲又怎會知道木高峰的確實動作呢？二版改為令狐冲只聽得喀喇喇一聲響，顯是他一掌將廟中一件大物劈得垮了下來。一版還說，林夫人見到他掌力如此驚人，甚為駭然。二版則將此處刪了。令狐冲既見不到木高峰劈了什物，又豈能知曉王夫人的臉部表情？

九・見木高峰威脅林震南夫婦，令狐冲現身，木高峰以為岳不羣到來，便隨即離去。一版令狐冲對林震南夫婦道：「適才師父和余滄海鬥劍，將他打得服輸。那余矮子迫不得已，只好吐露了伯父、伯母的所在。師父命小侄先來照料，相信師父和平之師弟不久便可到來。」一版令狐冲這段言語頗為奇怪，岳不羣明明未從余滄海處採知林震南夫婦的所在，令狐冲怎會對林震南夫婦說謊？二版改為令狐冲道：「適才我師父和余滄海鬥劍，將他打得服輸逃跑，我師父追了下去，要查問伯父、伯母的所在。想不到兩位竟在這裡。」二版令狐冲的說法方見合理。

十．林震南夫婦死後，一版說過了小半個時辰，只聽廟門外岳不羣的聲音說道：「冲兒，你在廟裏嗎？」令狐冲道：「是！」但一版岳不羣莫非是天眼通，否則怎能知道令狐冲在廟裡？二版改為過了良久，只聽廟外岳不羣的聲音說道：「咱們到廟裡瞧瞧。」令狐冲叫道：「師父，師父！」岳不羣喜道：「是冲兒嗎？」令狐冲道：「是！」二版顯然合理多了。

十一．岳不羣師徒自破廟要回華山，一版說一行人乘了一艘大船，向西進發。二版將「向西進發」改為「向北進發」。

十二．回到華山後，華山派其餘二十多名弟子都迎下峰來。一版說這些弟子年紀大的已過四旬。二版將「四旬」減為「三旬」。一版又說年幼的不過十二、三歲，二版改為年幼的不過十五六歲。

十三．一版令狐冲向岳夫人講述田伯光的快刀，說到騙得田伯光演完十三式快刀後，他對田伯光說：「對不起，田兄，是小弟說錯了，田兄這套刀法，和我師娘所創的雖然大同，卻有小異，看來倒不是田兄從華山派偷師學得的。」二版改為令狐冲對田伯光道：「你這套刀法，和我師娘所創的雖然小異，大致相同。你如何從華山派偷師學得，可真奇怪得很了。」二版的令狐冲說詞顯然較為酸辣。

十五・令狐冲對岳夫人展演田伯光刀法後，說起當日以「快刀」向田伯光試演之事，一版令狐冲道：「當日在酒樓上向田伯光試演，卻無這般敏捷。」二版將一版令狐冲話中的「酒樓」更正為「山洞」。

令狐冲在思過崖發現「風清揚」名字石刻——第八回〈面壁〉版本回較

金庸在一版小說連載創作時，可能靈感一來，就創作出一位絕頂高手。然而，這位絕頂高手在前面的故事中，往往完全沒有伏筆。

為了讓絕頂高手在出場之前，先有驚人的氣勢，一版修訂為二版的方向之一，就是為「絕頂高手」補植伏筆。

一版《笑傲》的風清揚就是毫無伏筆，忽然蹦出來的高手，在一版的連載故事中，華山派從來就沒人提起過風清揚，但在第九回中，風清揚瞬間就登場了。為了在風清揚出場之前，讓讀者先知道有這位絕頂高手，並有所期待，二版自第八回起，即為風清揚大增伏筆。

且來看一版到二版的修訂。

就由令狐冲受岳不羣所罰，上思過崖說起。

令狐冲上思過崖後，二版較一版加寫：令狐冲坐上大石，雙眼離開石壁不過尺許，只見石壁左側刻著「風清揚」三個大字，是以利器所刻，筆劃蒼勁，深有半寸，尋思：「這位風清揚是誰？多半是本派的一位前輩，曾被罰在這裡面壁的。啊，是了，我祖師爺是『風』字輩，這位風前輩是我的太師伯或是太師叔。這三字刻得這麼勁力非凡，他武功一定十分了得，師父、師娘怎麼從來沒提到過？想必這位前輩早已不在人世了。」

從此處開始，二版為「風清揚」的出場開始大添伏筆。不過，二版說風清揚是「風」字輩，是個明顯的錯誤，因為風清揚若是「風」字輩，岳不羣豈不成了「岳」字輩？二版改為新三版時，將令狐冲所想，風清揚是「風」字輩，更正為「清」字輩。

初上思過崖，令狐冲想起魔教之惡，憶及漢陽郝老英雄做七十大壽，卻為魔教埋設炸藥引爆之事。一版說令狐冲心想本門紀師叔便在這一役中斷送了一條膀子。

然而，華山派的上一代碩果僅存的就是岳不羣與寧中則夫婦，哪裡又蹦出來一位「紀師叔」？二版遂將「本門紀師叔」改為「泰山派紀師叔」。

令狐冲上崖思過後，岳靈珊即上山來送飯，岳靈珊說她如也在思過崖上同令狐冲面壁，豈不好玩？

一版令狐冲說道：「就只怕師父叫你在退思軒中面壁，一步也不許離開，那麼咱們就一年不能見面了。」

二版將華山派的「退思軒」改為「正氣軒」。

岳靈珊接著數度上華山來為令狐冲送飯，一次上山來，說岳夫人教了她一套新劍法。令狐冲問她什麼劍法，岳靈珊道：「你倒猜一猜？」一版令狐冲先是猜「一字慧劍」，再猜「冥冥劍」，岳靈珊都說不是，而後岳靈珊才告訴令狐冲，是「玉女劍十九式」。二版則改為令狐冲先是猜「養吾劍」，再猜「希夷劍」，岳靈珊都說不是，而後岳靈珊才告訴令狐冲，是「玉女劍十九式」。

二版的「養吾劍」語出《孟子》：「我善養吾浩然之氣。」「希夷劍」則語出老子《道德經》：「視之不見名曰夷，聽之不聞名曰希。」用典是出自宋代道士陳摶的故事，陳摶為宋太宗賜號「希夷先生」，曾遁跡華山，岳不羣因而引陳摶之號為劍招之名。

而後，岳靈珊以「玉女劍十九式」與令狐冲練劍，令狐冲竟將岳靈珊的長劍彈落谷底，岳靈珊因此憤而離去。一版岳靈珊的長劍名為「碧火劍」，二版更名為「碧水劍」。

二版接著又增寫了一大段「風清揚」的伏筆。

這段內容是：令狐冲這一晚盤膝坐在大石上練氣功，月光照在石壁上，令狐冲又見到壁上的「風清揚」三個大字。

突然之間，一個影子遮住了石壁，令狐冲大吃一驚，轉過身來，卻見洞口丈許之外站著一個男子，身形瘦長，穿一襲青袍。

這人身背月光，臉上蒙了一塊青布，只露出一雙眼睛。令狐沖喝問她是誰，那人不答，只伸出右手，向右前方連劈兩下，竟然便是岳靈珊日間所使「玉女劍十九式」中的兩招。

突然之間，一股疾風直撲而至，令狐沖不及思索，揮劍削出。便在此時，左肩頭微微一痛，已被那人手掌擊中，只是那人似乎未運內勁。而後，那人以掌作劍，頃刻之間，將「玉女十九劍」中那六式的數十招，一氣呵成的使了出來，這數十招便如一招，手法之快，直是匪夷所思。

展演完劍招後，那人即長袖一拂，轉身走入崖後。令狐沖追了過去，卻已不見人影。

令狐沖回思那人的招式，倒抽了一口涼氣，心想那人所使的「玉女十九劍」，每一招都能將他手掌削了下來，而且不僅削手掌，那人要刺他哪裡便刺哪裡，要斬他哪裡便斬哪裡，他惟有聽由宰割的份兒。令狐沖念又想：「那顯然不是在於劍招的威力，而是他使劍的法子。這等使劍，不論如何平庸的招式，我都對付不了。這人是誰？怎麼會在華山之上？」他心想，明日小師妹上崖來，再請她轉問師父、師娘，此人究竟是誰？

二版這一長段加寫，即可為風清揚的出場先壯聲勢。

而後，令狐沖想起岳靈珊與林平之的感情，提劍刺思過崖石壁洩憤，不料竟一劍刺入石壁。

原來石壁之後乃是空洞，令狐冲拾起石頭，運力一砸，石頭便穿過了石壁。

一版說那石頭穿過石壁，落在彼端的地下，但聽得砰砰之聲不絕，那石頭一路向下滾落，原來石壁之後是個斜坡。

二版删去了「那石頭一路向下滾落，原來石壁之後是個斜坡。」之說，二版的石洞應是平地，而非斜坡。

而後，令狐冲點火把走進入石洞，一版說令狐冲向前走了十餘丈，突然間見左側有光芒透射過來，順着甬道轉而向左，眼前出現了個極大的石洞，足可容得千人之眾，石洞右上角有個丈許方圓的大孔，天光便從這大孔中照進來。其時已是黎明，陽光雖未甚強，但石洞中種種已可看得清清楚楚。

這段二版删成只說，令狐冲進石洞後，再行數丈，順著甬道轉而向左，眼前出現了個極大的石洞，足可容得千人之眾。

顯然一版金庸寫及此處時，尚未構思出左冷禪在謀奪五嶽劍派盟主失利後，用計要於此石洞中聚殲五嶽劍派好手之事。若要將各派高手封閉其中，使之自相殘殺，自不能有光線射進洞中，二版因此將一版洞中有光之事删除。

進入石洞後，令狐冲先在洞口見到持利斧的一具骷髏，離洞口幾步還有兩具骷髏。而後，令狐冲走進大石洞，一版說令狐冲又見到有七具骸骨，或坐或臥，身旁均有兵刃。五具骸骨旁放有長劍，其餘兩種兵刃形式卻甚奇特，一具似是雷震擋，另一件則是生滿狼牙的三尖兩刃刀。令狐冲尋思：「使這兩件外門兵刃和那利斧之人，決不是本門弟子。只有那五位使長劍的，才是本門前輩。」

一版令狐冲在石洞中見到的，是兩名魔教中人與五名五嶽劍派前輩的骸骨，若再加上洞口的三具魔教長老骷髏，死在石洞中的魔教長老共有五人。

二版此處做了修改，改為令狐冲在石洞中見到七具骸骨，或坐或臥，身旁均有兵刃。一對鐵牌，一對判官筆，一根鐵棍，一根銅棒，一具似是雷震擋，另一件則是生滿狼牙的三尖兩刃刀，更有一件兵刃似刀非刀、似劍非劍，從來沒有見過。令狐冲尋思：「使這些外門兵刃和那利斧之人，決不是本門弟子。」

可知二版死在山洞中的，是魔教十長老。

一版令狐冲見到那五柄長劍，心下越來越是奇怪：「這五位前輩分屬五嶽劍派，怎地都死在此處？難道是與另外五個敵人爭鬥，因而同歸於盡麼？」

二版改為令狐冲見到不遠處地下拋著十來柄長劍，心想：「這裡拋滿了五嶽劍派的兵刃，那是甚麼緣故？」

一版五嶽劍派各有一高人與魔教長老同死洞中，可知雙方是同歸於盡，二版則只有魔教十長老死於洞內，那即是受五嶽劍派計謀所困。

接著，令狐冲見石壁上刻有破解五嶽各派劍法的圖形，一版令狐冲先看到破解華山派「有鳳來儀」、「蒼松迎客」與「驚濤拍岸」三招的圖形，二版將「驚濤拍岸」改為「無邊落木」。二版還解釋說，令狐冲回思，師父曾講解，這一招的名字取自一句唐詩，就叫做「無邊落木」甚麼的，師父當時念過，可不記得了，好像是說千百棵樹木上的葉子紛紛飄落，這招劍法也要如此四面八方的都照顧到。

那句唐詩自然就是唐朝杜甫的詩〈登高〉，詩云：「無邊落木蕭蕭下，不盡長江滾滾來」。

一路看完破解所有華山劍法的招術後，一版令狐冲心想：「咱們自以為華山派武功名列五嶽劍派，是武林中數一數二的名門大派，其實本身武功，卻是如此的不堪一擊。」

一版華山派在武林中數一數二，可知在一版《笑傲》的原構思中，武林中理當沒有少林武當，但後來少林武當都出現了，二版令狐冲的心思也改為：「華山派名列五嶽劍派，是武林中享譽已久的名門大派，豈知本派武功竟如此不堪一擊。」

二版接著又較一版增寫，突然之間，令狐冲又想起那位青袍蒙面客來：「這人劍術如此高明，多半和這洞裡的圖形大有關連。這人是誰？這人是誰？」

增寫的這段自然也是要為風清揚的出現預埋伏筆。

一版到二版的改寫就到這裡，經過二版的增寫伏筆，《笑傲》的絕頂高手風清揚便呼之欲出了。

一代高手獨孤求敗留給後人的遺物，一是玄鐵重劍，二是「獨孤九劍」。玄鐵重劍為《神鵰》楊過所得，「獨孤九劍」則將藉由風清揚傳承給令狐冲。風清揚在《笑傲》扮演的角色，就等同於《神鵰》中的醜鵰，醜鵰引領楊過尋得獨孤求敗的玄鐵重劍，風清揚則將獨孤求敗的「獨孤九劍」傳承給令狐冲。令狐冲學得「獨孤九劍」後，讀者才真正明白，為何當年獨孤求敗「欲求一敗而不可得」，原來他果然有驚人的用劍之道！

【王二指閒話】

金庸書系中，依正邪兩造抗衡主題的偏重，可以概分「民族」及「江湖」兩大類別。以「民族」間的爭鬥為主題的小說，包括以「明」、「清」兩大民族為對立雙方的《書劍》、《鹿鼎》，及以「宋」、「蒙」兩大民族為對立兩造的《神鵰》、《倚天》。以「江湖門派」間的爭鬥為首要主題的小說，則包括《射鵰》、《天龍》及《笑傲》等書。以「民族」間的爭鬥為主題的小說，對立的兩方非常明確，依其民族來劃分即可。以「江湖門派」間的爭鬥為主題的小說就不一樣了，因為江湖上山頭林立，若不經簡單的歸類，林林總總的人物在江湖中東流西竄，哪個門派與哪個門派對立，哪個門派又是與哪個門派合作，讀者可能會一頭霧水。

金庸在撰寫以「江湖門派」間的爭鬥為主題的小說時，常用的手法就是「劃分天下」，如《射鵰》將天下劃出東邪、西毒、南帝、北丐、中神通五股主勢力，一版《天龍》本也要以「三善四惡」七股勢力劃分天下，但最後未能劃天下為七，只分為「北喬峰、南慕容」兩股勢力，此外，《笑傲》的「五嶽劍派」似乎是比照《射鵰》「天下五絕」的模式，分江湖為五大塊。

從《射鵰》、《天龍》到《笑傲》，分江湖為五塊或兩塊，最成功的是《射鵰》，分天下為五，其他武人各自依附五絕中的一絕或兩絕，《射鵰》的江湖便簡單明瞭，但《天龍》與《笑傲》的「北喬峰、南慕容」及「五嶽劍派」顯然無法將整個武林的勢力完整囊括，因此《天龍》的南慕容博與北蕭遠山之戰時，金庸還須再創造一個掃地僧來擺平南北之爭，《笑傲》則在五嶽劍派之外，還需再有少林武當兩大「正統門派」為五嶽劍派的制衡力量。

為何《射鵰》的「五絕」可以較「北喬峰、南慕容」及「五嶽劍派」成功呢？這就牽涉到「五絕」的本質。《射鵰》的「五絕」東邪、西毒、南帝、北丐、中神通，依其代表屬性乃是東邪、西毒、南和、北義、中神明，這其中有一位武功高強又能為武林主持正義的北丐洪七公，這個角色極為重要，有了這個「武林仲裁者」，「五絕」的安排才是完整的，因為有洪七公存在，武林惡棍如歐陽鋒與裘千仞若想作惡，或與其他勢力起衝突，洪七公將秉持正義，給予適度制裁。

《天龍》的「北喬峰、南慕容」從屬性上來看乃是「北剛南邪」，《笑傲》的五嶽，依屬性則為「東嶽泰山—剛、西嶽華山—偽、南嶽衡山—怪、北嶽恆山—爆、中嶽嵩山—霸」，在「北喬峰、南慕容」及五嶽劍派中，並沒有像洪七公一樣，可以當「武林仲裁者」的公正角色。因此，當《天龍》的南北之戰或《笑傲》的五嶽紛爭一起，就沒有在超然的角度上做公正仲裁的力量，故而金庸必須另外再創造出掃地僧及少林武當兩派。

從一版初創的《笑傲》來看，書中一再強調岳不羣是「彬彬君子」，可知金庸或者原本並無意把岳不羣寫成「偽君子」，而有可能是要把岳不羣塑造成彷若《笑傲》中的「洪七公」，成為武功高強的江湖仲裁者。但後來既把岳不羣轉成「偽君子」，岳不羣自然也就不再是江湖「正義」的代表。也就因為如此，在五嶽劍派之外，便得再另創造少林與武當來為武林主持正義了。

第八回還有一些修改：

一．岳靈珊病後再上思過崖，崖上嚴寒，岳靈珊機伶伶的打了個寒戰。新三版較二版加說，令狐冲心中憐惜，伸臂便想將她摟在懷裡，但隨即想到師父師娘，便即縮回手臂。

二．令狐冲彈去岳靈珊的「碧水劍」，二版是左手彈在她劍刃上。但令狐冲又不是戴了小龍女的金絲手套，怎能彈「劍刃」？新三版將「劍刃」改為「劍身」。

三．見到華山劍招「蒼松迎客」有棍招可破後，二版說令狐冲眼見使棍人形這五棍之來，凌厲已極，雖只石壁上短短的五條線，每一線卻都似重重打在他腿骨、脛骨上一般。新三版接著加寫，突然之間，令狐冲大腿一陣抽痛，不自禁的坐倒在地。新三版的說法顯得令狐冲極度投入想像情境之中。

四．說起林平之潛心練劍之事，一版岳靈珊道：「旁人要練三年的劍法，他半年便學會了。」但林平之進華山派還未半年，岳靈珊怎會如此說？二版改為岳靈珊道：「旁人要練三個月的劍法，他只半個月便學會了。」

五．將岳靈珊寶劍彈入谷底後，一版令狐冲暗道：「我怎麼了？我怎麼了？和小師妹比劍過招，已逾十年，可是從無一次如今日的下手不留情。我做事卻是越來越荒唐了。」二版將「和小師妹比劍過招，已逾十年。」改為「跟小師妹比劍過招，不知已有過幾千百次，我總是讓她。」

六．岳靈珊十八日後才再度上崖，一版令狐冲曾想：「我以青城派松風劍法對付小師妹的『玉女劍十九式』，內心深處，不免有忌恨林師弟之意，有心顯示他林家的辟邪劍法不足一擊。」二版將這段令狐冲的想法刪了。

七．一版說華山派的「有鳳來儀」內藏三個後着，二版改為五個後着。

八．看過石壁上的華山派劍法，一版令狐冲心想：「石壁上的劍招，至少有千數是連師父、師娘也不知道的。」但石壁上若真有「千數」華山派劍招是岳不羣所不知，華山派當年的劍招未免也太多了，二版將「千數」減為「百餘招」。

九．岳靈珊再度上思過崖為令狐冲送飯，一版說令狐冲打開飯籃，但見一籃白飯，兩碗素菜，一如往昔。二版加上一句「卻沒了那一小葫蘆酒」，這一句才真正能說明岳靈珊已移情別戀。

十．令狐冲拉破了岳靈珊的衣袖，岳靈珊又羞又急，一版說要知古時女子，除了頭臉雙手之外，決不能在人前裸露身子的任何部份，否則便是奇恥大辱。二版將這幾句話當「冗說明」，刪了。

十一．撕破了岳靈珊的衣袖，令狐冲賠罪道：「小師妹，你……你……拔劍在我身上刺十七八個窟窿，我……我也是死而無怨。」一版岳靈珊笑道：「你是大師兄，咱們怎敢得罪你啊？還說什麼刺十七八個窟窿呢？你不拔劍刺人家十七八個窟窿，已經謝天謝地了。」但令狐冲從來就不是會惡意打罵師弟妹的大師兄，一版岳靈珊怎會說「你不拔劍刺人家十七八個窟窿，已經謝天謝地了。」這大違令狐冲一貫性格的話呢？二版改為岳靈珊冷笑道：「你是大師兄，我們怎敢得罪你啊？還說甚麼刺十七八個窟窿呢，我們是你師弟妹，你不加打罵，大夥兒已謝天謝地啦。」

田伯光姦淫了霍家二小姐，害其羞憤自盡——第九回〈邀客〉版本回較

《笑傲》中有一位武林周知的淫賊，此人即是武林諸美女聞之色變的田伯光。在一版故事中，田伯光曾姦淫禍霍權家的二小姐，致使霍小姐上吊自盡，二版則將這段情節刪去。這麼一來，終二版《笑傲》一書，田伯光即「唯有淫名，而無淫行」。

且來看一版到二版的修改。

故事要由岳不羣夫婦上思過崖探視大病初癒的令狐冲說起。

岳不羣下山時，一版說，令狐冲待再說石壁劍招之事，岳不羣夫婦已下山去了。

二版此處增寫為，令狐冲待再說石壁劍招和青袍人之事，岳不羣夫婦已下山去了。

此處增寫也是要為風清揚的出場補植伏筆。

半個月後，岳不羣夫婦帶同弟子們再度上山，欲考較令狐冲武功。

令狐冲來迎後，一版岳不羣說起，田伯光到了長安，姦淫了長安城霍家千斤莊的二小姐，霍家二小姐因此上吊死了。

令狐冲聞言，說田伯光在華山腳下橫行，實是令人可惱可恨。岳不羣對他說，如果他有把握誅滅田伯光，為霍莊主報仇，可准他下崖，將功贖罪。

二版則將這段田伯光的惡行改寫了。

二版改為岳不羣說，田伯光在長安城一夜之間連盜七家大戶，還在每家牆上寫上「萬里獨行田伯光借用」九個大字。

令狐冲聞言，說田伯光在華山腳下橫行，實是令人可惱可恨。岳不羣對令狐冲說，如果他有把握誅滅田伯光，可准他下崖，將功贖罪。

惡名滿天下，令女俠們聞之色變的「淫賊」田伯光，一版姦污了千斤莊霍權莊主家的二小姐，果真是令人髮指的淫賊，二版則將田伯光的惡行改為「連盜七大戶」，但「連盜七大戶」並非淫行。經過二版一改，「淫賊」田伯光在《笑傲》一書中，唯一一件淫行也不見了，他僅剩的「淫行」，就是到「群玉院」嫖妓宿娼。而若「嫖妓宿娼」算是令人聞之色變的「淫賊」，世上跟田伯光一樣的淫賊還真不少。

而後，岳夫人以「無雙無對，寧氏一劍」試令狐冲，令狐冲以石壁上的魔教武功相迎，遭岳不羣斥責。

岳不羣說起華山派劍氣二宗相爭的往事，談到當年劍氣二宗比劍，劍宗大敗，一版岳不羣說，劍宗失敗後，不肯服輸，個個橫劍自盡。

二版則改為岳不羣說，劍宗失敗後，不肯服輸，大多數橫劍自盡，剩下不死的則悄然歸隱，再也不在武林中露面。

由此段可知，一版創作至此回時，金庸仍未構思出劍宗高手風清揚，以及後來要與岳不羣爭掌門之位的劍宗封不平等人之事，因此才說劍宗「個個橫劍自盡」，但後來又創作出風清揚等劍宗高手，二版因此將劍宗「個個橫劍自盡」改為「大多數橫劍自盡」，以求前後相應。

經過岳不羣的一番開導解說後，令狐冲決心潛習岳不羣所傳武藝。一版說此後兩日之中，令狐冲勤習內功，將通向後洞的孔穴封了起來。

二版刪去了令狐冲「將通向後洞的孔穴封了起來」之說。

而後，田伯光上思過崖來邀令狐冲往見儀琳。

田伯光挑了兩罈「醉仙樓」名釀來敬令狐冲，令狐冲暢然大飲，田伯光大讚令狐冲，說令狐冲竟不怕他在酒中下毒，只有如此胸襟的大丈夫，才配喝這天下名酒。

一版令狐冲道：「田兄取笑了。昔年陸抗坦然服食敵將羊祜所遺湯藥，說道：『豈有酖人羊叔子哉？』小弟與田兄交手兩次，深知田兄品行十分不端，你我二人，難和昔年賢羊祜，陸抗相比，但暗中害人之事，卻不屑為。」

二版將令狐冲的話改為：「取笑了。小弟與田兄交手兩次，深知田兄品行十分不端，但暗中害人之事卻不屑為。」

此處修改當是因為一來陸抗與羊祜的典故《神鵰》已經用過，再用就老套了，不符合金庸「創意不重複」的寫作原則，二來《笑傲》令狐冲讀書不多，怎可能隨口引述古史？

而後，田伯光為邀令狐冲下山見儀琳，說起當日令狐冲救儀琳之事。

田伯光笑道：「在衡陽回雁樓頭，令狐兄和田某曾有同桌共飲之誼。」一版令狐冲道：「當年劉備也曾和大奸雄曹操青梅煮酒，共論天下英雄。同桌共飲，何足道哉？」

一版令狐冲此語當真不可思議，以「劉備」自況，莫非令狐冲跟左冷禪一樣，心中都潛藏著「問鼎天下」的雄心壯志？

二版改為令狐冲道：「令狐冲向來好酒如命，一起喝幾杯酒，何足道哉？」

接著，因田伯光執意要將令狐冲擒下華山去，令狐冲問田伯光要擒他下山的真意，田伯光說是為了儀琳，令狐冲以為田伯光是對儀琳動了真情。

一版令狐沖於是問田伯光：「田兄是否對儀琳小師太一見傾心，從此痛改前非，再也不做奸淫良家婦女的勾當了？」田伯光搖頭道：「你不要胡思亂想，那有此事？」令狐沖隨即想起：「沒幾天之前，他還在長安城中，害得千斤莊莊主霍權之女受辱自殺，這積惡如山的大盜，豈能改過遷善？」

二版則因田伯光並未淫辱霍權之女，此處改為令狐沖問田伯光：「田兄是否對儀琳小師太一見傾心，心甘情願的聽她指使？」田伯光搖頭道：「你不要胡思亂想，哪有此事？」

田伯光隨後捋起衣衫，指著雙乳之下的被人下毒的兩枚錢大紅點，指是遭人所脅，不得不請令狐沖往見儀琳。

令狐沖問田伯光是否有藥可解，一版田伯光道：「下毒之人，那也不必提了。」

二版增為田伯光道：「點穴下毒之人，那也不必提了。要解此死穴奇毒，除了下手之人，天下只怕惟有『殺人名醫』平一指一人，可是他又怎肯給我解救？」

此處增寫，即是要為日後醫治令狐沖的「『殺人名醫』平一指」預埋伏筆。

一版至二版的改寫便至此處。

這一回最重要的修改之處，即是為田伯光「漂白」，一版「淫賊」田伯光曾姦淫霍家的二小姐，二版「淫賊」田伯光的淫行，則只有嫖妓宿娼，然而，「嫖妓宿娼」真能算是「淫賊」或「採花大盜」嗎？

在改版的過程中，金庸往往會將筆下人物美化。他大多會將「好人」越改越好，「壞人」則越改惡行越少，這麼一來，顯得好人個個言行都美好，壞人則有所分寸，不會壞到骨子裡。

在二版改版為新三版時，幾乎所有的俠士俠女都被改寫成「禮貌公子」或「謙和姑娘」，「感謝」成了俠士俠女的口頭禪，他們幾乎隨時隨地感恩他們的師長或恩人。郭襄、令狐冲等等系出名門的俠士俠女，固然變得禮貌周到，連楊過這樣的狂狷之士，新三版也變得謙恭多禮。

在改版過程中，好人變得更「好」，壞人則變得沒那麼「壞」。

舉例來說，一版《天龍》南海鱷神為阻止黑白劍史安等人傷害段譽與木婉清，竟挖出伏牛寨二寨主楚天闊的心臟，當眾咀嚼有聲，吃得極有滋味，以為殺雞警猴之用。

或許是因這樣的情節太過血腥暴力，二版因此改為南海鱷神只會扭人脖子，不會吃人心臟。經過改寫之後，二版的南海鱷神就沒有一版那麼惡了。

除了南海鱷神之外，「四大惡人第二」的葉二娘也在改版中不斷被修改，一版《天龍》的葉二娘是會吸嬰兒血的恐怖殺嬰魔，二版則改為葉二娘還是殺嬰，卻不吸血，新三版再把葉二娘改

【王二指閒話】

為不殺嬰，只是偷搶別人家的嬰兒，再把嬰兒轉送到另一個家庭去。

在惡人殺人如宰豬羊的武林，號稱「四大惡人」的葉二娘，竟被改成「不嗜殺人」，只愛偷抱別人家孩子的「惡人」，若與一版葉二娘相比，新三版葉二娘為惡的程度，可說何足道哉。

南海鱷神與葉二娘的行惡程度，都隨著改版而降低，新三版《神鵰》的反派金輪國師則不只惡行被降低，人格還被美化。金輪國師為得到「蒙古第一勇士」的頭銜，一心想擒得郭靖，只要能達成目的，殺人傷人他都不會皺一下眉頭，這樣的殺人魔金輪國師在新三版中，竟增寫他隨身攜帶繪有蓮華生大士的唐卡，還說要教郭襄「報身佛金剛薩埵所說的瑜伽密乘」，彷彿他就是一代佛教高僧。

除了葉二娘、南海鱷神與金輪國師外，《神鵰》李莫愁、《倚天》謝遜、殷素素等人，也都在改版之後，不是惡行減少，就是手段收斂，行惡程度均逐版下降。

跟南海鱷神等幾位惡徒一樣，田伯光這「採花大盜」也在改版過程中，惡行被減輕。一版田伯光姦淫霍權家二小姐，致其慘為失節自殺，二版則改為田伯光的惡行只是偷盜。兩種版本的田伯光，行惡程度實是不可同日而語，二版田伯光雖仍號稱「淫賊」，但他似乎徒有犯意，不見犯行，於二版田伯光而言，所謂的「淫賊」，大概就只是到妓院當「嫖客」罷了。

經由改版，金庸筆下的「好人」越來越好，「壞人」則越來越沒那麼壞，或許金庸想要創造的，就是調性祥和的小說，即使血腥味沒那麼濃，故事依然精彩好看。而減少了血腥或暴力的情節，也能讓金庸小說普及到更多年齡層的讀者。

第九回還有一些修改：

一．回溯華山派早年的劍氣兩宗之爭，二版岳不羣道：「三十多年前，咱們氣宗是少數。」新三版將「三十多年前」改為「五十多年前」，經這一改，才能與岳不羣侯後所說劍氣二宗各練三十年功後，於二十五年前一爭高下的時間點契合。

二．憶起劍氣二宗之爭，二版岳夫人有言：「當年玉女峰上大比劍，劍宗的高手劍氣千幻，劍招萬變，但你師祖憑著練得了紫霞功，以拙勝巧，以靜制動，盡敗劍宗的十餘位高手。」新三版將「劍宗的高手劍氣千幻，劍招萬變」改為「劍宗的高手招式變幻，層出不窮」，二版的說法彷似在讚揚劍宗的「劍氣」，新三版才是在美言其「劍招」，新三版自當是較合理的。

三．岳不羣說起華山派當年的劍氣兩宗之爭，一版岳不羣道：「四十年前，本門功夫本來分為正邪兩途。」二版則將「四十年前」拉近至「二十五年前」，若劍氣二宗之爭在四十年前，便與岳不羣現在的年紀無法相符。

四・說起劍氣二宗之爭，二版提到的華山派「氣功」，一版原說是「內功」。改為「氣功」，更能符合「氣宗」之稱。

五・說起劍氣二宗之爭，一版岳不羣道：「四十多年前，咱們氣宗是少數」，二版將「四十多年前」改為「三十多年前」。

六・令狐冲擔心倘不跟田伯光比劍，對他加以敷衍，他若下山污辱岳靈珊，那便大為不妙，一版令狐冲心想：「倘若小師妹給他見到了，那裏還有倖理？我便是給他身上斬一千刀一萬刀，也不能出聲呼叫，免得小師妹受他污辱。」二版令狐冲的想法不再這麼露骨，刪為令狐冲心想：「倘若小師妹給他見到……」二版的寫法含蓄多了。

七・田伯光猜測風清揚在石洞中，一版田伯光又想：「聽說華山派前輩，當年在一夕之間盡數暴斃，只有風清揚一人其時不在山上，逃過了這場刧難，但屈指算來，他也有八十餘歲了。」二版將風清揚「八十餘歲」減為「七八十歲」。

風清揚以一人之力手刃魔教十長老——第十回〈傳劍〉版本回較

這一回說的是風清揚教功於令狐冲的故事，且來看看一版到二版風清揚形象的轉變。就由風清揚教令狐冲將三十招華山劍法連成一氣，令狐冲因而戳中田伯光「膻中穴」，首敗田伯光說起。

一版風清揚對令狐冲說：「你是岳不羣的弟子，我本不想傳你武功，但我早已金盆洗手，不再與人動手過招，若不假手於你，難以逼他立誓守秘，你跟我進來。」

原來一版風清揚也是「金盆洗手」的高手，但「金盆洗手」總不能自己一個人在自家浴室金盆洗手，而若風清揚曾跟劉正風一樣，以大宴賓客的方式當眾「金盆洗手」，武林中知曉風清揚者理當甚多，卻為何無人提起過？當然，風清揚所說的「金盆洗手」也可能只是意指退出江湖，而不是像劉正風那般當眾「金盆洗手」。

二版改為風清揚說道：「你是岳不羣的弟子，我本不想傳你武功。但我當年……當年……曾立下重誓，有生之年，決不再與人當真動手。那晚試你劍法，不過讓你知道，華山派『玉女十九劍』倘若使得對了，又怎能讓人彈去手中長劍？我若不假手於你，難以逼得這田伯光立誓守秘，你跟我來。」

二版風清揚沒提到「金盆洗手」，他之所以隱遁華山，乃是因劍氣二宗相爭後，劍宗大敗，他懷憂喪志，因此才不再現身武林。

而說起風清揚的輩份，一版風清揚說岳不羣該稱他為「師叔祖」，二版則改為「師叔」，故而一版令狐冲喚風清揚為「太師叔祖」，二版則改為「太師叔」。

一版風清揚高岳不羣兩輩、高令狐冲三輩，二版則改為風清揚高岳不羣一輩、高令狐冲兩輩。

改變風清揚輩分的原因，理當是要配合就岳不羣的年齡，因為岳不羣快六十歲了（一版岳不羣是六七十歲），風清揚若再高他兩輩，豈非成了百歲人瑞？因此將風清揚降低一個輩分，從年齡上來說，是較為妥當的。

接著，風清揚告訴令狐冲，石壁上的華山派劍法圖形，是華山派劍法的絕招。

令狐冲指着石壁上使棍棒的人形，問風清揚，那是魔教長老嗎？風清揚說道，石洞中的十具骸骨，就是魔教十長老。

一版令狐冲奇道：「怎麼這魔教十長老都死在這裏？」風清揚道：「是我殺的！」魔教長老

個個都身負絕世武功，風清揚說這「是我殺的」四字，卻是經描淡寫之極，便如說捏死了十隻螞蟻。

一版此處前後矛盾，第八回明明說十具骨骸，其中五具是五嶽劍派每派各一個前輩，此回又變成十具骨骸便是魔教十長老。二版則因第八回已修改為十具骨骸就是魔教十長老，因此無此扞格。

二版改為令狐冲奇道：「怎麼這魔教十長老都死在這裡？」風清揚並未回答，只說別再談陳年舊事。

一版跟二版風清揚的武功等級並不一樣，在一版故事中，魔教長老破了五嶽劍派的全數劍招，風清揚再以一人之力手刃魔教十長老，可知風清揚是武林中武功最強之人。

二版的魔教十長老並非風清揚所殺，風清揚也就不是武功天下第一了。

二版增寫風清揚感慨：「魔教長老們不知道，世上最厲害的招數，不在武功之中，而是陰謀詭計，機關陷阱。倘若落入了別人巧妙安排的陷阱，憑你多高明的武功招數，那也全然用不著了……」說著抬起了頭，眼光茫然，顯是想起了無數舊事。

可知二版風清揚是因對江湖充滿了失望與無力感，才選擇當「自了漢」，寥度一生。

而後，經風清揚傳授，令狐冲終於學得全套「獨孤九劍」。

傳功之後，風清揚說要回華山後山，令狐冲喜道：「原來太師叔便在後山居住，那再好沒有了。徒孫正可朝夕侍奉，以解太師叔的寂寞。」

一版接下來的故事是：風清揚微微一哂，道：「你跟我來瞧瞧。」

令狐冲隨着他走進後洞，原來後洞中還有洞穴。只見風清揚走進這個洞穴，令狐冲正想跟進，不料抬頭一看，洞穴上方寫著七個白色大字：「過此洞者殺無赦。」風清揚正色道：「這七個字是我寫的，誰也不能例外，你若行過此洞，立斃於我劍下！」

令狐冲聞言，心想：「太師叔祖既然有此嚴令，我自不可貿然進去，致觸他老人家之怒。」

二版這段改為：風清揚對令狐冲厲聲道：「從今以後，我再也不見華山派門中之人，連你也非例外。」見令狐冲神色惶恐，便語氣轉和，說道：「沖兒，我跟你既有緣，亦復投機。我暮年得有你這樣一個佳子弟傳我劍法，實是大暢老懷。你如心中有我這樣一個太師叔，今後別來見我，以至令我為難。」令狐冲心中酸楚，道：「太師叔，那為甚麼？」風清揚搖搖頭，說道：「你見到我的事，連對你師父也不可說起。」令狐冲含淚道：「是，自當遵從太師叔吩咐。」風清揚輕輕撫摸他頭，說道：「好孩子，好孩子！」轉身下崖。令狐冲跟到崖邊，眼望他瘦削的背影飄飄下崖，在後山隱沒，不由得悲從中來。

一版風清揚較為嚴厲，二版則將風清揚改得慈愛祥和。

風清揚離去後，令狐冲開使練「獨孤九劍」。一版說那獨孤九劍名雖九劍，實則於天下武學，無所不包，令狐冲每練一次，便多了一些領悟。

二版將這段話刪去了。若「獨孤九劍」真於天下武學無所不包，豈非遠邁《九陰真經》、《九陽真經》等絕世武功，當然也勝過《葵花寶典》。如此一來，《葵花寶典》還未出場，便已輸給「獨孤九劍」，故事還怎麼發展下去？二版因此刪之大宜。

令狐冲練過「獨孤九劍」後，故事接到封不平上華山，欲奪掌門之位的情節。

陸大有上思過崖向令狐冲報訊，說起五嶽劍派中人隨封不平上華山，一版陸大有說「嵩山、恆山、衡山、泰山四劍派中，都有人在內。」

二版刪去了恆山派，留下其他三劍派。

一版陸大有談起封不平相貌，說他「很高很胖」，二版則改為「焦黃面皮」。

一版陸大有接著說，封不平來奪華山掌門之位，對岳不羣說的是：「當年你使陰謀詭計，霸佔華山，將咱們趕下山去，這筆舊賬，今日可得算算。」

可知在一版故事中，當年劍氣二宗相爭後，使計陷害「劍宗」，奪得掌門之位者是岳不羣。

二版則考慮岳不羣的年齡與輩份，改為封不平道：「當年你師父行使陰謀詭計，霸佔了華山一派，這筆舊帳，今日可得算算。」

二版修改後，行使陰謀詭計，霸佔華山派之人，變成了岳不羣的師父，也就沒有岳不羣的年齡與輩份問題了，但一版原想將岳不羣塑造成在劍氣二宗之爭中，使鬼域技倆害「劍宗」的「偽君子」，二版卻因此沒了此事。

一版陸大有接著說起封不平對岳不羣叫陣：「你篡奪華山一派掌門之位，已三十年啦，到今天還做不夠？應該讓位了吧？」

二版則因奪華山掌門之位的，由「岳不羣」改為「岳不羣的師父」，封不平話中的「三十年」，也減為「二十多年」。

而帶頭來到華山，為封不平壯聲勢的嵩山派高手，一版說是「姓辛的老頭兒」，二版將之改為「陸柏」。

二版將一版「姓辛的老頭兒」改成「陸柏」，理當是因為嵩山派的「十三太保」若一個又一個陸續出現，讀者可能會因角色過多而產生閱讀壓力，因此一版改為二版時，將嵩山派故事改成集中在丁勉、陸柏、湯英鶚三人身上，角色即得以簡化。

聞師門有難，令狐沖護師心切，便奔下了思過崖，「桃谷六仙」則於此時出場。

令狐沖下思過崖時，二版較一版增寫，令狐沖正奔之間，忽聽得對面山道上有人叫道：「令狐沖，令狐沖，你在哪兒？」令狐沖道：「是誰叫我？」跟著幾個聲音齊聲問道：「你是令狐沖？」令狐沖道：「不錯！」

這段增寫是必要的，因為桃谷六仙奉儀琳之命來帶回令狐沖，但他們根本不知令狐沖是誰，若錯抓陸大有，豈不成了笑話一樁？二版因此增寫桃谷六仙先叫令狐沖的名字，以確認此人就是令狐沖。

一版的「桃谷六仙」是相貌各異的六個人，依次是「皺臉人」桃根仙、「灰臉人」桃幹仙、「凹凸臉」桃枝仙、「黑臉人」桃葉仙、「紅臉人」桃花仙、「馬臉人」桃實仙。令狐沖還對其中的桃花仙心想：「桃花仙滿臉通紅，果然是顏如桃花。」

二版則改為「桃谷六仙」均是「橘子皮的馬臉老怪」，經過這麼一改，二版桃谷六仙即都跟一版「桃實仙」長一個樣。

令狐沖下崖時，被桃谷六仙圍堵。一版說桃幹仙與桃葉仙二人四隻腳板都已懸空，身子卻筆直而立，處境危險之極，別說伸手相推，便是一陣山風吹來，只怕也將他二人吹入了崖下萬丈深谷。

二版將這段描述刪除了，若桃幹仙與桃葉仙真能懸空飄浮，他們就真成桃谷六「仙」，而不是凡人了。

六怪圍住令狐冲後，一版說令狐冲驀地裏眼前一黑，一隻大布袋兜頭罩將下來，身子已在布袋中。

一版令狐冲被包縛在布袋中，這情節與《倚天》說不得和尚用「乾坤一氣袋」包縛張無忌上光明頂極為雷同，在金庸「創意不重複」的原則下，二版刪去了「大布袋」，改為桃谷六仙抓住令狐冲手臂，將他帶下山去。

桃谷六仙捉令狐冲下山，是要帶他去見儀琳。

在下山途中，令狐冲捏造說，嵩山派高手要將桃谷六仙像捏螞蟻般捏死，一版桃枝仙聞言，道：「多一事不如少一事，咱們怏怏回去吧。」馬臉人桃實仙道：「四哥最是膽小，打都沒打，怎知鬥他不過。」

二版則將桃谷六仙中最膽小的，從「桃枝仙」改為「桃實仙」。

而後，令狐沖逐一認識了桃谷六仙，並要帶同桃谷六仙下崖，解華山派之危。

因為桃谷六仙先前點了陸大有的啞穴，一版說令狐沖本想叫六仙去解了陸大有的穴道，但想師父、師娘處境窘迫，越早過去解圍越好，這思過崖畔並無猛獸，過得幾個時辰，陸大有穴道自解，眼下不可更有耽擱。

一版令狐沖對待陸大有著實太也無情，陸大有極為崇敬他這位「大師哥」，他卻不把陸大有的生死安危放在心上，顯得毫無兄弟之情。

二版則改為令狐沖請桃谷六仙先解了陸大有穴道，而後才下山。

一版到二版的改版即到此處。

一版此回的重點之一，就是將岳不羣定型為「偽君子」。

一版岳不羣甫出場時，一再強調他是「彬彬君子」、「修養極好」，由此揣想，金庸方創造岳不羣這個人物時，應是要他塑造成「表裡如一」、「名實相符」的「真君子」。

但故事發展到此回時，忽然峰迴路轉，將岳不羣寫成是使用陰謀詭計，奪得華山派掌門之位的「偽君子」，於是在一版修訂為二版時，凡是前數回有將岳不羣說成「真君子」之處，一律刪盡改光，讓岳不羣變成前後一貫的「偽君子」。

【王二指閒話】

「丑角」是金庸書系中必有的角色，在氛圍緊繃的江湖中，「丑角」既可讓武林人物與讀者會心一笑，也能展現作者的幽默。

金庸書系中的「丑角」概分兩類，一類是「刻意為丑」的「丑角」，所謂「刻意為丑」，是指這些角色會刻意賣弄言語或行為的幽默好笑，因而顯得討喜；另一類是「無意為丑」的「丑角」，所謂「無意為丑」，乃指這類角色並不是刻意要耍弄言語或動作的趣味，而只是因為他們不明世事，類偏蠢人，或仿似張飛李逵一類渾人。在思考並不周延下，講話幼稚而可笑。

「刻意為丑」的角色包括《射鵰》與《神鵰》的周伯通、《倚天》周顛、《天龍》包不同、《笑傲》桃谷六仙以及《鹿鼎》以丑角而成主角的韋小寶等等。「刻意為丑」的「丑角」往往比一般人的思考更靈活。

「無意為丑」的角色則包括《射鵰》侯通海、《神鵰》麻光佐、《倚天》華山派高老者、《天龍》南海鱷神等等，「無意為丑」的「丑角」思考度靈活度大多不如一般人。

由此可知，言語與思考自出機杼，發人所未能思及的幽默，固然能為「丑角」，而若思想靈活度遠不及常人，人盡皆知之理，他卻渾然不知，因而惹人發笑，那也算是「丑角」。

從文學的角度而言，「丑角」的塑造困難度並不下於俠者，所謂「俠者」，只要學會一門武功，再有一顆俠義之心，便是一位基本的「俠者」。「丑角」卻不一樣，因為「丑角」必須言語令人發噱，然而，「刻意為丑」的丑角，倘使作者為他們創作的幽默言語無法自成一格，流於老套做作，那就成了失敗的「丑角」，反過來說，「無意為丑」的丑角，言行發渾，若作者無法說服讀者他們確實純真幼稚，讀者或許會感覺虛偽可厭，那也是失敗的「丑角」。

金庸在塑造「丑角」時，總能讓「丑角」真正引人發噱，因此金庸書系中從無失敗的「丑角」。

因為「丑角」的創作困難度甚至高於「俠者」，因此，「丑角」的壽命大致說來，都是長壽的，比如周伯通、周顛及桃谷六仙，都能在整部小說中善始善終。而若是丑角為了情節需要，不得不死，金庸大多會讓他們活到書末，比如南海鱷神、包不同，都是死得其時，他們死前所說之話，則都令讀者留下深刻的印象。

不過，要在江湖上打滾，徒有搞笑的言行，絕難活命，因此金庸塑造「丑角」時，大多會賦予他們絕世武功，如《射鵰》與《神鵰》的周伯通及《笑傲》的桃谷六仙，都身負高明武功，因此才能玩世不恭、遊戲江湖。

而若只是言語戲謔，卻沒有高明武功，即想在武林中以一張嘴皮舌戰群雄，那麼，金庸仍得讓這般不自量力的丑角一命嗚呼，如《倚天》司徒千鍾即難能長命。畢竟武林是唯力是視的社會，徒有「舌功」而沒有「武功」，除非像韋小寶是書中主角，因身擁「主角光環」而被作者優待，否則，想以一張搞笑的嘴擺平眾多霸道的劍，到底還是死路一條。

第十回還有一些修改：

一．桃谷六仙中的四仙抬令狐冲，一仙則展演輕功，二版說此仙年紀少說也有六七十歲。新三版改為此仙少說也有四五十歲。

二．風清揚要令狐冲將華山劍法三十招連在一起對付田伯光，一版說那三十招招式，令狐冲都曾學過，有幾招還當真是平常之極，師兄弟間過招尚且不用，以之對付田伯光，無論如何是威力不足。然而，令狐冲怎會如此貶低本門劍招呢？二版改為那三十招招式令狐冲都曾學過，但出劍和腳步方位，卻無論如何連不在一起。經二版一改，問題就出在令狐冲自己，而非華山派劍法，自是合理多了。

三・令狐冲要連使「白虹貫日」與「有鳳來儀」兩招時，一版說令狐冲使一招「白虹貫日」，這一招收招時劍尖指向天空，但第二招「有鳳來儀」，卻是自下而上的刺出，中間缺了一截，無法聯起來。二版將此處刪為令狐冲當即使一招「白虹貫日」，劍尖朝天，第二招「有鳳來儀」便使不下去，不由得一呆。這段一版寫得較詳細，讀者應較容易領會，二版反而含糊了。

四・望向太陽，一版風清揚輕聲道：「這日頭好暖和啊，有幾十年沒晒太陽了。」但為何風清揚「幾十年」沒晒太陽？莫非他轉投古墓派去了？二版將風清揚的話改為：「日頭好暖和啊，可有好久沒曬太陽了。」二版風清揚的話中沒有「幾十年」，當是合理多了。

五・令狐冲聞風清揚所說「歸妹趨無妄」等「獨孤九劍」口訣後，當下便能記誦。一版說令狐冲竟然盡數背了出來。二版令狐冲的記憶力不再這般驚人了，改為令狐冲一路背誦下去，竟然背了一小半，後面的便記不得了。

六・一版說「獨孤九劍」的總訣有五千餘字，風清揚一次唸九百餘字要令令狐冲默背。二版令狐冲不再有如此超強的記憶力了，改為「獨孤九劍」的總訣有三千餘字，風清揚一次唸三百餘字要令狐冲默背。

七・風清揚第一次要令狐冲背「獨孤九劍」總訣九百餘字，一版說令狐冲依言背誦，只錯了七八個字。風清揚糾正了，令狐冲第二次再背，便沒有錯。二版令狐冲的記憶力不再如此高強，改為風清揚要令狐冲背三百餘字，令狐冲依言背誦，只錯了十來個字。風清揚糾正了，令狐冲第二次再背，只錯了七個字，第三次便沒再錯。令狐冲背書這段情節與《天龍》虛竹背書一樣，都是一版改為二版，記憶力即下滑了。

《紫霞秘笈》箴言：紫霞秘笈，入門初基。葵花寶典，登峰造極
——第十一回〈聚氣〉版本回較

從一版《笑傲》修訂為二版，金庸在文格上的最大改變，即是角色的性格與心理「由顯而隱」、「從明變暗」、「自陽轉陰」。創作一版《笑傲》時，金庸大多會都將岳不羣等人物的心思，在事件發生的當下，便解說地明明白白。因此，於角色而言，他的行為或許是出自「陰謀」，但從讀者看來，所有的「陰謀」幾乎都成了「陽謀」。

一版《笑傲》修訂為二版時，金庸將述及角色性格與心思之處，能刪即刪，如此一來，岳不羣之類的角色，更顯得心機重重，二版的文學技巧因此高於一版。

如覬覦林家「辟邪劍法」一節，一版寫得很清楚，岳不羣極為垂涎林家的《葵花寶典》，二版則將岳不羣的心思全刪了，因而顯得岳不羣的心機更為深沉。以文學技巧而言，二版無疑勝於一版。

且來看看一版到二版的修改。

故事就從令狐冲與桃谷六仙下思過崖，圖助岳不羣解決封不平欲取代岳不羣，成為華山派掌

門說起。

一版隨封不平上華山的嵩山派高手是「姓辛的老者」，二版則改為「仙鶴手陸柏」。

一版恆山派亦有人隨封不平上山問難於岳不羣，此人是「一個三十來歲的尼姑」。二版因恆山派未參與封不平圖謀華山派掌門的行動，因此也刪去了這尼姑。

與封不平齊上華山詰難岳不羣的衡山派高手，一版名為彭連榮，二版改姓為魯連榮，新三版再改名為魯正榮，新三版又較二版加說，魯正榮與莫大先生、劉正風同輩。

一版令狐冲稱彭連榮為「彭師叔」，二版則改為令狐冲稱魯連榮為「魯師伯」。

封不平上山後，與岳不羣起了「劍」「氣」何者為重之爭，岳不羣認為五嶽劍派都使劍，也都講究「以氣御劍」之道。劍術是外學，氣功是內學，須得內外兼修，武功方得有小成。

封不平則質疑岳不羣說，一個人專練劍法，尚且難精，又怎能分心去練別的功夫？

一版封不平又說：「所謂『左手畫方，右手畫圓，則不能成規矩。』同時畫方畫圓尚且不能，更不必說同時練劍練氣了。」

二版將封不平這幾句話刪了，說來在背景年代早於《笑傲》的《神鵰》中，周伯通與小龍女即都是「左手畫方，右手畫圓」的高手。既早有人擅長此道，封不平說「畫方畫圓尚且不能」便大為不妥了。

而後，一版封不平又說：「我不是說練氣不好，只不過咱們華山派的正宗武學，乃是劍術。你要涉獵旁門左道的功夫，有何不可，去練魔教功夫，旁人也還管你不着，何況練氣？」

二版將封不平話中的「去練魔教功夫」增寫為「去練魔教的『吸星大法』」。增寫的目的自是要為任我行出場補植伏筆。

封不平接著對岳不羣說：「你眼下執掌華山一派，這般走上了歪路，那可是貽禍子弟，流毒無窮。」

聞封不平之言，岳不羣微笑道：「『貽禍子弟，流毒無窮』，卻也不見得。」

岳不羣語畢，一版封不平身旁的成不憂，突然大聲道：「為甚麼不見得？」成不憂身形甚矮，說出話來卻是聲若洪鐘，原來他使的是「獅子吼」功夫。不料岳不羣練氣有素，內功深厚，聽到成不憂的聲音，臉上神色仍絲毫不變。

一版接著說，岳不羣微笑道：「成兄，你這手『獅子吼』功夫，本是佛門的內家上乘功夫，倘若內功練得到了家，一聲喝將出來，萬人辟易，的是威力無窮。」成不憂聞言，怒道：「你說我內功不純，這『獅子吼』沒練得到家，是也不是？」岳不羣笑道：「不敢。不過『獅子吼』

乃佛家神功，說到練得到家，談何容易？當今之世，只怕真正會這門功夫的高僧，也是寥寥可數。」

岳不羣群每一句都說得心平氣和，一副彬彬有禮的君子模樣，但細一琢磨，都是在說這成不憂功夫平庸，成不憂性子甚急，腦筋卻轉得不快，呆了一呆之後，這才明白岳不羣言中之意，突然間心頭大怒，刷的一聲，從腰間抽出長劍，大聲道：「封師兄說你所練的功夫是旁門左道，不配做華山派的掌門，我瞧着也是十分的不順眼，你到底是自動退位呢，還是吃硬不吃軟，要叫人打下位來？」

一版這段當真是「莫名其妙」，身為封不平的師弟，成不憂自然也是「劍宗」之人，但「獅子吼」明顯是練「氣」而成的內家功夫，這麼一來，成不憂豈不是變成了「氣宗」之人？

二版自是將這一大段全刪改掉了，身屬「劍宗」的成不憂，怎可能會使甚麼「獅子吼」功夫？二版這段改為：成不憂大聲道：「為甚麼不見得？你教了這麼一大批沒個屁用的弟子出來，還不是『貽禍子弟，流毒無窮』？封師兄說你所練的功夫是旁門左道，不配做華山派的掌門，這話一點不錯，你到底是自動退位呢？還是吃硬不吃軟，要叫人拉下位來？」

而後，成不憂又質疑岳不羣：「你這掌門之位得來不清不楚，否則左盟主身為五嶽劍派的首領，怎麼他老人家也會頒下令旗，要你讓位?」岳不羣則反譏令旗是啞巴，不會說話。

一版說，那嵩山派的蒼髯老者突然說道：「岳師兄說令旗是啞巴，難道我湯英鶚也是啞巴不成?」

一版此處顯然自相矛盾，前面才剛說過嵩山派來人是「姓辛的老者」，此處又變成了「湯英鶚」。

二版將湯英鶚改成了「陸柏」，這自是因為陸柏在嵩山派排名第三，說話比排名第七的湯英鶚有份量。

接著，成不憂出言挑釁岳夫人，令狐冲則持掃帚，以「獨孤九劍」的「破劍式」迎戰成不憂，結果，成不憂的長劍插入令狐冲的竹棍，成不憂又羞又怒，一掌擊中令狐冲胸口。

一版說成不憂是數十年的修為，令狐冲只不過仗着熟悉招數變化，以內力而論，如何是成不憂的對手?令狐冲身子向後一仰，立時翻倒，口中鮮血狂噴。

一版這裡又是一大破綻，令狐冲出身「氣宗」，成不憂則是「劍宗」高手，「劍宗」成不憂的「內力」為甚麼會遠高於「氣宗」令狐冲?二版因此將「以內力而論，令狐冲如何是成不憂的對手?」改為「令狐冲的拳腳功夫如何是成不憂對手?」如此一改「劍」「氣」二宗才不致混淆。

見此狀況，桃谷四仙遂出手，將成不憂撕成四爿。而後，桃谷六仙搶起躺在地上的令狐冲，奔下華山。

桃谷六仙與令狐冲奔下華山時，一版說岳不羣和封不平雙劍齊出、向桃花仙和桃葉仙二人背心刺去，只聽得錚錚兩响，雙劍如中鋼板，跟着拍拍兩聲，雙劍齊中折斷。岳不羣與封不平隨即省悟，這兩個怪人背上定是負了鋼板鐵甲之類。

這段二版全删了，想來桃谷六仙自負武功高強，性格天真而不識世務，說這六人會「負了鋼板鐵甲」，未免大違其本性。

下華山後，桃谷六仙各以真氣對令狐冲亂治一通，使得令狐冲奄奄一息，而後在令狐冲言語相引下，桃谷六仙又將令狐冲送上華山，不料在華山上，因岳不羣夫婦誤會，岳夫人竟刺了桃實仙一劍，桃谷六仙遂又下山去。

桃谷六仙下山後，岳不羣以內力為令狐冲續命。令狐冲在岳不羣送氣後醒來，斷斷續續說要對林平之轉告林震南的遺言。岳靈珊於是喚林平之進房，令狐冲即開始轉述林震南遺言。

一版接下來的故事是：令狐冲斷斷續續的說林震南的遺言：「他說葵……葵花巷……老

宅……老宅中的物事，要……要好好照看。不過……不過千萬不可翻……翻閱，否則……否則禍患無窮……無窮……」林平之奇道：「葵花巷？我們福州可沒葵花巷啊，我家的舊宅也不在葵花巷。」岳夫人問林平之：「那麼你家老宅在甚麼地方？」林平之道：「我曾祖從前住在向日坊，後來……」岳不羣插口道：「向日坊，向日坊。向日葵，那便是葵花了，看來向日坊又名葵花巷。」

岳夫人又問：「你爹爹說老宅中的物事，那是甚麼？」岳不羣道：「這事慢慢再說。」

二版這段改為：令狐冲向林平之轉述林震南的遺言：「他說向陽……向陽巷……老宅……老宅中的物事，要……要你好好照看。不過……不過千萬不可翻……翻看，否則……否則禍患無窮……」

林平之奇道：「向陽巷老宅？那邊早就沒人住了，沒甚麼要緊物事的。爹叫我不可翻看甚麼東西？」

令狐冲道：「我不知道。你爹爹……就是這麼兩句話……這麼兩句話……要我轉告你，別的話沒有了……他們就……就死了……」

一版的故事還沒完，接下來的情節是：岳不羣與岳夫人回房後，岳不羣問岳夫人，林震南所說的林家老宅物事，會是甚麼物事？岳夫人說是「辟邪劍譜」，岳不羣則說，只怕不是「辟邪劍譜」。而後，岳不羣翻開枕頭，取出「紫霞祕笈」，翻到最後一頁，指着最後的十六個字，對岳夫人說：「你看。」

岳夫人見那十六個字寫的是：「紫霞祕笈，入門初基。葵花寶典，登峯造極。」瞬間心念一動，脫口而出：「葵花寶典？福州城中的葵花巷，難道與葵花寶典有甚麼干係？這世上當真有一部葵花寶典麼？」

岳不羣神色肅然，道：「這部『紫霞祕笈』，字字皆是本派第十四代祖師及師祖親筆所書，我一句一句的練將下來，其中確有無窮的妙境。最後這十六個字和祕笈其餘的字迹一模一樣，決非虛假。」岳夫人嘆了口氣，道：「當世就算真有『葵花寶典』，定然艱深無比，只怕也是無人能夠練得成了。」岳不羣道：「這個……」說了這兩字，便不往下說了。

二版這段刪為岳不羣夫婦回入自己房中，想起令狐冲傷勢難治，都是心下黯然。過了一會，岳夫人兩道淚水，從臉頰上緩緩流下。岳不羣道：「你不用難過。沖兒之仇，咱們非報不可。」

一版這段情節饒富玄機，在一版故事中，「紫霞祕笈」最後一頁寫道：「紫霞祕笈，入門初基。葵花寶典，登峯造極。」可知在金庸的原始構想中，「葵花寶典」乃是「紫霞祕笈」的「進階」內功秘笈，根本不是劍術之書，這與二版說「辟邪劍譜」與「葵花寶典」是同一套併有內功的劍術秘笈，是不一樣的。

此外，一版岳不羣顯然對林家的「葵花寶典」頗有覬覦之心，二版則刪去了岳不羣的心思。

令狐冲說罷林震南遺言後，岳不羣召集群弟子，說要上嵩山請左冷禪評理，一版說嵩山派乃五嶽劍派之首，嵩山掌門左冷禪更是當今武林中第一位人物。

可知一版寫及此處時，金庸仍未構思及少林武當兩派，而既然少林武當兩派後來出現在《笑傲》的江湖中，二版於是將一版所說左冷禪是「武林中第一位人物」，改為「當今武林中了不起的人物」。

而後，岳不羣師徒全都下華山，只留下陸大有照料令狐冲，岳靈珊又回轉來送令狐冲《紫霞秘笈》。

一版岳靈珊見到令狐冲後，皺眉道：「六猴兒，你也不給大師哥抹了口邊的血。」陸大有道：「是，是。」取過手巾要去揩抹。岳靈珊接了過來，輕輕替令狐冲抹了口邊鮮血。令狐冲突然說道：「多謝你，小……小師妹。」

二版將這段刪去了，為了表明岳靈珊與林平之相戀後，對令狐冲極度薄情，二版刪去了一版岳靈珊對令狐冲親暱肢體接觸的描述。

岳靈珊盜來《紫霞秘笈》，令狐冲卻寧死不練，一版岳靈珊道：「大師哥這麼固執，難道爹爹真是見死不救，眼睜睜的讓他去死麼？」

從一版岳靈珊這幾句話可知，岳靈珊的盜書之舉應是得到了岳不羣的默許。然而，岳不羣真能默許岳靈珊盜《紫霞秘笈》以救令狐冲嗎？想來當是未必，二版因此刪了岳靈珊此話。

將書交給令狐冲及陸大有後，岳靈珊便下山去了。

岳靈珊下山後，陸大有開始誦讀《紫霞秘笈》給令狐冲聽。

一版《紫霞秘笈》的第一頁所述為：「凡人之患，在性暴、性淫、性奢、性酷、性賊。暴則氣奔而攻神，是故神擾而氣竭。淫則精漏而魂疲，是故精竭而魂消。奢則真離而魄穢，是故命近而靈失。酷則喪仁而自攻，是故性失而情虛。賊則心鬥而意亂，是故內戰而外絕。此五事者，皆是截身之刀鋸，剮命之斧斤矣。」

這段內容引自《漢武帝內傳》，然而，《紫霞秘笈》的內容若是《漢武帝內傳》，書肆即可購得《漢武帝內傳》，《紫霞秘笈》怎還能稱為「秘笈」？

二版因此將《紫霞秘笈》第一頁所述改為：「天下武功，以練氣為正。浩然正氣，原為天授，惟常人不善養之，反以性伐氣。武夫之患，在性暴、性驕、性酷、性賊。暴則神擾而氣亂，驕則真離而氣浮，酷則喪仁而氣失，賊則心狠而氣促。此四事者，皆是截氣之刀鋸……」

修改之後，《紫霞秘笈》即不再是《漢武帝內傳》，且更有「武功秘笈」的味道。

一版《紫霞秘笈》接著寫道「舍爾五性，返諸柔善，閉諸淫，養汝神，放諸奢，從至儉，節飲食，去羶腥，鳴天鼓，飲玉漿，蕩華池，叩金梁，按而行之，當有小成。」

二版將這段改為「捨爾四性，返諸柔善，制汝暴酷，養汝正氣，鳴天鼓，飲玉漿，蕩華池，叩金梁，據而行之，當有小成。」

陸大有讀秘笈後，一版說令狐冲只聽得幾句，便知這確是「紫霞秘笈」真本，其中所說鳴天鼓、飲玉漿、蕩華池、叩金梁等語，小時偶爾曾聽師父師娘說起過，只是不明其意，此時一聽，才知是本派上乘內功中的種種關竅。

一版此段大見破綻，先前岳不羣根本從未傳過令狐冲《紫霞秘笈》，令狐冲怎會聽聞幾句，便知這是《紫霞秘笈》真本呢？二版自是將此段全刪了。

一版到二版的修訂就到此處，此回情節最重要的修訂，當是林震南祖傳寶物，由一版屬於「內功」的《葵花寶典》，二版改為屬於「劍法」的《辟邪劍譜》。此外，一版將岳不羣渴求

《葵花寶典》的欲念寫得明明白白，二版則改為岳不羣心機深沉，不輕易吐露自己的心思，這即是一版到二版，金庸文學技法的大改變。

【王二指閒話】

在「金庸一百問」中，有讀者問：「掃地僧的內力真的有那麼強嗎？」金庸的答覆是：「有吧！北京曾經開會討論到底有沒有甚麼內力、外力，結果他們以科學看法來看，沒甚麼內力外力之分，力的來源和性質是一樣的。」

何謂「內力」？蘊藏體內之「力」稱為「內力」；何謂「外力」？擊發於外之「力」稱為「外力」，以武俠小說的術語而言，所謂「外力」，便是武者用於使刀掄劍，發拳擊掌之力。

從力的「來源和性質」來看，的確是無有內外的，強分內外，也就陷入了「白馬非馬」的邏輯。不過，力雖不能分「內力與外力」，功卻可分「內功與外功」。所謂「內功」，即是內在之力的「真氣」，包含「內力與外力」，而所謂「外功」，則是拳腳刀劍等武術技巧。

對於武者而言，究竟是「外功」的「術」，即「武藝技巧」重要？還是「內功」的「氣」，即「真氣內力」重要呢？這只怕是一個無解的問題，比如《倚天》的覺遠，空有「九陽真氣」，而無拳腳功夫，固然當不成高手，而如《射鵰》中毒後的洪七公，縱使「降龍十八掌」的招式仍在，若無渾厚的勁力，還是無法降龍伏虎。

任何一位武者都是內外兼修，無可偏廢的。《射鵰》郭靖學過全真教馬鈺的內功，再學「降龍十八掌」、《九陰真經》等武術，就躋身高手之列，《神鵰》楊過在古墓寒玉床上練出內力，再習得《玉女心經》，武功上便有小成，《倚天》張無忌先練得《九陽真經》為內功根基，再學得「乾坤大挪移」及「太極拳」，即是震古鑠今的強者。

創作「射鵰三部曲」之後，金庸忽然挑戰起了傳統武學觀念。在《倚天》之後，金庸創作出「內功」掛帥的《天龍》，以及「外功」為主的《笑傲》。他引領讀者們想像，徒有「內功」，或徒有「外功」，能否成為武術絕頂高手？

《天龍》是金庸書系中的「氣宗」之書，在《天龍》中，金庸將「氣」做無限上綱的想像，俠士體內等同五臟六腑般與其一體的「真氣」，竟也能私相授受，比如段譽能以「北冥神功」吸取他人之力以為己用，無崖子則能將自己的內力灌予他人。

因為內力可自他人身上吸取，段譽遂能瞬間「吸」出厚實內功，也因此能練得大理段家無人能學會的「六脈神劍」。「六脈神劍」的功法並不複雜，因段譽身擁多人內力，便能輕易學得，更能以此擊敗「外功」已達一流之境的慕容復。

按「氣宗書」《天龍》之述，武者但有高明內功，則稍學外功便可威震武林。

《笑傲》則是金庸書系中的「劍宗」之書，《笑傲》的論點與《天龍》恰是兩極，在《笑傲》中，令狐冲雖體內真氣亂流，「內功」盡失，但只要手上的「獨孤九劍」高明，依然可以「武技」補「真氣」之不足。沒有「內功」為根基，令狐冲依然可修鍊成絕頂高手。

從邏輯上來看，《笑傲》與《天龍》「劍氣二宗」的理論都是對的，「劍」或「氣」練到通神時，自都能補其內外不足之處。

但若設想，段譽對上令狐冲，是「內能勝外」，亦或「劍能贏氣」呢?若真讓「六脈神劍」對上「獨孤九劍」，「徒有內力之最」比之「單具外功之最」，能比的，應該就是「速度」，也就是「比快」而已了。

第十一回還有一些修改：

一．二版岳不羣說五嶽劍派都講究「以氣御劍」之道，新三版將「以氣御劍」改為「以氣馭劍」。

二．令狐冲為成不憂所傷，桃谷六仙欲以真氣為令狐冲療傷。二版桃根仙道：「他胸口中掌，受了內傷，自然當以治他手太陽肺經為主。」新三版將「手太陽肺經」更正為「手太陰肺經」。二版桃幹仙道：「這小子全身發高燒，乃是陽氣太旺的實症，須得從他手太陽經入手。」新三版將「手太陽經」更正為「手陽明大腸經」。

三．二版桃花仙為令狐冲治傷，道：「我料得他定是害了心病，須得從手心經著手。」新三版將「手心經」更正為「手少陰心經」。聞桃花仙之言，二版桃實仙道：「昨天你說當治他足少陰腎經，今天卻又說手少陽心經了。」新三版將桃實仙話中的「足少陰腎經」改為「足少陽膽經」，「手少陽心經」更正為「手少陰心經」。

四．二版岳不羣要暫離華山避難，對群弟子說：「二十五年前，劍宗一敗塗地，退出了華山一派，由為師執掌門戶，直至今日。」這是一版遺留到二版的疏漏。一版第十回說岳不羣使陰謀技倆，導致劍宗退出華山，岳不羣即自任掌門，二版已訂正為當時是岳不羣的師父出任掌門，此回卻未隨之修改，新三版此處更改為岳不羣對弟子道：「二十五年前，劍宗一敗塗地，退出了華山一派，由你們師祖執掌門戶，再傳到為師手裡。」

五．岳不羣說要上嵩山請左冷禪評理，二版群弟子均想：「嵩山派左盟主的師弟共有十餘人之多，武林中號稱『嵩山十三太保』，大嵩陽手費彬雖然逝世，也還剩下一十二人。」但費彬之死，已經令狐沖加工及掩埋，華山派中人如何能得知費彬死訊？新三版將「大嵩陽手費彬雖然逝世」改為「大嵩陽手費彬雖然失蹤」。

六．陸大有餵令狐沖喝粥，令狐沖邊喝邊吐血。陸大有聽得貓頭鷹夜啼，二版說陸大有心想：「夜貓子啼叫是在數病人的眉毛，要是眉毛的根數給它數清了，病人便死。」當即用手指蘸些唾沫，塗在令狐沖的雙眉之上，好教貓頭鷹難以數清。這段故事新三版刪去了，新三版只說陸大有「心下恐懼更甚」。關於「貓頭鷹數眉毛」的傳聞，二版《神鵰》第一回也說，武修文在森林中迷路，想起貓頭鷹會數人眉毛的謠傳，據說若是被貓頭鷹將眉毛數清楚，就會立即斃命，嚇得他趕緊用唾液將眉毛沾濕，教貓頭鷹難以計數。或許是因這傳言太荒唐無稽，新三版《神鵰》與《笑傲》都將二版述及此傳言之處刪除了。

七．偷得《紫霞秘笈》，二版岳靈珊道：「我是從爹爹枕頭底下偷出來的。」但岳不羣出走，都還未下禢，怎麼《紫霞秘笈》已經藏到了「枕頭底下」？新三版將岳靈珊之言改為：「我是從爹爹那裡偷出來的。」然而，新三版的改寫仍有瑕疵，因為岳不羣將《紫霞秘笈》揣入懷中，前面已有交代，岳靈珊如何能從岳不羣「懷中」盜得《紫霞秘笈》呢？

八．桃谷六仙與令狐冲下華山後，一版說湯英鶚和岳不羣、封不平、高不惑等人面面相覷。二版改為陸柏和岳不羣、封不平等人面面相覷。二版的「劍宗」並沒有「高不惑」其人。

九．桃谷六仙與令狐冲重上華山，一版說數日之後，一行七人又上了華山。但岳不羣等人已被桃谷六仙驚得不知如何是好，怎能安穩住在華山之上「數日」？二版將「數日」減為「幾個時辰」。

十．岳夫人說要領教桃谷六仙的劍術，一版桃實仙笑道：「桃谷六仙向來不用兵刃，你既說仰慕我們的武功，此節如何不知？」但桃谷六仙當真能絕不用兵刃嗎？二版改為桃實仙笑道：「桃谷六仙跟人動手，極少使用兵刃，你既說仰慕我們的武功，此節如何不知？」

十一．岳夫人劍刺桃實仙胸口後，一版是桃實仙一掌擊出，打在岳夫人的肩頭。但桃實仙重傷之餘，還能有餘力出掌嗎？二版改為桃枝仙急搶而上，一掌擊在岳夫人肩頭。

十二．桃谷六仙下山後，一版岳不羣察知令狐冲體內有六道真氣，遊生於奇經八脈間的真氣更是霸道之極。若照一版如此說，真氣透於令狐冲經外奇穴的桃實仙豈不就是六仙中功力最強的？二版刪了此說，改為每一道真氣都甚是怪誕。

十三．令狐冲在神智不清下，對岳靈珊道：「你對我別這麼冷淡，不理睬我……」一版說令狐冲此時只覺飄飄盪盪的不知置身何處，什麼男女之嫌禮法之防，全都拋到了九霄雲外，竟將內心深處的言語，全都說了出來。二版刪為令狐冲此時全無自制之力，盡數吐露了心底言語。

十四．岳不羣準備撤出華山，將弟子群集正氣堂（一版祖先堂）說話，岳不羣在居中的交椅上坐下，岳夫人坐在側位。一版解釋說，要知若在內堂，夫妻敵體，二人並坐，這祖先堂是華山歷代掌門人處分派中事務的所在，岳不羣是掌門，岳夫人屬他管轄，只得側坐了。二版將這段當「冗說明」刪了。

十五．聞岳不羣說要上嵩山找左冷禪評理，群弟子均畏懼「嵩山十三太保」的武功。一版說岳夫人性格暴躁，腦子卻是半點也不胡塗，立即贊成岳不羣之舉。二版刪此對岳夫人的性格敘述。

左冷禪的兒子左飛英有「馬鞭點穴」的神功
——第十二回〈圍攻〉版本回較

在一版《笑傲》中，左冷禪有個兒子左飛英，父子倆一起禍害武林，二版則將左飛英刪除了。

且來看一版到二版的修訂。

話說令狐冲因拒聽陸大有誦讀《紫霞秘笈》而離開小舍，而後遇見重傷的田伯光，田伯光向令狐冲說他被桃谷六仙折磨的經歷。

而後，田伯光說要與令狐冲握手論交，令狐冲卻不禁遲疑，一版田伯光道：「令狐兄，你放心好了。田伯光既是結交了你這個朋友，那是不能同年同月同日生，便當同年同月同日死。你若是傷重先死，田某決不獨活。」

二版刪去了「那是不能同年同月同日生，便當同年同月同日死。」兩句，說來這是「結義兄弟」的誓詞，而非「握手結交」朋友的用語，一版寫及此二句，令人懷疑金庸是否原要讓令狐冲與田伯光比照蕭峰、虛竹、段譽一般，成為「武林結義兄弟」？

兩人說話間，為一名嵩山派高手所見，這位嵩山派門人，一版是「嵩山派大嵩陽手費彬門下古昂」，二版改為「嵩山派狄修」。

古昂（二版狄修）說要將令狐冲與田伯光剝得赤條條，拿到江湖上示眾。此時儀琳突然出現，狄修又出指要點儀琳，卻被不戒和尚提了起來。

一版說不戒和尚是「一個極肥胖極高大的和尚，鐵塔也似的站在當地。這和尚少說也有七尺之高，身披一襲大紅袈裟，雖在黑夜之中，也見到殷紅似血。」

二版刪去了不戒和尚「身披一襲大紅袈裟，雖在黑夜之中，也見到殷紅似血」之說。

不戒和尚出手擺平了狄修後，在令狐冲體內輸入兩道真氣，強壓下桃谷六仙的六道真氣。而後，岳不羣與岳靈珊上山要取回《紫霞秘笈》，卻意外發現陸大有已死，令狐冲遂在內疚之下，隨岳不羣下山，並與華山全派齊在「藥王廟」夜宿。

岳不羣師徒在藥王廟中遭到十五位蒙面人為圍攻，除令狐冲被踢到灌木叢中外，華山派全為蒙面人所制。

一版說岳不羣一聲歎息，鬆手撤劍，閉目待死，只覺腰間、脅下、喉頭、左乳各處，被人以金剛指力點了穴道。

從「金剛指力」可推知，一版這十五大高手若非少林派弟子，也有可能是《倚天》火工頭陀所傳，如阿二、阿三一般的「金剛門」弟子。

二版刪去了「金剛指力」之説，這十五位蒙面人便與少林派無關了。

在華山派師徒為蒙面人所制，三弟子粱發更為蒙面人砍下腦袋後，嵩山派為首的五嶽劍派高手適時驅馬前來，只聽馬上一人叫道：「是華山派的朋友。咦！這不是岳兄麼？」

一版岳不羣往那説話之人臉上瞧去，不由得大是尷尬，原來此人便是數日之前持了五嶽令旗，來到華山絕頂的嵩山派第五太保，蒼髯鐵掌湯英鶚。站在他左首的，赫然便是華山派棄徒劍宗的封不平。此外，那日來到華山的泰山派、恆山派、和衡山派的好手，也均在內。

二版則配合第十一回，將「湯英鶚」改成「仙鶴手陸柏」，並將嵩山派來人加上「第二太保托塔手丁勉」，再刪去了來人中的「恆山」一派。

一版湯英鶚道：「岳兄，那天你不接左盟主的令旗，左盟主甚是不快，特命他大公子奉了令旗，再上華山奉訪。不料深夜之中，竟會在這裏相見，可真是料不到了。」

二版改為陸柏道：「岳兄，那天你不接左盟主的令旗，左盟主甚是不快，特令我丁師哥、湯師弟奉了令旗，再上華山奉訪。不料深夜之中，竟會在這裡相見，可真是料不到了。」

此回一版與二版最大的差異，即是一版嵩山派中，武功居嵩山派第二的是左冷禪大公子左飛英，二版則將左飛英刪除了。

一版接著說，岳不羣順着湯英鶚目光向右首瞧去，但見一匹高大神駿的黑馬之上，騎着一個三十來歲的高大漢子，一身黃衫，向他微微點了點頭，神情甚是冷傲。

岳不羣知道嵩山派掌門人左冷禪生有二子，長子左飛英已深得乃父真傳，武功之高，足可與眾師叔並肩，想來此人便是左大公子了。自己與他父親平輩論交，他見到自己，該當叫一聲「世叔」才是，卻只是這麼一點頭，岳不羣雖在難中，心下仍是頗為不忿。

二版因為沒有「左飛英」，這兩段自是全刪了。

一版接下來的故事是：那蒙面老者抱拳說道：「原來是嵩山派左大公子到了，幸會幸會。這位蒼髯英雄，想必是嵩山第五太保湯老英雄了。」

二版則改為蒙面老者抱拳說道：「原來是嵩山派丁二俠、陸三俠、湯七俠三位到了。當真幸會，幸會。」

而後，湯英鶚問蒙面老者如何不肯以真面目相示，蒙面老者說他們眾兄弟都是黑道上的無名小卒，只是有一件事，要請嵩山派諸人主持武林中的公道。

蒙面老者所說之事，是岳不羣霸佔了林家的《辟邪劍譜》。

聞蒙面老者之言，一版湯英鶚問左飛英此事該怎麼辦，左飛英回說該由華山派封不平來清理門戶。

二版因刪去了左飛英，改為湯英顎問丁勉及陸柏此事該怎麼辦，丁勉回說該由華山派封不平來清理門戶。

聞左飛英（二版丁勉）之言，封不平決定出手清理門戶，以便接掌華山。

封不平的師弟率先出劍威脅岳不羣，一版這位師弟叫「鮑不棄」，但因「鮑」姓與魔教的「鮑大楚」「撞姓」，二版將其改姓為「叢不棄」。

鮑不棄（二版叢不棄）而後伸手要到岳夫人懷中蒐找《辟邪劍譜》。岳夫人對左飛英（二版丁勉）叫道，左冷禪是五嶽劍派盟主，為武林表率，他卻任由叢不平這無恥小人來辱她婦道人家！

接著，因岳夫人又對叢不棄說：「我若不是給人暗算點了穴道，要殺你也易如反掌。」左飛英（二版丁勉）於是決定為岳夫人解穴。

而後，一版的故事是：左飛英道：「好！」雙腿一挾，胯下黑馬向前邁步，繞到岳夫人身後。他手中馬鞭揮出，拍拍拍三擊，鞭梢已擊中了岳夫人背上三處穴道，她只覺全身一震，被點的兩處穴道登時解了，不由得吃了一驚。左飛英任那黑馬兜了個圈子，回到原地，眾人已是震天價喝起采來。要知他馬鞭乃柔軟之物，無可着力，居然能以鞭梢來解人穴道，內勁之強，實是駭人聽聞，何況他隨手三揮，擊中三處穴道，認穴之準，更是罕見罕聞的絕技。

一版左飛英這手「馬鞭點穴」的神功，可說是絕世武功。

二版刪去了左飛英，改為丁勉胯下黑馬向前邁步，繞到岳夫人身後。倒轉馬鞭，向前俯身戳出，鞭柄戳中了岳夫人背上三處穴道，即解了岳夫人兩處穴道。

一版左飛英以「鞭梢」為岳夫人解穴，可說是絕世武功，二版丁勉以「鞭柄」解穴，就毫不足奇了。

接著，岳夫人與鮑不棄比劍，卻旋即氣力用盡，令狐冲遂挺劍而出。

令狐冲以「獨孤九劍」來戰鮑不棄，一版說那「獨孤九劍」的「破劍式」，他已練得甚是純熟，種種繁複神奇的拆法，全都了然於胸。

二版令狐冲不再這般高明了，改說那「獨孤九劍」令狐冲本未練熟，原不敢貿然以之抗禦強敵，但當此生死繫於一線之際，腦筋突然清明異常，「破劍式」中種種繁複神奇的拆法，霎時間盡皆清清楚楚的湧現。

而後，令狐冲一劍穿過鮑不棄肩胛。封不平接著出劍，亦為令狐冲以「獨孤九劍」奇招反制，封不平左臂、右臂、左腿、右腿上各中一劍。

敗在令狐冲手下後，封不平回身請左飛英（二版丁勉、陸柏、湯英顎）告知左冷禪，他技不如人，無顏見人。

而後，封不平離去，一版左飛英（二版丁勉）一行也隨後離去了。

一版到二版的修訂到此。

一版左飛英與一版《射鵰》秦南琴都在改版後被刪去，兩個角色的處理技巧完全一模一樣。改寫為二版時，《射鵰》將秦南琴與穆念慈合而為一個穆念慈，《笑傲》則是將左飛英與丁勉合而為一個丁勉。

二版刪除了一版左冷禪這位武功高強的兒子左飛英，但在第二十七回曾藉任我行之口，說起左冷禪有個武功差勁的兒子，新三版第二十七回又增說，左冷禪這武功差勁，腦筋也不大靈光的兒子，名號是「天外寒松」左挺。

看過一版到二版的修改，再看二版到新三版的修訂。

話說令狐冲隨岳不羣一行到藥王廟，封不平又重來問華山派之位，叢不棄則要從岳夫人身上蒐找林家的《辟邪劍譜》。

二版說叢不棄伸出左手，便要往岳夫人懷中摸去。

新三版則增說為，當年同門學劍之時，叢不棄便已覬覦師妹寧中則的美色，此時得到機會，伸出左手，便要往岳夫人懷中摸去。

新三版《天龍》增寫了丁春秋與徐長老兩個「老色鬼」，丁春秋會摸阿紫的胸脯，徐長老則是對馬夫人伸出祿山之爪，新三版《笑傲》也多了個想摸寧中則胸部的「老色鬼」叢不棄。

新三版是金庸老年後修改的作品，在新三版故事中，「老色鬼」如雨後春筍，一個又一個冒出來，或許老年後的金庸當真覺得許多老男人色心不減，因此才讓小說中多了好幾個「老色鬼」！

【王二指閒話】

金庸筆下的「武林至尊」，從前期到後期作品，由「理想」漸次轉為「現實」，《射鵰》郭靖因能「以德服人」，故而能得群雄擁戴，這是武俠小說的「理想」，《鹿鼎》韋小寶則因能

「以智取人」，方可用計擺佈群豪，這是人性的「現實」。

武人的專業技術是「武藝」，若武林中「武藝掛帥」，惟武是視，那自然該由武功最高的武者出掌各門各派，或甚至成為「武林盟主」、「武林至尊」，這個邏輯在《射鵰》、《神鵰》與《倚天》都是成立的，郭靖練成「降龍十八掌」、《九陰真經》後，因人品端正，愛國護民，便可號召武林群雄齊至襄陽守衛疆土，《神鵰》楊過則在得到獨孤求敗的玄鐵重劍，並練就「黯然銷魂掌」後，廣施恩德，即能領導江湖諸好手，北出襄陽、擊殺蒙軍，《倚天》張無忌在練就《九陽真經》、「乾坤大挪移」後，挽救了明教被六大門派滅頂之禍，因而被推舉為明教教主。

在「射鵰三部曲」中，「德能服人」是全武林共奉的信條。但在《倚天》之後，創作《天龍》時，連金庸自己都不相信「德能服人」了。所謂「德能服人」之所以能成立，既要「被服者」武術與仁德兼備，「服人者」也須打從內心崇賢敬能，方能對於「有德者」心悅誠服。然而，武人們當真都這麼單純，或都有這麼好的道德素養嗎？

從《天龍》開始，若想成為「武林至尊」，金庸寧可相信「以暴制人」，因此天山童姥雖然身具逍遙派天下無敵的「天長地久不老長春功」，但她可不吃為善助人，便能「以德服人」這一套。天山童姥駕馭群豪，是以「生死符」宰制三十六洞洞主及七十二島島主。

「以德服人」或「以暴制人」是武俠小說的「理想」，然而，若從人性的「現實」來思考，一個俠者若是武功高強，德行良好，難道就真能「以德服人」？或者，一個武人若是武功卓絕，手段殘忍，難道就真能「以暴制人」？

從創作《笑傲》開始，金庸就不再相信「以德服人」或「以暴制人」了，由人性的現實來看，金庸理當發現，「絕世武功」並不是稱霸武林的最重要因素。空有絕世武功，若不輔以「權謀」，還是可能被驅逐出爾虞我詐的江湖，連想「獨善其身」都未必可得，更遑論成為「武林盟主」、「武林至尊」。

《笑傲》的武人們都不再認同「德能服人」或「暴能制人」，不論岳不羣謀取華山派掌門、余滄海計奪「辟邪劍法」、左冷禪問鼎「五嶽劍派」掌門，或任我行翦除東方不敗，他們除了追求絕世武功外，更須使用「權謀」與「機詐」，對於他們來說，道德與暴力都不是達成目標的主要方法。

在《笑傲》之後，《鹿鼎》的韋小寶完全玩「謀」不玩「武」，就算沒有武功，只要足夠「機詐」，依然可以在武林中呼風喚雨。只是武俠小說發展成「權謀」勝於「武藝」，小說型態已經類偏「政治小說」，而不是「武俠小說」了，金庸從《書劍》以來建立的武林架構也就難以存在，難怪寫完《鹿鼎》之後，金庸便就此停筆，不再創作武俠小說，或許《鹿鼎》的江湖模式，讓金庸的武林難能再發展，也是金庸停筆的原因之一。

第十二回還有一些修改：

一．田伯光自述為桃谷六仙所抓後，揚言要放屁，二版說「六個古怪之極的老人各自伸手掩鼻。」新三版將桃谷六仙由六七十歲減為四五十歲，因此，田伯光話中的「老人」也改成了「傢伙」。

二．聞田伯光之言，二版令狐冲道：「田兄此計，不輸於當年……當年諸葛亮嚇退司馬懿的空城計。」新三版將令狐冲之言改得更幽默，改為令狐冲道：「田兄這路空屁計，不輸於當年……當年諸葛亮嚇退司馬懿的空城計。」

三．儀琳上華山後，二版田伯光對儀琳說狄修要害她的「令狐大哥」，新三版配合第三回的修改，將「令狐大哥」改為「令狐師兄」。

四．不戒和尚抓住狄修後，為治令狐冲之傷，將狄修隨手往後一拋，二版說只聽得狄修「啊喲」連聲，從山坡上滾了下去。但狄修這麼大叫，不會引來岳不羣嗎？新三版改為狄修早給不戒和尚閉了穴道，悶聲不響的從山坡上滾了下去。

五・儀琳代不戒和尚給田伯光解藥，二版不戒和尚說用法為：「給他三粒，服一粒後隔三天再服一粒，再隔六天後服第三粒。」新三版不戒和尚又加說：「有效沒效，到時方知。」

六・岳不羣上華山後，見到令狐冲、儀琳等人，二版岳不羣向田伯光道：「田伯光，哼！你好大膽子！」二版的說法是有破綻的，因岳不羣根本沒見過田伯光，怎麼一見面就喚他「田伯光」？新三版做了修正，改為岳不羣轉向田伯光，意存詢問。田伯光拱手道：「岳先生，在下田伯光！」岳不羣怒道：「田伯光，哼！你好大膽子！」新三版自然是合邏輯了。

七・岳不羣命令狐冲殺了田伯光，二版說岳不羣料得田伯光重傷之餘，縱然能與令狐冲相抗，卻抵擋不住自己輕輕的一下彈指。照二版的說法，岳不羣竟也會「彈指神通」，卻不知此功是何人所授？新三版改去了岳不羣的「彈指神通」，將「抵擋不住自己輕輕的一下彈指」改為「抵擋不住自己的一劍」。「用劍」才是岳不羣真正的強項。

八・華山派為蒙面人圍攻後，嵩山派前來救援，二版說丁勉是嵩山派的「第二太保」、陸柏是「第三太保」、湯英顎是「第七太保」，二版是把左冷禪當「大太保」而排座次的。新三版則改說，左冷禪是嵩山派「掌門」，其門下有「嵩山派十三太保」，因此，左冷禪並不是「十三太保」之一，故而改為丁勉是嵩山派的「大太保」、陸柏是「第二太保」、湯英顎是「第六太保」。

九．一版「湯英鶚」，二版改為「湯英顎」，二版也可能是印刷之誤，因「顎」乃人體之骨，鮮少有人用之為名，且在同為二版中，第三十四回又寫為「湯英鶚」，新三版則一律說是「湯英鶚」。

十．令狐冲以「獨孤九劍」穿透叢不棄肩胛，而後大敗封不平的「狂風快劍」，二版說封不平一聲長歎，聲音中充滿了淒涼落魄的滋味，緩步走入了黑暗之中。新三版再加說，叢不棄右手按住肩胛傷口，跟隨其後。新三版算是對叢不棄的去從也有了交代。

十一．二版令狐冲要以「獨孤九劍」刺瞎十五蒙面人的眼睛時，想起獨孤九劍第七劍「破箭式」專破暗器。新三版將「第七劍」改為「第八劍」。

十二．桃谷六仙說若把田伯光撕成四塊，難道他還怕被撕成八塊，一版其中一仙道：「撕成八塊，此事非同小可，咱們的功夫，只怕還不到這個地步。」這般自承武功不到，不是桃谷六仙的說話習慣，二版改為此仙言道：「撕成八塊，這門功夫非同小可，咱們以前是會的，後來大家都忘了。」二版這自我吹噓的言語，才像桃谷六仙說的話。

十三・田伯光以為桃谷六仙是要逼問他風清揚的下落，令狐冲問他說了沒有，一版田伯光道：「呸，你當田某是甚麼人了？田伯光貪花好色，江湖上名聲不佳，卻也止於貪花好色而已。田某既已答應過你，決不洩漏風老前輩的行蹤，難道我堂堂男兒，是食言而肥之人嗎？」二版刪了田伯光話中的「田伯光貪花好色，江湖上名聲不佳，卻也止於貪花好色而已。」三句話，二版田伯光不見貪花好色之舉，卻有偷盜行為，因此一版此言二版並不適用。

十四・不戒和尚救了令狐冲與田伯光後，令狐冲想掙扎站起，總是力有未逮。儀琳忙伸手扶他起身。一版說儀琳雖是個嬌怯怯的妙尼，畢竟是身負武功，別說扶他起來，便是將他整個人提將起來，亦非難事。二版將這段當「冗解釋」，刪了。

十五・不戒和尚為令狐冲治傷，探知令狐冲體內有六道真氣，說道：「我不戒和尚他奶奶的又怕你這狗賊的何來？」一版說不戒和尚本是市井屠夫出身，入了佛門之後，除了「南無阿彌陀佛」六字之外，沒唸過一句經文，滿口粗言穢語，到老仍是絲毫不改。二版將這段當「冗說明」，刪了。

十六・不戒和尚為令狐冲壓下六道真氣後，岳不羣與岳靈珊隨後為尋《紫霞秘笈》回上華山，令狐冲喜迎師父，一版說岳不羣並不答話，向令狐冲瞧了一眼，臉上冷冰冰地，竟無一絲暖意。二版改為岳不羣突見令狐冲精神健旺，渾不似昨日奄奄一息的模樣，甚是歡喜，一時無暇尋問。二版的說法自較一版合理，因為此時《紫霞秘笈》尚未丟失，岳不羣自還未疑心令狐冲私藏秘笈，此外，故事也還沒發展到令狐冲於藥王廟刺瞎十五人一段，因而岳不羣也還未懷疑令狐冲偷盜《辟邪劍譜》。簡而言之，此刻的岳不羣與令狐冲還是情若父子的師徒，令狐冲身體康復，岳不羣怎能不喜？

十七．岳不羣命令狐冲殺了田伯光，一版令狐冲假裝重傷之餘，突然間兩腿無力，長劍插入了自己左腿的小腿之中，連腿帶劍，釘在地下。二版刪去了「連腿帶劍，釘在地下」之說。

十八．令狐冲懷疑是自己點穴點死了陸大有，欲橫劍自刎，一版岳不羣伸指一彈，那長劍穿破窗格，遠遠的飛了出去。此處一版岳不羣又是會使「彈指神通」，其彈指之力，竟能讓長劍破窗飛出。二版刪為只說岳不羣伸手一彈，長劍遠遠飛開。

十九．下華山後，岳不羣命勞德諾僱了兩輛大車，一輛由岳夫人和岳靈珊乘坐，另一輛由令狐冲躺臥其中養傷，在離開韋林鎮之後的路上，岳夫人所乘的大車脫了車軸，無法再走。岳夫人和岳靈珊從車中出來步行。一版令狐冲道：「師娘，我傷勢已大好了，你和師妹坐這輛車。」一面說，一面從車中出來。二版刪了令狐冲此話，這話雖能表現令狐冲的「禮貌」，但以令狐冲此刻的身體狀況，說傷勢大好，其誰能信？

二十．見到岳靈珊與林平之在一起，一版令狐冲心中常想：「小師妹拚着給師父責罵，盜了紫霞祕笈來給我，足見對我情意殷殷。我既愛她，自是盼她一生快樂。」二版則將令狐冲的思緒改得較為含蓄，改為令狐冲心中常想：「小師妹拚著給師父責罵，盜了《紫霞祕笈》來給我治傷，足見對我情義深厚。我只盼她一生快樂。」

二一．跌在灌木叢中，令狐冲體內的六道真氣上衝，又有兩道真氣下壓，使得他全身空蕩蕩。一版說倘若他修習華山派「紫霞祕笈」所載上乘內功，便能逐步將這六道邪門真氣逐步化去。二版刪了此說，這說法似乎暗示「紫霞神功」高於不戒和尚的內力，但觀岳不羣修成「紫霞神功」後，功力似乎仍不若不戒和尚，此段因此刪之為宜。

二二．令狐冲思及八道真氣相互制衡，使得他舊習內功半點也不留存，竟然成了廢人。一版說令狐冲一想明此理，胸口一酸，兩行熱淚奪眶而出。二版刪了此事，說來令狐冲是性情中人，他可以為小師妹移情別戀哭，可以為陸大有之死哭，但他應不會為了失去武功而傷心落淚。

二三．關於十五蒙面人的來歷，一版說岳不羣聽他們口音，似是秦晉交界處的人氏，當地韋林鎮已靠近豫西，所說口音全然不同。這些人武功甚雜，顯然並非一個門派。二版改為岳不羣聽他們口音南北皆有，武功更雜，顯然並非一個門派。

二四・封不平與左飛英（二版丁勉）等人先後離去，蒙面客又來戰令狐冲，此時的令狐冲見到岳靈珊與林平之兩人伸手相握。一版說華山派眾人本來為一眾蒙面客分別脅持，動彈不得，此時蒙面眾人齊向令狐冲進攻，林平之和岳靈珊自然而然的靠在一起，伸手相握。二版刪了這解釋，想來此時的岳靈珊與林平之已是戀人，伸手相握，何須解釋？

〈廣陵散〉誤把聶政刺「俠累」說成刺「韓王」——第十三回〈學琴〉版本回較

新三版這一回延續第七回關於〈廣陵散〉的增寫，又增寫了長達兩頁的篇幅，增寫的內容是藉任盈盈之口，講述〈廣陵散〉的曲意。

在創作一、二版《笑傲》時，金庸或許只知歷史故事中〈廣陵散〉至嵇康而絕之事，卻不知當今世上仍流傳著古曲〈廣陵散〉，也不知〈廣陵散〉的曲意為「聶政刺韓王」。二版改寫為新三版時，金庸已知世上真有〈廣陵散〉，也知道〈廣陵散〉的曲意為「聶政刺韓王」。

從「聶政刺韓王」的曲意即可知，〈廣陵散〉的曲風絕不是〈笑傲江湖之曲〉的平和中正之風，但金庸不只未改變〈廣陵散〉為〈笑傲江湖之曲〉原曲的說法，還對〈廣陵散〉大加解釋，硬是要把〈廣陵散〉說成與〈笑傲江湖之曲〉曲風相同。

且來看新三版中，金庸如何解釋〈廣陵散〉之事。

先看一版到二版的改變。

且說華山師徒經過蒙面人圍剿與封不平逼宮兩劫後，決定先至洛陽金刀王家，拜訪金刀無敵王元霸。

王元霸的兩個兒子名曰「王伯奮、王仲強」。然而，一版第一回曾提過林遠圖的兩個兒子名叫「林伯奮，林仲雄」，怎麼林遠圖與王元霸的長子名字一樣呢？二版因而刪去了一版林遠圖長子「林伯奮」之事。

至金刀王家後，王家駒、王家駿兄弟在令狐冲身上搜出了〈笑傲江湖曲譜〉，一版第七回中說，〈笑傲江湖〉的曲譜是琴譜、簫譜各一本，這一回卻又改成了是一部「琴簫之譜」，二版則一律說〈笑傲江湖曲譜〉是一部「琴簫之譜」。

此外，一版第七回說曲洋的琴譜，前面十餘頁中，都是坐功的口訣，又繪着許多人體，身上註滿了經脈，此後又是掌法指法的訣要，到二十餘頁後，才是撫琴之法。但此回又改說整部都是「瑤琴之譜」，二版因此將一版第七回所說琴譜中載有「坐功」之事刪了，並將「瑤琴之譜」改為「琴簫曲譜」。

而後，為求證〈笑傲江湖曲譜〉是否即為《辟邪劍譜》，令狐冲與金刀王家及岳不羣夫婦至綠竹翁小舍求教，最後，令狐冲獨自留了下來。

在此小舍中，「婆婆」任盈盈隔了一層輕紗，為令狐冲診脈。令狐冲只覺有三根冷冰冰的手指搭到了自己腕脈之上，一版說這三根手指的指尖卻是輕軟柔膩，不似老婦人的肌膚。

二版刪了「這三根手指的指尖卻是輕軟柔膩，不似老婦人的肌膚。」之說。因為若有此說，讀者便知「婆婆」是妙齡女子，文學上營造驚喜感的技法就大為失分了。

看過一版到二版的修訂，再看二版到新三版的變革。

故事要從岳不羣率華山弟子齊至洛陽金刀王家說起。

至金刀王家後，王家駿與王家駒兩兄弟自令狐冲身上蒐出〈笑傲江湖曲譜〉，為釋此曲譜是否為〈辟邪劍譜〉之疑，王家求教於綠竹翁，令狐冲因此得以邂逅被他誤以為是「婆婆」的任盈盈。

關於〈笑傲江湖〉之曲的內容，新三版此回呼應第七回增說〈廣陵散〉曲意即「聶政刺韓王」，增寫了任盈盈的看法。增寫內容如下：

> 一日令狐冲問道：「婆婆，我曾聽曲前輩言道，那一曲〈笑傲江湖〉，是從嵇康所彈的〈廣陵散〉中變化出來，而〈廣陵散〉則是抒寫聶政刺韓王之事。之前聽婆婆奏這〈笑傲江湖曲〉，卻多溫雅輕快之情，似與聶政慷慨決死的情景頗不相同，請婆婆指點。」
>
> 那婆婆道：「曲中溫雅之情，是寫聶政之姊的心情。他二人姊弟情深，聶政死後，他姊姊前

去收屍，使其弟名垂後世。你能體會到琴韻中的差別，足見於音律頗有天份。」

那婆婆又說：「這〈笑傲江湖曲〉，跟〈廣陵散〉的確略有不同。聶政奮力前刺之時，音轉肅殺，聶政刺死韓王，其後為武士所殺，琴調轉到極高，再轉上去琴絃便斷；簫聲沉到極低，低到我那竹姪吹不出來，那便是聶政的終結。此後琴簫更有大段輕快跳躍的曲調，意思是說：俠士雖死，豪氣長存，花開花落，年年有俠士俠女笑傲江湖。人間俠氣不絕，也因此後段的樂調便繁花似錦。據史事云，聶政所刺的不是韓王，而是俠累，那便不足深究了。」

經過新三版的增寫，〈笑傲江湖之曲〉與〈廣陵散〉之間，即有了尚稱合理的解釋。

而關於〈廣陵散〉，依據明朝朱權所著《神秘曲譜》所載，〈廣陵散〉「世傳二譜，其中一譜由隋宮流落到唐宮，繼而又流落到民間，至宋時復入御府。其間經九百三十七年矣。」朱權「以此譜為正，故取之。」可知在嵇康死後，〈廣陵散〉從來未絕，甚至有可能書肆就買得到，就不知曲洋為何捨近求遠，寧可花費人力與時間盜古墓，卻不願到書肆購買此書？

至於〈廣陵散〉的曲風，則是充滿了慷慨激烈之情，這與金庸所說的平和中正之風是完全不同的。金庸在新三版《笑傲》中，雖盡力將〈笑傲江湖之曲〉與〈廣陵散〉解釋成曲風一樣，但顯然極難以自圓其說。

【王二指間話】

從首部小說《書劍》開始，金庸就決定了「融歷史於武俠」的寫作方向，直到最後一部作品《鹿鼎》，金庸都堅持這個方向沒變。

所謂的「融歷史於武俠」，就是將歷史人物與歷史物事引為虛構的小說之用，然而，將歷史人物引進小說中，雖可增加小說的真實感，但若引用失當，即可能導致非議。如《神鵰》將史上真有其人的全真教道士尹志平寫成姦污小龍女的淫賊，即引來「汙衊歷史人物」之說，因此在二版改寫為新三版時，金庸將「尹志平」改為「甄志丙」，以免再有爭議。

《笑傲》是少見無歷史背景的金庸小說，但金庸的寫作風格仍是一貫的，在《笑傲》中，金庸引史實中的〈廣陵散〉為小說之用，說〈笑傲江湖之曲〉是由〈廣陵散〉創生出來的。然而，〈廣陵散〉是至今猶存的古曲，金庸引用後，又引出了對〈廣陵散〉詮釋的爭議。

真實的〈廣陵散〉曲意是「聶政刺韓王」，為求敘事周延，金庸在新三版《笑傲》中，企圖將〈笑傲江湖之曲〉改編自〈廣陵散〉，以及〈廣陵散〉的曲意是「聶政刺韓王」，兜攏成一套圓融的說法。然而，「聶政刺韓王」與「笑傲江湖」的意境大相逕庭，即使金庸致力於將兩者合一，兩者依然難以相融。

說來〈廣陵散〉既是稱頌「聶政刺韓王」之舉，全曲必是慷慨悲憤的，小說中說任盈盈奏此曲，聽來「平和中正」，其誰能信？新三版又為了圓「笑傲江湖」之說，說聶政被殺後，曲調轉「溫雅輕快」，那是說聶政之姊為弟收屍之事，若照此說，莫非聶政之姊是以喜悅祥和之心在收屍？再接著，音調又轉為「輕快跳躍」，新三版說這段是說年年有俠士俠女笑傲江湖，但聶政殺韓王，乃是懷抱激昂悲憤，既無「笑」，也不「傲」，倘然〈廣陵散〉最後說的真是「俠士俠女笑傲江湖」之事，這首曲調還真是前後不一，頭尾不相合了。

更令人疑惑的是，如果武林中只有曲洋、劉正風及任盈盈這般內力深厚的音樂家才能彈奏〈廣陵散〉，那麼，時至今日，樂團只要經過練習，便能彈奏〈廣陵散〉，也就可以下結論說，現代任一個樂師，功力都可以匹敵曲洋、劉正風及任盈盈，也就是說，整個《笑傲》的江湖都是一些泛泛之輩，即使是武林頂尖高手，其功力也不過跟現代的路人甲、路人乙一般而已。

小說硬要兜上真實，果真是讓小說家傷透腦筋，而若要將這些破綻解套，金庸最好的選擇，或許是刪去〈笑傲江湖之曲〉改編自〈廣陵散〉之說。

說來盜墓得〈廣陵散〉一事，在一版小說中，原本屬於《倚天》的謝遜，現在既知曉〈廣陵散〉說的是「聶政刺韓王」，其慷慨悲憤之情，當可比謝遜欲殺成崑之心，若把盜墓得〈廣陵散〉之事回歸成謝遜的情節，應該是頗為契合的。至於曲洋創作〈笑傲江湖之曲〉時引用的古曲，不如虛構一首〈逍遙散〉、〈北冥曲〉、〈凌波調〉等根本不存在的古樂曲，再改說曲洋盜春秋戰國古墓而得此曲譜。因世上本無此曲，即可任意馳騁想像。

金庸不將〈笑傲江湖之曲〉的本源由二版所說的〈廣陵散〉改為虛構之曲，卻強要把真實的〈廣陵散〉說成與虛構的〈笑傲江湖之曲〉曲意相同，導致說法難能周全。這一回還以史料中說，聶政所刺應是俠累而非韓王，指陳此曲所述錯誤，這還當真是無此必要了。

第十三回還有一些修改：

一．令狐冲投宿後，勞德諾與他同房，二版令狐冲心想：「別的師弟們見師父對我神色不善，便不敢來跟我多說話。」新三版令狐冲再加想：「唉，倘若六師弟尚在，那便大大不同了。」新三版自是要強調令狐冲與陸大有的情誼。

二．說到岳不羣，二版王元霸道：「岳大掌門名滿武林，小老兒二十年來無日不在思念。」新三版將「二十年」減為「十多年」。

三．令狐冲當劍，無賴給他的銀子，三兩也不到，二版說賭到傍晚，連喝酒帶輸，三兩銀子又是不知去向。但令狐冲本來所得的便不到三兩，怎會有三兩在身呢？新三版將「三兩銀子又是不知去向」更正為「二兩銀子又是不知去向」。

四．王家駿、王家駒兄弟要由令狐冲身上蒐找《辟邪劍譜》，二版說兩兄弟使上了家傳的擒拿手法，令狐冲右臂關節一麻，手肘已然被他壓斷。這裡明顯前後矛盾，因為隨後又說令狐冲讓岳夫人接上兩手扭脫的關節。新三版做了修正，改為令狐冲右臂一麻，手肘關節已給他扭脫了臼。

五．令狐冲對任盈盈說起點穴點死陸大有之事，二版任盈盈道：「你真氣不純，點那兩個穴道，決計殺不了他。」這裡又是一版到二版均前後矛盾之處，因為令狐冲當日所點陸大有的穴道，明明只點「膻中穴」一處，怎會有「兩個穴道」之說？新三版已將任盈盈話中的「那兩個穴道」更正為「那處穴道」。

六．聞任盈盈之言，二版說令狐冲當時原也已經想到，自己輕輕點了陸大有兩處穴道，怎能制其死命？新三版將「點了陸大有兩處穴道」更正為「點了陸大有的膻中穴」。

七．綠竹翁將王仲強震飛，落地後。新三版較二版加寫，跟著便見他臉色一變，額頭冒汗，雙臂顯然軟軟的下垂，（眾人）便不敢再叫好了。新三版與二版的不同處是，二版綠竹翁只震飛王仲強，新三版綠竹翁則不只震飛王仲強，還使其雙臂脫臼，以報他讓令狐冲脫臼之仇。

八・岳不羣命令狐冲為他解穴，一版說令狐冲此時手足上無半點力氣，比之一個三歲小兒恐怕猶為不如，二版刪去了「比之一個三歲小兒恐怕猶為不如」的說法，難道三歲小兒之力便能運使「獨孤九劍」嗎？

九・岳靈珊提議到福建，一版岳夫人伸了伸舌頭，道：「從這裏到福建，萬里迢迢。」怪了，岳夫人如此性剛之女，會在弟子們面前伸舌頭裝可愛嗎？二版將「岳夫人伸了伸舌頭」改為「岳夫人搖搖頭」。

十・岳不羣擔心遠行無盤纏，一版林平之說道：「一路上有弟子鏢局的分局，自有他們招呼供應，那倒不必掛懷。」怪哉，一版林平之難道「失心瘋」了？他福威鏢局為青城派全數挑了，怎麼他都忘了？二版改為林平之說道：「弟子在長沙分局中，從青城派手裡奪回了不少金銀珠寶，盤纏一節……倒不必掛懷。」

十一・華山師徒見王家大門樑上懸著一塊黑漆大匾，寫著「見義勇為」四個金字，下面落款是河南省的巡撫某人。一版說原來王元霸不但是武林大豪，和當地官府也頗有交情。二版將這兩句當「冗說明」，刪了。

十二．在王家筵席間，一版王伯奮對令狐冲心想：「你這小子不通人情世故，我外甥是你師弟，你就該當稱我一聲師伯或是世叔。」二版將王伯奮想法中的「師伯」改為「師叔」，這就確定王伯奮年輕於岳不羣。

十三．王氏兄弟問起《辟邪劍譜》，令狐冲說叫林平之來問，王家駒嘿嘿嘿的笑了三聲，說道：「平之表弟是你師弟，他又怎敢開口問你？」一版說其實林平之從未向王氏兄弟提及過辟邪劍譜之事，王家駒這麼說，可教令狐冲心中對林平之又多了一層芥蒂。二版將此當「冗說明」，刪了。

十四．聞任盈盈奏琴，一版說令狐冲心喜下便狂，依稀是那天晚上傾聽劉正風奏琴的情景。金庸貴人多忘事，前面說的是曲洋奏琴，劉正風吹簫，寫及此回時，金庸也弄混了，二版已將「劉正風」訂正為「曲洋」。

十五．令狐冲學琴時，中飯便在綠竹翁處吃。二版較一版增說，令狐冲在綠竹翁處飲食，更妙在每餐都有好酒。綠竹翁酒量雖不甚高，備的酒卻是上佳精品。他於酒道所知極多，於天下美酒不但深明來歷，而且年份產地，一嘗即辨。令狐冲聽來聞所未聞，不但跟他學琴，更向他學酒，深覺酒中學問，比之劍道琴理，似乎也不遑多讓。這是要為第十四回祖千秋出場，與令狐冲大談酒道補植伏筆。

白髮童子任無疆要到千秋宮一展「龍象掌」

——第十四回〈論杯〉版本回較

在「金庸一百問」中，有讀者詢及金庸「新版穆念慈的角色是替代舊版的秦南琴嗎？若是，金先生的用意為何？」金庸的答覆是：「穆念慈的角色兼了舊版中的秦南琴。二女的作用及個性遭遇頗為相似，略嫌重複，合二為一，可以簡化。小說戰則，均以簡單為佳，如兩者個性及作用大大不同，則不可合併，例如程英不能與陸無雙合併，周芷若不能與趙敏或殷離合併。」

在金庸改版過程中，被「合併」的人物還不只秦南琴，一版《笑傲》的左冷禪之子左飛英，在改寫為二版時，也與丁勉合併成了丁勉，此外，一版《笑傲》的平一指師兄「白髮童子任無疆」，也在二版與平一指合而為一。

且來看看一版任無疆的故事。

故事要由岳不羣夫婦跟隨桃谷五仙至平一指寓所，見到平一指為桃實仙手術說起。

關於平一指的外貌，一版說「這矮胖子身高不過四尺，但橫濶幾乎也有四尺，腦袋極大，生一撇鼠鬚，搖頭晃腦，形相十分滑稽。」

二版刪去了「身高不過四尺，但橫濶幾乎也有四尺」兩句，或許是因為「立方體」人物，真的太過匪夷所思。若平一指真是「立方體」，看起來不就像一顆「人型骰子」？

平一指接好桃實仙的經脈後，將桃實仙的胸口剖開處縫合起來，一版平一指的師兄「白髮童子任無疆」即於此時登場。

一版接下來的故事是：此時一個胖子走了進來，這人比平一指稍高，滿頭白髮，滿臉皺紋，他就是「白髮童子任無疆」。

任無疆走到桃實仙身旁，伸掌在桃實仙頭頂「百會穴」上重重一擊，一擊之後，躺臥在床的桃實仙便即坐起，罵道：「你奶奶的，為甚麼打我頭頂？」任無疆回道：「你奶奶的，老子不用真氣通你百會穴，你能好得這麼快麼？」原來任無疆這一擊，是以渾厚內力注入桃實仙體內，故而快速治好了桃實仙。桃實仙復原後，桃谷六仙就離去了。

岳不羣見到任無疆的的內力，頗為吃驚。

而後，因平一指「醫一人，殺一人」，任無疆問平一指，他要叫桃谷六怪去殺什麼人？平一指說他還沒想出來。任無疆說平一指一定是要利用桃谷六仙，助他到千秋宮去取寶，平一指則說，白髮童子任無疆想到千秋宮去取寶，世上怎有人敢與其相爭？

白髮童子聞言，手舞足蹈的說：「師弟，上一次千秋宮開宮，我的龍象掌還剛剛開始練，自知進不了宮，苦苦等了三十年，好容易等到今日，那自然是要去試一試的。」任無疆還邀平一指同往，平一指則說，他若敢起心跟任無疆到千秋宮取寶，只怕還沒有離開朱仙鎮，就已經命喪任無疆的龍象掌之下，而且世上又沒第二個殺人名醫，可以為他醫治。

任無疆道：「中了我龍象掌之人，就算你是殺人名醫親自醫治，也未必救治得活。」平一指道：「是啊，殺人容易救人難，原是千古不易之理。」而後，平一指道：「師哥，我這就要去給一個人治病，你有無興緻跟我出去走走？」任無疆笑道：「在你這三間小屋裏呆着，悶也把我悶死了，跟你出去走走也好。」兩個人遂邊談邊離去。

兩人離開後，岳夫人問岳不羣，任無疆與平一指師兄弟究竟是甚麼門派？岳不羣道：「聽說平一指的師父是在伏牛山隱居的一個老道士，甚麼門派來歷，武林中誰也不知。」岳夫人道：「瞧他二人行事，直是邪多於正。」

一版修訂為二版時，刪去了「白髮童子任無疆」，並將「任無疆」與「平一指」合為一個「平一指」。

這段故事二版改為：縫合好桃實仙傷口後，平一指伸掌在桃實仙頭頂「百會穴」上重重一擊。一擊之後，躺臥在床的桃實仙便即坐起，罵道：「你奶奶的，你為甚麼打我頭頂？」平一指罵道：「你奶奶的，老子不用真氣通你百會穴，你能好得這麼快麼？」原來平一指這一擊，是以渾厚內力注入桃實仙體內，故而快速治好了桃實仙。

見到平一指的醫術與內力，岳夫人道：「那殺人名醫內功好生了得，瞧他行事，又委實邪門。」

一版「白髮童子任無疆」的一段情節，是「有伏筆而未解」的故事。任無疆欲到千秋宮取得的寶物，很可能是將來會轉至令狐冲手上的武功秘笈或寶刀利劍，但因任無疆與千秋宮的故事，後來並無下文，二版因此刪去了「千秋宮」之事，並將「任無疆」與「平一指」合併為一個「平一指」。至於在一版的原構思中，金庸究竟想在「千秋宮」藏甚麼寶物，已不可考了。

而後，岳不羣夫婦及岳靈珊等人返回船上，卻聽得桃谷五仙的聲音大叫：「令狐冲，令狐冲，你在那裏？」岳不羣夫婦及華山羣弟子臉色一齊大變。一版說只見七個人匆匆奔到碼頭邊，桃谷五仙之外，便是任無疆與平一指。

二版沒了「任無疆」，改為只見六個人匆匆奔到碼頭邊，桃谷五仙之外，另一個便是平一指。

桃谷五仙躍至華山派船上後，一版接下來的故事是：突然之間，船身向左一側，一眾女弟子都尖聲叫了出來。

原來任無疆與平一指也躍上了船，這二人都是又矮又肥的胖子，一人少說都有二百來斤。而船身之所以傾側，是由於師兄弟二人上船後，同時使上了「千斤墮」之類的高深內功。

岳不羣見到他二人，心下暗自吃驚：「桃谷五怪已是極難對付，再加上這兩個辣手人物，岳不羣夫婦的性命，今日只怕要送在開封府了。」

一版的任無疆與平一指二人，簡直是兩頭河馬，他倆身形雖矮，體重又是極重。

二版將這段故事改為：突然之間，船身微晃，原來是殺人名醫平一指也躍上了船。

岳不羣暗自吃驚：「桃谷五怪已極難對付，再加上這個厲害人物，岳不羣夫婦的性命，今日只怕要送在開封了。」

二版平一指的體重顯然沒一版那麼重了。

平一指上船後，搭脈得知令狐冲體內有八道真氣，令狐冲告訴平一指：「晚輩不願替你殺人，因此你也不用給我治病。」

一版說平一指聽了這話，「哈」的一聲。任無疆則是「哼」的一聲。

二版沒有任無疆，也就沒有「任無疆則是『哼』的一聲」一事。

聞令狐冲之言，平一指道：「第一，你的病很重，我治不好。第二，就算治好了，自有人答應給我殺人，不用你親自出手。」

一版接著說：任無疆道：「師弟，是誰託你給這小哥兒治病來着？是什麼人有這麼大的面子，居然請得動『殺人名醫』到病人的住處來出診？」平一指搖了搖頭，道：「我治不好他的病，心下慚愧得很，還說他作甚？」

而後，平一指對令狐冲說，對於他的病，他實在無能為力。

二版沒了「任無疆」，於是將一版任無疆的話語移花接木為岳不羣夫婦的心思，這段改為：岳不羣夫婦對望一眼，均想：「甚麼人這麼大的面子，居然請得動『殺人名醫』到病人的住處來出診？這人跟冲兒又有甚麼交情？」平一指則對令狐冲說，對於他的病，他實在無能為力。

而後，平一指將「鎮心理氣丸」交給令狐冲服食。一版平一指向任無疆一點頭，兩人一同躍上岸去，片刻間走得沒了影蹤。

二版刪去任無疆，改為平一指一顆大頭搖了幾搖，一躍上岸，快步而去。

平一指離船後，接續有人前來送令狐冲金銀寶物以及陳酒佳釀，而後，祖千秋上船來與令狐沖大談飲酒用杯之道。

談到「古瓷杯」時，一版祖千秋道：「飲這紹興狀元紅，須用古瓷杯，最好是北宋瓷杯，南宋瓷杯勉強可用，但已有衰敗氣象，至於明瓷，則不免小氣了。」

且看一版祖千秋的說法，在祖千秋的言語中，「明瓷」乃是「古瓷」，單只這一句，幾乎便可斷言，《笑傲》是以「清朝」為歷史背景的小說，但這麼一來，令狐沖、岳不羣等人，個個頭後都得垂條大辮子。

二版則為了不明確道出《笑傲》的背景時代，將祖千秋話中的「至於明瓷，則不免小氣了。」改為「至於元瓷，則不免粗俗了。」經這一改，《笑傲》的背景年代是「明」還是「清」，就無法明辨了。

一版到二版的修訂至此，這一回的修訂重點，自然是將任無疆與平一指合併為一人。改版之後，任無疆即從金庸的江湖徹底消失，二版讀者也罕能再聞「任無疆」之名了。

【王二指閒話】

善於創造人物的金庸，寫起「正人」固然精彩，寫起「奇人」更是令人拍案叫絕。

何謂「正人」？於武俠小說而言，所謂的「正人」，即是「典型的黑道與白道」，或是「典型的正派與反派」。比如於陳家洛、袁承志、郭靖、張無忌、喬峰、虛竹、胡斐或令狐冲等人，都是典型的「白道」或「正派」，這幾位俠士都是「正人君子」，也很認真在「行俠仗義」，而即使像楊過，性格略帶「小邪」，仍不致於過度離經叛道。

至於典型的「黑道」或「反派」，就比如張召重、楊康、金輪國師、玄冥二老等人，他們與俠士處於敵對的民族或國家，也很認真地扮演俠士的敵人。又比如歐陽鋒、成崑、丁春秋等人，他們很努力地在演出危害江湖的「武林敗類」角色。再比如慕容復、左冷禪、岳不羣等人，他們極積極地想要掌控江湖，並因此陷害他人。

然而，若是小說中只有「典型的白道」與「典型的黑道」，好人努力當好人，壞人認真當壞人，小說的活潑度未免不足。因此，小說中需要有介於好與壞、善與惡之間，既不是好人，也不是壞人的的「奇人」，來增添小說繽紛的色彩。

在金庸早期的作品《書劍》與《碧血》中，人物幾乎都是「典型的白道」或「典型的黑道」。從《射鵰》開始，「亦正亦邪」的「奇人」黃藥師才成了小說中的重要角色。黃藥師是獨來獨往的「奇人」，而在創作《神鵰》時，金庸即開始嘗試將「奇人」「組織化」、「團體化」，在。《神鵰》中，楊過奇襲蒙軍一役，就是由略偏「奇人」的「正人」楊過，將「奇人」人廚子、百草仙、張一氓等人組織起來，北出襄陽，進襲蒙軍，並獲得令人稱奇的戰果。

在《神鵰》之後的《倚天》中，特立獨行的「奇人」們共同組成了團體，這個團體就是明教。在明教中，吸血維生的韋一笑、文武全才的謝遜、以及扮老避禍的黛綺絲等人，都因行事出人意表，而各有其精彩的故事。

然而，《倚天》明教中這些各具特色的「奇人」們，在張無忌出任明教教主後，竟個個都搖身一變，成了「典型的白道」，其故事精彩度也都大為失色。

在《倚天》之後的《天龍》，「奇人」即不再被「正人」改造為「正人」了，「奇人」也有其所屬的「奇門派」，「奇門派」獨樹一格，與名門正派迥然不同。《天龍》中的「奇門派」，就是特立獨行的逍遙派，逍遙派三大高手全都是各見妙趣的「奇人」。

創作《笑傲》時，金庸雖讓《笑傲》跟《倚天》一樣，有個勢力龐大的「奇門派」「魔教」，但《笑傲》的魔教「奇人」們，不再像《倚天》魔教「奇人」一般，被「正人」收編、陶冶、感化了，張無忌改造韋一笑等「奇人」為「正人」之事，不復於《笑傲》中發生。《笑傲》的令狐冲雖與日月神教的向問天、平一指、祖千秋等人都交好，但也僅只於「交好」，令狐冲可沒將向問天等人改造成「典型的白道」，《笑傲》的魔教「奇人」們因此能終全書，故事都一貫精彩。

寫及《鹿鼎》時，金庸乾脆讓「奇人」韋小寶成為男主角。想來以韋小寶的性格，若在金庸早先的作品中，頂多也只能是魔教中的小妖人，但到了《鹿鼎》，卻成了影響力遠高於典型白道俠士陳近南的男主角。從「奇人勢增，正人勢減」的衍進，就可以看出金庸創作風格的改變。

第十四回還有一些修改：

一．令狐冲船行中，八乘馬送來十六罈陳年美酒，二版說酒罈上有的寫著「極品貢酒」，有的寫著「三鍋良汾」，更有的寫著「紹興狀元紅」，十六罈酒竟似各不相同。新三版將二版所說的「三鍋良汾」改為「陳年佳汾」。

二・欲邀祖千秋上船，二版令狐冲道：「四海之內，皆兄弟也。聞兄之言，知是酒國前輩，在下正要請教，便請下舟，不必客氣。」新三版令狐冲再加說：「我師父岳先生、師娘岳夫人也都在舟中。」若無此二句，令狐冲便彷彿是此舟之主了。

三・令狐冲向祖千秋自我介紹：「在下複姓令狐，單名一個冲字。」二版祖千秋道：「姓得好，姓得好，這名字也好！」新三版增為祖千秋道：「姓得好，姓得好，這名字也好！當年唐朝令狐楚、令狐綯，都是做過宰相的大人物。」新三版是藉祖千秋之口，為「令狐」這一罕見姓氏說點源流。

四・祖千秋說起古瓷杯時，二版祖千秋道：「飲這紹興狀元紅須用古瓷杯，最好是北宋瓷杯。」新三版增為祖千秋道：「飲這紹興狀元紅須用古瓷杯，最好是北宋瓷杯，五代磁杯當然更好，吳越國龍泉哥窯弟窯青瓷最佳，不過那太難得。」

五・岳不羣夫婦在楊再興廟外聽桃谷五仙說話，一版說岳夫人傾聽外面說話之聲，只是五人，心想那桃實仙果然是被自己刺死了。但岳夫人怎會知道為他所刺的那仙名曰「桃實仙」呢？二版改為岳夫人仔細分辨外面話聲，只是五人，心想餘下那人果然是給自己刺死了。

六・祖千秋上船與令狐冲大談「酒道」，一版說令狐冲生平最好的便是這杯中之物，祇是他結交的向來多是江湖豪士，能分辨酒之美惡，已是十分難得，那裏有人能談論玉杯，犀杯？此刻聽得祖千秋侃侃而談，大有茅塞頓開之感。二版因第十三回已先補植伏筆，讓綠竹翁先對令狐冲論過「酒道」，這段遂也改為：令狐冲在洛陽聽綠竹翁談論講解，於天下美酒的來歷、氣味、釀酒之道、窖藏之法，已十知八九，但對酒具一道卻一竅不通，此刻聽得祖千秋侃侃而談，大有茅塞頓開之感。

七・說起「夜光杯」時，一版祖千秋說「那夜光杯能發閃光」，這句話二版刪了。「夜光杯」怎會發閃光？會發光的應是「夜明珠」吧？

八・祖千秋由懷中掏出的珍貴酒杯，一版說有象牙杯、虎齒杯、牛皮杯、竹筒杯、楊木杯等等。二版將其中的「楊木杯」改為「紫檀杯」。

九・跟祖千秋打賭，若他身上真有酒杯，便要把酒杯吃下去的，一版是桃枝仙，二版改為桃根仙。而後，祖千秋真的掏出酒杯來，一版桃枝仙兌現賭咒，吃下去的是「羊脂白玉杯」，二版改為桃根仙吃的是「古藤杯」。

十・一版桃枝仙吃過一隻羊脂白玉杯後，又要伸手去拿「翡翠杯」，但桃谷六仙功力再強，腸胃真的能忍受一隻酒杯份量的碎玉嗎？二版改為桃根仙吃了小半截古藤杯後，又伸手去拿犀角杯。二版將「羊脂白玉」改為「古藤」，自是為了方便桃根仙消化，而且食下的份量也由「一隻」改為「小半截」，如此一來，桃根仙的腸胃應該尚能負荷。

十一・一版「羊脂白玉杯」為桃枝仙所吃後，祖千秋道：「給你吃了一隻玉杯，可壞了我的大事，唉，沒了玉杯，這汾酒用什麼杯來喝才是？只好用一隻石杯來將就將就了。」二版桃根仙吃的是「古藤杯」，祖千秋的話也改為：「給你吃了一隻古籐杯，可壞了我的大事。唉，沒了古籐杯，這百草酒用甚麼杯來喝才是？只好用一隻木杯來將就將就了。」

老頭子的女兒由「小怡」改名「老不死」——第十五回〈灌藥〉版本回較

一版《笑傲》改寫為二版時，有一宗極為趣味的改名，那就是老頭子女兒的名字，由一版的「小怡」改為二版的「老不死」。「老不死」與「老頭子」、「祖千秋」堪稱《笑傲》「姓名三絕」。

且來看「老不死」更名的來龍去脈。

故事要由船艙中的岳不羣聽到兩人奔近說起。

一版說此二人是「毒聖門」弟子，二版將「毒聖門」改名「百藥門」。

岳不羣聽此二人提起，「百藥門」（「毒聖門」）要攔截華山派的船。

一版說，岳不羣久聞「毒聖門」之名，知道那是三湘五澤間的一個門派，這門派中的弟子武功還不怎樣，卻是善於使毒，令人防不勝防，往往殺人於無形之間，端的厲害無比。這「毒聖門」的掌門人姓諸名不凡，有個奇特外號，叫作「毒不死人」。

一版「毒聖門」的掌門名為「諸不凡」，這名字顯然與《天龍》的劍神「卓不凡」「撞名」。

二版並未細加介紹「百藥門」，只說「百藥門」掌門外號叫「毒不死人」。

新三版又較二版增說，「百藥門」掌門名為「諸草仙」。

見到「百藥門」（「毒聖門」）弟子，二版岳不羣較一版加想：「江湖上將『百藥門』與雲南『五仙教』並稱為武林中兩大毒門。」

這段加想自是要為第十六回藍鳳凰掌教的「五仙教」出場補埋伏筆。

百藥門（一版毒聖門）弟子離去後，漠北雙雄的白熊突然現身，擄走了岳靈珊與林平之二人。

而後，漠北雙雄送來一封信給岳不羣。一版此信寫的是：「五霸崗前，奉還令愛，紫霞神功，好極有限。」二版則將信的內容改為「五霸岡上，還你的臭女兒。」

接著，計無施來到船邊，用計引開桃谷四仙，老頭子則趁機上船，劫走了令狐冲。

老頭子擄來令狐冲，原來是因令狐冲服了老頭子要給女兒救命的「續命八丸」，老頭子欲刺令狐冲心頭熱血，給女兒服用。

一版老頭子稱女兒為「怡兒」，他女兒的閨名叫「小怡」，二版老頭子改稱女兒為「不兒」，他女兒的閨名叫「老不死」。改名之後，二版即屢以「老不死」這名字作文章。

而後，祖千秋出現，告訴老頭子令狐沖是任盈盈朋友，老頭子瞬時態度大轉變，奉令狐沖為座上賓。但令狐沖為救老不死，將老頭子與祖千秋縛住，自去老不死房中，割血相餵。

關於老不死的外貌，二版說老不死的頭髮「黃黃的」，新三版改說老不死的頭髮「稀疏淡黃」，以顯得老不死更有病態。新三版還較二版加說，老不死「面貌倒也清秀」。

聞令狐沖與老不死斷續傳來的對答，桃谷二仙揣測令狐沖在逼姦老不死。

只聽桃實仙大叫：「喂，喂，老頭子，令狐沖在逼你女兒做老婆，你幹麼見死不救？」一版桃枝仙道：「你管甚麼閒事？你又怎知那肥女要死，說甚麼見死不救？」二版將桃枝仙的話增為：「你管甚麼閒事？你又怎知那肥女要死，說甚麼見死不救？她女兒名叫『老不死』，怎麼會死？」

而後，桃枝仙又說，令狐沖跟老不死成了一對夫妻，這對夫妻半死半活。二版較一版增寫，桃實仙問道：「哪個死？哪個活？」桃枝仙道：「那還用問？自然是令狐沖死。老不死姑娘名叫老不死，怎麼會死？」桃實仙道：「這也未必。難道名字叫甚麼，便真的是甚麼？如果天下人個個叫老不死，便個個都老而不死了？咱們練武功還有甚麼用？」

二版就像這樣，屢次拿「老不死」這名字作文章。

而後，令狐冲因割血餵食老不死而暈倒，岳不羣遂進房來為令狐冲輸氣治傷。

救醒令狐冲後，岳不羣問計無施尊姓大名為何？祖千秋笑道：「原來岳先生不識得咱們的夜貓子『無計可施』計無施。」

一版岳不羣聞言，心中一驚，暗道：「夜貓子計無施？此人三十年前便已名震武林，據說他天賦異稟，黑夜視物，如同白晝，行事忽善忽惡，或邪或正，是個極厲害的人物，怎地會和老頭子等人攪在一起？」

二版刪掉了計無施「三十年前便已名震武林」，及「黑夜視物，如同白晝」之說。總而言之，一版改寫為二版時，五霸岡群雄的武功層次幾乎都被降低，不再個個大有來頭了。

而後，老頭子等人將令狐冲送回船艙，岳不羣亦回到船上，令狐冲囑咐諸高手不可傷了岳靈珊。一個多時辰後，岳靈珊與林平之即由人抬轎送回。

岳不羣夫婦躍上岸，果見愛女好端端的坐在轎中，只是腿上被點了穴道，行動不得。

一版說岳不羣伸手在女兒環跳、脊中、委中幾處穴道上拍了幾下。岳靈珊「啊」的一聲尖叫，神情極是痛楚，腿上被封的穴道卻是不解。岳靈珊對岳不羣說：「爹，他（白熊）說這是他獨門點穴手法，爹爹解不開的。」

二版改為岳不羣伸手在女兒環跳、脊中、委中幾處穴道上拍了幾下，解開了她被封的穴道。

這一回的改版修訂即到此處，這一回改版最有趣之處，即是經過二版的改寫，老頭子女兒的名字就由平淡無奇的「小怡」，變成了令人發噱的「老不死」。

【王二指閒話】

《倚天》與《笑傲》中都有「魔教」，《倚天》的「魔教」是「明教」，《笑傲》的「魔教」則是「日月神教」。「明教」與「日月神教」教徒的屬性是有所不同的，大體說來，明教教徒的「魔」行，是陰鷙狠戾且致人於死。日月神教教徒的「魔」行，則只是不受禮法束縛，恣意而為。

《倚天》明教的光明左右使、四大法王、五散人等人都有「抗元興漢」的抱負，也都有成為明教教主的雄心，然而，雖有偉大的理想，明教群豪們可不能稱為俠義之士，這些高手們各有各的惡行劣跡，比如楊逍愛戀紀曉芙，即將紀曉芙逼姦成孕；謝遜欲逼出仇人成崑，竟從遼東到嶺南，犯下三十餘件大案，殺人無數；韋一笑因身受寒毒，毒發時需生飲人血，故而屢奪人命。撇開「抗元興漢」的理想不談，明教群豪有多位確實是不折不扣的惡棍，若稱之為「魔」，並不為過。也就因為如此，江湖上稱「明教」為「魔教」，並不算詆毀。

張無忌出掌明教後，對於武林最大的貢獻，無非就是將明教群「魔」約束成「俠」，明教也就因此不再是「魔教」了。

《笑傲》的「魔教」教眾則與《倚天》的「魔教」教眾不同，《笑傲》的平一指、祖千秋、老頭子等受日月神教統轄的散人閒士，雖不是魔教正式教眾，只能算「泛教眾」，但他們仍都畏懼教主東方不敗，只是因為居處離黑木崖遙遠，生活尚稱逍遙自在。

《笑傲》的「魔教」泛教眾不像《倚天》的「魔教」教眾，他們既對教主之位沒興趣，也對國家民族沒想法，因此，他們只需「做自己」，於是，熱愛醫學的平一指成了標榜「救一人，殺一人」的名醫，喜好品酒的祖千秋則成為精通名酒與名杯的酒客。

《笑傲》「魔教」這些非正式教眾的「泛教眾」們，不像《倚天》「魔教」那些如「魔」般的惡棍，他們未危害江湖，只是盡情在過自己的人生。與其說這些人是「魔」，還不如說這些人更像自由自在的「散仙」。

第十五回還有一些修改：

一．桃枝仙與桃實仙掉入了老頭子的漁網陷阱，岳不羣在牆邊聽兩人的話。二版說只聽得桃枝仙和桃實仙都荷荷荷的響了幾下，便不出聲了，顯是肉球人在他二人口中塞了麻核桃之類物事，令他們開口不得。然而，一來，就算桃實仙與桃枝仙不說話，說「口中塞了麻核桃」只怕也是岳不羣的想像，他怎能確知？二來桃實仙與桃枝仙若真「口中塞了麻核桃」，怎麼接下來令狐冲割血餵食老不死時，兩人又話語不休？新三版遂改為岳不羣只聽得啪啪兩響，聲音清脆，似是肉球人打了桃枝仙和桃實仙重重一個耳光，嚇得他二人暫且不敢出聲，免吃眼前虧。新三版雖然修去了二版破綻，但也不見得圓滿，想來桃谷六仙若被打耳光，焉能善罷干休？

二．黃河老祖對令狐冲謙恭禮敬，令狐冲暗忖究竟黃河老祖是衝著誰的面子，二版令狐冲心想：「風太師叔雖有這等本事面子，但他老人家隱居不出，不許我洩露行蹤，他怎會下山來幹這等事？」新三版令狐冲再加想「不戒大師、田伯光、綠竹翁他們性子直爽，做事也不會如此隱秘。」

三．談起漠北雙熊之事，二版岳不羣道：「塞外漠北有兩名巨盜，一個叫白熊，一個叫黑熊。」新三版岳不羣再增說：「白熊是大個兒，黑熊是和尚。」如此的解說才完整。

四·岳不羣運功聽毒聖門弟子說話，卻因而巧聽得岳靈珊與林平之在岸上幽會的對談。一版說他們學武之人，於這男女之防，原不似尋常人家這般嚴謹，何況二人皆未婚嫁，以後結成夫婦，也無不可，只是他號稱「君子劍」，向來以禮法自相期許，倘若女兒竟然逾矩越禮，和林平之做出不軌事來，豈不為武林中同道恥笑？二版將這段當「冗說明」，刪了。

五·不知白熊將岳靈珊擄至何處，一版說岳夫人大急，拔劍在道旁的大樹上猛砍。一版岳夫人發洩脾氣的方式還真「孩子氣」，二版改為岳夫人大急，連叫：「怎麼辦？」。

六·令狐冲自割鮮血餵老不死服用而暈倒，老頭子將令狐冲放在床上，要為他治病，一版說老頭子右掌掌心貼在令狐冲背心大推穴，甫一運氣，便是全身一震，喀喇一聲響，他所坐的一張木椅給他壓得稀爛。原來他這一下觸動了令狐冲體內所蓄桃谷六仙與不戒和尚的真氣。那七人的內力何等厲害，老頭子自是抵受不住。二版將「原來他這一下觸動了令狐冲體內所蓄桃谷六仙與不戒和尚的真氣。那七人的內力何等厲害，老頭子自是抵受不住。」幾句當「冗說明」，刪了。

七·岳不羣夫婦為岳靈珊被擄而發愁。一版說想不到華山派威名數百載，卻在黃河邊上栽了這樣一個大觔頭。然而，「華山派威名數百載」卻不知從何時算起？二版改為想不到華山派名震武林，卻在黃河邊上栽了這麼個大觔斗。

藍鳳凰的血型是O型——第十六回〈注血〉版本回較

《笑傲》中有平一指為桃實仙開胸剖腹之事，也有藍鳳凰以水蛭為令狐沖「輸血」的醫學情節。關於「水蛭輸血」，許多讀者可能會心生質疑，為甚麼令狐沖對於藍鳳凰及苗女的血不會起排斥反應？

且來看金庸在新三版如何自圓其說。

先看一版到二版的修改。

且說華山派舟行黃河，藍鳳凰所乘的五仙教小舟隨後跟上。小舟中忽有一個女子聲音膩聲道：「華山派令狐沖公子可在船上？」岳夫人低聲道：「沖兒，別理她！」那女子說道：「咱們好想見見令狐公子的模樣，行不行呢？」

這女子便是五仙教主藍鳳凰，藍鳳凰聲音嬌柔宛轉，蕩人心魄。一版說華山派舟中所有男子固然為之心動，連素來瞧不起女人的桃谷六仙也不禁手足酸軟，甚至岳夫人等一眾女子亦覺心神盪漾。

二版刪了這說法，想來岳夫人此刻全神戒備，焉能「心神盪漾」得起來？

岳不羣問藍鳳凰姓甚麼，藍鳳凰自承是五仙教藍教主。而後，藍鳳凰與五仙教四位苗女先後上船，並以水蛭對令狐冲行「轉血」之法。轉血之後，令狐冲醒來，笑喚藍鳳凰為「好妹子，乖妹子！」並要藍鳳凰喚他「令狐大哥」。

一版說這倒不是令狐冲存心輕薄，有調戲之意，只是他覺得和陌生女子說說笑話，討好幾句，並無害處。

二版將這幾句令狐冲的心理描述刪了，想來「他覺得和陌生女子說說笑話，討好幾句，並無害處」之說，不只不能澄清令狐冲的「不輕薄」，反而讓人更覺令狐冲「輕薄」。

而後，一版藍鳳凰笑道：「大哥，水蛭用光啦，今兒晚再去捉些來，明兒再給你轉血。你……你想吃甚麼？我去拿些點心給你吃，好不好？」

二版刪為藍鳳凰只說：「大哥，你想吃甚麼？我去拿些點心給你吃，好不好？」「轉血」就只有一次，藍鳳凰隔日並未再對令狐冲行「轉血」之法。

一版至二版的修改即至此處，接著再看二版到新三版的修訂。

話說華山派座船旁出現一艘小舟，青帆上繪著一隻白色的人腳，人腳纖纖美秀，顯是一隻女子的素足，船上即是藍鳳凰掌教的「五仙教」。

二版說藍鳳凰約莫廿七八歲年紀，新三版將藍鳳凰變年輕了，改為約莫廿三四歲年紀。岳不羣問藍鳳凰之名，得知她便是五仙教教主。而後，藍鳳凰上船，並與五仙教四位苗女齊用「轉血」之法為令狐沖輸血，也就是以水蛭吸己之血，再將水蛭所吸之血，轉入令狐沖血管。

令狐沖得治醒來後，見到藍鳳凰，喚藍鳳凰：「好妹子，乖妹子！」

二版說令狐沖知藍鳳凰喜歡別人道她年輕美貌，雖眼見她年紀比自己大，卻也張口就叫她「妹子」。

新三版因已把藍鳳凰的年齡減低，故而將「雖眼見她年紀比自己大」一句改為「眼見她年紀和自己相若」。

而關於轉血之法，新三版較二版增寫藍鳳凰對令狐沖說道：「大哥，適才這轉血之法，並不是每個人都能做到，有些人的血沒法轉到你身上，那水蛭一咬到血，便即掉下，可轉不進去。我們五個人都是幾百人中挑選出來的，我們身上的血，轉給誰都行。」

這段增寫是金庸對於二版頗見破綻的「水蛭轉血」之法所做的補強解釋。

關於「水蛭轉血」之法，新三版除了藉藍鳳凰之口增寫說明外，在這一回回末，金庸又加「注」解釋說：現代醫學輸血常辨血型，凡O型者之血，可輸於任何人。藍鳳凰其時無此知識，但憑長期經驗，知自己血型為O型，又從百餘女教眾中挑出O型者數人，為令狐冲輸血，非O型之教眾則不參與。

二版中頗遭質疑的「水蛭轉血」一事，金庸在新三版以藍鳳凰是「O型血」為理由，做出尚稱合理的解釋。不過，在新三版中，金庸增說的「有些人的血沒法轉到你身上，那水蛭一咬到血，便即掉下，可轉不進去。」顯然是畫蛇添足的。

金庸所要表達的，理當是人體對於不同血型的「排斥」反應。所謂的「排斥」反應，是血液輸入體內後，身體的免疫機制啟動，引起白血球攻擊外來血球的反應。然而，白血球雖會攻擊外來血球，卻不可能攻擊帶有不同血型之血的水蛭，並導致其掉落。這就像一個人若以點滴輸血，卻誤輸了不同血型的血液，身體絕不可能排斥點滴管線，並導至點滴管線脫落。

【王二指閒話】

刀劍無眼，在江湖廝殺之中，武人難免有所傷損，故而也必有治傷療病之事。

金庸筆下有胡青牛、平一指、薛慕華等幾位「神醫」，也有許多精彩的治病故事。為求情節出人意表，金庸小說中的某些醫病故事是自出機杼，憑想像臆造出來的，雖說好看，卻違背了醫理，比如《倚天》中，被金花婆婆所傷而來求治胡青牛的傷者中，竟有一人是雙手被割去，再將左手接在右臂上，右手接在左臂上，血肉相連。然而，人可不是機器人，前臂與上臂焉能這般相接？若真只把皮膚與肌肉縫合，血管與神經不曾連接，照理整隻前臂早已壞死發黑，豈還能治？

求治胡青牛的人中，還有一人是受逼吞服了三十餘條活水蛭。那水蛭入胃不死，附在胃壁和腸壁之上吸血。張無忌的治法則是因想起醫書中所道「水蛭遇蜜，化而為水。」因而命僮兒取過一大碗蜜來，命那人服了下去，結果竟然也就治好了。

這還真是不可思議的醫案，究竟是何醫書說「水蛭遇蜜，化而為水」呢？又真有哪一種蜜能化水蛭為水呢？而那人肚內的水蛭難道真是為蜜所化嗎？或者這只是張無忌的一廂情願？因為同樣出自金庸筆下，連《天龍》中極毒的莽牯朱蛤都不敵胃酸，為胃酸所化，水蛭又豈能抵擋人的胃酸？

《笑傲》中也有一宗頗具爭議的醫案，即藍鳳凰以水蛭「轉血」之事。藍鳳凰先利用水蛭從自己及四位五仙教苗女腿上及臂上吸血，再將這些水蛭置於令狐冲血管上，並以白色粉末灑在水蛭身上，強迫其將所吸之血「吐」給令狐冲，因而達到為令狐冲「輸血」的目的。

這宗醫案有三大疑點，其一，人體血管的壓力大於水蛭「吐血」的力量，水蛭怎能「吐血」到血管中？就因血管有其壓力，現代醫學輸血或輸液，須以針頭強行插入血管，再將欲輸的血液或生理食鹽水掛置於高處，利用壓力輸入血管中，方可順利輸血或輸液。若說水蛭「吐血」，即能將血液「吐」入血管中，血管豈不就像條水溝？否則水蛭怎能輕易將血吐入血管？但血管怎可能像水溝？

其二，倘使五仙教的水蛭天生異種，真能「吐血」到令狐冲體內，那麼，隨之而生的問題是，藍鳳凰與四位苗女的血型，真能跟令狐冲相符，而不起免疫的排斥反應嗎？

其三，水蛭吐到令狐冲體內的，除了藍鳳凰等人的血液外，理當還有其腹內分泌物。令狐冲對水蛭的體液，當真也能完全相容嗎？

為了讓這宗醫案更為周延，金庸在新三版做了自圓其說的解釋，即藍鳳凰與四位苗女全都是O型血，因此令狐冲不管是甚麼血型，全都相容，如此一來，便解決了這宗醫案三個疑點的其中一點，至於另外兩個疑點，則仍懸而未決。

而由金庸改版時，盡力要將「水蛭轉血」之事解釋得更周延，可以揣知金庸看待筆下「醫案」的邏輯。《倚天》中「左右前臂對調」及「水蛭遇蜜，化而為水」兩宗醫案，因為太偏離科學，金庸索性忠於故事的「好看面」，而不再經由改版，做出科學上的解釋。至於《笑傲》的「水蛭轉血」醫案，則因尚有以科學強加解釋的轉圜空間，因此在「好看面」之外，金庸還會在故事的「合理性」下功夫，因此在二版改寫為新三版時，金庸除了經由為藍鳳凰加話說明外，還在回末加注闡述，反覆說明「水蛭轉血」的合理性，經過金庸的解說，「水蛭轉血」似乎也就真有這麼一回事了。

第十六回還有一些修改：

一．二版說五毒教是江湖上一大幫會。新三版將「幫會」改為「教派」。

二．藍鳳凰與苗女以水蛭在自己臂上腿上吸血，二版說五人臂腿上爬滿了水蛭，總數少說也有兩百餘條。然而，書中說這水蛭比尋常水蛭大了一倍有餘，若一人身上四十多條，等於四肢中任一肢均有十條以上，但藍鳳凰五人均有這等粗壯的手臂與小腿嗎?·新三版因此將「兩百餘條」減為「一百餘條」。

三．水蛭吸血後，藍鳳凰五人再將水蛭置於令狐冲血管上，施以白色粉末。二版岳不羣見之心想：「原來她所行的是轉血之法，以水蛭為媒介，將她們五人身上的鮮血轉入沖兒血管。」新三版將岳不羣想法中的「轉入沖兒血管」改為「轉入沖兒體內」。

四．游迅說他知道「辟邪劍譜」的下落，二版桐柏雙奇、張夫人等人當即齊聲道：「你賣甚麼關子？辟邪劍譜到底是在誰的手中？」然而，這批武林怪客真能這般有默契，竟能異口同聲嗎？新三版改為眇目女子（桐柏雙奇）道：「你賣甚麼關子？快說！」張夫人道：「辟邪劍譜到底是在誰的手中？」

五．二版說岳不羣身為華山派掌門二十餘年，向來極受江湖中人敬重。新三版將「二十餘年」減為「十餘年」。

六．藍鳳凰自承便是教主藍鳳凰，岳不羣大吃一驚，道：「姑娘……你……你便是雲南五仙教……藍教主？」一版說眾人聽得岳不羣的聲音之中充滿了驚駭，都是十分詫異，勞德諾卻大聲叫了出來：「……你……你是五仙教的藍教主？」原來華山派坐船之中，除了岳不羣外，就數勞德諾最為見多識廣。二版將這段刪了，勞德諾複誦一次岳不羣的話，除了確知藍鳳凰來頭頗大外，並沒有太大的意義。

七．水蛭將血液吐到令狐沖體內，吐乾後，扭曲了幾下，便即僵死。一版說藍鳳凰拾了起來，從窗口拋入河中。但是，「丟水蛭」這般瑣碎之事，需要藍大教主親自動手嗎？二版改為一名苗女拾了起來，從窗口拋入河中。

八·藍鳳凰請令狐冲喝「五寶花蜜酒」，一版「五寶」之一的「黑蛇」，二版改為「青蛇」。

九·藍鳳凰一行離去後，一版勞德諾走到桌邊，手指剛碰到酒瓶，即中了毒。二版改為林平之走到桌邊，手指剛碰到酒瓶，即中了毒。

十·華山派與桃谷六仙均捧腹嘔吐，一版岳靈珊捧住肚子，道：「大師哥。你……你好，這妖女給了你解藥。只有……只你一個不嘔。」但此刻林平之在場，岳靈珊應會迴避跟「前男友」令狐冲說話，二版改為桃實仙道：「令狐冲，那妖女對你另眼相看，給你服了解藥。」

十一·桃谷六仙自道姓名後，一版游迅說道：「妙極，妙極。這『仙』之一字，和六位的武功再配合沒有，若非如此神乎其技，超凡入聖的功夫，那有資格稱到這一個『仙』字？不錯，名副其實，果然是應該稱作『桃谷六仙』，六位倘若不是稱為『桃谷六仙』，蒼頡當初便不該造這『仙』字。」二版刪去了「不錯，名副其實，果然是應該稱作『桃谷六仙』，六位倘若不是稱為『桃谷六仙』，蒼頡當初便不該造這『仙』字。」幾句話。

十二．一版說桐柏雙奇「男的瞎了左眼，女的瞎了右眼，那還不奇，奇在男的又少了條左腿，女的則少了條右腿」。二版刪去了「那還不奇，奇在男的又少了條左腿，女的則少了條右腿」三句。二版的桐柏雙奇只是「視障」，不像一版既是「視障」，又是「肢障」。

十三．司馬大來迎令狐冲，只對岳不羣一聲「久仰」，便算打過招呼。一版說本來岳不羣的名字威震武林，不論是誰聽到了都要肅然起敬，若是當面見到，更不免要心頭一震，可是這司馬大以及張夫人，仇松年，玉靈道人等一干人，全部對令狐冲十分恭敬，而對岳不羣顯然是絲毫不以為意。二版刪去「本來岳不羣的名字威震武林，不論是誰聽到了都要肅然起敬，若是當面見到，更不免要心頭一震」等語。

藍鳳凰愛上令狐冲，江飛虹因此抹脖子自盡
——第十七回〈傾心〉版本回較

一版藍鳳凰對令狐冲一見傾心，還因此惹得愛慕藍鳳凰的江飛虹抹脖子自盡。二版則改為藍鳳凰對令狐冲毫無男女之情，只是為了好友任盈盈，方來義助令狐冲療傷。

且來看一版到二版的修改。

故事要從令狐冲師徒上五霸岡說起。

上五霸岡後，一版說令狐冲只見東一簇，西一堆，都是挺胸凸肚，形相怪異之人。可知在一版中，「五霸岡」頗類《天龍》的「萬仙大會」，多的是桑土公之流的怪人。二版改為令狐冲東一簇，西一堆，人頭湧湧，這些人形貌神情，都是三山五嶽的草莽漢子。二版不再強調五霸岡好漢的畸形外貌了。

來到五霸岡後，令狐冲被黃伯流請進了草棚中。而後，平一指前來為令狐冲治病。為令狐冲脈診後，平一指說，若要治令狐冲，須邀集七位內功極高之士，同時施為，將令狐冲體內這七道不同真氣，一舉消除。一版平一指接著說：「這七位朋友，在下已然邀得六位在

外，羣豪中再請一位，本來毫不為難。可是適才與公子搭脈，察覺情勢又有變化，更加複雜異常。」

二版改為平一指道：「今日在下已邀得三位同來，群豪中再請兩位，毫不為難，加上尊師岳先生與在下自己，便可施治了。可是適才給公子搭脈，察覺情勢又有變化，更加複雜異常。」

一版平一指的這段話，即牽涉了「江飛虹」的情節。

接著，平一指提到令狐冲近數日之間，身體改變的四因，其中一因即是服用了五仙教藍鳳凰的「五仙大補藥酒」。平一指又說：「藍鳳凰這女子守身如玉，從來不對任何男子假以辭色，偏偏將她教中如此珍貴的藥酒給你服了。唉，風流少年，到處留情，豈不知反而自受其害！」

一版接下來即是「江飛虹」的相關情節，這情節二版刪得一字不剩，內容是：

令狐冲只有苦笑，說道：「藍教主和晚輩只是在黃河舟中見過一次，蒙她以五仙藥酒相贈，此外……此外可更無其他瓜葛。」平一指厲聲道：「更無其他瓜葛，然則雲南點蒼派柳葉劍江飛虹，又為什麼伏劍自殺？」令狐冲吃了一驚，道：「江飛虹江前輩，聽說他劍法輕盈靈動，是點蒼派中近年來傑出的好手，卻何以伏劍自殺，那……那……」平一指道：「是你害死他的！」令狐冲更是吃了一驚，道：「晚輩和這位江前輩素不相識……如何……」平一指道：「是我親眼所見，難道還有假的？這個江飛虹，乃是受我所邀請的七大高手之一，本來是要救你來的。為什麼七大高手只到了六個？難道我平一指請人幫忙，人家會不賣我面子，不肯前來？豈有此理！只因為江飛虹死了，才少了一個，知不知道？你……你……你恩將仇報，我偏偏在殫精竭慮，要救你性命，真是他媽的老胡塗了。」

令狐冲見他鬚髮俱張，神情極是激動，只有默然不語。平一指隔了半晌，說道：「這件事本來也怪你不得，都是藍鳳凰這妖女不好。江飛虹老弟劍法內功都是武林中第一流的，人才既生得俊，又是我殺人名醫平一指的朋友，他看中了藍鳳凰，單相思了十年，要娶她為妻，那有什麼配不上她了？不料藍鳳凰這妖女一口拒絕，說道她是五仙教教主，決計不嫁人的。不嫁人那也罷了，卻為什麼又當眾叫你『大哥』？她雲南苗女，這『大哥』二字，是只叫情人的。旁人不知道，江飛虹是雲南人，怎會不知？他一聽到五毒教中的人傳了出來，說他們教主叫你『大哥』，氣憤之下，在道上便仗劍抹了脖子。唉，令狐公子，你心中既然有了意中人，怎麼又去和藍鳳凰勾勾搭搭？給你心中那個人知道了，豈不是又另生事端？少年人風流成性，大大的不安。」

令狐冲只有苦笑的份兒，心想：「我隨口叫藍教主一句『妹子』，卻生出這樣的大禍來，這位江前輩為此而死，教人好生過意不去。藍教主為我注血，給我飲酒，小師妹親眼所見。別說藍教主和我之間全無男女情意，縱然有了，小師妹心中只掛念着小林子，又怎會著意，怎會另生事端？」

平一指又道：「藍鳳凰給你喝五仙大補藥酒，當然是了不起的大情意。可是這一來補上加補，都便是害上加害。又何況這酒雖能大補，亦有大毒。哼，他媽的亂七八糟！」

一版這段故事說得清清楚楚，明明白白，即藍鳳凰確然為令狐冲傾倒，想要與他成為情人，這才逼得雲南點蒼派柳葉劍江飛虹醋海生波，橫刀自刎。

二版將這段全刪了，改為令狐冲只有苦笑，說道：「藍教主和晚輩只是在黃河舟中見過一次，蒙她以五仙藥酒相贈，此外可更無其他瓜葛。」平一指向他瞪視半晌，點了點頭，說道：「如此說來，藍鳳凰給你喝這五仙大補藥酒，那也是衝著人家的面子了。」

二版這一改，藍鳳凰為令狐冲治病，就完全是衝著任盈盈的面子了。不過，矛盾也在於此，說來祖千秋、老頭子等人設法為令狐冲治病，乃因他們曾受任盈盈的大恩，思恩圖報。但藍鳳凰所屬五仙教，與任盈盈所屬魔教根本毫無瓜葛，她需要為幫「手帕交」一個忙，而情義相助到自出鮮血，並獻出珍藏的藥酒嗎？

一版藍鳳凰是為與任盈盈爭奪情人而來，費心討好令狐冲自然較為合理，二版藍鳳凰則只是要幫好友任盈盈的意中人一個忙，就甘以自己的鮮血為令狐沖輸血，這只能說藍鳳凰真的是熱情的異族女子了。

接著，平一指說令狐沖的脈象顯示他近日心灰意懶，又說「搭你脈象，這又是情孽牽纏。」平一指的話讓令狐沖想起岳靈珊。

一版平一指又道：「所以啊，江飛虹老弟和你都是陷入了魔障，難以自拔……」二版沒了柳葉劍江飛虹，平一指這句話當然一併刪去。

而後，因為治不好令狐沖，平一指當場暴卒，接著，五霸岡群豪瞬間散盡，任盈盈則到了五霸岡上的草棚中。

任盈盈到來後，少林派辛國樑、易國梓與崑崙派譚迪人上五霸岡來，意欲掃妖蕩魔。為保護任盈盈，令狐沖挺劍與易國梓相鬥，易國梓敗在令狐沖劍下，遂與辛國樑雙雙離去。崑崙派譚迪人趁機掌擊令狐沖，卻因令狐沖噴血濺入他口中，譚迪人就此一命嗚呼。

而後，令狐沖護送任盈盈下五霸岡。途中，令狐沖問起不知譚迪人為何會暈倒，一版任盈盈道：「你自己也不知道麼?你血中有不少五毒教的劇毒，都是藍鳳凰這妖女給你服下的，譚迪人口中濺到你的毒血，自是抵受不住。」

在一版任盈盈的措詞中，藍鳳凰是「妖女」。這是因為在一版故事中，藍鳳凰也愛令狐冲，因此是任盈盈的「情敵」，任盈盈自不需好語相稱。

二版則因藍鳳凰是任盈盈好友，任盈盈這段話也改為：「你不知道麼?·藍鳳凰和手下的四名苗女給你注血，她們日日夜夜跟毒物為伍，血中含毒，那不用說了。那五仙酒更是劇毒無比。譚迪人口中濺到你的毒血，自然抵受不住。」

而後，方才離開的辛國樑與易國梓搬來救兵，兩人與少林派的方生大師、覺月和尚及黃國柏一齊到來，與令狐冲及任盈盈二人再度交手。

這段故事是《笑傲》中任盈盈初展武功之情節，一版與二版頗見不同。

先出手的是易國梓。易國梓撲入任盈盈所在的灌木叢，被打得飛身出來。一版說易國梓臉上血肉模糊，五官已然稀爛，似乎是被鐵椎，銅鎚之類重物所擊。

可知一版任盈盈的內力極為雄渾，與一版殷素素一樣，一版殷素素在龍門鏢局，也是將少林僧打到陷入牆壁中，但改寫為二版後，任盈盈與殷素素的內力都被降低了。

二版改成易國梓額頭一個傷口，鮮血汩汩流出。

二版易國梓死於兵器下，就顯不出任盈盈內力的層次了。

易國梓死後，方生向著灌木叢朗聲說道：「是黑木崖哪一位道兄在此？」

一版令狐冲暗自思忖：「方生大師口口聲聲提及『黑木崖』三字，我可從來沒聽見到黑木崖的名字，那是甚麼來頭？」

此處當真莫名其妙，想來五嶽劍派以魔教為大敵，令狐冲長年聆聽岳不羣的教誨，焉能不知「黑木崖」？

二版改為令狐冲大吃一驚：「黑木崖？黑木崖是魔教總舵的所在，難道……難道這位婆婆竟是魔教中的前輩？」

一番爭鬥後，黃國柏、覺月與辛國樑先後陣亡。最後，令狐冲使「獨孤九劍」來戰方生。說起「獨孤九劍」，一版說獨孤求敗當年縱橫武林，打遍天下無敵手，欲求一敗而不可得，劍法之妙，自是鬼神莫測，若不是令狐冲一來內力已失，二來劍法中的種種精微之處尚未全部領悟，否則方生大師武功再高，也難擋到十招以外。

從一版的說法可知，一版《笑傲》的獨孤求敗，確然就是《神鵰》的獨孤求敗，也就是說，金庸以「獨孤求敗」將《笑傲》與《神鵰》扣合了起來。

二版則將這段刪為只說，「獨孤九劍」劍法精妙無比，令狐冲內力已失，且劍法中的種種精微之處亦尚未全部領悟，但饒是如此，也已逼得方生大師不住倒退。

經過這麼一改，就無法確定《笑傲》的「獨孤求敗」是不是《神鵰》的「獨孤求敗」了，兩書的獨孤求敗可能是同一人，也可能只是同名的高手。

結果，方生敗在令狐冲的「獨孤九劍」之下，而後即離去。令狐冲與任盈盈倆人遂得以相伴同行。

方生離去後，令狐冲大讚任盈盈對他好，一版任盈盈道：「你就是一張嘴甜，說話教人高興，難怪連五毒教藍鳳凰那樣的人物，也會為你顛倒。好啦，你走不動，我也走不動，今天只好在那邊山崖之下歇宿，也不知今日會不會死。」

可知一版任盈盈知道藍鳳凰對令狐冲愛慕傾倒。

二版則改為藍鳳凰對令狐冲並無男女之情，因此，二版任盈盈這段話也改為：「你就是一張嘴甜，說話教人高興。難怪連五毒教藍鳳凰那樣的人物，也對你讚不絕口。好啊，你走不動，我也走不動，今天只好在那邊山崖之下歇宿，也不知今日會不會死。」

而後，在山澗旁，令狐冲終於見著「婆婆」任盈盈的真面目，兩人在山澗邊烤蛙充饑。

接著，老頭子、祖千秋與計無施三人前來，令狐冲與任盈盈於是凝神傾聽他三人說話。

祖千秋三人聊起任盈盈的戀情，一版祖千秋道：「聖姑雖是黑木崖的三大弟子之一，武功高強，道術通玄，畢竟是個年輕姑娘。」

由一版此處及下一回向問天將提及的「吸星老怪」可知，金庸走筆到此處，腹稿中應該還無「任我行」，因此說任盈盈是東方不敗座下，「黑木崖的三大弟子之一」。

二版則將祖千秋的話改為計無施所說：「聖姑雖是黑木崖上了不起的人物，便東方教主，也從來對她沒半點違拗，但她畢竟是個年輕姑娘。」

至於一版所說的「黑木崖的三大弟子」，二版已無此說了。

由此回的故事看來，一版任盈盈是武功高強的一流高手，二版則將任盈盈改成是依靠父親任我行與教主東方不敗的魔教千金小姐，武功也沒有一版那麼高強。

看過一版到二版的變革，接著看二版到新三版的改變。

且說令狐冲與任盈盈於五霸岡重逢後，「婆婆」任盈盈要令狐冲一路護送她，卻不得見她顏面。

令狐冲與任盈盈一前一後行走時，數十名漢子見到令狐冲身後的任盈盈，登時有三人自刺雙目。令狐冲當即為漢子們出聲求情。

二版任盈盈對漢子們道：「好，我信得過你們。東海中有座蟠龍島，可有人知道麼？」一個老者道：「福建泉州東南五百多里海中，有座蟠龍島，聽說人跡不至，極是荒涼。」那婆婆道：「正是這座小島，你們立即動身，到蟠龍島上去玩玩罷。這一輩子也不用回中原來啦。」

新三版則將任盈盈對漢子們說的「這一輩子也不用回中原來啦。」改為「過得七八年，再回中原罷。」

經這一改，任盈盈殘忍刻薄的程度即大幅減低，任盈盈也就更能匹配仁懷俠心的大俠令狐冲了。

【王二指閒話】

在金庸的江湖中，武人的致勝之「術」有其高低品階。雖然目的同樣是「制人」或「殺人」，但在武林人物心中，「術」卻有「上流」與「下流」之分。於武林人物而言，「術」從「上流」到「下流」排序，依次為內外功夫、暗器、毒物，也就是說，對於武林人物來說，以「降龍十八掌」將人一掌斃命，遠較以「三笑逍遙散」毒死對方來得偉大高潔。

因為武林人都有如此的思維邏輯，因此，人人都需勤於習武，認真蒐找武功秘笈，只要內功外功達到高等水平，武林人便不屑發暗器致勝，更恥於使用毒物。

在這樣的思維邏輯下，真正的一流高手，如郭靖、楊過、張無忌、喬峰、令狐冲等人，除非要懲治對手，否則絕不可能在對陣之時使用毒物來求勝。

那麼，在金庸的江湖中，誰會使用毒物呢？總歸說來，非惡男即女子。惡男因為沒有俠士墨守的道德規範，只求致勝，不在乎手段是否光明正大。女子則因天生力弱，若以用毒相甫，招來的非議也不若男子這般大。

俠士偶而也會使毒，但使毒都是為了反制用毒的敵手，而非刻意下毒求勝，如《神鵰》楊過在大勝關以「玉蜂針」射霍都，是因為霍都先以餵有劇毒的暗器射朱子柳，楊過才以其道反制。《倚天》張無忌以「金蠶蠱毒」噴鮮于通，也是因為鮮于通先以「金蠶蠱毒」偷襲張無忌。

除了俠士為了懲治惡人才偶爾用毒外，用毒的都是惡男與女子，如《射鵰》「老毒物」歐陽鋒常以蛇毒害人、《神鵰》「惡僧」金輪國師曾以「彩雪蛛」毒害老頑童、《天龍》丁春秋則是武林人共同唾棄的使毒惡棍。在武林之中，幾乎可說，惡人才用毒，用毒即惡人，正人君子絕不用毒，用毒者，唯惡毒小人也。

用毒的男性是「惡男」，用毒的女性則不見得都是「惡女」，比如《神鵰》中，「惡女人」李莫愁固會用「冰魄銀針」，「善女人」小龍女也會用「玉蜂針」，除了小龍女外，《倚天》明教的王難姑號稱是最會下毒的「毒仙」，趙敏則曾用「醉仙靈芙」混合「奇鯪香木」來迷倒明教群豪，《天龍》鍾靈以「閃電貂」毒倒神農幫眾，《笑傲》五仙教教主藍鳳凰更是一流的下毒高手。

然而，「人有善惡，術無對錯」，不論「刀劍拳腳」或「暗器毒物」，善惡本當在使「術」者的起心動念，而不在「術」的本身。君子俠士執著於非內外功即旁門左道，反而使得自己醬死在「道德」的框架之中，不若邪人惡徒的自由無忌。金庸一直創作到最後一部《鹿鼎》，才終於改變觀念，讓主角也能用毒，故而《鹿鼎》韋小寶曾灑石灰攻擊「黑龍鞭」史松，並從而殺了史松。

身為主角的「好男人」，若是情勢需要，也可「撒石灰」害人，就彷彿「使毒」一般。韋小寶突破了從陳家洛到令狐冲的「使毒」限制，卻也成了絕響。

第十七回還有一些修改：

一・任盈盈要令狐冲護送她，又不許看她容貌，二版令狐冲道：「我答應就是，不論在何等情景之下，決不正眼向婆婆看上一眼。」但「決不正眼向婆婆看上一眼」似乎表示「斜眼」不在此限，新三版因此將此話改為「決不向婆婆看上一眼」。

二・平一指為令狐冲治病時，一版說這時草棚以外，喧嘩大作，鬥酒猜拳之聲此起彼伏，顯是天河幫為盡地主之誼，已然運到酒菜，供羣豪暢飲。令狐冲於數年前曾參與五嶽劍派之會。那一次在泰山舉行，泰山派也曾大宴與會的盟友，但酒菜固然清淡樸素，五嶽劍派一眾師徒，更是一片肅然，連說話也不高聲，更不必說猜拳行令，轟然鬧酒了。令狐冲當時頗覺索然無味，次日下得山來，便在濟南一家小酒店中招了一批素不相識的酒徒，劇飲半日，大醉一場，給師父知道之後，受了一頓痛責。此刻平一指正在用心給他搭脈治病，他卻神馳棚外，只想去和羣豪大大的熱鬧一番。二版將這段當「冗情節」，刪為只說，令狐冲只聽得草棚外喧嘩大作，鬥酒猜拳之聲此起彼伏，顯是天河幫已然運到酒菜，供群豪暢飲。令狐冲神馳棚外，只盼去和群豪大大熱鬧一番。

三．談起令狐冲服補藥（即續命八丸）之事，一版平一指道：「便如黃河水漲，本已成災，治河之人不謀宣洩，反將洞庭、鄱陽之水倒灌入河，豈有不釀成大災之理？」平一指話中的「黃河」是誤寫，二版已更正為「長江」。

四．出竹棚與群豪共飲後，一版令狐冲心想：「聚在五霸岡上這些人物，在江湖上似乎聲名均不甚佳，可是瞧他們豪邁率真，並無絲毫虛偽做作之態，和他們交朋友，卻是爽快得多。反正我已沒幾日壽命，又何必苦苦去守華山派的清規戒律？」他性子向來不羈，此刻想到大限將屆，更是沒將種種禮法規條放在眼中。二版將這段全刪，因為有了這段話，不只無法說明令狐冲無正邪高下之分，反而適得其反，證明令狐冲將人分了正邪高下，只是說服自己不要在意罷了。

五．一版黃伯流離去前，對令狐冲道：「公子保重，你良心好，眼前雖然有病，終能治好，何況……何況竹林聖姑神通廣大……啊喲！」二版將黃伯流的話改為：「公子保重，你良心好，眼前雖然有病，終能治好，何況聖……聖……神通廣大……啊喲！」因黃伯流言語不同，一版令狐冲聞言，心道：「什麼竹林聖姑神通廣大？當真叫人如墮五里霧中。」二版改為：「甚麼聖……聖……神通廣大？當真莫名其妙。」二版自然較為合理，因黃伯流理當不會在外人面前道出「竹林聖姑」才是。

六．聞任盈盈所奏「清心普善咒」，一版說令狐沖雖不明琴音之意，但聽在耳中說不出的舒服。然而，此曲任盈盈已授過令狐沖，他怎能不明琴意？二版改為令狐沖只覺這琴音中似乎充滿了慰撫之意，聽來說不出的舒服。

七．辛國樑、易國梓及譚迪人三個少林及崑崙派弟子上五霸岡後，一版令狐沖心想：「少林派數百年來一直是武林中的領袖，單是少林一派，聲威便比我五嶽劍派聯盟為高，實力恐亦較強。」二版令狐沖再加想了句：「少林派掌門人方證大師更是武林中眾所欽佩。」這自是要為一版原未構想的方證大師補埋伏筆。

八．圍攻任盈盈時，一版辛國樑定了定神罵道：「賊婆娘，今日若不將你斬成肉漿，我少林派還能在武林中立足？」但方生在場，辛國樑焉敢口出穢言？二版刪去辛國樑此罵。

九．令狐沖吻了任盈盈，被打一巴掌後，一版解釋說要知令狐沖只是率直任性，膽大妄為，卻並不是輕薄好色之徒。二版刪去此「蛇足」的解釋。

十．祖千秋三人離去後，一版說這一日任盈盈見令狐沖整天吃的都是青蛙，未免膩煩，出去捉了一隻雉鷄來燒烤了，又採了十幾個鮮桃，兩人飽餐了一頓。二版刪去此事。

任我行原來是武林人聞之色變的「吸星老怪」
——第十八回〈聯手〉版本回較

金庸在「金庸看金庸小說」問答中曾述及其創作方式：「大架構是事前就規畫好了，細節是邊寫邊想。」然而，細讀一版小說，似乎不是如此，一版有幾部小說的大架構顯然並非事前規劃好，而是想到某個段落時才突發靈感，創作出來的。

比如一版《笑傲》的「任我行」似乎就是金庸福至心靈，突然創作出來的。在第十七回，也就是前一回，祖千秋才剛提過「聖姑是黑木崖的三大弟子之一」，所謂「三大弟子」，自然是「東方不敗的三大弟子」，而既然是「東方不敗的弟子」，其父是前代教主的可能性理當微乎其微；此外，在此回中，向問天吸人內力，眾人均以為他學自「吸星老怪」，倘使金庸此刻已有魔教前任教主「任我行」的構思，對照起《倚天》明教的陽頂天與《鹿鼎》神龍教的洪安通，江湖上不稱魔教掌教者為教主，至少也是直呼其名，怎會稱名動天下的「任教主」為「吸星老怪」呢？由此可知，在金庸的腹稿中，「任我行」此時應還未成形。

且來看看這回的修改，先看一版到二版的修訂。

就從令狐冲上少林寺，經方生療傷，方證再以《易筋經》相誘，期盼他轉投少林派說起。

為了勸令狐冲加入少林派，方證將岳不羣逐令狐冲出門牆的信件往前平飛，送予令狐冲。

一版令狐冲雙手接住，只覺得全身一震，不禁駭然：「這位方文大師果然內功深不可測，單是憑藉這薄薄的一封信，居然也能傳過來這等渾厚的內力。幸虧我內力已失，若在往日運力一接，二力激盪，只怕我會給這股力道撞出數步。」

一版此說當真末名其妙，原來令狐冲沒有內力，接招功力竟還勝於有內力之時。

二版修訂為：令狐冲雙手接住，只覺得全身一震，不禁駭然：「這位方丈大師果然內功深不可測，單憑這薄薄一封信，居然便能傳過來這等渾厚內力。」

二版的說法就無關令狐冲是否有內力了。

因拒拜方證為師，令狐冲遂出了少林寺。故事而後接到令狐冲與向問天相識的一段。

令狐冲在涼亭中見到向問天，緊接著，十二魔教好手前來圍戰向問天。

一版說魔教中人「衣衫均是青色」，二版改為「黑色」。服色的改變有可能是因一版的魔教是「朝陽神教」，二版則改為「日月神教」。「朝陽神教」聽來較有朝氣，因此著「青色」服飾，「日月神教」則感覺較神秘，因此改著「黑色」服飾。

令狐冲出手相助向問天。魔教好手共擊向問天與令狐冲時，泰山派一高手亦前來，並挺劍戰令狐冲。

一版說此泰山派道人道號桑一，和天門、地絕等道人乃是同輩，只是並非一師所授。二版改說那道人道號天乙，和天門、天松等道人乃是同輩。

天乙道人（一版桑一道人）以一招「七星落長空」來戰令狐冲。一版說這一劍叫做「七星落長空」，乃是泰山派中劍法之精要所在，當年嵩山論劍，泰山派掌門天門道人使出這一招時，嵩山、華山、衡山、恆山四派高手無不歎服。

這段二版刪了，但由一版此段可知，金庸在一版《笑傲》中，可能想比照《射鵰》「華山論劍」，讓五嶽劍派「嵩山論劍」，一較武功高下。

而後，令狐冲以思過崖石壁上的招式破了「七星落長空」。

接著，嵩山派又一高手來戰令狐冲，一版說此高手名曰「林厚」，二版改名為「樂厚」。新三版又較二版增寫：「他（樂厚）是嵩山派掌門左冷禪的第五師弟」。

樂厚（林厚）出掌來擊令狐冲，令狐冲則以「獨孤九劍」相迎。

一版說那「獨孤九劍」非同小可，令狐冲自從那日夜晚在藥王廟外刺瞎一十五人雙目以來，一劍既出，從未使過第二招，也從未取過守勢。此刻林厚竟然逼得他出劍自守，足見其掌法之純。

二版刪了吹捧令狐冲「獨孤九劍」與林厚武功的這段敘述。

而後，又有多人圍戰令狐冲，向問天於是以一根鐵鍊捲住了令狐冲，將他救走。。

向問天拉著令狐冲狂奔，後面數十人飛步趕來，一版說，只聽得數十個喉嚨大聲呼叫：「天王老子逃了，天王老子逃了！」

奇怪的是，敵人怎會以「天王老子」的美名尊稱向問天呢？二版因此改為：只聽得數十人大聲呼叫：「向問天逃了，向問天逃了！」

接著，一版大加闡述向問天的性格，說：原來向問天外號叫作「天王老子」，為人最是倨傲，一生和人動手相鬥，打敗仗是有過的，卻從來沒逃過一次，當真是寧死不屈的性格。憑着他的輕功造詣，若要避開正教魔教雙方的追殺，原是易事，只是他不願避難逃遁，為敵所笑，方被困於涼亭之中。此刻為了令狐冲，這才作生平破天荒第一次的轉身而逃，心頭的氣惱已是達於極點。

他一面疾奔，一面盤算：「倘若只我一人，自當跟這些兔崽子拚個死活，好歹也要殺他幾十個人，出一出心中惡氣。老子自己是死是活，卻管他媽的！只是這少年和我素不相識，居然肯為我賣命，這樣的朋友，天下到那裏找去？為了好朋友而破例逃上一逃，這叫做義氣為重，只好壓一壓自己的脾氣。這些兔崽子陰魂不散，怎生擺脫他們才好？」

這段二版大幅刪減為：向問天腳下疾奔，心頭盤算：「這少年和我素不相識，居然肯為我賣命，這樣的朋友，天下到哪裡找去？這些兔崽子陰魂不散，怎生擺脫他們才好？」

二版的說法顯然合理多了，因為令狐冲遇到向問天時，向問天不就是因為魔教追殺逮捕，才一路逃到涼亭的？那時尚未認識令狐冲的他，已是一路逃，一版怎會說向問天從來不逃？

向問天抱著令狐冲一路奔逃，正魔雙方人馬則仍緊追在後。

兩人逃至深谷前石樑，四名道人挺劍來戰向問天，一版說此四道人是「武當派」的高手。二版則將「武當派」改為「峨嵋派」。

一版又說武當派劍法向來馳名天下，講究以柔克剛，遇強愈強，四柄長劍矢矯飛舞，忽分忽合，劍劍不離向問天的要害，羣豪中有識之士都瞧了出來，向問天舞動鐵鍊時必須雙手齊動，遠不及單手運使的靈便。武當四道的打法乃是以招術求勝，時間一長，向問天定要落敗。

二版因將「武當派」改為「峨嵋派」，這段話也刪為「四柄長劍矢矯飛舞，忽分忽合」兩句。

向問天被武當派（二版峨嵋派）圍攻，勢將落敗時，令狐沖決意出手相助。一版令狐沖心想：「武當和少林齊名，向來在江湖上聲名極佳，我助向先生解圍，卻不可傷這道道士性命。」二版因將「武當派」改為「峨嵋派」，令狐沖的心思也改為：「聽說峨嵋派向來潔身自好，不理江湖上的閒事，聲名極佳，我助向先生解圍，卻不可傷這道道士性命。」

最後，四名道人有二道墜入深谷，一道則以「內力」攻擊令狐沖。向問天見令狐沖內力不敵武當道人（峨嵋道人），出掌於令狐沖背上，將武當道人（峨嵋道人）的內力導入了地下。

一版說令狐沖大為驚喜，從未想到內功之中，居然有這樣一門奇特巧妙的功夫，那便等於是外功中的「四兩撥千斤」之法，用極小量內力，將對方的內力導之入地。想那大地承載萬物，不論多大的力道加於其上，都無法動搖其分毫。

這段說明二版刪去了。

向問天透過令狐沖吸了道人內力後，那道人叫道：「吸星妖法，吸星妖法！」

一版魔教中那名黃帶長老嘶聲說道：「向右使已和吸……吸星老怪勾結，咱們回去稟告教主，再行定奪。」

由一版此處可推知，金庸走筆至此，或許「任我行」仍未在他腦袋中成形。因此刻魔教中人口中的「吸星老怪」，不像前任教主，倒像《天龍》的「星宿老怪」。也許創作到此時，金庸想塑造一個大惡人，但只想出「惡人的雛形」，而無細部想像，因此先預告有個「吸星老怪」即將登場，至於「吸星老怪」樣貌及武功層次如何，就邊創作邊等待靈感浮現。

二版因已確定「吸星老怪」即是任我行，「吸人內力」則是任我行的專屬武功，這段因此改為：魔教中那名黃帶長老嘶聲說道：「難道那任……任……又出來了？咱們回去稟告教主，再行定奪。」

一版改寫成二版時，因已知「吸星老怪」即是「任我行」，二版於是將「吸星老怪」這名號悉數刪除了。

而後，正魔群人紛紛離去。為防魔教中人去而復返，向問天揹著令狐沖，自山壁滑下山谷。而後，一版有一大段故事是二版刪去的，這段故事是：

下了深谷後，向問天放開了手，將耳朵貼在山壁之上傾聽，過了好一會，才微笑道：「死屍們走光了。」令狐沖奇道：「死屍？」向問天道：「不錯，三年之內，這六百七十八人都將成為死屍。哼，天王老子向問天從來只有追人，不給人追，這一次迫得老子破了例，我不將他們一個個都殺了，向問天還顏面何在？正教魔教中圍在涼亭外的，一共七百零九人，咱們殺了三十一人，還賸下六百七十八人。」令狐冲道：「六百七十八人？你怎能記得清楚？三年之內，又怎殺得了這許多人？」

向問天道：「那還不容易？找到了頭子一問，小腳色都問出來了。這六百七十八人之中，我現在記得的有五百卅二人，其餘一百多人，總打聽得出。」令狐冲心下駭然：「他在涼亭中似是漫不在乎，卻將眾仇敵認得清清楚楚。此人不但武功過人，機智絕倫，記心之強，也是世所罕有。」說道：「向先生，三年之中殺這許多人，那不是太殘忍了麼？他們七百多人鬥你一個，終究奈何你不得，反而傷折了數十人。你大名播於天下，這當兒早耳傳武林，天王老子的名頭半點也不受損傷。這些人嘛，我看卻也不用理會了。」

向問天哼的一聲，道：「他七百零九人鬥的不是我一個，而是鬥咱們兩個。若不是你出手相助，這會兒向問天早就給他們斬成了肉醬。此仇不報，何以為人？」他轉頭瞪着令狐冲，道：「你是名門正派的弟子，姓向的卻是旁門妖邪，咱們門道不同。你於我有救命之恩，姓向的不是不知。但若就此要姓向的幹這個，不幹那個，卻是萬萬不能。這六百七十八人，姓向的非殺不可。」

這段之所以刪去，可能是因過度誇大了向問天的記憶力。此外，向問天若真如這段所說，逐個殺掉六百七十八個武林中人，他的故事將又多又長，《笑傲》的第一男主角就變成了向問天，因此這段刪之大宜

一版到二版的修改即到此處。

看過一版到二版的修訂，再看二版到新三版的更動。

且說令狐冲上少林寺後，方證大師予他看過岳不羣將他逐出師門的信件，令狐冲因而帶著一股蒼涼之氣下山。

新三版此處較二版增寫令狐冲的心情，說令狐冲心想：「世人成千成萬，未必皆有門派，我今後是無門無派的無主孤魂，師父、師娘、小師妹個個視我如陌路之人。小師妹懷疑我吞沒了林師弟的辟邪劍譜，當我是個無恥之徒，卑視、賤視，又豈僅視如陌路而已？」

這段心語雖是令狐冲自遣傷懷之想，但「世人成千成萬，未必皆有門派」出自令狐冲心中，實在頗為奇怪。因於令狐冲而言，華山派是他成長的「家庭」，岳不羣夫婦即是他的父母。彷彿就是岳不羣兒子的他，真能瀟灑豁達到自稱「世人成千成萬，未必皆有門派」，或甚至說「世人成千成萬，未必皆有父母」嗎？

【王二指間話】

金庸向來都把俠士塑造得自由自在，任何可能拘囿俠士自由的因素，他都盡量予以去除。比如「幫派」若是束縛俠士，金庸就會幫俠士出離幫派，不讓幫派枷鎖俠士。

然而，幫派雖可能束縛俠士，俠士們卻難以從不隸屬任何幫派，因為俠士的武功並非生來即能，他們必須仰賴師父的教導，才能學得武功。師父往往有其幫派，俠士因此必須加入幫派，但「幫派」跟「學校」並不一樣，「學校」只要學業有成，領到畢業證書，就可以離開，「幫派」則一但加入，即終身皆為「幫眾」，若想退出幫派，必須有充足的理由。

為了不讓俠士被幫派束縛，金庸常用的創作技巧如下：

一、小規模的幫派，俠士可為幫派首領：若是幫派規模較小，對俠士的束縛自然相對也較小，而若俠士自己即是幫派首腦，幫派就更不會影響俠士的自由。如《神鵰》楊過與小龍女所屬的古墓派，若不算上叛幫逆徒李莫愁，充其量闔派上下也就是楊龍二人，而既然整個幫派只有楊龍一對情侶，古墓派也就成了楊龍的「愛的小窩」，因此楊龍二人大可終身隸屬「古墓派」。此外，《書劍》陳家洛領導的紅花會，整個幫會就只有區區十四個當家，當家們又全都願奉陳家洛的號令，這樣的紅花會並不會影響陳家洛的自由，因此陳家洛可以在紅花會終老。

二、大規模的幫派，俠士必得抽離：俠士若身屬規模龐大的幫派，金庸大多會安排他們在得到明師傳功後，就因某個理由不得不離開幫派。此因大幫派的缺點，一是幫規繁複，二是人多口雜，大俠身在其中，規矩既多，關係又複雜，難能瀟灑自在。

大幫派中往往會有武功高明的師父，以及震懾當世的獨門武功，俠士可以在大幫派中學得絕世武功，比如《神鵰》楊過於全真教學得了全真派武功口訣、《倚天》張無忌於明教學得了「乾坤大挪移」、《天龍》喬峰於丐幫學會了「降龍廿八掌」、《笑傲》令狐冲於華山派學會了華山劍法。

然而，當俠士們神功練成後，若還留在大幫派，就未免綁手綁腳，金庸因此會想方設法讓他們出幫離派。不過，金庸總是把俠士塑造成念舊有情之人，絕不可能主動離開幫派，因此必須為他們編派不得不離開幫派的理由，最好是由幫派逼他們出走。所以《天龍》喬峰被指為契丹人，即使未經證實，丐幫上下仍將他逐出丐幫。《倚天》張無忌則是因為朱元璋逼宮，硬要他從明教與趙敏之間擇一而取，他因此決定隨趙敏回蒙古，也就離開了明教。《笑傲》令狐冲是因為與魔教中人有所來往，故而被華山派掌門岳不羣掃地出門。

大俠均是有情之人，在金庸筆下，「幫派」可對俠士無情，俠士卻不得對「幫派」無義，因此喬峰、張無忌縱使被驅出丐幫、明教，仍對其原屬幫派頗為眷顧。新三版令狐冲則頗為可怪，比起喬峰與張無忌，令狐冲自幼長於華山派，視岳不羣與寧中則如父母，但新三版卻在令狐冲被逐出幫後，增寫令狐冲心想：「世人成千成萬，未必皆有門派。」以安慰自己。

此想不見「瀟灑」，卻見「無情」。雖則令狐冲出此心語，或許只是想合理化自己的處境，但這想法還是大大削減了令狐冲對於師父師娘的孺慕之情。倘然令狐冲真能以「無情」為「豁達」，那麼，在任盈盈失蹤後，令狐冲只要心想：「世人成千成萬，未必皆有情人。」豈不就豁然開朗了？

第十八回還有一些修改：

一・圍困向問天的人群中，二版提及有青城派的「侯人雄」，此處是誤寫，因為「青城四秀」是侯人英、洪人雄、于人豪、羅人傑。新三版已將「侯人雄」更正為「侯人英」。

二・令狐冲一劍破天乙道人的「七星落長空」，導致天乙道人嚇得昏暈摔倒後，新三版較二版增寫說：其實令狐冲劍尖將及他小腹，便即凝招不發，倘若天乙的武功稍差，料想不到令狐冲這一下劍刺小腹的厲害招數，反不致嚇得暈去。這段增寫當是要說明思過崖石壁功夫之高明。

三．令狐冲於少林寺被方生療傷時，一版說一日令狐冲神智略清，只聽得一個男人的聲音說道：「是死是活，全瞧他的福緣了。」另一個男人嘆道：「唉，難說得很。」令狐冲要想睜眼看看說話的人是誰，可是眼皮沉重之極，說什麼也睜不開來，只聽得先一人道：「咱們盡力而為，不可失信於人。」可知一版為令狐冲治傷的是兩人，二版則改為方生一人，因此這段對話便刪去了。此外，一版說令狐冲知道是有兩個內功極高之人在給自己治傷，二版改為令狐冲知道有一位內功極高之人在給自己治傷。

四．經方生引見而見到方證大師時，一版說令狐冲只見那方證方丈容色頗有愁苦之意，也瞧不出有多少年紀。二版改寫了方證大師的面容，改為令狐冲只見那方證方丈容顏瘦削，神色慈和，也瞧不出有多少年紀。

五．方證大師提到《易筋經》，連帶說起禪宗二祖慧可，一版方證說及慧可「後來承受達摩老祖的衣缽，傳禪宗法統，隋朝封為『正宗晉覺大師』的便是。」二版刪去了「隋朝封為『正宗晉覺大師』的便是」這句「冗說明」。

六・令狐冲所遇第三波追趕向問天的人馬，一版說這些人個個都是彪形大漢，一色青衣，背上都插着兩柄亮晃晃的鋼叉，顯是用於同一門派。二版刪去了這些細述。

七・魔教徒圍攻向問天，一版說使鎚的二人將四柄銅鎚自他頭頂砸下。但向問天不是極為高大嗎？怎能錘到他頭頂？二版改為四柄銅錘砸他胸腹。

八・十二名魔教好手圍攻向問天，一版說要知向問天在魔教由地位甚高，武功之強，早已眾所週知，這些人奉教主之命前來擒拿，均知自己功夫和他差得太遠，若不將他打得重傷，要想拿他那是千難萬難，而要將他打傷，定須數人齊上。二版將這段當「冗說明」，刪了。

九・魔教一婦人持雙刀來戰令狐冲時，一版解釋說，大凡比武過招，不患攻人不狠，而患攻敵之時己方露出破綻，以致為敵所乘，所謂招數用老，便是此意。二版刪去這段解釋。

十・魔教高手以盾牌攻向問天，令狐冲一眼即瞧出其破綻，一版說要知「獨孤九劍」劍法最厲害之處，是在一眼即瞧出對方招數中的破綻，隨即以對方無可閃避招架的劍招攻入破綻，是以往往一招得手。他眼見向問天只須鐵鍊一沉，便可從盾牌之下捲入攻敵，坐失良機，深為可惜。二版將這段當「冗說明」，刪了。

十一・向問天欲喝馬血，伸右手在馬頸上抓穿了一洞。一版說那馬長聲悲嘶，待要人立而起，但向問天左手按住了馬背，便如千斤之重壓在馬背，那馬竟是動彈不得。二版刪去此段，不再藉此說明向問天的力大無窮了。

十二．令狐沖以為向問天中暗器將死，大聲道他絕不獨生。而後，向問天以暗器驅敵，並道：「不錯，小兄弟，你倒講義氣。」一版說他對人輕易不加讚許，說這句話，是真正把令狐沖當好朋友看待了。二版刪除了這段對向問天的性格描述。

十三．一版向問天背上的「活盾牌」大聲叱罵：「王一崇，他媽的你不講義氣。」二版將「王一崇」改名「王崇古」。

十四．向問天吸人內力後，追擊者瞬間散去，待向問天與令狐沖下了深谷，追擊者復來。一版向問天問令狐沖道：「你可知這些狗娘養的為何去而往回？」二版改為向問天道：「剛才那些狗娘養的大叫甚麼『吸星大法』，嚇得一哄而散。你可知『吸星大法』是甚麼功夫？他們為甚麼這等害怕？」

向問天拿令狐冲的「笑傲江湖曲譜」與黃鍾公打賭
——第十九回〈打賭〉版本回較

這一回修訂改版最主要的方向之一，就是改變向問天的形象。從一版、二版到新三版，向問天一再被「漂白」形象也越來越「正」。且來看看這一回的修改。

先看一版到二版的修訂。

且由向問天帶令狐冲前往杭州說起。

前往杭州的路上，在長江之上的舟中，向問天與令狐冲談些江湖上的軼事趣事。一版說向問天博聞強記，當令武林之中，不但成名人物無人不知，甚至連華山派中勞德諾、施戴子這些第二輩的弟子，他居然也能說得出每個人的出身來歷，武功強弱。只把令狐冲聽得目瞪口呆，佩服不已。

一版的說法極為誇大，說來勞德諾、施戴子等華山派弟子，並不像《倚天》「武當七俠」有過赫赫俠蹟，不知向問天記下這些三四流人物的出身來歷，所為何來？

二版將這段改為向問天談些江湖上的軼聞趣事。許多事情令狐冲都是前所未聞，聽得津津有味。但涉及黑木崖上魔教之事，向問天卻絕口不提，令狐冲也就不問。

二版的説法顯然合理多了。

而後，向問天帶著令狐冲來到西湖之畔的「梅莊」。向問天叩門後，前來應門的是丁堅與施令威兩個家僕。

丁堅外號「一字電劍」，至於施令威，一版外號「八方風雨」，二版改稱「五路神」。

「八方風雨」一詞，乃是出自唐朝劉禹錫的詩〈郡內書情獻裴度侍中留守〉：「萬乘旌旗分一半，八方風雨會中央。」金庸或許覺得「八方風雨」之號氣勢過強，二版因此改為「五路神」。

一版向問天稱呼丁施二人為「一字電劍」丁大哥和「八方風雨」施三哥。二版將「八方風雨施三哥」改為「五路神施九哥」。

問候之後，向問天對丁施自我介紹，説自己是嵩山派左冷禪師叔「童化金」，令狐冲則是岳不羣師叔「風二中」。

向問天還説令狐冲是「風清揚師叔獨門劍法的唯一傳人」。一版説華山派前輩人物中是否有個風清揚，丁堅也不大清楚，至於風清揚的劍法如何，他更加不知了。

二版將這段顯得風清揚名不見經傳的描述刪去。

而後，向問天與令狐冲先見過丹青生，喝過「四蒸四釀葡萄酒」，接著又見到了黑白子。向問天旋即以「嘔血譜」吊黑白子胃口。

一版向問天擺「嘔血譜」，是在「平部」六三略放了一枚黑子，然後在九三路放一枚白子，在六五路放一枚黑子，在九五路放一枚白子，如此不住置子，放到第六十六子時，雙方纏鬥極烈。

但跟《天龍》的「珍瓏棋局」一樣，金庸在一版改寫成二版時，已知古人下棋時，黑白子的主客之位與今人相反，因此，改寫成二版時，「嘔血譜」下黑白子的順序也顛倒了過來。

二版這段改為：向問天走到石几前，在棋盤的「平、上、去、入」四角擺了勢子，跟著在「平部」六三路放了一枚白子，然後在九三路放一枚黑子，在六五路放一枚白子，在九五路放一枚黑子，如此不住置子，漸放漸慢。

向問天未將「嘔血譜」完整下完，卻停於精彩之處。接著，向問天便向江南四友下戰帖，說願以「嘔血譜」、「張旭率意帖」、「范寬山水」為賭注，讓令狐冲與黑白子、禿筆翁及丹青生依序比武。

至於向問天與「江南四友」之首黃鍾公的賭注又是甚麼呢？

一版的說法是：禿筆翁問向問天要送他大哥黃鍾公甚麼？向問天道：「我這位兄弟身上，有一部古往今來，無雙無對的琴譜，叫做『笑傲江湖之曲』，便送給大莊主。」令狐冲聞言，大吃一驚：「他……他怎麼知道我有這部『笑傲江湖』的琴譜？」黑白子道：「我等雖不知這『笑傲江湖之曲』有何妙處，但自棋、書、畫三份賭注類推，這琴譜自必也是非同小可之物。」

一版向問天與令狐冲結交後，竟然未經令狐冲同意，即逕蒐令狐冲的身，並將令狐冲放在懷中的「笑傲江湖之曲」曲譜據為己有，還以之為與黃鍾公打賭的賭注。

於一版向問天而言，令狐冲應該只是他營救任我行計劃中的一只棋子，他與令狐冲結義，似乎只是想利用令狐冲救出任我行而已。

二版則改為向問天未搜令狐冲的身，也未拿「笑傲江湖之曲」曲譜與黃鍾公打賭。

這段故事二版改為：禿筆翁問向問天要送他大哥黃鍾公甚麼？向問天說是《廣陵散》琴譜。令狐冲聞言，大吃一驚：「這《廣陵散》琴譜，是曲長老發掘古墓而得，他將之譜入了《笑傲江湖之曲》，向大哥又如何得來？」隨即恍然：「向大哥是魔教右使，曲長老是魔教長老，兩人多半交好。曲長老得到這部琴譜之後，喜悅不勝，自會跟向大哥說起。向大哥要借來抄錄，曲長老自必欣然允諾。」

禿筆翁說嵇康死後，《廣陵散》從此不傳，向問天說有《廣陵散》是欺人之談。向問天則說，他有個朋友（即曲洋）愛琴成癡，為了得到《廣陵散》，掘了數十個晉朝之前的古墓，終於在東漢蔡邕的墓中，尋到了此曲。

而後，向問天打開包袱，取出《廣陵散》琴譜交給令狐冲，並說若梅莊之中若有人劍法能勝令狐冲，便請令狐冲將《廣陵散》琴譜送給黃鍾公。

令狐冲接過，收入懷中，心想：「說不定這便是曲長老的遺物。曲長老既死，向大哥要取他一本琴譜，有何難處？」

二版將與黃鍾公的賭注，從一版的「笑傲江湖曲譜」改為《廣陵散》琴譜，就沒有向問天與令狐冲「結交不誠」的疑慮了。

江南四友接受向問天的比劍打賭後，「一字電劍」丁堅先出場戰令狐冲，令狐冲則使「獨孤九劍」來迎。

一版說令狐冲所學的「獨孤九劍」，乃是古往今來至高無上的劍法，獨孤求敗以此劍法橫行天下，從未一敗，非但從未一敗，到得晚年，連勉強與他對得十招之人也不可得。獨孤求敗英雄寂寞，鬱鬱以終，而這套劍法，卻經風清揚而傳到了令狐冲。

這段二版全刪，一版《笑傲》的獨孤求敗與《神鵰》的獨孤求敗顯然是同一人，二版則似乎要淡化兩書的關係，故而將這段與《神鵰》獨孤求敗幾乎完全一樣的描述刪除了。

而後，丁堅敗陣，丹青生接著上場挑戰令狐冲。

見到丹青生，一版令狐冲先自心下盤算丹青生劍法必定是極精的。他心想：「我看大廳上他所畫的那幅仙人圖，所用筆法，便如是華山思過崖後洞中石壁所刻的一路劍法。這路劍法自是甚為精妙，但我既已知其劍路，應付當亦不難。」

若照一版令狐冲的想法，丹青生豈不與死於思過崖的魔教十長老武功一樣高？

二版改為令狐冲心想：「我看大廳上他所畫的那幅仙人圖，筆法固然凌厲，然而似乎有點管不住自己，倘若他劍法也是這樣，那麼破綻必多。」

二版的說法自是較為符合丹青生的劍法層次。

最後，令狐冲以「獨孤九劍」連敗丹青生、禿筆翁與黑白子。

一版到二版的修改即至此處。

看過一版到二版的變革，再看二版到新三版的修改。

且由向問天欲帶令狐沖前往「梅莊」說起。

二版向問天並未向令狐沖解釋將要何往，只是說要帶令狐沖去見一個人。但所見何人，向問天卻絕口不提。二版的說法顯得向問天對於令狐沖，並未坦誠相對。

新三版則為營造向問天與令狐沖誠心結納，推心置腹的形象，增寫了向問天對令狐沖坦言的一段，增寫的內容是：

向問天微微一笑，說道：「兄弟，你我生死如一，本來萬事不能瞞你。但這件事，事前可不能洩露機關，事後自會向你說個一清二楚。」令狐沖道：「大哥不須躭心，你說甚麼，我一切照做便是。」向問天道：「兄弟，我是日月神教的右使者，在你們正教中人看來，我們的行事不免有點古裡古怪，邪裡邪氣。哥哥要你去做一件事，若能成功，於治你之傷大有好處，不過我話說在前頭，這件事哥哥也是利用了你，要委屈你吃些苦頭。」令狐沖一拍自己胸膛，說道：「你我既已義結金蘭，我這條命就是你的。吃點苦頭打甚麼緊？做人義氣為重，還能討價還價、說好說歹麼？」向問天甚喜，說道：「那咱們也不必說多謝之類的話了。」令狐沖道：「當然！」

新三版還說，令狐沖直至此刻，方始領略到江湖上慷慨重義，所謂「過命的交情」，那種把性命交給了朋友的真味。其實他於向問天的身世、過往、為人所知實在極少，但所謂一見心折，於同病相憐、惺惺相惜之際，自然而然成了生死之交。

經過新三版的增寫，向問天就與令狐冲成為真正「事無不可言」的「過命交情」好兄弟了。而後，向問天與令狐冲易容，出了山谷，一路來到「梅莊」。

進「梅莊」前，二版向問天低聲對令狐冲道：「一切聽我安排。」

新三版則將向問天的話增為：「一切聽我安排。兄弟，這件事難免有性命之憂，就算一切順利，也要大大的委屈你幾天。」

新三版這段與前段增寫相呼應，說明向問天帶令狐冲進「梅莊」，確實覺得委屈了令狐冲，並坦言表達歉意，可知他並不是惡意利用令狐冲。

進「梅莊」後，向問天以《廣陵散》、《嘔血譜》》、「張旭率意帖」、「范寬山水」為賭注，請令狐冲與江南四友依序比武。

令狐冲先敗丹青生，禿筆翁接著上陣。

較藝前，禿筆翁告訴令狐冲：「風兄是好朋友，我這禿筆之上，便不蘸墨了。」

二版說令狐冲不知禿筆翁臨敵之時，這判官筆上所蘸之墨，乃以特異藥材煎熬而成，著人肌膚後墨痕深印，永洗不脫，刀刮不去。

若照二版的說法，禿筆翁的墨水必有腐蝕性，才會造成「刺青」的效果。

新三版則將「永洗不脫，刀刮不去。」改為「數年內水洗不脫，刀刮不去。」經此一改，新三版禿筆翁的墨就沒有那麼霸道了。

而後，禿筆翁起筆戰令狐沖，使的是融書法於武功的〈裴將軍詩〉，詩云：「裴將軍！大君制六合，猛將清九垓。戰馬若龍虎，騰陵何壯哉！」

禿筆翁出招，二版說禿筆翁大筆虛點，自右上角至左下角彎曲而下，勁力充沛，筆尖所劃是個「如」字的草書。

二版此處還真是不可思議的錯誤，因為「裴將軍詩」全詩中，根本沒有「如」字。

新三版改為禿筆翁大筆虛點，自右上角至左下角揮洒而下，勁力充沛，筆尖所劃正是「若」字草書的長撇。

「若」字就是「裴將軍詩」中的用字了。

最後，禿筆翁亦敗在令狐沖手下，更憤而在白牆上寫起「裴將軍詩」。二版說其中尤其那個「如」字，直猶破壁飛去。

新三版亦將「如」字更正為「若」字。

新三版的修訂即至此處。

從一版到新三版，向問天的形象越修改越「正」。一版向問天不經令狐冲同意，即從令狐冲懷中偷走「笑傲江湖琴譜」，還以之當賭注，跟梅莊四友打賭。二版改為向問天用來打賭的是《廣陵散》，向問天也就不是竊賊了。而二版向問天利用令狐冲來救任我行，顯得向問天與令狐冲結義，其心並不誠，新三版則改為向問天雖為救任我行，但也確實想治好令狐冲的傷，可見向問天是與令狐冲誠心結納的。

向問天並非《笑傲》中極重要的角色，但兩次改版時，金庸均對他用了不少心思，由此可見金庸修訂改版的細心。

【王二指閒話】

在「金庸一百問」中，有讀者問及：「掃地僧的內力真的有那麼強嗎？」金庸的回答是：「有吧！北京曾經開會討論到底有沒有甚麼內力、外力，結果他們以科學看法來看，沒甚麼內力外力之分，力的來源和性質是一樣的。」

從科學的角度來說，「力」無「內力」與「外力」之分，然而，在金庸小說的武俠邏輯中，「力」是有「內力」與「外力」之別的，這是因為「力」若分為「內力」與「外力」，想像的空間更大，可發揮的創意也就更多。

武俠小說的武人較量的是武藝，而武藝不外是形之於外的「刀劍拳腳」，或藏之於內的「內力真氣」。「刀劍拳腳」的招式想像是有其極限的，因為人體受限於骨骼肌肉，能比劃的動作，充其量也不過就是武俠小說家常用的一些招數，再怎麼突發奇想，都很難突破招式上的局限。若要以「刀劍拳腳」來描述俠士武功的高強，很難不斷變出新花樣。

比起「刀劍拳腳」，「內力真氣」更能馳騁小說家的想像力，因為「內力真氣」既看不見，也摸不著，不管小說家怎麼寫，讀者都難以驗證，因此，就算誇張到極處，讀者頂多也只能存疑，而無法否認。金庸就是將「內力真氣」做無限上綱的想像，因而開創出武俠小說不可思議的魔幻情境。

在新三版《射鵰》中，洪七公對郭靖解釋「降龍十八掌」的奧妙，曾說及「亢龍有悔」這招的重點在「悔」字，不在「亢」字，所謂的「悔」即是出招之時仍留有餘力。此話何意？說來也不過就是說練「降龍十八掌」時，「出招不必用全力」罷了。無奇之言，一經使用「內力」的專業術語，霎時間便莫測高深起來。

《倚天》的「乾坤大挪移」也是金庸以「內力」大做文章的武功，在新三版《倚天》中，金庸解釋說：「乾坤大挪移」神功較淺近的一二層，類似於「四兩撥千斤」之法，但到了較高層次，反過來變成了「千斤撥四兩」，以近乎千斤的浩浩內力，去撥動對手小小的勁力，似乎是「殺雞用牛刀」，但正因用的是「牛刀」，殺此雞便輕而易舉了。

經過這一解釋，「乾坤大挪移」更令人難解了。若「乾坤大挪移」是「千斤撥四兩」，那麼，以有千斤之力的人，抗只有四兩之力的敵人，豈不是像捏螞蟻般捏死對方就罷，為甚麼還要練「乾坤大挪移」跟敵人大耗功夫，撥他那「四兩」呢？

《天龍》是金庸將「內力」做無邊想像之書。在《天龍》書中，關於「內力」，金庸有三點奇特想像，一是段譽能化無形內力為「六脈神劍」，二是段譽能以「北冥神功」吸人內力，三是無崖子能將內力注入虛竹體內。

試問，「內力」究竟是甚麼呢？它究竟是像兵器一樣，能與人體分離，也能互贈互授的「身外之物」？還是如器官細胞，與人合為一體的「身內之物」呢？從科學上來說，「內力」為「氣」，當然是與人併生的「身內之物」。而既然是「身內之物」，如何能任意抽出或注入？但金庸卻將它想像成「身外之物」，如此便能互相授受了。

《笑傲》的令狐冲故事也有許多金庸的「內力」想像，在《笑傲》中，令狐冲失去「內力」，又被桃谷六仙及不戒和尚強灌真氣，行將就木。然而，這將死之人，卻還同時是使「獨孤九劍」每戰皆捷的高手。所謂「獨孤九劍」，也不過就是「後發先至」的「快劍」，既要「後發先至」，「力」當然要充足。以此而論，「內力全失」的令狐冲竟然「外力充沛」，一個垂死之人卻又同時是快劍高手，這完全超乎人體的科學邏輯。

這些奇想都是來自金庸的創意，性質仍偏「魔幻」、「童話」居多，因此，當娛樂來品味還可以，倘真要以科學細究，只怕就破綻百出了。

第十九回還有一些修改：

一．丹青生請令狐冲喝他的四蒸四釀葡萄濃酒，二版說那酒殷紅如血，酒高於杯緣，卻不溢出半點。新三版改為那酒藤黃如脂油，酒高於杯緣，只因酒質黏醇，似含膠質，卻不溢出半點。

二．黑白子請向問天擺「嘔血譜」前，新三版較二版增寫了一大段，這段內容是：丹青生又倒了四杯酒，他性子急，要將盛冰的瓷盆放在酒杯之上，說道：「寒氣自上而下，冰氣下去得快些。」令狐冲道：「冰氣下去得雖快，但如此一來，一杯酒便從上至下一般的冰涼，非為上品。如冰氣從下面透上來，酒中便一層有一層微異的冷暖，可以細辯其每一層氣味的不同。」丹青生聽他品酒如此精辨入微，欽佩之餘大為高興，照法試飲，細辨酒味，果有些微差別。

三．向問天的「嘔血譜」在「上部」七四路下了一子。二版黑白子叫道：「好，這一子下在此處，確是妙著。」新三版將黑白子的話增為：「好，既然那邊下甚麼都不好，最好便是『脫先他投』，這一子下在此處，確是妙著。」新三版的增寫是要將圍棋專業術語引入小說中，不過這術語未經解釋，反而造成讀者的「閱讀隔膜」。

四．禿筆翁以丹青生的葡萄濃酒在白牆上寫「裴將軍詩」，二版說壁上是殷紅如血的大字。新三版因葡萄濃酒的顏色改了，寫在壁上的，也改成是藤黃如脂的大字。

五．進「梅莊」前，一版說向問天走上前去，抓住門上擦得精光雪亮的大銅環，提了起來，正要敲將下去，忽然想起一事，回頭低聲說道：「一切聽我安排。」。但「臨時想到」，大違向問天心思縝密的行事風格。二版改為向問天走上前去，抓住門上擦得精光雪亮的大銅環，回頭低聲道：「一切聽我安排。」

六・向問天展開張旭「率意帖」時，一版說令狐冲在十個字中還識不到一個，但見帖尾寫滿了題跋，蓋了不少圖章，其中許多人都是官銜甚高，料想此帖的是非同小可。二版刪去了「其中許多人都是官銜甚高」一句。刪去自是合理的，因令狐冲對歷朝官制理當不清楚，怎會知官銜高低？

七・令狐冲出招來戰丹青生，丹青生愕然道：「那算什麼？」一版說，要知他腹笥甚廣，於各家各派劍招的奧妙所在，可說是十知七八。二版刪去了這兩句對丹青生的讚美之詞。

八・丹青生劍鬥令狐冲，數十招劍法每一招均有殺着，每一招均有變化，聚而為一，端的是繁複無比。一版說丹青生生平對敵時只用過三次，自也是勝了三次。二版亦刪去這兩句對丹青生劍術的讚美之詞。

九・秃筆翁敗在令狐冲劍下，欲揮筆寫字，一版說秃筆翁提起丹青生那桶酒來，倒了一大灘在地下，將大筆往酒中一醮，便在白牆上寫了起來。然而，把酒倒在地下，酒怎能不散開或滲入地面呢？二版改為秃筆翁提起丹青生那桶酒來，在石几上倒了一灘。

令狐冲決意將「笑傲江湖曲譜」贈予黃鍾公

——第二十回〈探獄〉版本回較

整齣「向問天營救任我行」的戲碼，看似環環相扣，其實是夾纏不清，完全沒説分明的。在向問天的「連環計」中，除非江南四友中有向問天的細作，否則向問天如何能知任我行在梅莊地底黑牢為鐵鍊所繫之事？而且，就算向問天有細作，他也絕不可能知道任我行在黑牢中刻下「吸星大法」一事，既然如此，以任我行的高傲，輕易不肯授人武功，向問天怎能預期任我行會傳授令狐冲「吸星大法」以治傷呢？話再説回來，當向問天欲上梅莊之前，他根本不可能未卜先知會遇上令狐冲，更不可能知道令狐冲身懷「獨孤九劍」，那麼，他又怎能預先策劃「打賭」之計，而先備下廣陵散曲譜、張旭率意帖與范寬山水呢？

整個「營救任我行」的故事顯然疑點重重，卻又極其精彩。

且來看這回「營救任我行」故事中，令狐冲梅莊比武情節的修改。

故事要從令狐冲劍鬥丹青生、禿筆翁與黑白子，連勝三場，而後得見江南四友之首黃鍾公説起。

見到令狐冲，一版黃鍾公道：「聽說風兄有一部琴譜，叫做『笑傲江湖之曲』，精微奧妙，世所罕有，這件事可真麼？老朽頗喜音樂，古譜之中，卻未聽見有這麼一部琴曲。」

令狐冲道：「這部琴譜，乃是近人之作。」而後即將琴譜從懷中掏了出來，雙手奉上，請黃鍾公觀看。

黃鍾公欠身接過，說道：「是近人之作麼？老朽隱居已久，孤陋寡聞，原來當世出了一位音樂大師，老朽竟是不知。」他右手翻閱琴譜，左手五根手指在桌上作出挑撚按捺的撫琴姿式，而後即問令狐冲，這首曲調變角變徵，如此迅捷，琴上真能彈奏得出嗎？

令狐冲道：「確能彈奏得出。」又說他曾聽兩個人彈過，第一位是與人琴簫合奏，此二人也就是撰作此曲之人，另一位則是個女子。

黃鍾公聞言，道：「是女子？她……她多大年紀了？」令狐冲心想任盈盈最惱旁人在背後說她和自己相識，因此絕不能讓黃鍾公知曉，便道：「那人的確實年齡，晚輩也不大清楚，當初我見她之時，是叫他作『婆婆』的。」黃鍾公「啊」的一聲，道：「你叫她婆婆？那麼是個老婆婆了？」

黃鍾公而後喃喃自語：「多半不會是她，她……她怎麼還會在人世？」又問令狐冲那位婆婆此刻是在何處？令狐冲說他也不知道。

兩人談話之後，令狐沖雙手捧過琴譜，將「笑傲江湖之曲」曲譜送給了黃鍾公。

從一版的故事可知，黃鍾公理當有位精通琴韻的舊情人，但這段故事後來並無下文，二版因此刪除了。此外，一版令狐沖初見黃鍾公，就將曲洋、劉正風畢生心血的「笑傲江湖曲譜」送給了黃鍾公，未免太過隨與。

二版因與黃鍾公打賭之物，已由「笑傲江湖曲譜」改為「廣陵散」，這段情節也連帶改為：

黃鍾公道：「聽說風少俠有《廣陵散》的古譜。這事可真麼？老朽頗喜音樂，想到嵇中散臨刑時撫琴一曲，說道：『廣陵散從此絕矣！』每自歎息。倘若此曲真能重現人世，老朽垂暮之年得能按譜一奏，生平更無憾事。」

令狐沖於是取出《廣陵散》，予黃鍾公觀看，而後還答允讓黃鍾公留下來抄錄，三日後再取回。

二版令狐沖許諾讓黃鍾公抄錄「廣陵散」，原譜自可原璧奉還向問天，如此即皆大歡喜。一版令狐沖卻不知為何沒想到此招，而竟將曲洋、劉正風所錄的「笑傲江湖之曲」原譜送給了黃鍾公？

而後，令狐沖持玉簫，與手持瑤琴的黃鍾公武鬥開來。黃鍾公使出絕技「七絃無形劍」，在琴上撥弦發聲，琴音之中灌注上乘內力，用以擾亂令狐沖心神。

一版解釋說，這等以琴音混入武功中的功夫，乃是武學中最高的境界，若到登峯造極之時，根本不用出招，單是琴音便能令敵人心神散亂，經脈倒轉，如痴如狂之下昏暈嘔血而斃。黃鍾公的修為雖是未到這等境地，但琴招和琴音交互為用，對方武術上的招數縱然勝他十倍，只須數招之內不能將他克制，最後終非落敗不可。

一版解釋的這段話，二版全刪了。說來這般以樂音擾人心志的技藝，《射鵰》黃藥師的「碧海潮生曲」（一版「天魔舞曲」）、一版《天龍》「琴仙」康廣陵以琴音引得包不同等人心臟劇跳，以及《笑傲》黃鍾公拿琴音來制敵，其創意都是相類的。

「以樂為武」，將內力與音樂合而為一，確實是創意十足的想像。想來讀者應該也都能揣知琴音如何亂人心神，因此二版就將一版這段說明當「冗解釋」，刪除了。

【王二指閒話】

《笑傲》是金庸創作里程中的「轉型期」作品，在《笑傲》之前，自《書劍》到《天龍》，江湖上都是「唯力是視」的，也就是說，武林人物幾乎都是在拳頭上比高下，即使像楊康、慕容復之流，明明志在帝王大位，理當也必須在政壇算計他人，卻大多仍在「武功」上爭輸贏，楊康、慕容復等人使用的權謀都有限。

《笑傲》沒有歷史背景，也沒有「帝位」好爭，但一反前數書之例，「權謀」在《笑傲》的重要性，竟較「武藝」為高。在《笑傲》之後的《鹿鼎》中，「機謀」的重要性更是完勝「武功」。

《笑傲》處於金庸筆下「武俠小說」與「權謀小說」的轉捩點上，可說是金庸創作中重要的里程碑。此外，《笑傲》也是金庸自《射鵰》到《天龍》創意的一次「總巡禮」。何謂「總巡禮」？讀者當可發現，在《笑傲》中，有多處是從《射鵰》到《天龍》所「沒有淋漓發揮」的創意。茲舉數例：

一、與《倚天》相似的「正魔大戰」大綱：《笑傲》與《倚天》的全書大綱，都是名門正派對抗魔教。《倚天》的魔教原本是恣情奔放的，但在張無忌執掌魔教後，魔教竟變得呆板拘泥。《笑傲》則讓魔教在全書中保持「魔性」，書中處處可見魔教異於名門正派的邪異作風。

二、「日月神教」即是《倚天》的「明教」：《倚天》中的「魔教」是「明教」，「明教」在朱元璋登基為帝後，即被打壓成地下教團組織。然而，金庸可能對於「明教」仍意猶未盡，因此在《笑傲》中又創造出了一個「魔教」。《笑傲》的「魔教」與「明教」的組織極為類似，兩個「魔教」均有光明左右使者，或許在金庸的構想中，《笑傲》的「魔教」就是「地下化」的「明教」。《笑傲》「魔教」是《倚天》「明教」的另一證據是，在初版《笑傲》中，「魔教」名為「朝陽神教」，「朝陽」應是意指天色大「明」，可知「朝陽神教」就是「明教」，但或許這樣的意喻仍不夠明顯，因此一版改寫為二版時，金庸索性將「朝陽神教」改為「日月神教」，「日月」為「明」，「日月神教」即是「明教」。

三、「獨孤求敗」延續自《神鵰》的「獨孤求敗」：在《神鵰》中，獨孤求敗留有遺言：「縱橫江湖三十餘載，殺盡仇寇，敗盡英雄，天下更無抗手，無可奈何，惟隱居深谷，以鵰為友。嗚呼，生平求一敵手而不可得，誠寂寥難堪也。」這段話不只留給讀者想像空間，金庸自己也意猶未盡，因此在《笑傲》中，金庸創造出獨孤求敗無敵於天下的劍法，即「獨孤九劍」，獨孤求敗的故事也就完整了。

四、「吸星大法」沿襲自《天龍》的「北冥神功」：《天龍》段譽能吸人內力，堪稱金庸突破「射鵰三部曲」的突發奇想，但寫畢《天龍》後，金庸認為此創意還可繼續發揮，因此在《笑傲》中，金庸又創造出與「北冥神功」頗為類似的「吸星大法」。

五、「五嶽劍派」彷生自《射鵰》的「天下五絕」：《射鵰》的「天下五絕」東邪西毒南帝北丐中神通，幾乎是金庸小說中的招牌創意，「華山論劍」更成了金庸筆下「高手對決」的代稱。在《笑傲》中，「天下五絕」的時代已遠，金庸遂又彷此創意，創造出「五嶽劍派」，且「五嶽」竟也有與五絕「華山論劍」雷同的「嵩山論劍」。

從《笑傲》這些沿襲自他書的創意，可知《笑傲》的故事延續自《天龍》、《射鵰》、《神鵰》與《倚天》，因此也可說《笑傲》即是「射鵰系列大結局」。然而，《笑傲》的年代不管是明朝還是清朝，故事的傳承確實有幾個問題，其一是，《天龍》在北宋，段譽吸人內力的功夫如何跳過「射鵰三部曲」，而為任我行所得？其二是，《神鵰》在南宋，獨孤求敗又是如何橫越《神鵰》、《倚天》的年代而傳承到風清揚？其三是，《倚天》結束在元末明初，「明教」又是經過甚麼樣的歷程才轉成「日月神教」？這些問題只怕金庸也難以解釋，或許就是因為如此，金庸才將《笑傲》創作成沒有歷史背景年代的小說，只要沒有年代，讀者就無法從時間的觀點，質疑傳承是否合理，也就可以避免無謂的爭議。

第二十回還有一些修改：

一．這一回二版的回目是「入獄」，但令狐冲是在第二十一回才「入獄」，新三版因此改為較貼切的「探獄」，意即探獄中之任我行。

二．黃鍾公問起令狐冲是否風清揚子姪，一版令狐冲尋思：「風太師叔祖有言叮囑，叫我不可洩漏他老人家的行蹤。我的劍法是他老人家所傳，不知向大哥又從何處得知。」二版則改為令狐冲尋思：「風太師叔鄭重囑咐，不可洩漏他老人家的行蹤。向大哥見了我劍法，猜到是他老人家所傳。」

三．黃鍾公使出「六丁開山」，仍不敵令狐冲。一版說黑白子等三人盡皆駭然，他三人皆知黃鍾公內力之強，乃是武林中數一數二的人物，歸隱之前已是罕逢敵手，經過這十餘年來的勤修苦練，更是精進非凡，不料仍會折在華山派這個少年手中。二版削減了黃鍾公的武功層次，畢竟在第二十二回，黃鍾公即將是為魔教長老所制的弱者，又怎能稱「武林中數一數二」？二版將這段改為黑白子等三人盡皆駭然。三人深知這位大哥內力渾厚，實是武林中一位了不起的人物，不料仍折在這華山派少年手中。

四．敗在令狐沖手下後，一版黃鍾公苦笑道：「這位風兄劍法之精，固是老朽生平僅見，而內力造詣竟亦如此了得，實是可敬可佩。老朽『七絃無形劍』，本道當世無敵，那知在風兄手底，竟如兒戲一般。」一版黃鍾公竟自認「當世無敵」，莫非他當真是天下第一高手？二版將江南四友的武功層次全都降低了，這段改為黃鍾公苦笑道：「風少俠劍法之精，固是老朽生平所僅見，而內力造詣竟也如此了得，委實可敬可佩。老朽的『七弦無形劍』，本來自以為算得是武林中的一門絕學，哪知在風少俠手底竟如兒戲一般。我們四兄弟隱居梅莊，十餘年來沒涉足江湖，嘿嘿，竟然變成了井底之蛙。」

五．聞令狐沖說內力全失，一版黑白子道：「在下有一至交好友，醫術如神」此神醫即平一指。然而，陰沉的黑白子怎會熱情如斯？二版將說這段話的改為禿筆翁。

六．令狐沖與向問天甫離開梅莊，丹青生便追了出來。手中還拿一隻酒碗，碗中盛着大半碗酒。一版還說這等迅速奔行而酒漿毫不濺出，輕功之強，實是罕見。二版刪去了這幾句讚楊丹青生輕功的話。

七．黃鍾公等人要帶令狐沖前往比劍，一版黃鍾公向黑白子道：「二弟，帶兩柄木劍下去。」黑白子打開木櫃，取了兩柄木劍出來。令狐沖心想：「他們怎地一再說是『下去』？難道那人住在什麼低窪之地？」二版則賣個關子，不先告訴讀者「下去」了。這段改為只說黃鍾公向黑白子道：「二弟，帶兩柄木劍。」黑白子打開木櫃，取出兩柄木劍。

八．一版黃鍾公稱任我行為「任兄」，二版改稱「任先生」。

九．黃鍾公以言語激任我行，意欲使他與令狐冲鬥劍。一版黑白子道：「大哥，任先生本來不是此人的敵手。他說梅莊之中，無人勝得過他，這句話原是不錯。咱們不用跟任先生多說了。」但因下一回便有黑白子欲向任我行拜師學「吸星大法」之事，因此黑白子不宜開罪任我行，這段話二版改成是禿筆翁所說。同理，一版黑白子道：「風兄弟，這位任先生一聽到你這個『風』字，已是魂飛魄散，心膽俱裂。這劍是不用比了，我們承認你當世劍法第一便是。」此話二版亦移花接木為黃鍾公所言。

十．令狐冲說他的劍法常人不是敵手，意在鄙薄江南四友。一版說令狐冲心想，他們將這樣一位大英雄（任我行）關在這潮濕的所在，一關便是數十年，當真殘忍無比。但令狐冲這「數十年」之想，究竟所本為何呢？二版將「一關便是數十年」改為「不知已關了多少年」。

十一．黃鍾公提起華山派，一版任我行道：「華山派的掌門人還是岳不羣吧？此人一臉孔假正經，只可惜他剛做掌門，我便失手遭了暗算，否則早就將他的面皮撕了下來。」一版此話有語病，倘使真如任我行所言，岳不羣剛做掌門，任我行便遭暗算，那麼，岳不羣當掌門便只有十二年，如此一來，以令狐冲的年紀，定然參加過岳不羣接掌掌門的盛會。若真如此，令狐冲幼年時的華山派掌門又是誰呢？為免這般複雜，二版改為任我行道：「華山派的掌門人還是岳不羣罷？此人一臉孔假正經，只可惜我先是忙著，後來又失手遭了暗算，否則早就將他的假面具撕了下來。」二版任我行此話，便將岳不羣執掌華山派的時間提前了多年。

十二・令狐冲以「獨孤九劍」戰任我行，一版說令狐冲學成劍法以來，第一次心中生出懼怕之意，數次遇到險着，雖然仗着精妙劍法化解，背上卻已出了一身冷汗。其實那人心中，驚懼之意更是厲害。二版刪去這段大減令狐冲與任我行兩人威風的描述。

令狐冲練「吸星大法」後力大無窮，能碎瓦片如冰雹

——第二十一回〈囚居〉版本回較

金庸非常重視其「自創品牌」的武功，在改版的過程中，一再將他別出心裁自創的武功增說補寫得更說清楚、尤其在二版改寫為新三版時，但凡是金庸自創的武功，如「降龍十八掌」、「玉女心經」、「乾坤大挪移」、「北冥神功」、「化功大法」及「天長地久不老長春功」等，都有了更詳實的增寫。

《笑傲》的「吸星大法」也是金庸「自創品牌」的神功，從一版到二版，「吸星大法」的功法內容本已有過一番變動，新三版又以二版為基礎，將之增說補寫，讓讀者更能明白「吸星大法」的細則。

且來看看這一回關於「吸星大法」的版本差異。

在此回中，令狐冲身陷黑牢，意外發現任我行刻下的「吸星大法」練功秘訣，與此同時，他被黑白子誤認為任我行，因而願意向其拜師求功。

一版的江南四友並非魔教中人，因此黑白子稱任我行為「任兄」，稱魔教為「貴教」。二版

則將江南四友改成魔教中人，故而黑白子稱任我行為「任老先生」或「老爺子」，稱魔教為「本教」。

這段情節一版與二版都大見破綻，想來一版江南四友既非魔教中人，東方不敗怎能放心將任我行交給這四人看管？二版將江南四友改為身屬魔教，而既然是魔教中人，以東方不敗的御人之術，必然會給江南四友服下「三尸腦神丹」，倘然如此，黑白子焉敢求功於任我行？倘使任我行當真授他「吸星大法」，一旦東方不敗得知，黑白子將落得被尸蟲噬腦而死的下場，黑白子怎敢冒此大險？

因為授功黑白子，即有逃出的黑牢的一線生機，令狐冲對黑白子道：「三天之後，你來聽我回話。」

聞「三天之約」後，黑白子離去。而後，令狐冲潛心練「吸星大法」，將桃谷六仙與不戒和尚的真氣散去，並尋思：「師父既將我逐出華山派，我又何必再練華山派的內功？武林中各家各派的內功甚多，我便跟向大哥學，又或是跟盈盈學，卻又何妨？」

一版接下來的情節是：想到心熱之處，令狐冲不由得手舞足蹈起來。次日心中仍是十分興奮，左手稍一用力，只聽得格喇喇幾聲响，一隻粗瓦碗竟在他手中碎成了數十片。令狐冲吃了一驚，隨手又是一捏，那些瓦片竟是碎成了細粒。他手掌張開，只聽得叮叮噹噹一陣响，瓦粒落在鐵板之上，便如下冰雹相似。他呆在當地，一時莫明所以。

此時忽聽得黑白子的聲音在門外說道：「前輩功力蓋世，確是天下一人，在下不勝欣羡。」原來不知不覺之間，三日之期已屆，令狐冲正驚於自己捏碎飯碗，手上勁力如此宏大，連黑白子來到門外亦未察覺，聽了他說話後，一時仍是會不過意來，只因輕輕一捏，便將一隻瓦碗捏成粉碎之舉，太也匪夷所思。黑白子道：「前輩只這麼一捏，便將飯碗捏成細粒，這一手若是抓在敵人身上，敵人還有命麼？哈哈，哈哈！」

令狐冲心想：「他此言不錯。」當下也是哈哈，哈哈的乾笑幾聲。

一版的「吸星大法」讓令狐冲練出了極大的力氣，也可稱為「外力」。

二版刪除了這段，只說令狐冲練功後，只覺說不出的舒服。忽聽得黑白子的聲音，原來不知不覺間三日之期已屆。

而後，黑白子請令狐冲收他為弟子，令狐冲應允後，黑白子即離去。

接著，一版令狐冲一伸手，摸到床上那些細碎的瓦粒，心想這功夫只練一兩天，便有如此奇效，若是練到一月以上，豈不是就能扯斷鐵鍊，打破鐵門，衝將出去？但他又隨即想到，若真如此，任我行又怎地衝不出去？

二版不再強調練「吸星大法」可以練出極大「外力」，這段改為令狐沖心想要怎麼引誘黑白子進牢房，再打死他，但隨即又想，扯不斷手足的鐵鏈，就算打死了黑白子，仍然不能脫困。

二版而後較一版更詳實的描述「吸星大法」，增說：「令狐沖散了兩天內息，桃谷六仙與不戒大師注入他體內的真氣到了任脈之中，自然而然的生出強勁內力。」

總而言之，一版強調的是令狐沖練成「吸星大法」後，「外力」極強大，二版則改為強調令狐沖練成「吸星大法」後，「內力」極充沛。

因練功兩日即有大成，令狐沖加緊熟記口訣。

二版較一版增說鐵板上字跡潦草，令狐沖讀書不多，有些草字便不識得，只好強記筆劃，胡亂念個別字充數。

這段增寫是要降低令狐沖的文化水平，在改版過程中，被降低文化水平的，除了令狐沖外，還有《書劍》陳家洛、《射鵰》郭靖、《神鵰》楊過等人。

而後，令狐沖發現鋳住他手腳的鐵圈竟有斷口，於是除去了鐵鋳。

熟記「吸星大法」口訣後，一版令狐沖想起出牢之後，這鐵板上的口訣法門若是給黑白子發現了，豈不是讓他白白的便宜？這人如此惡毒，練成這神功後只有增其兇焰。當下摸着字跡，又從頭至尾的讀了十遍，拿起除下的鐵銬，便將其中的字跡刮去了十幾個字。

二版這段改為：令狐冲心想這鐵板上的口訣法門於我十分有用，於別人卻有大害，日後如再有人被囚於這黑牢之中，那人自然是好人，可不能讓他上了那任我行的大當。當下摸著字跡，又從頭至尾的讀了十來遍，拿起除下的鐵銬，便將其中的字跡刮去了十幾個字。

經此一改，令狐冲即由提防黑白子的小氣之人，變成了為人著想的俠士。

一月有餘後，黑白子再度前來，卻為令狐冲拿住其手腕，並將其枷鎖在黑牢中，而後令狐冲即逃出梅莊。

離開梅莊後，令狐冲先到溪中洗澡，洗淨後，一版說將令狐冲頭髮挽在頭頂，水中一照，只覺虬髯俊目，頗有一副英武之態，與先前面白無鬚的少年令狐冲固自不同。

原來一版的令狐冲竟是「虬髯客」，二版改去了令狐冲的外貌，只說令狐冲將頭髮挽在頭頂，水中一照，已回復了本來面目。

接著，一版又有近四頁的內容是二版刪去的，這段故事是：令狐冲信步來到西湖之畔的酒樓「宋氏樓」，正喝酒間，樓梯上忽爾走上來四個人。四人顯然都是武功極高的人物，其中三人是五六十歲老者，另一人則是中年婦人。四個人服色都是頗為樸素，除了背上各負包袱外，腰間均未攜有兵刃。

四人在另一張桌子坐了，店小二過去招呼，四人既不喝酒，也不吃肉，叫的都是素菜，再要了六斤麵條。

這四人吃飯時一言不發，只是吃飽了便算了事，幾大碗麵條一扒而過，結帳後即下樓離去，也不給小費。

令狐冲酒足飯飽後也下樓，那晚睡到三更時分，他逕向西湖孤山而去。本來輕功平平的他，練了那鐵板神功後，不但步履輕健，輕功更是達到了生平從來所不敢想像的境界。

令狐冲不知鐵板上所載的練功法門，最難的一步是要人散去全身內力，使得丹田中一無所有。這對別人最難的關竅，令狐冲卻是佔了極大的便宜，因為他原本即已內力全失，故而不須花半點力氣散功。

散功之後，又須吸取旁人的真氣，這一步本來也是十分艱難，令狐冲偏又有其巧遇，他身上原已有桃谷六仙和不戒和尚七人所注的八道異種真氣，既豐且勁，一經依法驅入經脈，立生奇效，是以隨手一捏飯碗，碗片立時粉碎，便如是桃谷六仙和不戒和尚七個人同時使力一般。

此時的令狐冲內力之強，環顧當世武林之中，已是少有其匹，只是他自己全然不明所以，自相駭怪而已。他在當地滴溜溜的打了個轉，吸一口氣，身子竟自冉冉升起。他吃了一驚，「啊」的一聲叫，氣息一濁，身子又再墮下，他伸手搔了搔頭皮，自言自語：「奇哉怪也！奇哉怪也！」

一版被刪去的段落即至此處。

在這段故事中，至「宋氏樓」吃麵的四人即是下一回將要出場的魔教鮑大楚、秦偉邦、王誠、桑三娘四人，這段情節只是要說明魔教「食素」的教規罷了，刪去完全無礙。

至於令狐冲練得「吸星大法」後，一版說他竟能「吸一口氣，身子冉冉升起」，意思就是令狐冲可以像神仙一般，冉冉飛起，這豈非將《笑傲》變成了「神怪小說」？二版刪之自然大宜，令狐冲畢竟還是「人」，吸人內力猶可，說練功後竟能離地飛起，實是太也誇大了。

看過一版到二版的差異，再看二版到新三版的增寫。

這一回新三版主要的增寫即是對「吸星大法」的細加說明。

話說黑白子將令狐冲當作任我行而誠心求藝，令狐冲虛意允肯，黑白子離去後，令狐冲續練「吸星大法」。

練功後，二版說令狐冲自覺練功大有進境，桃谷六仙和不戒和尚留在自己體內的異種真氣，已有六七成從丹田中驅了出來，散之於任督諸脈，心想只須持之有恆，自能盡數驅出。

新三版將這段細說為：令狐冲自覺練功大有進境，桃谷六仙和不戒和尚留在自己體內的異種真氣，已有六七成從丹田中驅了出來，散之於任脈、督脈，以及陽維、陰維、陽蹻、陰蹻，以及衝脈、帶脈等奇經八脈。雖要散入帶脈、衝脈較為困難，但鐵板上所刻心法詳加教導，令狐冲以前修習過華山派內功，於這經脈之學倒也知之甚稔，心想即使目前不成，只須持之有恆，自能盡數驅出。

而後，令狐冲將自己與黑白子「掉包」，再將黑白子囚入黑牢，自己則假冒黑白子逃出梅莊。

逃到山野溪邊，令狐冲又練起了「吸星大法」，將丹田中的內息散入奇經八脈。

此處新三版較二版多了一段解釋，說「須知不同內力若只積於丹田，不加融合，則稍一運使，便互相衝突，內臟如經刀割，但如散入經穴，再匯而為一，那便多一分強一分了。」。

經過新三版的再次加寫，「吸星大法」的練功秘訣越說越清楚，彷佛真的照著功法練，就可以練就這吸人內力的神功！

武俠小說本非武術教材，而是文人馳騁想像之作，因此在武俠小說中，大可不必拘泥於武術是否符合常理。小說中描述的武功，即使從現實面來說，天馬行空或荒誕不羈，但只要寫得精彩好看，仍可以是小說中的神功。

【王二指閒話】

金庸在小說中想像出來，明顯有違刀法劍道常理的武功之一，就是「融書法於武功」。將「書法」化入武功的高手，在金庸筆下，有《神鵰》朱子柳、《倚天》張三丰及《笑傲》禿筆翁等人。

在大勝關英雄大會中，《神鵰》朱子柳以一桿竹管羊毫，大展「一陽書指」大戰霍都，凌空寫就「房玄齡碑」與張旭的「自言帖」（一版「率意帖」），竟也能鬥得霍都落於下風。

朱子柳是金庸筆下「融書法於武功」的發軔，《神鵰》中大肆渲染朱子柳「書法與武功合而為一」的威力。

寫過《神鵰》朱子柳後，金庸仍意猶未盡，創作《倚天》時，金庸又寫出了「融書法於武功」的張三丰。在俞岱巖重傷難治後，張三丰空臨「喪亂帖」，竟創造出「武林至尊，寶刀屠龍，號令天下，莫敢不從，倚天一出，誰與爭鋒」二十四個字組成的一套絕世武功，即「倚天屠龍功」。而後，張翠山將張三丰的「倚天屠龍功」照本宣科演給謝遜觀看，連謝遜都自歎弗如。

寫及《天龍》時，金庸將「融他種技藝入武功」的想像，由「書法」擴展為「函谷八友」的八種技藝。「函谷八友」的專長技藝依次為，康廣陵的「音樂」、范百齡的「圍棋」、苟讀的「讀書」、吳領軍的「丹青」、薛慕華的「醫術」、馮阿三的「木工」、石清風（二版石清露）的「蒔花」及李傀儡的「戲文」。

在「函谷八友」中，苟讀與吳領軍二人使的都是「判官筆」，兩人的武功很可能就像朱子柳與張三丰的「融書法於武功」，不過，《天龍》已不再神化「書武一體」的高明了，因此苟讀與吳領軍都不再有傲人的武功。

《笑傲》「江南四友」是《天龍》「函谷八友」創意的翻版，黃鍾公類於康廣陵，精於音樂，黑白子類於范百齡，精於棋道，禿筆翁類於苟讀，精於書法，丹青子則類於吳領軍，精於繪畫。

然而，在《笑傲》中，金庸竟然藉任我行之口，自己鄙夷起了「融書法於武功」之術。且看禿筆翁以寫「裴將軍詩」來戰令狐冲，終於落敗，任我行聞之，評道：「要勝禿頭老三，那是很容易的。他的判官筆法本來相當可觀，就是太過狂妄，偏要在武功中加上甚麼書法。嘿嘿，高手過招，所爭的只是尺寸之間，他將自己性命來鬧著玩，居然活到今日，也算得是武林中的一樁奇事。」

這段話應該就是金庸在創作過多位「融書法於武功」的高手後，所下的斷語了。想來兩強競武，一人臨空虛寫書法，另一人竟被他的字蹟逼得左逃右藏，無力招架，這豈不把「武功」說得太過兒戲？畢竟「書法武功」寫的就是一個又一個的大字，這與武道的輕躍靈活根本背道而馳，說臨空寫字者，能挫敗全心展武者，其誰能信？

第二十一回還有一些修改：

一．白髮老者給令狐冲送飯，二版令狐冲叫道：「你去叫黃鍾公來，叫黑白子來，那四個狗賊，有種的就來跟大爺決個死戰。」新三版改為令狐冲叫道：「你去叫黃鍾公來，叫丹青生來，那四個狗賊，有種的就來跟大爺決個死戰。」將「黑白子」改寫「丹青生」，當是因為令狐冲覺得自己與丹青生較有情誼。

二・杭州暑熱，二版說令狐沖每日都是脫光了衣衫，睡在鐵板。然而，令狐沖手腳有銬鐐，又怎能「脫光衣衫」？新三版已訂正為「令狐沖每日都拉高了衣褲。」

三・令狐沖假冒任我行，答允傳黑白子「大法」，黑白子告訴令狐沖，今日無法取美酒肥雞來孝敬，令狐沖問他原因，二版黑白子道：「來到此處，須得經過我大哥的臥室，只有乘著我大哥外出之時，才能……才能……」這段話與第二十二回黃鍾公說的：「十二年來屬下寸步不離梅莊，不敢有虧職守」相扞格，新三版因此將黑白子的話改為：「來到此處，須得經過我大哥的臥室，只有乘著我大哥靜坐用功，全神出竅之時，才能……才能……」但新三版黑白子竟能精準拿捏黃鍾公「全神出竅」的時刻，實在太過神奇。而後，二版說黑白子記掛著黃鍾公回到臥室，不敢多耽，便即告辭而去。新三版改為黑白子記掛著黃鍾公坐功完畢，回入臥室，當下不敢多躭，告辭而去。

四・令狐沖起初未由方孔逃獄，二版說是因令狐沖練功之際，全副精神都貫注練功。新三版將「貫注練功」改為更符合實情的「貫注散功」。

五・令狐沖於溪中洗澡後，二版說他將頭髮挽在頭頂，新三版再增說令狐沖「提起劍來，剃去了滿腮鬍渣。」

六．老者到黑牢送飯時，一版說當令狐冲獨處暗中之時，忍不住痛哭流淚，但一見敵人到臨，胸中英雄之氣便即激發，不論敵人如何折磨虐待自己，決不稍示怯意。二版刪去這段，畢竟送飯老者只是僕人，不算真正的敵人。

七．令狐冲四面敲牆，發現除鐵門外，三面均為實土。一版說似乎這間黑牢竟是孤零零的深埋在數十丈深的地底。二版刪去了「數十丈深」的說法，因為令狐冲根本不知身在何處。

八．想起向問天，一版令狐冲尋思：「令狐冲啊令狐冲，你這人忒也膽小無用，適才竟然嚇得大哭起來，若是給人知道了，我這顏面往那裏擱去？向大哥就算救了我出去，我也不能再在江湖上立足存身了。」二版刪去了「向大哥就算救了我出去，我也不能再在江湖上立足存身了。」這過度誇張的兩句。

九．想起任我行，一版令狐冲尋思：「這位任老前輩武功之高，只在向大哥之上，而決不在他之下，而機智閱歷，看來和向大哥也是在伯仲之間。」令狐冲這段心思把任我行與向問天擺在同一水平，顯然不妥，二版改為令狐冲尋思：「任老前輩武功之高，只在向大哥之上，決不在他之下，而機智閱歷，料事之能，也非向大哥所及。」二版這一改，任我行的機智閱歷即較向問天為高。

十・令狐冲在方孔前見到送飯老人，一版說這時他和那老人挨得近了，猛地裏吃了一驚，只見那老人雙目翻白，眼光十分呆滯，顯然是個瞎子。那老人一手指了指自己耳朵，搖了搖頭，表示自己耳朵是聾的。然而，瞎眼老人如何精準地在彎曲的梅莊地道行走呢？二版刪去老人瞎眼之說，只說那老人一手指了指自己耳朵，搖了搖頭，示意耳朵是聾的。

十一・令狐冲從黑牢回到黃鍾公臥室，只見黃鍾公、禿筆翁、丹青生三人各挺兵刀，已將自己圍在核心。一版說他不知黑白子十餘年來進入地牢，另有秘門密道，其實並不經過黃鍾公的臥室，他卻從原路回出，觸動了機關訊號，將黃鍾公等引來。然而，若梅莊中竟還另有秘門密道，黃鍾公怎能嚴密管控任我行？人人皆可由秘道釋放任我行，任我行的拘禁豈非大有漏洞？二版改為令狐冲不知秘門上裝有機關消息，這麼貿然闖出，機關上鈴聲大作，將黃鍾公等三人引了來。二版的說法當然合理多了。

「朝陽神教」教主任我行的愛女名喚「小令令」——第二十二回〈脫困〉版本回較（上）

一版《笑傲》改寫成二版時，宛如《射鵰》秦南琴與穆念慈合併為穆念慈般，兩人併成一人的，在第十二回有左冷禪之子左飛英與丁勉兩人合併成丁勉，第十四回有白髮童子任無疆與殺人名醫平一指合併成平一指。

這一回又添了一例，那就是任我行的女兒，在一版此回任我行女兒的閨名叫做「小令令」，但「小令令」隨後即與第十三回出現的「竹林聖姑盈盈」兩人合併為一人，「盈盈」從此進了任家，全名稱為「任盈盈」。一版改寫為二版後，「小令令」之名即完全消失。

且來看這一回修改。

先看一版到二版的修改。

話說令狐冲練就一身「吸星大法」神功後，重回梅莊，卻見到三男一女四人在逼問黃鍾公。令狐冲矮下身子，從窗縫中向內張去。一版說令狐冲幸見之下，心中怦然一動：「原來是你們！」只見四個人分坐在四張椅中，正是日間在宋氏酒樓中所見的那四人。

二版因第二十一回「宋氏酒樓」一段故事已悉數刪除，這段自也連帶刪去。

來到梅莊的四人即魔教鮑大楚、桑三娘、王誠、秦偉邦四人，其中「秦偉邦」在一版原名「秦邦偉」，二版易名為「秦偉邦」。

一版說鮑大楚是「高身裁的老者」，二版改為「身材瘦削的老者」。一版說秦邦偉是「又瘦又黑的老者」，二版改為秦偉邦是「身材魁梧的老者」。

魔教四長老逼問江南四友後，任我行、向問天及令狐冲進了梅莊來。

向問天向令狐冲介紹任我行，一版說任我行是「朝陽神教」教主，二版改為「日月神教」教主。

進梅莊後，任我行威嚇魔教四長老效忠於他，鮑大楚遂率先服下「三尸腦神丹」。

接著，任我行又從瓷瓶中倒了六粒火紅色的「腦神丹」出來，隨手往桌上擲去。一版說這六顆丹丸在桌上滴滴溜溜的轉個不停，不但並不滾下桌面，而且中間一顆，周圍圍着五顆，儘管轉動，相互距離始終不變。

一版任我行還真是在雜耍，二版任我行不再表演特技了，改為任我行又從瓷瓶中倒出六粒「三尸腦神丹」，隨手往桌上擲去，六顆火紅色的丹丸在桌上滴溜溜轉個不停。

而後，任我行逼桑三娘、王誠與秦偉邦三人皆服下「三尸腦神丹」，即與向問天、令狐冲把酒敘事。

三人談起東方不敗謀反之事，向問天說起當年任我行的「小姐」在端午節大宴中說過：「爹爹，怎麼咱們每年端午節喝酒，一年總是少一個人？」

聞向問天之言，一版任我行皺起眉頭，道：「原來小令令那日在端午節大宴中說過這句話，此刻經你一提，我依稀記得，以乎確有此言。」

原來一版任我行的愛女名叫「小令令」，而不是「盈盈」。一版的「盈盈」乃是東方不敗的「黑木崖三大弟子之一」，根本不可能是「小令令」，但故事繼續發展，「小令令」竟與「盈盈」合成了一個人，「任盈盈」也就變成任我行的愛女了。

二版因「小令令」與「盈盈」合併成「任盈盈」，故而一版任我行話中的「原來小令令那日在端午節大宴中說過這句話」，二版改為「小姑娘那日在端午節大宴中說過這幾句話」

此外，一版在端午大宴時對任我行發警語的「小令令」是「八歲」，二版改為「小姑娘」的年齡是「七歲」。

看過一版到二版的修改，再看二版到新三版的修訂。

故事且由任我行至梅莊，威逼鮑大楚、王誠及桑三娘三人服下「三尸腦神丹」，成為他手下禁臠說起。

鮑大楚服下「三尸腦神丹」後，新三版較二版加寫：雖然東方教主也有自製丹藥，逼他們服了之後受到控制，不敢稍起異心，但火燒眉毛，且顧眼下，日後如何為患作祟，也只有到時再說了。

說來「三尸腦神丹」還真是《笑傲》中解釋不清的一大謎團。

在《笑傲》中，任我行與東方不敗都以「三尸腦神丹」掌控魔教教眾，那麼，任我行與東方不敗使用的「三尸腦神丹」，究竟是同一種「三尸腦神丹」，還是不同種「三尸腦神丹」？

若依此回鮑大楚等人對任我行「三尸腦神丹」的恐懼來看，任我行的「三尸腦神丹」當是其獨門毒藥，然而，若是任我行以其獨門「三尸腦神丹」來宰制教眾，強迫教眾們乖乖服他號令。那麼，東方不敗是任我行手下的「光明左使」，任我行為甚麼對他這麼放心，始終沒給他服用丹藥？又，任我行被東方不敗奪權後，「三尸腦神丹」的解藥理當隨任我行下梅莊黑牢而中斷十二年，那麼，日月神教的教眾們早該毒發而集體死亡，怎麼還能改投東方不敗麾下？

新三版增寫東方不敗也會以丹藥控制下屬，這一增寫，又添了新的問題，那就是，東方不敗既然會使丹藥，他的丹藥理當也是獨門毒藥，那麼，為甚麼任盈盈、向問天免服？又為甚麼任我行重新接掌掌門大位後，日月神教未因東方不敗暴卒而闔教死於丹藥毒發？

在第二十八回任盈盈提到「三尸腦神丹」時，說「三尸腦神丹」是「我教的三尸腦神丹」，又說服下「三尸腦神丹」後，每半年須服一次解藥，東方不敗即以解藥掌控教眾，言下之意似乎是，任我行與與東方不敗是用同一種「三尸腦神丹」，解藥也是同一種解藥，若真如此，此回的鮑大楚等人何須擔心服用任我行的「三尸腦神丹」？因為即使服下，只要向東方不敗索取解藥即可，何懼之有？

而若任我行知道歷任教主都可用同一種「三尸腦神丹」，也都有同一種解藥，他又怎會用「三尸腦神丹」來威逼鮑大楚等人？任我行難道會笨到不明白東方不敗有解藥嗎？服下「三尸腦神丹」的人怎須受他宰制？

種種疑問，《笑傲》中並未清楚解釋。

秦偉邦不願服「三尸腦神丹」，且欲逃出梅莊，卻為向問天軟鞭拖回。

新三版在眾人陸續服丹後，加寫一段說，原本倒在一旁的秦偉邦突然發出一聲嘶叫，圓睜雙目，對著任我行吼道：「我跟你拼了！」但他穴道受點，又怎掙扎得起身？只見他肌肉扭曲，呼呼喘氣，顯得極為痛苦。向問天走上前去，重重一腳，將他踢死。

新三版這段加寫自然是要補上二版未說明的秦偉邦下落，但這一改，秦偉邦倒成了誓死效忠東方不敗的鐵錚錚好漢，向問天反成了殘忍嗜殺之人。

而後，任我行與向問天、令狐冲聊起了逃獄及練「吸星大法」的種種。新三版此處較二版加寫了一大段有關「吸星大法」源流之事。

這段增寫的大略內容是：令狐冲問任我行「吸星大法」的來歷。

任我行喝了一口酒，說道：「我這門神功，始創者是北宋年間的『逍遙派』，後來分為『北冥神功』和『化功大法』兩門。修習北冥神功的是大理段氏。那位段皇爺初覺將別人畢生修習的功力吸了過來作為己用，似乎不合正道，不肯修習。後來讀了逍遙派一位前輩高人的遺書，才明白了這門神功的至理。那遺書中說道：不論好人壞人，學武功便是要傷人殺人。武功本身無所謂善惡，用之為善即善，用之為惡即惡，拳腳兵刃都是一般。」

「壞人內力越強，作惡越厲害，將他的內功吸個乾淨，便是廢了他用以作惡的本領，猶似奪了他的寶刀利劍。逍遙派的傳人有善有惡，大理段氏卻志在為善，只要所吸的是奸人惡人的內力，那就不錯。」

接著，任我行談到「化功大法」，說道：「（化功大法）創始者本出於逍遙派，但因他不得師門真傳，不明散功吸功的道理，便將他常使的下毒法門用之於這神功，敵人中毒之後，經脈受損，內力散失，似乎為對方所吸去。」

最後，任我行對令狐冲說：「我這『吸星大法』源於『北冥神功』正宗，並非下毒，這中間的分別，你可須仔細了。」

新三版的增寫即至此處，這一段增寫最主要的用意，即是將《天龍》與《笑傲》兩書扣合起來，並說明「吸星大法」源自「北冥神功」。然而，任我行的這段話語實在太刻意要串接《天龍》，邏輯上因此極不周延。在這段話語中，任我行說「修習北冥神功的是大理段氏」，「大理段氏」當然是指段譽，然而，段譽既非逍遙派門徒，也非「北冥神功」的創始者，而只是意外學得「北冥神功」的幸運兒，任我行為何獨以段譽為例，而不是以逍遙派的始祖「逍遙子」或「無崖子」為例呢？倘使任我行只是要舉一個修習「北冥神功」的前輩為例，他為甚麼不說教他「吸星大法」的師父呢？任我行若真要講「吸星大法」的源流，他的師父理當佔有一席之地，那麼，為甚麼他並無無隻字片語談起他的師父，卻是在談數百年前一位學過「北冥神功」的段皇爺，彷彿他的「吸星大法」是傳自段皇爺？

新三版《笑傲》中增寫的任我行談話內容，內容大多是新三版《天龍》增寫的情節。金庸增寫《笑傲》這段情節，或許就是要讓讀者對新三版《天龍》產生好奇，並進而閱讀新三版《天龍》。

【王二指閒話】

每一部金庸小說都是各自獨立的小說，除了金庸刻意求情節的延續，才讓故事緊密相扣的《射鵰》、《神鵰》兩書、《書劍》、《飛狐》兩書、及《雪山》、《飛狐》兩書外，其他部小說均為獨立故事。

然而，金庸也希望「此書」與「彼書」之間有所連結，因此，金庸屢次在一部小說中夾帶另一部小說的相關內容，以讓小說之間互有關聯。

在一部小說中，夾陳另一部小說的人物或情節，兩書的說法若能一致自然最好，但若兩書的說法不完全相同，將可能影響人物的形象，也可能產生爭議。

比如《倚天》中說，在「玄鐵重劍」改鑄的倚天劍與屠龍刀裡，各藏有郭靖的《武穆遺書》

及「降龍十八掌」掌法精義，或許金庸的本意是要讓《倚天》連結到《射鵰》與《神鵰》兩書。然而，郭靖將兵法與掌法藏在刀劍中，卻難免讓人懷疑，為甚麼在襄陽城戰情吃緊時，郭靖不將「玄鐵重劍」拿來殺敵，卻寧可將之拿來藏兵書秘笈，而所藏的《武穆遺書》及「降龍十八掌」掌法，郭靖卻又為甚麼不以之用於軍中教習，反而寧可密封私藏？莫非郭靖守襄陽，根本不是為保大宋，而是為了成就自己的千秋偉名？

金庸在二版改為新三版時，花了許多功夫做不同部小說之間的連結，因而此書牽連彼書的狀況，新三版較二版更多，茲舉二例如下：

一、《天龍》蕭峰「亢龍有悔」的「出掌留有餘力」由《射鵰》郭靖預告：為了修正二版玄慈身為雁門關血案主謀，卻完全不理會武林傳聞蕭峰因雁門關事件而不斷殺人之事，新三版《天龍》增寫了玄慈裝扮成遲姓老人，與蕭峰對掌，因蕭峰不願傷遲老人性命，故而在「亢龍有悔」一招中多留餘力，玄慈因此悟得「一空到底」，並明白了蕭峰光風霽月的人格。

新三版《射鵰》配合《天龍》，增寫了洪七公授郭靖「降龍十八掌」時，告訴他：「這一招叫作『亢龍有悔』，掌法的精要不在『亢』字，而在『悔』字。」也就是說，出招要留有餘力。《天龍》與《射鵰》兩處增寫，彼此呼應，然而，「降龍十八掌」的要義竟是「出招不出全力」，這就算郭靖能理解，只怕讀者還是難以理解。

二、為讓《射鵰》洪七公學得「降龍十八掌」，《天龍》將「降龍十八掌」改為「降龍二十八掌」：二版《天龍》在蕭峰離開丐幫，並自戕驟逝後，丐幫的「降龍十八掌」理當就此而絕，但這麼一來，洪七公怎能習得「降龍十八掌」？新三版為解決此一破綻，增寫「降龍十八掌」本為「降龍二十八掌」，蕭峰一朝福至心靈，與其義弟虛竹共同參詳，將「降龍二十八掌」去蕪存菁為「降龍十八掌」，虛竹日後再傳予新幫主。

《天龍》與《射鵰》由此串接，但蕭峰的行為又因此而有爭議。說來「降龍十八掌」乃丐幫祖傳之功法，蕭峰為何不先傳丐幫中人，反將之外流到靈鷲宮予虛竹，再轉手回到丐幫手中呢？

除了上述兩例外，新三版《倚天》增寫王重陽鬥酒輸人，將《九陰真經》輸給對方，對方讀過此書後，又創作出《九陽真經》。這處增寫雖是藉「王重陽」將《倚天》與《神鵰》、《射鵰》三書連結得更緊密，卻因此貶損了王重陽在《射鵰》與《神鵰》中的剛正形象。

新三版《笑傲》增寫任我行回溯段譽學「北冥神功」之事，也是為了串接《天龍》與《笑傲》二書，只是任我行提到段譽學功，還能細述段譽的心情，難免讓人狐疑，任我行似乎讀過金庸小說《天龍八部》。

第二十二回還有一些修改：

一．鮑大楚說任我行已自梅莊逃出，黃鍾公誤以為令狐冲便是任我行。二版黃鍾公道：「那人確是昨天中午越獄的。」二版的「昨天中午」是自一版延續下來的錯誤，因為一版令狐冲逃獄後，曾至「宋氏樓」飲酒，因此才說是「昨天中午」逃走的，二版刪去「宋氏樓」這一大段故事，「昨天中午」卻未隨之訂正，方有此錯誤。新三版改為黃鍾公道：「那人確是今日傍晚越獄的。」

三．說起令狐冲練「吸星大法」之事，二版向問天對令狐冲道：「兄弟，那日在深谷之底，你說了內功盡失的緣由，我當時便想要散去你體內的諸般異種真氣，當世惟有教主的『吸星大法』。」新三版將這段訂正為向問天對令狐冲道：「兄弟，那日兩派的王八蛋追殺你我之時，在山道上你說了內功盡失的緣由，我當時便想，要散去你體內的諸般異種真氣，當世惟有教主的『吸星大法』。」

四．聞任我行與向問天說「吸星大法」之事，二版令狐冲心想：「練了他這吸星大法，原來是吸取旁人功力以為己用。這功夫自私陰毒，我決計不練，決計不使。」然而，此功已融入令狐冲體內，他又怎能「決計不練，決計不使」呢？新三版改為令狐冲心想：「練他這吸星大法，是要吸取旁人功力以為己用。這功夫自私陰毒，我若非受攻被逼，決計不使。」新三版令狐冲給自己的彈性空間大多了。

五・令狐冲南行，二版說這日午後，已入仙霞嶺。新三版增說為這日午後，過了衢州府，已進入仙霞嶺。新三版當是要增添地理上的可信度。

六・欲確定任我行是否還在梅莊之中，一版鮑大楚說道：「你帶我們去瞧瞧那名要犯。」二版改為鮑大楚說道：「很好！你帶那名要犯來讓我們瞧瞧。」二版鮑大楚顯然有把握任我行絕不在梅莊，否則以任我行的功力，焉可帶離地牢？

七・黃鍾公說任我行是昨天逃的，一版王誠道：「咱們是上月初八得到訊息……」一面說，一面屈指計算，道：「到今日是第二十一天。」二版改為王誠說道：「咱們是上月十四得到的訊息……」一面說，一面屈指計算，道：「到今日是第十七天。」

八・任我行問秦偉邦東方不敗為何如此看重他，一版秦邦偉道：「我盡忠本教，遇事向前，二十年來積功而升為長老。」一版秦邦偉的說法當然有破綻，因為任我行下獄方十二年，秦邦偉怎能已積功「二十年」？二版將「二十年」改為「十多年」。

九・一版秦邦偉欲逃出梅莊，任我行以紅色長鞭將他捲回，二版改成是向問天以黑色細長軟鞭將他捲回。

十・不願加入日月神教，令狐冲拜別任我行與向問天而去，一版令狐冲道：「大哥、教主，我無意中學得教主的神功大法，這種功夫，我此後若是無法忘記，有生之日，也決計不向旁人施用。」一版令狐冲這句話說太滿了，因為在第二十四回中，他旋即便對嵩山派鍾鎮施用，二版遂將令狐冲此言改為：「教主，大哥，我本就身患絕症，命在旦夕，無意中卻學得了教主的神功大法，此後終究無法化解，也不過是回復舊狀而已，那也沒有甚麼。」

「朝陽神教」原來是「清真教」的一支

——第二十二回〈脫困〉（下）、第二十三回〈伏擊〉版本回較

《倚天》的魔教即是「明教」，明教源出波斯，本名「摩尼教」。那麼，《笑傲》中同稱「魔教」的「日月神教」（一版朝陽神教）又是源出哪們宗教呢？一版此回提到，「朝陽神教」可能是「清真教」的一支，且來看看這段故事。

故事就由令狐沖假冒「吳天德」，至仙霞嶺說起。說來「吳天德」一名與《射鵰》「段天德」的創意完全一樣，金庸以名字譏諷官吏。上天有好生德，但當朝官員們，不是「斷天德」，就是「無天德」，這也算是金庸的神來之筆了。

令狐沖至仙霞嶺後，一版有長達四頁多的一段，是二版全數刪去的，這段故事略說如下：

一路南行，這日令狐沖已入了仙霞嶺山脈，山道崎嶇。中午時分，令狐沖見前面路上有三個漢子也在向南而行，腳程甚快，顯是武林中人。其中一人是五十來歲的老者，另外兩人則是二十來歲的青年。

而後，令狐沖到一間飯鋪打尖，他叫店主人宰了一隻大公鷄，又打了兩斤酒。

店主人剛將鷄毛拔得乾淨，尚未下鍋，那三條漢子也進了飯鋪。那老者見到這隻光鷄，說道：「店家，也給咱們煮兩隻鷄來，有牛肉便切兩盤。」店主人道：「啊喲，這可難了，眼下店裏只有這一隻鷄，這位軍爺已經要了，牛肉可沒有，蒸兩斤臘肉好不好？」那老者皺眉道：「咱們不吃猪肉。」

令狐冲心想：「他們不吃猪肉，那是清真教門的了。」便道：「這位兄台，這隻鷄讓給你們，我吃臘肉好了。」三條漢子拱手道謝。

接著，門外有幾輛鷄公車推到店前，五名腳伕袒着胸膛，走進店來，並隨即與店內三人武鬥開來，原來老者與兩名青年均是魔教中人。雙方動手時，樹林中，山石後又湧出了二十餘人，原來此處早已埋伏許多人。

在此設下埋伏的是泰山派，泰山派和風道人亦在埋伏之列。和風道人在泰山派中排名第四，武功之高，僅次於掌門人天門道人。

和風道人挺劍來戰那老者，那老者舉掌來迎，而後趁機竄入後堂，和風道人和另外二人急追了進去。店內十餘人齊舉刀劍戰那兩名青年，一青年被劈死，另一青年則重傷被俘。

和風道人追不上那老者，又返回店內。

泰山派諸人見到令狐沖，但令狐沖已十餘日未曾剃鬚，滿臉鬍子，因此無人認得他。

而後，令狐沖即出店門而去。

二版將一版長達四頁多的這一大段全刪了。

因這段的大幅刪除，接下來隨之異動的情節是，令狐沖於仙霞嶺山洞中練「吸星大法」，出洞後，一版令狐沖聽得山道上有腳步聲行近，且人數着實不少，他見一行人均穿青衣，原來是日間在小飯店中與泰山派相鬥的那個老者，其餘三十餘人隨在其後。

二版刪去了泰山派與魔教的廝殺，這段改為令狐沖聽到山道上有腳步聲漸近，且人數著實不少，他見一行人均穿黑衣，其中一人腰纏黃帶，瞧裝束是魔教中人，其餘三十餘人隨在其後。

而後，這批魔教中人全數隱跡山石之後。

這段故事一版到二版的改變，即在一版的初構想中，「魔教入閩」確有其事，魔教中人理當也是要到福建與五嶽劍派爭奪《辟邪劍譜》。二版「魔教入閩」則只是嵩山派詐騙恆山派的瞞天大謊。在二版故事中，左冷禪誘騙恆山派赴閩，再由嵩山派假扮魔教徒子以攻擊。當恆山派陷入危機時，嵩山派鍾鎮即乘機脅迫恆山派共創「五嶽派」。

在一版刪除的一大段中，寫及令狐沖揣測魔教中人不吃豬肉，因此應屬「清真教門」，倘使令狐冲揣測為真，「朝陽神教」便是屬於「清真教門」，而不是地下化的「明教」，這與二版之後，「日月神教」明顯意喻「明教」（也就是「摩尼教」）大異其趣。

然而，故事後來繼轉成此回出現的魔教中人均為嵩山派假扮，那麼，從此段推論魔教（朝陽神教）是否屬於「清真教門」，就難以論斷了。不過，若從朝陽神教的人員編制與整體作風看來，「朝陽神教」還是比較像地下化的「明教」。

故事接到第二十三回，恆山派一行來到仙霞嶺。定靜師太向眾弟子們說起恆山派到福建的原因，一版定靜師太說：「這一次五嶽劍派齊下福建，大家都知道是去取那福州林家的『辟邪劍譜』。那姓林的孩子已投入岳先生門下，這劍譜若是為華山派所得，那是再好沒有。咱們恆山派向來大公無私，決不貪圖人家之物，就算這劍譜落人了咱們手中，也當交還給那姓林的孩子，防的是別讓魔教乘火打劫，還有許多旁門左道之士，好比『塞北明駝』木高峯這些人，那劍譜若是落入了他們手中，那就為禍人間，流毒江湖。」

一版定靜師太這段話說明了恆山派大舉赴閩，是為了尋覓《辟邪劍譜》，然而，若是恆山派對《辟邪劍譜》毫無興趣，為甚麼會千里迢迢來到福建？

二版將這段改為，定靜師太道：「這次嵩山左盟主傳來訊息，魔教大舉入閩，企圖劫奪福州林家的《辟邪劍譜》。左盟主要五嶽劍派一齊設法攔阻，以免給這些妖魔歹徒奪到了劍譜，武功大進，五嶽劍派不免人人死無葬身之地。那福州姓林的孩子已投入岳先生門下，劍譜若為華山派所得，自然再好沒有。就怕魔教詭計多端，再加上個華山派舊徒令狐冲，他熟知內情，咱們的處境便十分不利了。」

二版的說法顯然合理多了，原來恒山派參與赴閩行動是為了共抗魔教，以免魔教劫奪《辟邪劍譜》，戕害五嶽劍派。

一版定靜師太又道：「好在泰山派的和風師叔已將魔教的先行宰了，咱們趕在頭裏，以逸待勞，魔教人眾大舉趕到之時，可又有惡鬥了。」

二版刪去了第二十二回和風道人一行擊殺魔教中人一事，且二版泰山派並未前往福建，因此，定靜師太這段話二版改為：「咱們趕在頭裡，等魔教人眾大舉趕到之時，咱們便佔了以逸待勞的便宜。可仍得事事小心。」

接著，恒山派師徒在仙霞嶺山道上遭「魔教」伏擊，令狐冲假冒的將軍「吳天德」則幫恒山派擊退了魔教高手。

魔教中人逃去後，令狐冲也隨後離開了。恒山上下在仙霞嶺休憩。一版定靜師太抬頭沉思，突然向儀琳談起令狐沖，說道：「令狐沖深知我五嶽劍派的底細，此人和魔教勾結，確是為禍不小，若不是他洩漏消息，魔教又怎知咱們這時候過仙霞嶺？」儀琳回說令狐沖並不知道恆山派現下在仙霞嶺，又怎會和魔教勾結，計陷恆山派？定靜不苟同儀琳的說法。

一版定靜師太想像力著實豐富，竟把恆山派在仙霞嶺遇魔教的罪魁禍首，想成是八竿子打不著的令狐沖。

二版則將這段改為定靜師太心想：「恆山派這次南下，行蹤十分機密，晝宿宵行，如何魔教人眾竟然得知訊息，在此據險伏擊？」

二版定靜師太不再臆想恆山派是被令狐沖所害了。

而後，恆山派師徒來到廿八鋪，所有女弟子竟全為「魔教徒」設計迷昏而失蹤，只剩定靜師太一人因尋不著弟子們而焦慮。這時也在廿八鋪的令狐沖遂決定出手相助，他到鄭萼、儀琳與秦絹三人被迷倒綁縛之室救出儀琳。

當令狐沖救醒儀琳後，儀琳本欲割去鄭萼與秦絹手足上的繩索，救醒她倆，令狐沖卻阻止她，道：「別忙，還是去幫你師伯要緊。」

接著，令狐沖看著定靜師太隨嵩山派進了「仙安客店」。

一版說令狐冲隨後拉着儀琳的手，跟着潛入客店，站在窗外偷聽。

儀琳的右手給他一把握着，想要掙脫，卻想他將自己從魔窟中救了出來，握住自己的手，顯然也無惡意，若是強行掙脫，反而着了痕跡，只得且由他握着。

原來一版令狐冲不願儀琳救醒鄭萼與秦絹，是不願讓這兩個「花瓶」打擾他與儀琳的兩人世界，一版令狐冲就這麼牽著儀琳的小手，趁機「把妹」。

二版將這段改為令狐衝向儀琳招招手，跟著潛入客店，站在窗外偷聽。

二版令狐冲不再趁機牽儀琳的手了。

這一回的回末，令狐冲在密林中救得被擄走的恆山一派，定靜師太卻為對頭圍攻而死。儀和等恆山弟子說起廿八舖遇劫之事，一版令狐冲說這些攻擊恆山派的毛賊似乎不是魔教中人。儀清回說，她曾聽一個蒙面人說道：「五師兄吩咐，大家腳下加緊些，路上不可喝酒，以免誤事。到了福州之後，再請大家喝個痛快。」她說她心想，魔教中人互相不稱兄道弟，且魔教教眾戒葷戒酒，怎會說喝酒喝個痛快？可知這些人應不是真正的魔教徒。

這段二版全刪去了。

但由此段可知，一版的故事進行至此時，不論先前泰山派和風道人所戰魔教中人，是否真為魔教徒，金庸都決定將整齣「恆山派入閩」定調為，恆山派入閩期間所聞所見的魔教徒，全都是嵩山派假扮，無一人是真正的魔教徒。

定靜師太逝後，令狐冲不願與恆山諸女同行，亦在託言後離去。

一版說令狐冲轉過山坡後，便躲在一株樹上，等了約莫半個時辰，但見恆山眾女弟子抬着定靜師太的屍身哭哭啼啼的上路。他速速跟在後面，暗中保護。

但一版恆山弟子要將定靜師太的遺體自福建運回山西恆山，這麼遠的路程，定靜師太的遺體怎能不腐臭？

二版改為令狐冲轉過山坡後，便躲在一株樹上，直等了兩個多時辰，才見恆山一眾女弟子悲悲切切的上路。他遠遠跟在後面，暗中保護。

二版雖未言明，但定靜師太當是火化了。

【王二指閒話】

一版金庸初創「朝陽神教」時，整個「朝陽神教」的組織架構與領導幹部似乎不是從報紙連載之初就已於腹稿擬妥的，雖說在書始前數回，就曾提及五嶽劍派共抗魔教，及魔教十長老死於華山思過崖之事，營造出魔教山雨欲來的威勢，但「魔教」究竟教名為何？又是屬於哪一種教派？甚至人員編制如何？金庸看似都未構想出來，而是隨著故事衍進，方使「魔教」由粗胚一步一步成形。

在完整設計出「朝陽神教」時，金庸在一版用了如下文學手法：

一、教主與聖姑由前創的人物直接移花接木過來：將前段原創的人物，收納入後段出現的組織，是金庸屢用的創造技法。如一版《神鵰》李莫愁原本是名震江湖幾十年，居於「赤練島」的中年女魔頭，但寫及「古墓派」時，竟又將年紀可當小龍女「媽媽」的李莫愁硬生生編派成小龍女的古墓派「師姊」，李莫愁瞬間成了古墓派首徒。一版《倚天》也用了此技巧，一版「金毛獅王」謝遜初出場時，白眉教中完全無人識得，但後來寫及「明教」時，「金毛獅王」與「白眉鷹王」又被編派成「明教」的兩大法王，更不可思議的是，在書初本是老太婆的金花婆婆，到書末竟也被拉過來當明教的「紫衫龍王」，她的老太婆外表原是出於化妝。

一版《笑傲》也循此法，在初創「任盈盈」時，她本無姓氏，對令狐冲自我介紹時也以「盈盈」自稱，祖千秋還說過「聖姑是黑木崖的三大弟子之一」，可見「盈盈」本是東方不敗的手下大將。此外，未創作及「任我行」時，向問天本說吸人內力學自「吸星老怪」，但小說寫到後來，「吸星老怪」一名不見了，「任我行」隨即登場。再者，「任我行」的女兒，本來名為「小令令」，因此全名當為「任令令」。

初創意中的「黑木崖的三大弟子之一盈盈」、「吸星老怪」、「小令令」在「朝陽神教」成形後，竟被拼湊起來，「吸星老怪」即是任我行，任我行乃是前任教主，「盈盈」則與「小令令」合併為任我行的愛女「任盈盈」。

二、教團組織編制彷生自《倚天》明教：一版向問天是「朝陽神教」的「光明右使」，東方不敗原本是「朝陽神教」的「光明左使」。「光明左右使」與《倚天》明教楊逍、范遙的職銜完全一樣，足知金庸是以「明教」的編制彷生出「朝陽神教」。

三、「冒牌教主」與《倚天》丐幫的「冒牌幫主」雷同：《笑傲》威懾全武林的教主東方不敗，初登場時竟是個冒牌貨，但這個創意在金庸筆下卻是個沒新意的老梗，因為《倚天》的丐幫幫主也是他人冒名的假幫主，《笑傲》的「假教主東方不敗」顯然是彷生自《倚天》的創意。

四、自相矛盾的「三尸腦神丹」：《笑傲》任我行的獨門毒藥「三尸腦神丹」，創意當衍生自《天龍》天山童姥的「生死符」，且狠毒更勝「生死符」。不過，「三尸腦神丹」卻顯得疑點重重，因為在《笑傲》中，任我行與東方不敗都以「三尸腦神丹」掌控教眾，書中卻未解釋任我行的「三尸腦神丹」與東方不敗的「三尸腦神丹」究竟是同一種毒藥？還是不同種毒藥？若是同一種毒藥，任我行怎能以「三尸腦神丹」脅迫東方不敗的部屬聽他號令？因服任我行藥之人，只要再向東方不拜求解藥即可，根本無須服從任我行。而若是不同種毒藥，東方不敗密謀加害任我行後，為何沒有任何教眾因任我行失蹤，無法服用「三尸腦神丹」解藥而暴亡？

《笑傲》「朝陽神教」的最大創意，應該是金庸神來一筆，將東方不敗寫成「同性戀」，大開讀者眼界。否則，以前述幾點來看，「朝陽神教」的整體結構並未超越前數書的技法格局，就難顯出金庸的大師功力了。

第二十三回還有一些修改：

一．二版儀和稱定靜師太為「師伯」，可知儀和或有可能是掌門定閒師太的弟子，新三版儀和則稱定靜師太為「師父」。

二．在山道上，二版說魔教四名好手合力圍攻，竟奈何不了這赤手空拳的一位老尼（定靜師太）。這裡是個錯誤，因攻擊定靜師太的魔教好手，是兩人使刀、一人使判官筆，共三人。新三版已更正為「魔教三名好手」。

三・二版廿八鋪的「仙安客店」，新三版改名為「仙居客店」。

四・二版嵩山派「神鞭」鄧八公，新三版改姓為滕八公。

五・說起鍾鎮、滕八公與高克新三人，新三版較二版加說「三人都身居『嵩山十三太保』之列」。

六・二版鍾鎮對定靜師太說話，自稱「在下」，新三版改為自稱「小弟」。新三版還較二版加解釋說，鍾鎮口口聲聲自稱「小弟」，倒似五嶽劍派已合併為一，而他是同一派的師弟。

七・令狐冲所見高喊「救命」以誘騙恆山派的女子，二版是臉上神色淒厲，新三版改為臉上帶著微笑。

八・二版令狐冲叫醒儀琳後，儀琳尋鄭萼、秦絹，見二人臥在地下，便欲去割她們手足上的繩索。令狐冲道：「別忙，還是去幫你師伯要緊。」儀琳道：「正是。」二版令狐冲阻止儀琳叫醒鄭秦二人，當是不合理的，新三版改為儀琳忙去割斷她們手足上的繩索，取冷水潑醒了二人。令狐冲道：「咱們快去幫定靜師太要緊。」儀琳、鄭萼、秦絹三人齊道：「正是。」新三版此處一改，「二人行」變成「四人行」，也牽動了後面的更動。

九・令狐冲一行見到定靜師太時，二版儀琳迎了上去，叫道：「師伯！」新三版因恆山派最小的秦絹也在令狐冲身邊，這段改為秦絹眼眶含淚，叫道：「師父！」接著，二版定靜師太又是一喜，忙問：「剛才你在哪裡？」儀琳道：「弟子給魔教妖人擒住了，是這位將軍救了我……」新三版改為定靜師太又是一喜，忙問：「剛才你們在哪裡？」鄭萼道：「弟子們給魔教妖人擒住了，是這位將軍救了我們……」

十・定靜師太師徒離開仙居客店後，令狐冲將一壺酒喝乾。二版說忽聽得遠遠傳來儀琳尖銳的叫聲：「師伯，師伯，你在哪裡？」新三版改為忽聽得遠遠傳來秦絹尖銳的叫聲：「師父，你在哪裡？」

十一・定靜師太臨死前，令狐冲終於對她自承是「令狐冲」。二版說定靜師太「啊」的一聲，道：「你……你……」一口氣轉不過來，就此氣絕。二版的描述彷若《天龍》玄苦死前見到喬峰，當下驚死一般。新三版為免此誤會，增說為定靜師太「啊」的一聲，道：「你……你……多謝少俠……」顫巍巍的伸手抓住了他手，目光中盡是感激之意，忽然一口氣轉不過來，就此氣絕。

十二・在仙霞嶺上，令狐冲耳聞：「令狐冲這混帳東西，你還要為他強辯！」一版說令狐冲膽子雖大，卻也不禁打了個冷戰，不由得全身毛骨悚然，心想：「是妖精還是鬼怪，怎麼在這裏叫我的名字？」一版這天不怕地不怕的令狐大俠竟怕起了「荒山野鬼」，二版改為令狐冲不禁大吃一驚，第一個念頭便是：「是師父他們！」但這明明是女子聲音，卻不是師娘，更不是岳靈珊。二版的說法合理多了。

十三・聞定靜說話，一版令狐冲心想：「這人並非恆山派掌門，也不是儀琳師妹的師父，不知是恆山派中那一位前輩師太？」這段心思顯得令狐冲太沒見識，二版將令狐冲的心思改為：「這位師太既非恆山派掌門，儀琳師妹又叫她師伯，『恆山三定』，那麼是定靜師太了。」

十四・定靜師太衝下山，一版說眼見兩名青衫漢子手持金光閃閃的金刀。可知一版這些好手有可能是真正的魔教徒，或則若是嵩山派假扮，也已換上魔教服飾。二版為強調這批人乃嵩山派假冒，這段話改為只說「眼見兩名漢子手持鋼刀」。

十五・定靜師太問令狐冲高名，令狐冲自稱是「泉州府參將吳天德」，一版定靜師太心想：「這人身負絕世武功，決不會甘心做朝廷的鷹犬。但他既如此說，自是不願以真面目示人。今日我恆山派免遭覆沒之厄，全是這位少俠所救，大恩大德，今後不知如何報答才是。」說道：「古人言道：大隱隱於朝，中隱隱於市，小隱隱於山。原來將軍是一位大隱於朝的高人。將軍武功深不可測，老尼久歷江湖，卻瞧不出將軍的師承門派，實是佩服。」二版刪為定靜師太說道：「今日我恆山派遭逢大難，得蒙將軍援手相救，大恩大德，不知如何報答才是。將軍武功深湛，貧尼卻瞧不出將軍的師承門派，實是佩服。」

十六．令狐冲堅稱自己是「吳天德」，定靜師太則說要「禱祝將軍福體康健，萬事如意。」一版令狐冲道：「多謝多謝，你求求菩薩，保佑我升官發財，逢賭必贏，小老婆娶足十個，兒子女兒，生他奶奶的成羣結隊，哈哈哈哈！」大笑聲中，拱了拱手，揚長而去。二版改為令狐冲道：「多謝，多謝。請你求求菩薩，保佑我陞官發財。小將也祝老師太和眾位小師太一路順風，逢凶化吉，萬事順利。哈哈，哈哈！」大笑聲中，向定靜師太一躬到地，揚長而去。他雖狂妄做作，但久在五嶽劍派，對這位恆山派前輩卻也不敢缺了禮數。

十七．定靜師太大罵「東方必敗」後，為七人所包圍，一版說這七人手中既不攜兵刃，口中也是一言不發。二版刪去「手中不攜兵刃」一語，因為這裡前後矛盾，在後來的故事中，七人旋即有人取鐵牌來鬥定靜師太。

十八．定靜師太與敵方七人纏鬥，一版說定靜師太暗暗心驚，這七人顯是練成了一種陣法，進退趨避之際，七個人便如一人，相互之際非但決不衝撞，而且攻的攻，守的守，十四條手臂一同使將出來，她便如是和一個生有十四隻手的怪物打鬥一般。二版將這段全刪，因為這樣的陣法與恆山派的劍陣幾乎完全一樣，存之不宜。

十九・鍾鎮一行帶定靜師太到仙安客店後，一版鍾鎮說道：「鄧師弟和高師弟久慕師太劍法是恆山派第一……」此話莫非暗指鍾鎮自己不仰慕定靜師太的劍法？二版改為鍾鎮說道：「我們久慕師太劍法恆山派第一……」

二十・令狐冲問店小二：「亂石崗黃風寨在甚麼地方？」一版店小二道：「離廿八鋪有二百多里路。」可見一版的「亂石崗黃風寨」確有此處，非嵩山派所揑造。二版改為店小二道：「亂石崗在甚麼地方，倒沒聽說過。」二版的「亂石崗黃風寨」當是嵩山派揑造出來的。

二一・二十一名恆山女弟子均被迷昏後，一版說那女子又大叫：「救命，救命！」卻不見再有恆山派的人到來。二版刪去這段，這段顯得嵩山派對恆山派女弟子數目並未完全掌握，自然刪之為妥。

二二・在仙安客店外，聞鍾鎮對定靜師太所提併派之說，一版儀琳雖無多大閱歷見識，卻也聽出鍾鎮顯是乘人之危，不懷好意，心下暗暗生氣。但天真的儀琳怎會為此生氣呢？二版改為令狐沖聽他乘人之危，不懷好意，心下暗暗生氣。

二三．一敵人以恆山女子為人質，脅迫令狐沖一行退開三步，但此人隨即被令狐沖刀鞘撞中而飛出。一版說令狐沖和他相距本有兩丈之遙，但不知如何，手臂只一伸便戳中了他胸口，內力到處，將他震得飛出丈許。一版令狐沖難道是「橡皮人」，怎能這般伸長手臂呢？二版改為只說令狐沖沒料到自己內力竟然如此強勁。

二四．說起被對頭迷昏後帶離廿八舖之事，一版儀和道：「我們給迷倒後人事不知，後來那些賊子用冷水澆醒了我們，鬆了我們腳下綁縛，將我們趕入了一條地道，出來時已在鎮外。」但廿八舖怎會有地道？二版改為儀和道：「我們給迷倒後人事不知，後來那些賊子用冷水澆醒了我們，鬆了我們腳下綁縛，從鎮後小路上繞了出來。」

令狐冲對恆山美女動心時，便至妓院招妓陪酒
——第二十四回〈蒙冤〉、第二十五回〈聞訊〉版本回較

一版「恆山派於福建被魔教伏擊」一段故事，自第二十二回到第二十四回，經過了一番轉折。在一版第二十二回中，出現於福建，不吃豬肉的「清真教門」高手，明明就是貨真價實的「魔教徒」，也和泰山派的和風道人交手過，還有兩名魔教徒因此死於泰山派手下。但寫及第二十四回時，金庸決定將整齣「魔教入閩」的故事，詮釋為嵩山派預埋下的鬼蜮奸謀，跟魔教並無任何相干。如此一來，魔教既從未入閩，自第二十二回到第二十四回所有出現的魔教徒，也全都被編派成嵩山派假冒的「偽魔教徒」。這一情節番轉，導致部份情節前後矛盾。因此，在改寫為二版時，必須針對第二十二回到第二十四回「魔教入閔」相關故事的矛盾之處，進行修改。

且來看一版到二版的修訂。

就從令狐冲於向陽巷老宅窺看林平之與岳靈珊二人尋覓《辟邪劍譜》說起。

在岳靈珊與林平之談話中，岳靈珊要林平之練就「紫霞神功」報仇，一版林平之道：「本門這紫霞神功，向來只傳一名弟子。」

可知一版華山派的「紫霞神功」是一脈單傳的。

二版則將林平之的話改為「本門紫霞神功向來不輕傳弟子。」

而後，「白頭仙翁」卜沉與「禿鷹」沙天江強進林家老宅，制服林平之與岳靈珊二人，並搶得書有「辟邪劍譜」的紅色袈裟。卜沙兩人旋即離去，令狐冲立時追擊而出。

令狐冲在追趕中為卜沙二人砍傷後，仍大叫二人盜了「林家的辟邪劍譜」，卜沙二人聞言，分從左右掩上。最後，令狐冲殺了卜沉，沙天江亦因不敵令狐冲而自盡。

「禿鷹」沙天江死後，令狐冲從他懷中將寫有「辟邪劍譜」的袈裟取了出來。一版說，卻聽得拍的一聲響，一塊木條掉在地下。他拾起一看，只見那木條有半尺來長，半截燒焦，上面刻有許多希奇古怪的文字花紋。他認得這是魔教教主的令牌，叫作「黑木令牌」，當日在孤山梅莊之中，鮑大楚取出這塊令牌，黃鍾公等便奉令唯謹，不敢有絲毫反抗，可知此牌代表魔教教主權威，心想：「原來這兩名老者是魔教中人，為非作歹，殺了他們也不寃枉。」當下將袈裟和令牌都揣在懷中，心想魔教中人正在浙閩道上橫行不法，這塊令牌將來或有用處。

這段二版全刪了。

由一版這段故事可以推測金庸初創作時的思路，因為「黑木令」並非朝陽神教教徒人人可得之物，因此「白頭仙翁」卜沉和「禿鷹」沙天江身擁「黑木令」，可能性之一是嵩山派高手殺了魔教長老級高手，他倆因而得擁「黑木令」，但魔教高手人人身懷絕藝，這個可能性不高；可能性之二是金庸在初創作卜沉與沙天江二人時，確實是要將他們設定成魔教高手，因此，在一版原創意中，魔教的確覬覦林家的「辟邪劍法」。

而若一版的卜沉與沙天江確實是魔教中人，那便可以證明，金庸一版創作至此時，還沒將《葵花寶典》與《辟邪劍譜》設定為不同書名的同一部秘笈，否則，魔教中人何必以身犯險，去搶一本魔教教主本有的秘笈？

若從一版的故事來看，有可能情節發展至此時，《葵花寶典》仍然是內功之書，也就是第二十一回所說的「紫霞秘笈」進階內功書，《辟邪劍譜》才是劍法之書，因此魔教中人才會寧死也要搶得《辟邪劍譜》。

二版則已確定卜沉與沙天江是嵩山派之人，在二版故事中，魔教從未入閩，卜沉與沙天江並非魔教中人，也沒有魔教爭奪《辟邪劍譜》之事。

奪回袈裟後，令狐冲昏倒，醒來後岳不羣夫婦站在他床頭。

一版令狐冲對岳不羣道：「林師弟的辟邪劍譜，給魔教中人奪了去，我殺了那二人，搶了回來。」

二版因沙天江未隨身攜帶「黑木令」，改為令狐沖道：「林師弟的辟邪劍譜，給兩個老頭兒奪了去，我殺了那二人，搶了回來。那兩人……那兩人多半是魔教中的好手。」

聞令狐沖之言，一版岳不羣道：「你說殺了兩名魔教妖人，如何得知他們是魔教的？」令狐沖道：「弟子在他們身上搜出一面魔教教主的黑木令牌。」

二版則改為岳不羣道：「你說殺了兩名魔教妖人，怎知他們是魔教的？」令狐沖道：「弟子南來，一路上遇到不少魔教中人，跟他們動了幾次手。這兩個老頭兒武功怪異，顯然不是我正派中人。」

二版這一連串的修訂，是要與隨後嵩山派指稱令狐沖殺了他嵩山派的卜沙二人相呼應。

接著，嵩山派「九曲劍」鍾鎮、「神鞭」鄧八公（新三版滕八公）與「錦毛獅」高克新為了令狐沖殺了卜沙二人之事，前來詰難岳不羣。

而後，因令狐沖揭破嵩山派「併派」的陰謀，鍾鎮遂憤而偷襲令狐沖。

令狐沖劍鬥鍾鎮三人後，為卜沙二人所傷處又出血，導致意識迷糊。

一版說令狐沖迷迷糊糊之中，聽得兵刃相交之聲叮噹不絕，眼睜一綫，見到儀琳的臉蛋上滿是焦慮的神色，口中在喃喃唸佛：「眾生被困厄，無量苦遍身，觀音妙智力，能救世間苦……」登時想起那日在衡山城外，自己受傷之後，她也是如此關懷，如此全神貫注的為自己禱祝，只是當時只有他二人在荒郊之中，今日四周卻不知有多少人，心想儀琳小師妹向來顧慮甚多，何以忽然如此大膽？再向她臉上瞧去，突然之間，心下省悟：「只因她全心全意的只關懷我一人的生死安危，她早忘了自己，也早忘了周遭另有旁人。什麼男女之嫌，出家人和俗家人之別，她是半點也想不到了。」

一版的這段清楚地說明了，令狐冲極為明白儀琳對他的情意。二版則將這段刪為只說，令狐冲迷迷糊糊之中，聽得兵刃相交聲叮噹不絕，眼睜一線，見到儀琳臉上神色焦慮，口中喃喃念佛：「眾生被困厄，無量苦遍身，觀音妙智力，能救世間苦……」

最後，鍾鎮三人均為令狐冲所制。擊敗鍾鎮三人後，鍾鎮三人離去，令狐冲則因接到定閒師太飛鴿所傳血書，知道定閒師太與定逸師太被困在龍泉鑄劍谷，因而率領恆山派女弟子們，欲往龍泉營救兩位師太。

出鎮向北，行不數里，恆山派眾人在山畔一條小溪邊坐地休息。一版說儀琳一直跟在令狐沖身旁，有時臉露微笑，也不知她在想些什麼心事，卻始終沒跟令狐沖說什麼話，這時才道：「你……你傷口很痛吧？」令狐沖笑道：「不礙事。」

二版將這段刪去，想來儀琳怎能「主動」跟在令狐沖身邊，完全不顧師姊妹的感覺，一副令狐沖小跟班或小情人的模樣呢？

而後，恆山一行繼續前往龍泉鑄劍谷。令狐沖催馬疾馳時，一版儀琳道：「令狐大哥，你別跑得太快，小心傷口。」令狐沖道：「這些外傷，也算不得甚麼，有你的靈丹妙藥，不久就好了。」儀琳心道：「我知道你最大的創傷，是在心裏。」

二版刪去儀琳這段貼心的話，若照一版令狐沖與儀琳再這麼發展下去，儀琳跟令狐沖只怕不成為另一對小昭與張無忌都難了。為了不讓令狐公子變成跟張教主一樣，成了「四女同舟何所望」的多情郎，二版儘量將令狐沖往「專情」上修改，也技巧性地刪去一版儀琳與令狐沖獨處的機會，以及倆人較曖昧的對話。

故事接續到第二十五回，令狐沖於龍泉鑄劍谷大顯神威，將圍攻定閒、定逸兩師太的嵩山派高手們擊倒。而後，恆山派一行決定走水路北返恆山。

在烏篷船上，一版說儀琳為了避嫌，竟不和他同乘一船。令狐沖每日裏跟儀和，鄭萼、秦絹、于嫂等人談談說說，舟行也頗不寂莫。

一版一直像小昭般當「小跟班」的儀琳，這會兒竟害羞避嫌了。

二版儀琳則本就有所矜持，亦跟令狐冲保持適當距離，這段改為恆山派既有定閒、定逸兩師太兩位長輩同行，令狐冲深自收斂，再也不敢和眾弟子胡說八道了。

而後在九江口，自白蛟幫「長江雙飛魚」口中，令狐冲與定閒、定逸兩師太得知任盈盈被困少林寺之事，兩位師太遂前往少林寺，請方丈釋放任盈盈。

聽聞此事，恆山女弟子們均認定任盈盈便是令狐冲情人，令狐冲原也欲去救盈盈，卻見儀琳坐在船艙一角，臉色蒼白，神情卻甚為冷漠，令狐冲不禁心中一動：「她心中在想甚麼？為甚麼她不和我說話？」

一版說他痴痴相望。儀琳卻是垂眉低目，便如入定一般。又說令狐冲心想：「她們都道我心急要見盈盈，其實那有此事？」

可知一版令狐冲對儀琳是有感情的，而且感情之濃，並不下於盈盈。

二版令狐冲被改為只專情於岳靈珊與任盈盈，一版中他對儀琳「痴痴相望」及沒有「心急要見盈盈」的心思，全被刪了。

接著，船行至雞鳴渡，令狐沖上岸飲酒，卻於冷酒鋪中遇上衡山派掌門莫大先生。

莫大先生對令狐沖說他連續五晚上船窺探令狐沖的舉止，並說：「我見你每晚總是在後艄和衣而臥，別說對恆山眾弟子並無分毫無禮的行為，連閒話也不說一句。令狐世兄，你不但不是無行浪子，實是一位守禮君子。對著滿船妙齡尼姑，如花少女，你竟絕不動心，不僅是一晚不動心，而且是數十晚始終如一。似你這般男子漢、大丈夫，當真是古今罕有，我莫大好生佩服。」

一版令狐沖聞莫大先生之言，道：「莫師伯之言，倒教小侄好生惶恐。小侄卻也不是不動心，只是覺得不該動心。不瞞莫師伯說，有時煩惱起來，到岸上妓院中去叫幾個粉頭陪酒唱曲，倒是有的。但恆山派同道的師妹，卻如何可以得罪？」

一版令狐沖的這段話還真叫人吃驚，原來令狐沖對恆山派女弟子竟會「動心」，甚至還會有「性衝動」，為了壓抑「性衝動」，只好到岸上妓院去召妓。

而若再深入點說，會讓令狐沖產生「性衝動」的恆山女弟子還能有誰？當然就是儀琳了。令狐沖話說得這麼白，誰還會信他不想拿儀琳當「老婆」？

二版為了修出令狐沖「專情」及「君子」的形象，將令狐沖之言改為：「莫師伯之言，倒教小侄好生惶恐。小侄品行不端，以致不容於師門，但恆山派同道的師妹，卻如何可以得罪？」

二版的說法完全不見令狐冲的情慾了。

金庸在修訂新三版時，曾經說過：「天下的男人都是不專情的，信不信由你了。」然而，那是「老年金庸」的想法，中壯年的金庸可不做此想。說來天下男人千百種，多情花心的男人固然不少，情有獨鍾的男子也不乏其人，怎能用「不專情」一竿子打翻天下男人呢？至少在二版《笑傲》中，令狐冲就是一個專情的男人。

金庸於一九六七年至一九六九年於〈明報〉初創《笑傲》，當時金庸是四十三歲到四十五歲，當時的他把令狐冲創作成會對儀琳，甚至對其他恆山女弟子有「性衝動」的男人，可見一版《笑傲》令狐冲跟張無忌一樣，都是「多情」的男人。

金庸在一九七〇年到一九八〇年，即四十六歲到五十六歲之間，修訂一版小說為二版，二版《笑傲》將令狐冲對儀琳動情的情節能刪即刪，令狐冲於是就成了「專情」的男人。

看來「老年金庸」所說的「天下的男人都是不專情的，信不信由你了」一句話，中壯年的金庸卻是不相信的。

【王二指閒話】

《笑傲》的創作接續在《天龍》之後，某些《笑傲》的創意顯然是要完成《天龍》未竟之創意。

何謂「《天龍》未竟之創意」？比如嵩山派密謀將恆山派併派一事，創意即仿生自《天龍》慕容博報雁門關假訊的故事。

在《天龍》中，慕容博假傳訊息，說契丹武士即將南來，劫奪少林寺武經秘笈，以為軍中教習之用。這個訊息引起以少林寺玄慈為首的中原武人集體驚恐，遂結集成隊，至雁門關伏擊契丹武士。

然而，《天龍》這段故事的破綻是，慕容博只說有「契丹武士」要進犯中原，卻沒有具體說出對頭是誰，也沒說約略幾人，玄慈等人竟在不知準確的時間點，也不明敵人是誰的狀況下，即至雁門關埋伏，一見契丹武士就殺。這實在大違玄慈、汪劍通等幫派首腦一貫行事謹慎的風格。

《笑傲》的「魔教入閩」不再重蹈《天龍》的覆轍。在《笑傲》中，嵩山派對恆山派假傳「魔教入閩」的訊息，使得恆山派傾巢而出，欲與魔教決一死戰，這樣的計謀與慕容博假傳訊息如出一轍。然而，雖說故事的創意類似，但《笑傲》的情節顯然遠較《天龍》周延，嵩山派的假訊息並不像慕容博的假訊息一般空穴來風，而是經過精密規劃，由嵩山派令人假冒魔教教眾，於福建痛殲恆山派。

除了「魔教入閩」一事延續《天龍》的創意外，《笑傲》男主角令狐冲的愛情與武功情節，也有部份是《天龍》男主角段譽故事的延伸。

先說愛情，在金庸早期的創作中，男主角們都彷若天之驕兒，只要俠士一出江湖，美女或俠女們即爭先恐後投懷送抱，即使直魯如郭靖、樸實如張無忌，華箏、黃蓉及趙敏、周芷若、小昭與殷離等諸美女們，仍個個都像著魔般，一見男主角便不可救藥地愛上他。至於俊俏的楊過，那根本就是男神，《神鵰》中幾乎所有少女，一見到楊過就情不自禁地迷戀他。

講究「創意推陳出新」的金庸，自《天龍》開始，不再讓男主角於愛情上這般吃得開了，即便是大俠，也可能是情場失意者。在金庸的新創意下，第一位「苦戀」的男主角是段譽，段譽苦練王語嫣，王語嫣卻深愛慕容復。不過，金庸仍厚待段譽，在《天龍》書末，段譽依然抱得美人王語嫣而歸。

創作《笑傲》時，金庸決定讓令狐冲失戀，徹底經歷「苦戀」的痛苦，因此，在《笑傲》

中，令狐冲被岳靈珊狠狠拋棄。一代大俠令狐冲竟成了金庸書系中感情受傷最重的俠士。

至於武功，令狐冲的武功也延續自段譽的創意。以「內功」而言，「吸星大法」與「北冥神功」幾乎一模一樣，令狐冲也與段譽一樣，內力都是吸取他人真氣而來。

令狐冲的「外功」「獨孤九劍」則是將段譽的「六脈神劍」物質化。「六脈神劍」以真氣為劍，著實「魔幻」得過度。《笑傲》則把想像由「魔幻」拉回「現實」，「六脈神劍」是無形劍氣，「獨孤九劍」則是有形利劍，兩者都是又快又威力無窮，「獨孤九劍」彷彿就是有形的「六脈神劍」，不過，「獨孤九劍」是使劍殺敵，「六脈神劍」則是以無形真氣射倒他人，從科學的觀點來看，「獨孤九劍」顯然比「六脈神劍」更能讓讀者信服。

第二十四回還有一些修改：

一．岳靈珊向林平之說起她聽爹爹說過說有一種草，浸了酸液出來，用來寫字，乾了後字跡便即隱沒。二版蹲在牆角的令狐冲心中一酸，記得師父說這個故事時，岳靈珊還只八九歲，自己卻有十七八歲了。新三版將令狐冲「十七八歲」減為「十五六歲」。

二．岳不羣說起盈盈便是任我行的女兒，二版令狐冲心想：「原來盈盈是任教主的女兒，怪不得老頭子、祖千秋他們對她如此尊崇。她隨口一句話，便將許多江湖豪士充軍到東海荒島，終身不得回歸中原。」新三版此回呼應第十七回的修改，將二版令狐冲心思中的「終身不得回歸中原」改為「七八年不得回歸中原」。

三．鍾鎮偷襲令狐冲，令狐冲避開後，恆山弟子結劍陣圍住鍾鎮、滕八公與高克新三人。新三版此處較二版增說：原來恆山派弟子早已由鄭萼、儀琳口中，得知鍾鎮三人如何乘人之危，在廿八舖逼迫定靜師太同意五派併派之議，都心中有氣，此時得鄭萼示知，又見鍾鎮偷襲傷人，當即使動劍陣，將嵩山派三人圍住。

四．見到定閒師太遭難的血書，二版儀清道：「確是我師父親筆。」新三版因將儀清由定閒師太的弟子改為是定靜師太的弟子，因此，儀清話中的「我師父親筆」改為「掌門師叔親筆」。接著，二版儀和道：「師尊有難，事情急如星火。」新三版亦將儀和由定閒師太的弟子改為定靜師太的弟子，因此，儀和話中的「師尊有難」也改為「師叔有難」。

五．令狐冲打聽「福威鏢局」所在時，一版說突見人叢中一個青衣漢子臉上神色十分古怪，急速轉頭，快步走開。令狐冲心念一動：「是了！我在廿八舖內外兩番對敵，均是這副打扮，只怕道上傳言早已沸沸揚揚，說什麼魔教前任教主任我行復出，這麼長，這麼短，穿戴的便是這樣一副德行。」當下便去投店住宿，到街上去買衣更換。走了幾條街，沒見到有舊衣店。一版令狐沖此時仍維持「吳天德」的裝扮。二版因令狐沖在第二十三回回末已經換下吳天德衣飾，因此這一整段全刪。

七・林平之要送岳靈珊回鏢局，一版令狐沖心想：「這個林師弟真是奇怪，若是她來看我啊，便是天塌下來，我也不會讓她走。倒像小師妹對他死心塌地，而他卻是漫不在乎。」二版刪去令狐沖這段心思。

八・岳靈珊說要幫林平之找《辟邪劍譜》，一版說岳靈珊不想便去，又要討他喜歡。二版刪此「冗解釋」。

九・一版岳靈珊左手上戴着翡翠鐲子，二版將「翡翠鐲子」改為「銀鐲子」。

十・令狐沖想起昔時與岳靈珊捉蟋蟀打架之事，一版說令狐沖自己把最大最壯的蟋蟀讓給她，偏偏還是她的輸了，她大發脾氣，一腳將自己的蟋蟀踏死了。二版刪去「她大發脾氣，一腳將自己的蟋蟀踏死了」兩句，或因這行為與《神鵰》郭芙太過雷同。

十一・追擊卜沉與沙天江二人，一版令狐沖是使「腰刀」，二版令狐沖改為用「劍」。

十二・岳不羣説令狐冲與魔教任教主的女兒勾結，一版令狐冲腦中亂成一團，只是想：「難道盈盈當真是任我行的女兒?但那時任我行給囚在西湖底下，他的女兒又會有甚麼權勢?」二版刪去令狐冲這段心思。

十三・得悉盈盈原來是任我行的女兒，一版令狐冲心想：「原來盈盈是任我行的女兒，怪不得老頭子、祖千秋他們對她如此尊崇。她隨口一句話，便將許多江湖豪士充軍到西域去，終身不得回歸中原。」一版令狐冲思維中的「充軍到西域」是個錯誤，二版已更正為「充軍到東海荒島」。

十四・想起任盈盈，一版令狐冲尋思：「她和我在一起之時，除了脾氣有些古怪之外，嬌羞靦腆，跟尋常女孩兒家實在並無分別。」二版刪去令狐冲這段心思，若任盈盈所思所為還不特別，真不知令狐冲的標準要怎樣才算「特別」的女子了。

十五・説起恆山派劍陣，一版説原來這恆山劍陣以靜制動，既然一動不動，便無破綻可尋，宛然亦有「以無招破有招」之妙詣。恆山高手定靜、定閒、定逸三師太，武功中獨到之處，便是在這「靜、閒、逸」三字。只是這劍陣必須七人連使，同時以之制敵，必須頃刻間立即成陣，若是遇到一等一的高手，陣腳一亂，那便難免潰敗了。二版將這整段刪去了。

十六．內力為令狐冲所吸，一版說鍾鎮叫道：「原來他……他便是那個任我……我行！」叫聲嘶嘎，充滿了驚惶之意。二版刪了這幾句，因為鍾鎮是嵩山派出身的老江湖，怎能連任我行是誰他都不識？

十七．令狐冲為表明自己絕不可能暗害林平之而不死，當著岳靈珊之面，以內力擲劍，一劍射斷大樹。而後，一版令狐冲慢慢走將過去，拾起斬斷大樹的長劍。二版改為秦絹過去拾起斬斷大樹的長劍，給他插入腰間劍鞘。

第二十五回還有一些修改：

一．令狐冲在水月庵見到斷劍頭，問儀清定閒師太與定逸師太是否使寶劍，二版儀清道：「她二位老人家都不使寶劍。我師父曾道，只須劍法練得到了家，便是木劍竹劍，也能克敵制勝。」新三版因將儀清由定閒師太的弟子改為是定靜師太的弟子，因此，儀清話中的「我師父曾道」改為「掌門師叔曾道」。

二．嵩山派姓趙老者問令狐冲尊姓大名，二版令狐冲笑道：「本將軍泉州府參將吳天德便是！來將通名。」那老者明知他說的是假話，長歎一聲，轉頭而去。然而，此刻令狐冲並未假扮「吳天德」，再自稱「吳天德」，實在太過做作，新三版改為令狐冲笑笑不答。儀和朗聲道：「這位令狐冲令狐少俠，以前是華山派的，現今無門無派，行俠江湖，是我恆山派的好朋友！」

三．莫大問令狐冲近日來可快活，二版令狐冲道：「莫師伯明鑒，弟子奉定閒師伯之命，隨同恆山派諸位師姊師妹前赴少林。」二版令狐冲話中的「前赴少林」當是誤寫，新三版已更正為「回歸恆山」。

四．想起五嶽派掌門，二版令狐冲對莫大的心思是「這位莫師伯外表猥瑣平庸，似是個市井小人。」新三版令狐冲再加想兩句「實則武功驚人，可畏可怖。」

五．來到鑄劍谷時，令狐冲聽一男子叫道：「好好相勸加盟聯派，共襄大事，你們偏偏固執不聽，自今而後，武林之中可再沒恆山一派了。」可知一版嵩山派此刻已直承身份了，二版則改為那男子叫道：「東方教主好好勸你們歸降投誠，你們偏偏固執不聽，自今而後，武林中可再沒恆山一派了。」二版的嵩山派此刻還偽稱是魔教。

五．姓易的說要救任小姐，一版定閒師太說道：「你們就不怕朝陽神教嗎？」那姓易的道：「大夥兒想起任小姐的恩義，神教的東方教主就是要阻攔，那也管不得這許多了。大家說，便是為任小姐粉身碎骨，也是甘願。」二版刪去這對話。

六．令狐冲說要請莫大指教，一版莫大說：「唉，有多少風流，便有多少罪孽。恆山派的姑娘、尼姑們，今晚可要遭大刦了。」一版莫大所指，應是令狐冲當晚可能會染指恆山派女弟子們，但後來並無此事，二版因此改為莫大道：「唉，有多少風流，便有多少罪孽。恆山派的姑娘、尼姑們，這番可當真糟糕之極了。」

七．想起五嶽派掌門人，一版令狐冲心想：「嵩山掌門左冷禪談笑風生。」若真如此，一版令狐冲對左冷禪的印象應該還不錯，二版改為令狐冲心想：「嵩山掌門左冷禪陰鷙險刻。」

令狐冲力破武當派的「八卦劍陣」

——第二十六回〈圍寺〉版本回較（上）

一版此回有一段令狐冲力破武當派「八卦劍陣」的故事，二版將之全數刪除。

且來看看一版這段長達十頁，二版完全消失的情節。

就由令狐冲率群豪上少林救任盈盈，將至武當山腳下，卻不願冒犯武當派說起。

一版而後的內容是：羣豪改道向東，行出四十餘里，神烏幫的兩名弟子騎着快馬趕來，報道：「十餘里外的山隘處，有數百名道士攔路，說道是武當派的，要和盟主說話。」

令狐冲縱馬來到山隘口，翻身下馬，快步上前，只見山隘前排着卅來名身穿青布道袍的道人，手中各執長劍，攔住了去路。

令狐冲轉過身來，朗聲向羣豪道：「眾位朋友聽了，武當派是武林中的名門大派，冲虛道長更是當世高人，大家千萬不可出言衝撞。有什麼言語，在下一人應對便是。」群豪齊聲答應，聲震四野。

令狐冲轉過身來，向羣道抱拳說道：「在下會同諸位朋友，前赴少林寺，有事拜見方證大師，路過武當，深恐滋擾列位道長清修，是以避道而行。未上寶山拜候，列位恕罪則個。」

只聽一名長鬚道人說道：「你便是華山棄徒，改投魔教的令狐冲嗎？」出言實是無禮之極。令狐冲聞言，心下大怒，但仍淡淡一笑，說道：「在下令狐冲，確是華山棄徒！」說到這「華山棄徒」四字之時，他心中不禁一痛，心想：「原來江湖之上說到我令狐冲時，早已稱之為華山棄徒了。」接着又道：「但『改投魔教』四字，卻非事實。」

那長鬚道人道：「你既非改投魔教，何以甘為黑木崖的鷹犬，率領了這批魔教麾下的淫邪之徒，要去少林寺搗亂？」長鬚道人語畢，桃谷四仙瞬間將他手足抓起，提了起來。便在電光石火的同一瞬間，羣道中飛出八柄長劍，六柄劍的劍尖分別抵住桃谷六仙的後心，另外兩柄劍一指令狐冲咽喉，一指他的小腹。

桃谷六仙見狀，情知已然討不了好去，遂將那長鬚道人向上一抛。那道人重重的摔在山石之上，骨節折斷之聲格格可聞，口中鮮血狂噴。

令狐冲見狀，心想那八名道人必會對桃谷六仙下毒手，於是長劍出鞘，一劍將八劍格開。

那八名道人而後組成武當派的「八卦劍陣」來戰令狐冲，令狐冲意欲以「獨孤九劍」破此劍陣，豈知這劍陣竟毫無破綻，破之不得。

而後令狐冲發現，這八人的劍法雖無破綻，腳下功夫卻是破綻所在，於是持劍刺一名道人下盤，果然破了此劍陣。

接著，長鬚道人又與三名老道人出手戰令狐冲，長鬚道人對令狐冲說，只要勝得他四人手中長劍，武當派便不敢再行攔道。令狐冲問：「請問道長道號上下？和冲虛道長又如何稱呼？」長鬚道人道：「你勝得我四人，便可過去，又何必多問？」

令狐冲與四道拆得數招，心下暗暗納罕：「曾聽師父言道，武當派武功素以陰柔見長，以柔尅剛，以圓制方。但這四個道人的劍法卻純是陽剛一路，足見外界所傳，未必與實情相符。武當劍法之中，也有陽剛的路子。」而後令狐冲即擊敗了四名道人。

敗在令狐冲手下後，長鬚道人即領羣道退去。

次日群豪啟程向北，行得二十餘里後，前哨快馬來報，說前面山道上有三十餘具道士的屍身，好像就是昨天攔路的那些道人。令狐冲吃了一驚，催馬前行，果見一道陡削的岔路之上，橫七豎八的躺着數十具屍首，那長鬚道人也在其內。屍首旁邊一株大樹的樹幹上，削去了一片樹皮，用劍尖寫着八個大字：「奸徒冒名，罪不容誅。」

祖千秋道：「原來這些道人不是武當派的。看來都是給武當派殺死的了。」老頭子道：「為甚麼要冒充武當派？不知他們又是甚麼來歷。當真是奇哉怪也！」

令狐冲突然心念一動，問昨日使武當派「八卦劍陣」那八名道人可有在內？計無施、祖千秋等檢視各具屍體，果然不見使「八卦劍陣」的那八名道人。

令狐冲說他懷疑那八名道人是真正的武當派門徒，因為那八名道人的劍法雖不甚高，使得卻極純熟，劍法中無懈可擊。

祖千秋不解，為甚麼真的武當道侶會和假的混在一起。計無施說，那八名武當道人應是被那些假冒的道人逼來的。

老頭子一拍大腿說道：「這些冒充的傢伙生怕露出馬腳，去找了一批貨真價實的武當道人來打頭陣，好教咱們不致起疑。」計無施道：「難道這些冒充的傢伙，竟是黑木崖教主派來的？」眾人聽到「黑木崖教主」五字，不由得均是臉色大變。令狐冲笑道：「不管是誰派來的，總之不是我們殺的。倘若真是武當派下的手，有武當派這樣一個強援，豈非甚佳？」

這段近十頁的故事，二版悉數刪去。

若照一版這段情節來看，這批阻攔令狐冲一行上少林寺的「假武當道人」，理應是左冷禪的手下，而假冒武當道人與令狐冲一行衝突，自是要挑起令狐冲一行與武當派的仇恨。

然而，左冷禪的計劃理當是五嶽併派，此刻的他應該還未思及對付少林與武當兩派，二版因此將這整大段刪去。

看過一版到二版到改變，再看二版到新三版的變革。

故事由令狐冲與群豪相會黃保坪，計劃上少林寺救盈盈說起。

在黃保坪，二版令狐冲對群豪說的是：「明日咱們去買布製旗，寫明『天下英雄齊赴少林恭迎聖姑』的字樣，再多買些皮鼓，一路敲擊前往，好教少林的僧俗弟子們聽到，先自心驚膽戰。」

新三版則改為令狐冲道：「明日咱們去買布製旗，寫明『江湖群豪上少林，拜佛參僧迎任姑』的字樣，須是任大小姐的『任』字，不是神聖的『聖』字。再多買些皮鼓，一路敲擊前往，好教少林的僧俗弟子們聽到，先自心驚膽戰。」

二版令狐冲的布旗上寫的是「天下英雄齊赴少林恭迎聖姑」，意即他上少林就是為了營救任盈盈，可知令狐冲是「為愛往前衝」。新三版則為了描述令狐冲的謙冲有禮，將布旗上的口號改為「江湖群豪上少林，拜佛參僧迎任姑」，但這麼一改，「迎任姑」即被擺在「拜佛參僧」之後，淪為令狐冲率群豪上少林，所圖三個目的的最末一個了。

【王二指間話】

金庸塑造筆下俠士時，對於「成功的俠士」有其不成文的定義。所謂的「俠」，只要身擁武功，並心俱俠義，就算是「俠」了。但這麼簡單的定義，將使得武俠小說的「俠」多不勝數。因此若是要任「俠」，又要是「主角」，即必須有其鶴立雞群的事功與成就，否則就難能突顯他們在俠川俠海中的特別。

從「俠」的成就來講，金庸書系向來概分兩個方面，一方面是「國家成就」，或稱「歷史成就」，另一方面則是「江湖成就」。這兩者中，「國家成就」可以沒有，「江湖成就」卻絕不能少，因為故事既屬「武俠小說」，便不一定有歷史背景，而若是無歷史背景，「大俠」即不可能有「國家成就」。

何謂「國家成就」？如《射鵰》郭靖鎮守襄陽，護持大宋疆土與百姓，《神鵰》楊過率領七百江湖俠士北出襄陽，殲滅進襲唐州與鄧州的兩支蒙古千人隊、《倚天》張無忌領導明教大軍推翻元朝政府，及《天龍》喬峰暗殺契丹將領等等，都是「國家成就」。

然而，大俠們的「國家成就」絕不可能功高到蓋過歷史人物，他們再怎麼表現，也不可能被寫進早已是定稿的史冊，因此，再多的表現在史料中都只是夢幻泡影。也就是說，郭靖、楊過再怎麼殺敵，守襄陽的頭功還是呂文德的，張無忌再怎麼指揮明教部眾，推翻元朝的大明開國皇帝依然是朱元璋，喬峰不論殺了多少契丹將領，都不可能變成彰之史冊的抗遼英雄。

把「大俠」編派為民族英雄，為他們捏造再多的「國家成就」，都還是無法成為「歷史真實」。因此，在武俠小說中，給予大俠們的最好冠冕，救是幫他們塑造「江湖成就」。

所謂「江湖成就」，絕不能是發拳出劍，殺殺惡賊淫徒就算「成就」。這類「殺賊除寇」的行為固然算是「俠蹟」，但還不能算是高人一等的「成就」，因為做得到的人太多了。

金庸要為「大俠」們塑造的「江湖成就」概分兩類，一類是「掌門人」，一類則是被武林中人推為「共主」，比如「武林盟主」。兩者之中，被推為「武林盟主」的重要性更勝於當「掌門人」，因為「掌門人」也可出於世襲，或憑武功壓倒同門而出任，此外，天下幫派繁多，當「掌門人」根本顯不出「主角大俠」那被全武林推崇、景仰與支持的突出之感。

因此，袁承志、郭靖與楊過等人從不曾出任「掌門人」，張無忌與令狐冲則曾任明教與恆山派的「掌門人」（一版張無忌還執掌過峨嵋派），但他們共同的「江湖成就」，即是都曾當過「武林盟主」。

袁承志受焦公禮等人的舉薦，當過「七省盟主」；郭靖在鎮守襄陽，面臨蒙古大軍壓境的威脅時，廣發「英雄帖」，召江湖人物共守襄陽，也有「武林盟主」之實；楊過率人廚子、百草仙等七百江湖人物殲滅蒙古千人隊，自然算得「武林盟主」；一版張無忌在萬法寺救出六大門派後，被以少林派空智大師為首的五大門派公推為「武林盟主」；令狐冲則是為了救任盈盈，被老頭子等五千多位江湖人物共推為「盟主」。

為甚麼「大俠」都須成為「武林盟主」呢？說來原因就是，「大俠」兩個字，總不能自己說了算。讓盡可能多的江湖人物齊奉為「盟主」，才是實至名歸的「大俠」。

第二十六回還有一些修改（上）：

一．令狐冲遇見老頭子一行後，群豪中有人提議醉死令狐冲，二版又一人道：「這叫做不能力敵，便當智取。」新三版將這段話改為更幽默的：「這叫做不能力敵，便當酒取。」

二．令狐冲破了冲虛道長的劍招，二版說高手比劍，一招而決。那老者即見令狐冲敢於從自己劍光圈中揮刃直入，以後也就不必再比。新三版刪去「高手比劍，一招而決」兩句不盡合理的解釋。

三・呼應老頭子推舉令狐沖為救聖姑「盟主」的白髮老者，一版說是姓戚，單名一個高字。但此人並非重要角色，爾後亦未再出現，二版刪去他的「戚高」之名。

四・先前被訛傳無情無義，未參與救聖姑的行動，一版令狐沖對群豪解釋說：「這幾個月來，在下誤為奸人所算，身陷牢籠，江湖上之事，一概不知。但日夜思念聖姑，想得頭髮也白了。」二版刪去「誤為奸人所算」一句，因為此際令狐沖已知曉他身陷梅莊地牢，乃是被向問天用計，而為任我行掉包，難道「奸人」是指任我行與向問天二人嗎？

五・聞群豪在爭救聖姑的「盟主」之位，令狐沖說要立即趕去勸阻。一版老頭子道：「正是，祖千秋和夜貓子都已趕去了。他二人跟川西閔氏父子有心病，只怕這會兒早已打將起來了。」若照一版老頭子此說，隨後應該會有一段祖千秋、夜貓子及川西閔氏父子爭鬥的情節，但川西閔氏父子後來完全沒出現。二版因此刪去「川西閔氏父子」，改為老頭子道：「正是。祖千秋和夜貓子都已趕去了。我們也正要去。」

六・令狐沖一行趕到黃保坪時，一版說羣雄聚會之處，是在黃保坪以西的一處荒山。二版改為群雄聚會處是在黃保坪以西的荒野。

七・一版令狐冲稱桃谷六仙為「桃根兄」、「桃幹兄」、「桃枝兄」、「桃葉兄」、「桃花兄」、「桃實兄」。此稱謂頗見怪異，二版改為令狐冲稱桃谷六仙為「桃根仙」、「桃幹仙」、「桃枝仙」、「桃葉仙」、「桃花仙」、「桃實仙」，即以原名相稱。

八・桃花仙問說迎任大小姐出來，是不是給令狐冲做老婆。一版說令狐冲十分尷尬，心想盈盈待已情義深重，眾所周知，若是否認此說，不免掃了她的面皮，但如直認要娶她為妻，不但中間阻難重重，也不便如此直截了當的說將出來，只好默不作聲。一版這段似乎直指令狐冲並未強烈想娶盈盈為妻，二版遂改得含糊其詞，只說令狐冲十分尷尬，只好默不作聲。

九・令狐冲一行將到武當山腳下，一版祖千秋問令狐冲道：「令狐公子，咱們經過武當山，該當偃旗息鼓呢，還是這般大張旗鼓的過去？」二版刪去祖千秋此問。

十・冲虛道長說兩漢子的「兩儀劍法」不敵令狐冲，一版令狐冲恭恭敬敬的道：「這兩位大叔，在武當派中輩份想亦不高，劍術已如此精妙。武當派冲虛道長和其餘的一流高手，那更是令人難窺堂奧了。」但令狐冲又非武當門人，怎能隨意而無禮地判斷此二漢子「輩份想亦不高」呢？二版因此刪去「在武當派中輩份想亦不高」一句。

十一・冲虛道長劍上幻出無數光圈。一版說令狐冲一顆心開始激烈跳動，自從學會「獨孤九劍」以來，第一次感到如此害怕，在敵人的招式中竟會瞧不出破綻，那是前所未有之事。二版刪去令狐冲頗為恐懼的心理描述。

十二．與令狐冲鬥劍後，冲虛要與令狐冲私下密談，一版冲虛將長劍交給挑菜漢子，携着令狐冲的手，往東側一棵大樹走去。令狐冲隨手將長劍抛在地下，和他並肩同行。一版冲虛對令狐冲頗為慈愛，二版則改為冲虛將長劍交給挑菜漢子，往東走去。令狐冲將長劍抛在地下，跟隨其後。二版冲虛較似不同門派的長者。

十三．說起令狐冲學「吸星大法」，一版冲虛道長有言：「據老朽所知，該妖功練到後來，連心地性格也會大變，心靈為其所制，種種胡作非為，竟無是非之別，那時可來不及救了。」二版刪去冲虛這段說法，畢竟術為人用，任我行練「吸星大法」確是性格大變，段譽昔時練「北冥神功」卻未變成妄悖之輩。而聞冲虛之言，一版說令狐冲手心中出了一陣冷汗，二版刪了此說。

岳不羣被計無施擄到少林寺當人質
——第二十六回〈圍寺〉版本回較（下）

一版岳不羣初出場時，是震懾江湖的五嶽派掌門之一，也是武功第一流的人物，但故事進行到第二十六回，岳不羣竟為武功三四流的計無施所俘虜，武功層次明顯大幅下滑。

且來看一版與二版大為不同的這段故事。

故事要由令狐冲率群豪進少林寺說起。

話說令狐冲進少林後，不見少林和尚，卻見到已故的定逸師太與垂死的定閒師太，定閒師太臨終前遺命，請令狐冲接下恆山掌門之位，令狐冲當下允可。

決定執掌恆山派後，一版令狐冲心想：「恆山派門下沒一個男人，聽說上一輩的掌門都是女尼，我一個大男人怎能當恆山派掌門？這話傳將出去，豈不教江湖上好漢都笑掉了下巴？唉，我既答應了她，自是不能食言，我行我素，旁人恥笑，又理他怎地。皇帝自來都是男人做，可是武則天要做女皇帝，還不是做了？」

一版令狐冲竟然以「武則天」自況，這還真是妙喻，難道令狐冲是要上恆山去做山大王、土皇帝？

或許這比擬實在不太洽當，二版刪去了令狐冲想法中的「皇帝自來都是男人做，可是武則天要做女皇帝，還不是做了？」幾句。

而後，群豪遍覓不著少林僧，這才發現少室山已被名門正派包圍。黃伯流等欲突圍下山，卻為亂箭逼回。

計無施為求脫困，將群豪分成八路，齊衝下山。

衝下山時，藍鳳凰左腿左胸（二版改為左腿左肩）同時中箭，倒在地下，令狐冲當即扶起了她。

一版接下來有近三頁的故事是二版刪去的。

這段故事是：令狐冲左手攬住了藍鳳凰的腰向山下奔去，此時忽聽得一個女子喝道：「令狐冲，你越來越不成話啦！」

令狐冲吃了一驚，回過頭來，見說話之人赫然便是小師妹岳靈珊，林平之亦在她身旁，令狐冲又驚又喜，衝口而出：「小師妹，你沒事了？林師弟也好了！」岳靈珊哼了一聲，道：「誰是你的師弟師妹了？你率領妖邪，前來騷擾少林寶剎，還算得是人嗎？」

岳靈珊而後長劍一擺，喝道：「令狐冲，今日正教的各門各派，已將少室山圍得鐵桶相似，你們這些妖魔外道，一個也休想逃下山去，你想走逃，先得過了我這一關。」令狐冲見名門正派人多勢眾，陣勢井然，進退有序，而自己這一方的江湖豪士，卻是狼奔豕突，人自為戰，不用多看，便知勝敗之勢已成，當下心想這番必然噩運難逃，轉念又想，不管怎樣，一定要將盈盈救出來。於是一咬牙，對岳靈珊說道：「岳姑娘，你不放我下山，可要得罪了。」岳靈珊怒道：「你真要跟我動手麼？」令狐冲道：「我只要下山，並不想跟你動手。」岳靈珊道：「嵩山、泰山、衡山、華山各派的好手都已到了，還有少林派邀來的許許多多英雄好漢，你是走不了的，不如就此投降，讓我跟爹爹求求情……」突然她身後現出一人，厲聲說道：「令狐冲，你還不拋劍就縛？」正是華山掌門，君子劍岳不羣。

令狐冲見是師父到了，心頭一震，也不敢再說什麼，一手扶着藍鳳凰，轉身上山。岳不羣長劍刺出，逕指他的後心，卻刺不到他。令狐冲提起內力，飛身上山。岳不羣運起紫霞神功，急追而去，卻始終追不上。眼見自己一手調教出來的大弟子與妖邪為伍，手中又摟了一個魔女，岳不羣實在氣惱已極，恨不得一劍從令狐冲後心穿到前胸。

追到少林寺前時，岳不羣忽覺背心微微一痛，知道後心已然被制。原來在他身後以判官筆制住他穴道的，正是夜貓子計無施。只見岳不羣身旁有七八人，各挺兵刃圍着他，只稍稍有動彈，立遭亂刀分屍。

計無施大聲叫道：「盟主，弟兄們衝不下去，傷亡已眾，還是叫大夥兒暫且退回，再作計較。」

一版這一長段故事，二版刪為僅說：令狐冲左手攬住了藍鳳凰，向山下奔去，羽箭射來，便揮劍撥開。只覺來箭勢道勁急，發箭之人都是武功高強，來箭又是極密，以致群豪手中雖有蒲團，卻也難以盡數擋開，中箭之人越來越多。令狐冲一時拿不定主意，該當衝下山去，還是回去接應眾人。計無施叫道：「盟主，敵人弓箭厲害，弟兄們衝不下去，傷亡已眾，還是叫大夥兒暫且退回，再作計較。」

而後，令狐冲喝令群豪退回少林寺，羣豪聽得呼聲，陸續退回。

群豪退回少林寺後，一版而後的情節是：計無施向令狐冲道：「盟主，咱們這一次雖是衝不下去，但幸好擒到了華山派的掌門，留下了一個重要人質……」令狐冲驚道：「什麼？我師父還沒走嗎？」

岳不羣呸的一聲，喝道：「要殺要剮，儘管動手，誰又是你這妖人淫賊的師父了？」計無施道：「如何?他不認你為徒，你又何必認他為師?」令狐冲搖搖頭，拾起掉在地下的長劍，給岳不羣插在腰間劍鞘之中，說道：「弟子罪該萬死。」

岳不羣接過長劍，怒火填膺，只想一劍就從令狐冲心窩中刺了進去，只是明知他武功了得，這一劍未必能刺得他死，但就算刺死了他，四周敵人環伺，自己這條性命也非送在少室山上不可，於是大踏步下山，離開少林寺而去。

這段一版約一頁的情節，二版連同上一段計無施擒岳不羣的故事，整段全數刪去。

《笑傲》這段名門正派圍攻少林寺令狐冲為首的群豪故事，與《倚天》中六大門派圍攻光明頂的情節是頗有雷同的。《倚天》中圍攻光明頂的，是少林、武當、峨嵋、崑崙、崆峒、華山六派，《笑傲》中圍攻少林寺的，則是少林、嵩山、泰山、衡山、華山五派。

名門正派鐵桶般包圍少室山的情節，與《倚天》元軍在少室山鐵桶般圍住張無忌為首的江湖群俠，創意上幾乎一模一樣，一版計無施擄得岳不羣一事，更是與一版張無忌與韋一笑擄得王保保雷同，岳不羣與王保保兩人也都是被抓而復放，有趣的是，一版《笑傲》與一版《倚天》中擄岳不羣及王保保兩節，二版全都刪去了。

可知《笑傲》的「圍攻少林寺」故事，是仿生自《倚天》的「圍攻少林寺」故事，兩段「圍攻少林寺」最大的不同是，《倚天》的元軍面對張無忌所領導，下山殺來的江湖群豪，幾乎沒有抵禦之力，《笑傲》的名門正派則是對令狐冲所領群豪，以亂箭、長釘伺候，圍得左道群豪一個也逃不下山去。

而這一回岳不羣被計無施擄上少林寺一節，確實是頗為突兀的。在一版第十一回中，曾述及「岳不羣紫霞神功已成，武林之中，以內力而論，算得是少有匹敵的高手。」怎麼故事進行到第二十六回，岳不羣已經退化成連魔教中三四流的計無施都不敵的庸手？

二版將計無施俘虜岳不羣的情節全段刪去，是極為適當的，若岳不羣當真武功如此不濟，他將來又怎能與左冷禪爭奪五嶽派掌門之位？

【王二指閒話】

金庸刻劃筆下俠士的成長，著重之處，一是「武功」，二是「人格」。

武功可以從無到有，在金庸書系中，大多數俠士都是隨著故事發展，從開始學武，到武功逐日精深，最後終於威震天下。

「武功」可以從無到有，由淺入深，「人格」則與武功不同，因為人格常常是與生俱來的，小說可不能像描述武功這般，將俠士由「零人格」打造成「偉大人格」。

金庸在描寫俠士的「人格」時，常用的文學技巧，就是先讓江湖人物「誤會」或「冤屈」俠士，將俠士抹黑。在俠士受千夫所指之後，再描述其如何散發出光風霽月的人格，最後「沉冤得雪」，並獲得武林人物的崇敬。

如在《神鵰》中，楊過與小龍女在大勝關大談戀愛，郭靖認為楊過談「師生戀」是「亂倫」的不赦大罪，原本還想將他掌擊斃命，楊過因而陷入「亂倫」的冤屈中。

故事繼續發展，楊過救了黃蓉與郭芙之命，更在襄陽城外殺了蒙古前鋒千人隊。楊過的所作所為，證明了他不只不是亂倫的「畜牲」，更是為國為民的一代大俠，武林中因此再無人質疑其「師生戀」。

《倚天》張無忌則是被明教幹部共舉為教主後，即成為名門正派眼中的「小魔頭」。

然而，六大門派被困萬安寺後，張無忌旋即命范遙用計盜得「十香軟筋散」解藥，並以「乾坤大挪移」救得六大門派高手，一版少林派空智大師因此推舉張無忌為「武林盟主」。可知張無忌不只未被魔教拉得向下沉淪，還反將魔教帶領成光明正大的革命團體，武林人物因此對張無忌刮目相看。

《天龍》喬峰也是滿腹冤屈的俠士。喬峰因其契丹人出身，被誤會成殺親弒師的殺人魔。最後喬峰為了宋遼和平，在雁門關自刎，江湖人物們都見到喬峰為國為民的偉大人格，也因此同聲痛惋。

《笑傲》令狐冲則是先被岳不羣汙衊成盜取《紫霞秘笈》及殺害陸大有的小偷與殺人犯，接著又被岳不羣編派成與魔教來往的匪類，並將他逐出師門。

最後，令狐冲不僅力護恆山派，得到「恆山三定」三師太的肯定，更進而得到少林方丈方證大師及武當派掌門冲虛道長的讚許，岳不羣反因「偽君子」的性格而被武林唾棄，這樣的情節，自然大快人之心。

「武功」從無生有，「人格」則先抹黑，再洗淨其黑，還其淨白，因此證明俠士的人格光風霽月，不容汙衊。這就是金庸慣用的創作技巧。

第二十六回還有一些修改（下）：

一．令狐冲一行到河南後，二版說突然有兩批豪士分從東西來會，共有二千餘人，這麼一來，總數已在四千以上。新三版將「四千以上」增為「五千以上」。

二・名門正派圍困少林寺者均頭纏白布，二版祖千秋向令狐冲提議「咱們選定三百名好手，等到半夜，敵人再來進攻，這三百人便乘勢衝下。一入敵陣混戰，王八羔子們便不能放箭，大夥兒就乘勢下山。」新三版將「咱們選定三百名好手，等到半夜」改為「咱們選定三百名好手，也都頭纏白布」。因為「魚目混珠」，新三版的計策才算周密。選出三百好手後，二版說令狐冲只見那三百人一行，排得整整齊齊，新三版連帶改為令狐冲只見那三百人頭纏白布，排得整整齊齊。

三・二版說少林寺秘道中有機括操縱的鐵人。新三版將「鐵人」改成「銅人」。但不論是二版的「鐵人」或新三版的「銅人」，所使均為「鐵杖」。

四・令狐冲與計無施等群豪作別，計無施問道：「公子，你要到哪裡去？」二版令狐冲道：「請恕小弟眼下不便明言，日後自當詳告。」但令狐冲此刻與群豪已是過命的交情，說話何以多所保留？新三版改為令狐冲道：「小弟要捨命去尋訪聖姑，日後自當詳告。」

五・進少林寺後，令狐冲朗聲說道：「晚輩令狐冲，會同江湖上一眾朋友，前來拜訪少林寺方丈。敬請賜予接見。」這幾句話由充沛內力傳送出去，聲聞數里，一版說方證方丈縱在少林後院，亦當聽聞。二版刪去這兩句「冗說明」。

六・祖千秋挑選三百好手衝下山時，一版說令狐冲巡視山頭，逐一去看各人的傷勢。老頭子和藍鳳凰所受箭傷着實不輕，幸喜尚無性命之憂。二版刪去這段情節。

七・見到秘道前面壁的達摩石像，一版說令狐冲知達摩老祖乃少林寺的祖師，達摩是中土武學之祖。二版因從《射鵰》、《神鵰》到《倚天》已陸續改去《九陰真經》、《九陽真經》是達摩著作之事，故此亦刪去令狐冲所想「達摩是中土武學之祖」一句。

八・發現達摩石像後的秘洞，一版桃根仙道：「我去把六隻老鼠揪了出來。」二版改為桃根仙道：「去瞧瞧六隻老鼠抬貓。」二版當然是刻意要跟令狐冲所稱「六隻老鼠抬貓」一事相呼應。

左冷禪以「辟邪劍法」擊敗任我行的「吸星大法」——第二十七回〈三戰〉版本回較

在「金庸一百問」中，有讀者問：「葵花寶典所記載的武學，到底是劍術還是內功？」金庸的回答是：「我想是以內功為主的劍術。」又有讀者問：「葵花寶典（辟邪劍法）和獨孤九劍相較何者強？」金庸的回答是：「我想應該是獨孤九劍會贏吧！」

這部在《笑傲》中引來武林高手強取豪奪的《葵花寶典》（辟邪劍法），在一版故事中，對於功法內容與傳習過程，說法前後不一，讓人霧裡看花，因此，在一版改寫為二版時，金庸修訂了矛盾之處，以使說法前後一貫。

在一版此回的故事中，左冷禪竟是繼林遠圖之後，第一個學得「辟邪劍法」的高手。這段突兀的情節，二版自是刪去了。且來看看一版的說法。

故事要由令狐冲自秘道下少室山，又重回少林寺，藏身偏殿木匾之後說起。

在木匾之後，令狐冲見任我行與向問天出手，擊斃了正教八人。

而後盈盈現身，方證大師、冲虛道長一行隨後亦來到偏殿。見到八人死狀，一版方證大師道：「阿彌陀佛！三位施主好厲害的七煞掌。」

二版刪去「七煞掌」之名，改為方證大師道：「阿彌陀佛！三位施主好厲害的掌力。」

接著，任我行向岳不羣打聽令狐冲的下落。

聞任我行之問，一版岳不羣仰天哈哈一笑，說道：「任先生神通廣大，怎地連自己的好女婿也弄得不見了？昨日在少室山上，在下倒見過一個年輕人，右手持劍，左手摟着一個美貌姑娘，聽說是甚麼五毒教的藍教主。任先生，你可得小心些，可別讓你的乘龍快婿給甚麼綠孔雀、藍鳳凰拐跑了。」

令狐冲心道：「師父為什麼這樣說？他明明見到藍姑娘中箭受傷，我是在救她性命，卻何以說得我如此不堪？是了，師父很魔教入骨，認定他們個個不是好人，他決計不願我娶魔教教主之女為妻。」

一版這段岳不羣的故事，還真是段「敗筆」。因為金庸對岳不羣的塑型，不管是「君子」還是「偽君子」，檯面上總得是個「君子」。君子者「非禮勿言」，但這段故事中的岳不羣明知當時令狐冲是對藍鳳凰救傷扶持，卻刻意顛倒黑白、搬弄是非，倒成了個裘千丈型的「真小人」了。

二版刪去這段大傷岳不羣形象的「敗筆」，改為岳不羣仰天哈哈一笑，說道：「任先生神通廣大，怎地連自己的好女婿也弄得不見了？任先生所說的少年，便是敝派棄徒令狐冲這小賊麼？」

改去一版這段，便能統一岳不羣的形象了。

而後，正魔雙方開始決議武鬥，冲虛道長提議雙方三戰兩勝，雙方均首肯後，任我行先向方證大師叫陣。

方證大師下場後，一版解釋說：左冷禪心想，倘若任我行使出孫臏以下駟鬥上駟之策，先讓他女兒輸給向有「天下第一高手」之稱的方證大師。隨後出戰的冲虛道人年老力衰，已無當年之勇，可能會輸給向問天。那麼，這一戰的勝敗，就難言得很了。

說來冲虛的三戰兩勝之法，與《神鵰》大勝關（一版荊紫關）英雄大會推舉武林盟主時，霍都鬧場所提的比武方式完全一樣。而「下駟鬥上駟之策」則是當時黃蓉的計謀，此處若任我行再用一次這套孫臏的故計，那也不過是把黃蓉的故事再翻版一次。在金庸「創意不重複」的原則下，任我行並未使用「下駟鬥上駟之策」，這理當是文學上的刻意。

不過，為了避免讀者讀到這段時，聯想起黃蓉的故計，一版這一大段說明還是刪去為佳，二版因此整段刪除了。

而後，任我行用計擊敗方證大師，左冷禪則趁任我行大耗真氣之後的良機，上陣攻擊任我行。

任冷二人一番拳掌相鬥後，任我行雙掌向左冷禪胸口推了過去，欲以「吸星大法」吸左冷禪內力。不料左冷禪竟以左掌單掌抵禦任我行的力道，右掌則伸出食中二指，向任我行戳將過去。任我行急速躍開。左冷禪右手跟着點了過去。他連點三招，任我行連退三步。

一版接下來的情節，與二版大為不同。一版這段內容是：

令狐冲看左冷禪這三招，看不出是甚麼掌法，卻聽得向問天大聲叫道：「好啊，原來辟邪劍譜已落到了嵩山派手中。」

原來左冷禪右手一點一刺，盡是劍術中的招數，他手中雖無長劍，以手作劍，使的卻盡是劍法。任我行武功深湛，對方只出得一招，便已得知他這套武功中的怪異所在，但倉卒相遇，竟是想不出破解之法。

方證大師、冲虛道長見到左冷禪掌劍合一的武功，也甚是驚異。兩人心中又各奇怪，不知為何左冷禪竟不怕任我行的「吸星大法」？

任我行對於左冷禪的武功，心下亦極駭然。正徬徨無計之際，忽見左冷禪身後出現了兩人，一是左冷禪的師弟大嵩陽手費彬，另一個便是泰山派掌門天門道人。

任我行見狀，立即跳出圈子，哈哈一笑，說道：「說好單打獨鬥，原來你暗中伏有幫手，君子不吃眼前虧，咱們後會有期，今日爺爺可不奉陪了。」

從一版這段故事可知，左冷禪竟是繼林遠圖之後，第一個使用「辟邪劍法」的高手。

二版刪去了左冷禪學得「辟邪劍法」之事，這段刪為只說：方證大師、沖虛道長等均大為奇怪，不知為何左冷禪竟不怕任我行的「吸星大法」？

任我行心下更是駭然，正彷徨無計之際，忽見左冷禪身後出現了兩人，是左冷禪的師弟托塔手丁勉和大嵩陽手費彬。

任我行立即跳出圈子，哈哈一笑，說道：「說好單打獨鬥，原來你暗中伏有幫手，君子不吃眼前虧，咱們後會有期，今日爺爺可不奉陪了。」

二版此處出現「費彬」是明顯的錯誤，因費彬在二版第七回早已死在莫大手下。二版改版時，將「大嵩陽手費彬」改為「大陰陽手樂厚」。

而後，一版說任我行心想此番和左冷禪再度相逢，對方以手作劍，使出一套神奇莫測的掌劍功夫來，原來竟是武林中失傳已久的「辟邪劍法」，任我行心知難以破解，當即運出「吸星大法」，與左冷禪四掌相交，豈知一吸之下，竟然發覺左冷禪內力空空如也，半分力道也無。

一版這段頗為顛倒錯亂，照前段所言，左冷禪是先以左掌應付任我行的出掌，再以右手食中二指使「辟邪劍法」點任我行，兩人從未四掌相交，但在任我行這段回思中，卻是左冷禪先對他使「辟邪劍法」，而後兩人四掌相交。

二版因左冷禪未使「辟邪劍法」，這段刪為只說，任我行心想，他運出「吸星大法」，與左冷禪手掌相交，豈知一吸之下，竟然發現左冷禪內力空空如也，不知去向。

接著，一版說任我行又連吸了幾吸，始終沒摸到左冷禪內力的半點邊兒，驚駭之下，不敢再用「吸星大法」，當即使出一套「急風驟雨掌」來戰左冷禪，左冷禪則以掌作劍，改取守勢。兩人又鬥了七八十招，任我行一掌劈將過去，左冷禪則以右手作劍，刺向任我行左肋。

二版刪去了任我行出掌的「急風驟雨掌」掌名，也刪去了左冷禪使「辟邪劍法」之事。這段改為：任我行又連吸了幾下，始終沒摸到左冷禪內力的半點邊兒，兩人又鬥了二三十招，任我行左手一掌劈將出去，左冷禪以右手食指戳向他左肋。

於是，任我行將「吸星大法」佈於胸口，左冷禪的手指戳中他左胸的「天池穴」。

任我行遂由「天池穴」大吸左冷禪內力，左冷禪內力潰堤般直湧進來。一版接著說，突然之間，任我行身子一晃，只覺丹田中一股其冷逾冰的寒氣衝將上來，登時四肢百骸再也動彈不得，全身經脈俱停。左冷禪緩緩收指，一步步的緩緩退開，一言不發的瞪視着任我行，眾人看任我行時，但見他身子發顫，手足一動不動，便如是給人封了穴道一般。

二版則將這段改為：突然之間，任我行身子一晃，一步步的慢慢退開，一言不發的瞪視著左冷禪，身子發顫，手足不動，便如是給人封了穴道一般。

任我行就此敗在左冷禪手下。至於左冷禪使計注入任我行體內的真氣，一版說是左冷禪修練了十餘年的「寒玉真氣」，二版將「寒玉真氣」改為「寒冰真氣」。

更名之因，或許是因「寒玉真氣」會讓人聯想到《神鵰》古墓派的「寒玉冰床」，為了避免不必要的聯想，因此改為「寒冰真氣」。

一版到二版的修改即至此處。從這一回的內容可知，金庸創作《笑傲》，直到此回，都還沒有構思出「練辟邪劍法需先自宮」一事。

回思在一版第一回中述及福威鏢局，曾說到創立鏢局的林遠圖有子林伯奮及林仲強二人，長子林伯奮官拜副將，次子林仲雄接掌福威鏢局，卻在四十歲上中風而死，福威鏢局因此交予兒子林震南執掌。若由一版這段看來，林遠圖應該不是自宮之人。

而從這一回左冷禪以掌劍運使「辟邪劍法」來看，左冷禪亦不可能已經「自宮」。也就是說，左冷禪雖練過「辟邪劍法」，那劃兒依然好端端的在他身上。

至於把練「辟邪劍法」說成必需「自宮」，那應該是金庸創作到第三十一回，才突然萌生的靈感。

看過一版到二版的變革，再看二版到新三版的修訂。

話說方證大師、冲虛道長等名門正派十大高手進少林寺後，任我行、向問天與盈盈三人亦縱身躍出，正魔雙方於少林寺對峙開來。

而後，左冷禪威脅任我行，說他正教一行若攔不住任我行，亦可殺了他女兒。

一版任我行道：「那妙得很啊。左大掌門有個兒子……」

二版增為任我行道：「那妙得很啊。左大掌門有個兒子，聽說武功差勁，殺起來挺容易。」

新三版再增為任我行道：「那妙得很啊。左大掌門有個兒子，名叫『天外寒松』左挺，聽說武功差勁，腦筋不大靈光，殺起來挺容易。」

左冷禪有個兒子，這個兒子隨著一版改到新三版，武功每下愈況，一版左冷禪的兒子名為

「左飛英」，是深得左冷禪真傳，能以馬鞭點穴解穴的絕頂高手。二版刪去了「左飛英」其名其事，將左飛英與丁勉合併成一個丁勉，全書唯於此回，經任我行之口，說左冷禪有個兒子，卻沒說他名叫甚麼，只說他武功差勁。新三版則又貶了左冷禪的兒子一回，在新三版中，雖為左冷禪的兒子新添了一個「天外寒松」左挺的新名號，卻說他「武功差勁，腦筋不大靈光。」

從一版到新三版，左冷禪的兒子真是越改越糟糕，一版的他是一代高手，新三版的他則是個阿斗。

【王二指閒話】

金庸創造俠士武功時，最能馳騁想像的部份，就是「真氣」，亦即「內力」。「真氣」是嗅不到也摸不著的，因此能作漫無邊際的想像。

然而，若把「真氣」想得太過浪漫，從文學面來說，好看儘管好看，但若以現實面來審視，真實就不怎麼真實了，因此，讀者一邊沉浸於小說，一邊不免疑竇陡生。

如《倚天》中，張無忌練就「九陽神功」，而後上了光明頂，卻為布袋和尚說不得所擄，裝入他那「乾坤一氣袋」中。結果，在這密閉的「乾坤一氣袋」內，張無忌不僅超越人類生理的限制，沒有因缺氧而窒息死亡，反因「大布袋內真氣充沛，等於是數十位高手各出真力，同時按摩擠壓他周身數百處穴道。他內內外外真氣激蕩，身上數十處玄關一一衝破。」竟因此而成就其「九陽神功」的不世奇功。

然而，這段情節實在大見可疑，既然「大布袋內真氣充沛」，彷彿就是「壓力鍋」，那麼，這個「壓力鍋」為甚麼沒有將張無忌的肉體擠爆，反而像是有「人工智慧（AI；Artificial Intelligence）」般，竟能主動尋覓張無忌身上的數百處穴道，像數十位高手各出真力般，為他按摩擠壓？

除了《倚天》的「九陽神功」外，《天龍》與《笑傲》中的「北冥神功」與「吸星大法」也是頗為費解的。

「北冥神功」與「吸星大法」都是吸他人內力以為己用的，單是這功法的想像，就已經超脫現實，而其令人難解之處，便是他人的內力真都能為我所吸，並為我所用嗎？

倘使他人的內力真都能為我吸用，那麼，「北冥神功」與「吸星大法」之間，甚至「吸星大法」本身，即是衝突矛盾的，因為段譽以「北冥神功」吸入了無量洞郁光標等七名弟子、黃眉僧、崔百泉、鍾靈、雲中鶴、鍾萬仇、南海鱷神與葉二娘的內力（一版則是吸黃眉僧之破貪六弟子，以及黃眉僧、石清子與保定帝的內力），能引以為己用；令狐冲被灌住桃谷六仙、不戒和尚、方生大師及黑白子等人的內力後，也能經由「吸星大法」而加以引導使用。但任我行以「吸星大法」吸得左冷禪的「寒冰真氣」（一版寒玉真氣）後，卻不只不能使用，還反為「寒冰真氣」所傷。

這究竟該如何解釋？或許以段譽而言，還可以說「北冥神功」不同於「吸星大法」，但令狐冲明明就是授業於任我行，學的都是一樣的「吸星大法」。為甚麼令狐冲的「吸星大法」吸誰的真氣都可以轉為己用，任我行的「吸星大法」卻是吸到某些人的真氣，會為對方的異種真氣所制？

「北冥神功」與「吸星大法」的疑問之二是，段譽吸入黃眉僧等人的真氣後，即可以長年累月的運使「北冥神功」所吸的內力。然而，真氣真能用之不竭嗎？以內力高強的喬峰為例，喬峰的真氣都是自己練出來的，當他為受傷的阿朱灌注內力時，並無法日日夜夜不斷輸注，因為真氣有窮盡之時，不可能源源不絕地使用。

這還真是不可思議的矛盾，「自己修練出來的內力」會在使用後耗盡，但「從他人身上吸來的內力」卻能用之不竭。也就是說，內力若在黃眉僧自己身上，它是會用完的，但黃眉僧的內力若被段譽吸到身上，段譽便能以之一次又一次地運使「六脈神劍」，永遠用之不盡，這究竟是甚麼道理？

第二十七回還有一些修改：

一．向問天說令狐沖一行上少林，決無妄施搗亂之心。聞向問天之言，二版方證大師道：「令狐公子率領眾人來到少林，老衲終日憂心忡忡，唯恐眼前出現火光燭天的慘狀。」新三版將方證大師的話增為：「令狐公子率領眾人來到少林，大旗上的口號確是客氣，老衲心中銘感，『拜佛』是要拜的，『參僧』可不敢當了。這幾日來，老衲不免憂心忡忡，唯恐眼前出現火光燭天的慘狀。」新三版屢次強調「江湖群豪上少林，拜佛參僧迎任姑」這句新口號。

二．方證問任我行為何殺害八名正教弟子，二版任我行道：「老夫在江湖上獨來獨往，從無一人敢對老夫無禮。這八人對老夫大聲呼喝，叫老夫從藏身之處出來，豈不是死有餘辜？」但任我行這會兒不是與向問天及任盈盈共闖江湖嗎？怎能稱為「獨來獨往」？新三版將任我行話中的

「獨來獨往」一詞改為「縱橫去來」。

三．說起當年任我行與左冷禪的爭鬥，二版說任我行此後潛心思索，要揣摩出一個法門來制服體內的異派內功。新三版將「制服體內的異派內功」改為更合理的「融合體內的異派內功」。

四．左冷禪以「寒冰真氣」迎擊任我行的「吸星大法」，新三版較二版多解釋，說左冷禪所練的「寒冰真氣」，和梅莊黑白子所練的「玄天指」乃是一路，都是至陰至寒的功夫，不過左冷禪的內力更深厚得多。

五．左冷禪擊敗任我行後，沖虛下場願挑戰向問天。此處新三版較二版增一長段，說沖虛道長與向問天在武林中均享大名已久，卻全無跡象不知誰高誰下，這一戰決定少林寺是否留住任我行等一行，事關重大，可是誰也看不出勝負之數。旁觀眾人均和沖虛及向問天一般的心情，都所謂「提心吊膽」。新三版這段增寫，是要為任我行何以不讓向問天出戰，而非要令狐沖現身鬥沖虛不可，做出合理解釋，就因向問天與沖虛不分軒輊，任我行相信由令狐沖出馬戰沖虛，勝算更大。

六．譏諷岳不羣厚臉皮，任我行說日後要小心華山派的鐵面皮神功。二版向問天道：「是，屬下牢記在心。」新三版增為向問天道：「是，屬下牢記在心。練得臉皮老，誰也沒法搞。」金庸將現代流行的「順口溜」也寫進書中了。

七．岳不羣以岳靈珊許之令狐冲，二版令狐冲想：「無論如何，我可不能負了盈盈對我的情義。」新三版將「情義」二字改為「恩義」。

八．令狐冲於少林寺所見的盈盈，一版說但見她身穿一身粗布衣衫，容色憔悴，全無血色。二版刪去「全無血色」這句形容，因為盈盈在少林寺中，並非坐黑牢，當不至於不見天日才是。

九．在少林寺偏殿，方證大師問盈盈：「女施主既已離去少林，卻何以去而復回？」一版盈盈道：「我何以去而復回，正要請方丈大師指教。」方證道：「此言老衲可不明原由。」二版刪去這段盈盈頗為無禮的對話。

十．令狐冲聽左冷禪說話，一版說是「柔和的聲音」，但左冷禪怎會發出「柔和的聲音」呢？二版改為「冷峻的聲音」。

十一．岳不羣指令狐冲率眾搗亂少林寺，一版向問天接口道：「岳先生此言差矣！別說令狐公子來到少林只是迎接任姑娘，决無妄施搗亂之心，即令這批江湖朋友行為越軌，堂堂少林派好手逾千，難道不會護寺？」二版刪去向問天話中的「堂堂少林派好手逾千，難道不會護寺？」這兩句是睜眼說瞎話，因為在場正魔雙方均知少林寺全寺堅壁清野，根本無人留在寺中護寺。

十二・說起定閒及定逸兩師太遇難之事，一版方證大師道：「唉，兩位師太深得恆山派真傳，武林中弱了這兩位健者，可惜，可嘆。」一版方證是以武林的角度來說的，二版改為方證大師道：「唉，兩位師太妙悟佛法，慈悲有德，我佛門中少了兩位高人，可惜，可歎。」二版方證是從佛教界的角度發言的。

十三・余滄海與向問天鬥口，余滄海喝道：「放屁，放屁！」向問天道：「好臭，好臭！」一版說余滄海人緣本來甚壞，正教中人見他一再為向問天所窘，均是暗暗好笑，大有幸災樂禍之意，都想：「你去和魔教中人鬥口，他們這種人無惡不作，無話不說，那不是自討苦吃嗎？」二版刪去這段正教中人取笑自己同道中人的描述。

十四・任我行說起他最佩服的三個半人物，先說方證大師後，一版任我行又道：「第二個我佩服的，是篡了我朝陽神教教主之位的東方不敗。」二版則為強調東方不敗的份量，改為任我行道：「不過在我所佩服的人中，大和尚的排名還不是第一。我所佩服的當世第一位武林人物，是篡了我日月神教教主之位的東方不敗。」

十五・冲虛道人提議正魔雙方三戰兩勝比鬥，左冷禪說正方參與的人是「少林、武當兩大掌門，再加上區區在下。」任我行聞言，說道：「憑你聲望地位，怎能和少林、武當兩大掌門相提並論？」一版說左冷禪臉上一紅，這句話正說中了他的心病。二版刪去這兩句左冷禪的心理描述。

十六・令狐冲見到崑崙派掌門乾坤一劍震山子，一版說這人雖外號叫做「乾坤一劍」，但背後卻插着兩把短劍，斜斜的露在左右肩頭。二版刪去這描述。

十七・想起盈盈，一版說令狐冲和盈盈初遇，一直當她是個年老婆婆。心中始終對她十分尊敬，其後見她舉手殺人，指揮羣豪，從尊敬之中更參雜了三分厭惡，三分懼怕。二版將這段形容稍加美化，改為令狐冲和盈盈初遇，一直當她是個年老婆婆，心中對她有七分尊敬，三分感激；其後見她舉手殺人，指揮群豪，尊敬之中不免摻雜了幾分懼怕。

十八・令狐冲想到盈盈，一版說說到容貌之美，盈盈遠在岳靈珊之上，但越是見到她的麗色，越覺她和自己相距極遠極遠。然而，情人眼裡出西施，令狐冲此刻的最愛還是小師妹岳靈珊，他怎會覺得盈盈的美貌更勝岳靈珊一籌呢？二版將這段改為令狐冲這時見到她的麗色，只覺和她相距極遠極遠。

十九・誤以為任我行要挑戰冲虛道長，一版左冷禪心想：「我苦練十多年的寒玉真氣傾注於他『天池穴』中，縱然是大羅金仙，只怕也得花上三四個時辰來加以化解。」二版刪去神怪之說，改為左冷禪心想：「我苦練十多年的寒冰真氣傾注於他『天池穴』中，縱是武功高他十倍之人，只怕也得花三四個時辰，方能化解。」

二十・任我行示意盈盈到令狐冲對面，以激發他的鬥志，盈盈不願。一版說盈盈為人，傲性極重，她覺得倘要自己有所示意之後，令狐冲再為自己打算，那是無味之極了。二版刪去盈盈的性格描述，改說盈盈深覺兩情相悅，貴乎自然，倘要自己有所示意之後，令狐冲再為自己打算，那可無味之極了。

二一・與岳不羣對招時，一版令狐冲心中一動：「我初識盈盈，乃是向她學琴，她對那琴簫合奏的『笑傲江湖』曲譜甚是喜愛。後來她傳我奏琴之技，授我『清心普善』之曲，倘若我日後學會奏琴，和她琴蕭合奏這曲『笑傲江湖』，那時候她不是要吹簫嗎？小師妹待我如此寡情，我卻念念不忘於她，而對甘心為我而死的盈盈，我竟可捨之不顧，天下負心薄倖之人，還有更比得上我令狐冲嗎？」二版將這段令狐冲的心思刪為：「盈盈甘心為我而死，我竟可捨之不顧，天下負心薄倖之人，還有更比得上我令狐冲嗎？無論如何，我可不能負了盈盈對我的情義。」

岳不羣將「辟邪劍譜」獻給了左冷禪——第二十八回〈積雪〉版本回較

在一版《笑傲》第二十七回中，整個武林中最早學會「辟邪劍法」的，竟然是嵩山派掌門左冷禪，那麼，左冷禪究竟是如何「辟邪劍法」的呢？且來看這一回的說明。

就由令狐冲與岳不羣鬥劍，雖以「獨孤九劍」擊敗岳不羣，自己卻也受傷暈倒說起。令狐冲醒來後，與盈盈一起為傷於左冷禪「寒冰真氣」之下的任我行治傷。在治療任我行時，任我行、向問天、盈盈與令狐冲四人手牽手，大雪飄落，竟將四人蓋成四個雪人。

俄而聽到馬蹄聲來，原來是岳不羣與寧中則夫婦，四人聽聞岳不羣夫婦正在吵架。岳不羣夫婦為何勃谿呢？原來是因左冷禪倡議五嶽劍派併為一派，岳不羣附議，寧中則大為憤怒。

一版寧中則道：「就算咱們暫且不揭破左冷禪的陰謀，待機而動，那你為什麼將平兒家傳的『辟邪劍譜』給了左冷禪？那不是紂為虐，令他如虎添翼嗎？」岳不羣道：「這也是我的權宜之計，若不送他這部武林之士夢寐以求的劍譜，難以令他相信我誠心和他携手。他越是對我沒加疑心防範，咱們行事越是方便，一旦時機成熟，便可揭露他的陰謀，與天下英雄一同撲殺此獠了。」

一版左冷禪學得「辟邪劍法」的緣由，至此揭曉，原來當日令狐冲失落的那件寫有「辟邪劍譜」的袈裟，是落入了岳不羣手裡，岳不羣後來還轉送給了左冷禪。

二版刪去了左冷禪學得「辟邪劍法」之事，這段改為岳夫人道：「嗯，咱們那就暫且不揭破左冷禪的陰謀，依你的話，面子上跟他客客氣氣的敷衍，待機而動。」

岳不羣道：「你肯答應這樣，那就很好。平之那家傳的《辟邪劍譜》，偏偏又給令狐冲這小賊吞沒了，倘若他肯還給平之，我華山群弟子大家學上一學，又何懼于左冷禪的欺壓？我華山派又怎致如此朝不保夕、難以自存？」

岳夫人道：「你怎麼仍在疑心冲兒劍術大進，是由於吞沒了平兒家傳的《辟邪劍譜》？少林寺中這一戰，方證大師、冲虛道長這等高人，都說他的精妙劍法是得自風師叔的真傳。雖然風師叔是劍宗，終究還是咱們華山派的。冲兒跟魔教妖邪結交，果然是大大不對，但無論如何，咱們再不能冤枉他吞沒了《辟邪劍譜》。倘若方證大師與冲虛道長的話你仍然信不過，天下還有誰的話可信？」

二版這一修改，既改去了左冷禪學「辟邪劍法」之事，又強化了岳不羣嫁禍令狐冲的劣績，並描述了寧中則對令狐冲的信任，可謂一舉三得。

而後，岳不羣夫婦聊起在少林寺岳不羣以劍招誘令狐冲回歸本門，並許諾要將岳靈珊許配給令狐冲之事。

一版岳夫人道：「我很盼望冲兒能改邪歸正，重入本門。但他見異思遷，輕浮好酒，可不能誤了珊兒的終身。」令狐冲聽到這在，不由得背上出了一陣冷汗，尋思：「師母說我『見異思遷，輕浮好酒』，這八字確是的評。可是……可是倘若我真能娶小師妹為妻，難道我會辜負她嗎？不，萬萬不會。」

一版的寧中則簡直莫名其妙，她女兒岳靈珊與令狐冲交往時，是岳靈珊先劈腿林平之，再狠甩令狐冲，令狐冲苦於情傷之痛，才認識了盈盈，寧中則怎會這樣顛倒黑白，反指令狐冲「見異思遷」呢？難道她這做母親的，希望即使岳靈珊嫁林平之，令狐冲也該一輩子守著岳靈珊，準備當「備胎」，才算「專情」嗎？

二版改為岳夫人道：「我真盼冲兒能改邪歸正、重入本門。但他胡鬧任性、輕浮好酒，珊兒倘若嫁了他，勢必給他誤了終身。」令狐冲心下慚愧，尋思：「師母說我『胡鬧任性，輕浮好酒』，這八字確是的評。可是倘若我真能娶小師妹為妻，難道我會辜負她嗎？不，萬萬不會！」

二版寧中則的說法中肯多了。

一版到二版的修改即到此處。

這一回一版到二版最重要的修改，當是一版左冷禪學會「辟邪劍法」，竟是來自岳不羣的「進貢」。若故事當真如此發展，左冷禪學會了「辟邪劍法」，「五嶽併派」必將加速，華山派也將更快被合併掉，這顯然跟前面的布局是不相吻合的，因此，為了不讓故事偏離主軸，二版刪去了岳不羣進獻「辟邪劍譜」給左冷禪一節，二版左冷禪也就沒學過「辟邪劍法」了。

【王二指閒話】

在《射鵰》「後記」中，金庸說：「寫《射鵰》時，我正在長城電影公司做編劇和導演，這段時期中所讀的書主要是西洋的戲劇和戲劇理論，所以小說中有些情節的處理，不知不覺間是戲劇體的，尤其是牛家村密室療傷那一大段，完全是舞台劇的場面和人物調度。」

「牛家村密室療傷」的文學技巧，就是引領讀者到與俠士同樣的隱秘角落，偷窺或偷聽江湖人物的行為言語。

除了「牛家村密室療傷」外，《射鵰》黃蓉與柯鎮惡躲在王鐵槍神像後，偷聽歐陽鋒與楊康說話；以及《倚天》張無忌點了宋遠橋、俞蓮舟、張松溪及殷梨亭四人的啞穴，偷聽宋青書及陳友諒的對話，都是使用這個文學技巧。

然而，在這幾段故事中，俠士們偷看偷聽的人，可都不是泛泛之輩，歐陽鋒等人都是學武之人，有人在旁偷聽，他們難道都無法察覺嗎？

倘使俠士們在偷聽時，體況都甚佳，或許真能神不知鬼不覺的偷聽，但從小說中看來，顯然不是每一段偷聽故事，俠士們的身體狀況都很好。以「牛家村密室療傷」為例，郭靖之所以會到密室療傷，是因為被歐陽鋒的蛤蟆功打了一掌，又被楊康將匕首插在他腰裡，後來匕首再為傻姑隨意拔出，因而造成郭靖重傷且大量失血，故而必須療傷。

疑點就出在這裡，以醫學常識而言，在這種狀況下，郭靖必然體虛而喘氣偏急，然而，與他療傷秘室的一牆之隔，陸續進來過的高手有歐陽鋒、歐陽克、陸冠英、尹志平及黃藥師等人，個個都是內力高強，耳聰目明的高手，為何竟無人察覺隔牆有個呼吸理當濁重的郭靖？

《笑傲》這一回任我行、向問天、盈盈及令狐冲四人被飄雪覆成雪人，因而得能偷聽岳不羣夫婦及林平之、岳靈珊二人說話的故事，也是疑點重重的。首先，跟《射鵰》「牛家村密室療傷」的破綻一樣，此刻任我行就如同當時的郭靖，處在重傷之下，而向問天、盈盈及令狐冲則正在為任我行療傷，這四人的身體均極度不適，呼吸怎能不濁重？

再者，若大雪將四人覆蓋到連林平之與岳靈珊以劍畫字都傷不及身，就足知四人被雪封閉的厚度之寬。若真如此，那麼，這四個人不是陷入如《射鵰》歐陽鋒被冰封起來一樣的狀況嗎？他們到底是怎麼在沒有空氣的狀態下存活的呢？在新三版中，金庸尚且要加寫歐陽鋒被冰凍前，「只怕難以脫困，忙揮動衣袖，裹住了一團風，堅冰縱將頭臉凍住，尚有一團空隙，可用龜息功呼吸延命。」那麼，任我行四人難道是不需要氧氣的外星人？否則怎能在重傷下，長時間被雪封住，卻又心安體適呢？

第二十八回還有一些修改：

一．說起被拘於少林後山之事，二版盈盈道：「我獨居一間石屋，每隔十天，便有個老和尚給我送柴送米，除此之外，甚麼人也沒見過。」新三版改為盈盈道：「我獨居一間石屋，每隔十天，便有個老和尚給我送柴送米，平時有個傭婦給我煮飯洗衣。那老和尚和傭婦甚麼都不知道，也就甚麼都沒說。」新三版的增寫是要避免讀者質疑盈盈「怎麼那麼多天沒洗澡？」

二・助任我行化去「寒冰真氣」，二版說令狐冲不住加強運功，只盼及早為任我行化盡體內的陰寒之氣。新三版加說為令狐冲不住加強運功，將任我行體內的陰寒之氣，一絲絲抽將出來，通過奇經八脈，從「少商」、「商陽」等手指上的穴道逼出體外。

三・聞寧中則評自己「胡鬧任性，輕浮好酒」，二版令狐冲尋思：「師母說我『胡鬧任性，輕浮好酒』，這八字確是的評。可是倘若我真能娶小師妹為妻，難道我會辜負她嗎？不，萬萬不會。」新三版在令狐冲的心思最後加上「要我規矩便規矩，戒酒便戒酒！」

四・說起被困少林寺之事，一版盈盈道：「定閒、定逸兩位師太來到少林，方丈要我去相見，這才知道他根本就沒傳你易筋經，也沒給你治病。我當時發覺上了當，生氣得很。」二版刪去了「也沒給你治病」一句，因為這不是事實，方生確曾為令狐冲治過病。

五・說起令狐冲與岳不羣鬥劍受傷之事，一版盈盈道：「爹爹給你推拿了幾次，激你自身的內力療傷，這會兒早就好了。」二版將「爹爹」改為「向叔叔」，因為盈盈他爹任我行在這一役中，慘傷於左冷禪手下，受傷較令狐冲更重，怎有餘力幫他推拿？

六・岳夫人說令狐冲迷戀盈盈，一版岳不羣道：「不，他對那妖女敬畏則有之，迷戀卻未必。」二版將岳不羣話中的「敬畏」二字改為「感激」，看來二版岳不羣對令狐冲知之更深。

七・岳不羣說令狐冲回歸華山是一舉四得之事，其中的「第一樁大事」，一版是「令狐冲不知憑着什麼緣份，得到風師叔祖的傳授，學得一手精妙劍法。他若是重歸華山，我華山派聲威大振，名揚天下。」二版則改為「令狐冲劍法高強之極，遠勝於我。他是得自辟邪劍譜也好，是得自風師叔的傳授也好，他如重歸華山，我華山派聲威大振，名揚天下。」二版岳不羣仍是栽贓令狐冲盜了《辟邪劍譜》。

八・令狐冲聽岳靈珊與林平之說話，因而左腿和左腰的麻木反而漸漸減輕。一版解釋說，須知道「吸星大法」便與其他上乘內功一般，越是勉強，越是難成。修習一切上乘內功，最最凶險之事，無過於奮力強求，走火入魔，往往由此而生，務須有如漫不經意的修習，火候一熟，悟心一生，自然水到渠成。這項訣竅，卻是湖底鐵板上所未曾刻上的。二版將這整段當「冗說明」，刪了。

九・任我行稱令狐冲「乖女婿」，盈盈要他不要再提，一版說任我行知道女兒十分的要強好勝，令狐冲既未提出求婚，雅不願強人所難，心想此事也只是遲早間的事，日後要向問天作媒，再行正式提婚便了。二版刪去「日後要向問天作媒，再行正式提婚便了」兩句。

不戒和尚以袖箭刺入田伯光那話兒，又將袖箭打了個圈
——第二十九回〈掌門〉版本回較

為了痛懲田伯光的貪花好色，不戒和尚竟拿著田伯光那話兒大加玩弄，有趣的是，不戒和尚的整人手法一版與二版又有不同，且來看看這段修改。

故事要由令狐冲回到恆山，準備接掌恆山說起。

於恆山上，一版說鄭萼等替令狐冲縫了一件青布長袍，以待這日接任時穿着。

二版將「青布長袍」改為「黑布長袍」，並增解釋說，恆山是五嶽中的北嶽，服色尚黑。

也在恆山上，令狐冲見到久違的田伯光，此刻的田伯光已出家，拜儀琳為師，並尊儀林的父親不戒和尚為「太師父」，還有了法名「不可不戒」。

一版田伯光說起拜不戒和尚為「太師父」，並得法名「不可不戒」的一段故事，是在第三十二回令狐冲於黑木崖與任我行等人共殺東方不敗，重回恆山派之後才出現的情節。但這段放在第三十二回顯然不妥，因為令狐冲在第二十九回就見到了田伯光，怎會到第三十二回才發現他變成了個大光頭呢？因此二版將這段情節提前到此回。

田伯光說起被不戒和尚所制的來龍去脈，原來是因為田伯光好色，黑夜裏摸到一家富戶小姐的閨房，意圖非禮，想不到在小姐繡被中的人，卻是不戒和尚，田伯光因而為不戒和尚所痛懲。

談起被不戒和尚懲戒之事，一版田伯光先從懷中取出一枝柚箭，對令狐冲說，這就是他練的暗器。令狐冲見那袖箭長約五寸，箭身甚細，以純鋼打就，顯比尋常袖箭為重，卻也並無特異之處。

接著，一版田伯光說起那晚他跳窗而逃，不戒大師追了過去，他於是取出一枝柚箭朝不戒大師射過去，卻被不戒大師伸手接住。

田伯光眼見逃不了，遂拔刀來戰不戒大師，不戒大師則以一雙肉掌和他拆招，拆到四十餘招後，不戒大師抓住田伯光的後頸，將他的單刀奪了下來，問他服了沒有，田伯光說服了。

而後，不戒大師即將田伯光點倒，再將那枝袖箭刺入了他那話兒之中，又將袖箭打了個圈兒，哈哈大笑，說道：『你這採花淫賊，從今以後，你可做不得那採花勾當了吧？』」令狐冲聞言，又是好笑，又是驚駭，道：「有這等事？這大和尚可真是異想天開。」

田伯光苦笑道：「豈不是異想天開？當時我痛得死去活來，險險暈了過去。我罵他：『死賊禿，你要殺便殺，為何用這惡毒法兒折磨你老子？』他笑道：『這有什麼惡毒？給你害死的無辜女子，已有多少？我跟你說，以後我見到你，便要查察，若是這袖箭脫了出來，我給你另插兩枝，下次見到倘若又是給你除了，那便插上三枝。除一次。加一枝』。」令狐沖捧腹大笑。田伯光頗有愧色。令狐沖道：「田兄莫怪，小弟並無譏笑之意，只是此事太過匪夷所思。」

這就是一版田伯光慘遭不戒和尚將「袖箭」刺入「那話兒」的情節，讀來雖然有趣，但其殘忍度只怕猶勝《連城》丁典被鐵鏈穿過琵琶骨。

二版不戒和尚還是在田伯光那話兒上作文章，但殘忍度降低了。

二版改為田伯光跳窗而逃，不戒大師追了過去。

田伯光眼見逃不了，遂拔刀來戰不戒大師，不戒大師則以一雙肉掌和他拆招，拆到四十餘招後，不戒大師抓住田伯光的後頸，將他的單刀奪了下來，問他服了沒有，田伯光說服了。

田伯光叫不戒和尚殺了他，不戒和尚說殺他有甚麼用？又說：「你這人太也好色，入了恆山派，師伯師叔們都是美貌尼姑，那可大大不妥。須得斬草除根，方為上策。」於是出手將田伯光點倒，拉下田伯光的褲子，提起刀來，就這麼喀的一下，將他那話兒斬去了半截。

令狐沖一驚，「啊」的一聲，搖了搖頭，雖覺此事甚慘，但想田伯光一生所害的良家婦女太多，那也是應得之報。

田伯光也搖了搖頭，說道：「當時我便暈了過去。待得醒轉，太師父已給我敷上了金創藥，包好傷口，命我養了幾日傷。跟著便逼我剃度，做了和尚，給我取個法名，叫做『不可不戒』。他說：『我已斬了你那話兒，你已幹不得採花壞事，本來也不用做和尚。我叫你做和尚，取個「不可不戒」的法名，以便眾所周知，那是為了恆山派的名聲。本來嘛，做和尚的人，跟尼姑們混在一起，大大不妥，但打明招牌「不可不戒」，就不要緊了。』」

經過二版這一改，不戒和尚那變態整人取樂的惡行程度降低了。此外，令狐冲的反應也在二版做了修正，一版令狐冲見到田伯光慘受酷刑，竟然捧腹大笑，毫無惻隱之心。如此幸災樂禍，怎像一代大俠的表現？二版改為令狐冲驚訝搖頭，較似同情故友的反應。

一版田伯光接著又說，不戒大師對他還不差，說他雖拜儀琳為師，但儀琳沒傳他甚麼武功，因此不戒大師代女傳技，傳了田伯光不少功夫。

二版將這段刪去。

而後，故事進行到令狐冲準備接掌恆山派的一段。

令狐冲接掌恆山前，魔教亦遣使來賀，魔教來使是賈布與上官雲二人。一版賈布與上官雲是朝陽神教「左右光明使者」，二版則改為賈布是青龍堂長老，上官雲是白虎堂長老。

任我行擔任魔教教主時，東方不敗與向問天分居「光明左右使者」。任我行被囚入西湖地底黑牢後，一版在東方不敗掌教時，賈布與上官雲當上了「光明左右使者」，二版則似乎廢去了這兩個職位，因而將賈布與上官雲均改為「長老」。

一版還說賈布與上官雲二人是東方不敗左右最得力的助手，武功之高，遠在一般門派的掌門人與幫主、總舵主之上。

二版刪去了賈布與上官雲二人是「東方不敗左右最得力的助手」一句，但這句話透露了一樁玄機，那就是，金庸在一版走筆至此時，理當還未構思出「楊蓮亭」這個人，不然，賈布與上官雲怎可能是「東方不敗左右最得力的助手」呢?同理可證，金庸在此時也應還沒決定將東方不敗塑造成「同性戀」。

一版還介紹說「黃面尊者」賈布本是河北黃沙幫的幫主，數十年來橫行河朔，手下不知殺過多少英雄好漢，後來為東方不敗收服，才歸入朝陽神教，成為他手下第一員大將。

二版刪去這段對賈布的介紹，並降低了賈布與上官雲在魔教中的地位，改為兩人在日月神教之中，資歷也不甚深，但近數年來教中變遷甚大，元老耆宿如向問天一類人或遭排斥，或自行退隱，眼前賈布與上官雲是教中極有權勢、極有頭臉的第一流人物。

二版這段說法，意思就是魔教的一流高手退盡，賈布與上官雲這幫二流人物才晉昇為一流，因此並不算甚麼真正的一流高手。

看完一版到二版的修訂，再看二版到新三版的改變。

且說恆山派女弟子們在酒樓與令狐冲重逢後，以儀和為首的女弟子們同尊令狐冲為恆山派新任掌門人。儀和說起恆山派「定」字輩三位師長都給人害死，數月之間先後圓寂。

二版儀和接著對對令狐冲說：「掌門師叔，你來做掌門人當真最好不過，若不是你，也不能給我們三位師長報仇。」

新三版則將儀和的話增為：「掌門師叔，你來做掌門人當真最好不過，你算『定』字輩，不妨改名令狐定冲。若不是你，也不能給我們三位師長報仇。」

聞儀和之言，新三版令狐冲較二版增回儀和說，他做定了恆山派掌門人，但「倒不必改名為令狐定冲。」

新三版的「令狐定冲」一名，創意彷生自方證大師要收令狐冲為弟子時，曾說要將令狐冲改名「令狐國冲」。

「令狐國冲」是方證的俗家弟子，與辛國樑、黃國柏及易國梓等按「國」字敘輩，還算合理。

但「令狐定冲」一名就令人疑惑了，因為「恆山三定」定靜、定閒及定逸三師太，其名皆是「法號」，「令狐定冲」則是名字，法號與名字一起都用「定」字敘輩，當無前例。若名字也可按法號敘輩，《天龍》玄苦收喬峰為俗家弟子，莫非也能按「靈玄慧虛」輩份，將「喬峰」改名「喬慧峰」嗎？

而後，當令狐冲準備接掌恆山派時，嵩山派遣人來阻。

二版嵩山派來人是「大陰陽手樂厚」，令狐冲見到樂厚時，想起曾在河南荒郊與他交過手，長劍透他雙掌而過。

但以左冷禪算計之精明，他怎會派令狐冲的手下敗將來阻止令狐冲接掌恆山呢？

新三版將嵩山派來人改為「托塔手丁勉」。

丁勉在十三太保中武功最高，派他來阻止令狐冲接掌恆山，顯然合理多了。

而後，二版樂厚（新三版丁勉）將手中錦旗一展，要恆山派聽左盟主號令。

二版令狐冲道：「令狐冲接掌恆山門戶後，是否還加盟五嶽劍派，可得好好商議商議。」

新三版則改為令狐冲說：「丁前輩想必忘了。那日在浙南龍泉鑄劍谷中，嵩山派的朋友假扮日月教人士，圍攻定閒、定逸兩位師太，死傷了多位恆山師姊妹。定閒師太早已聲明，恆山派從此不奉左盟主號令，這番言語，想來姓趙、姓張、姓司馬那三位仁兄，都已稟明左掌門了。令狐沖接掌恆山門戶，自當遵奉定閒師太遺命，不再加盟五嶽劍派。」

由此處改寫可知，新三版令狐沖顯然較二版更「硬」、更有守護恆山派的勇氣與決心、也更像一派掌門人。

【王二指閒話】

金庸在鋪陳筆下的武俠世界時，堅守的原則之一，就是不讓他的小說「染黃」。

在金庸早期的作品中，對分寸的拿捏極為嚴格，除了《碧血》中輕描淡寫了金蛇郎君與何紅藥的性事外，金庸對待自己的作品，簡直有「情色上的潔癖」，他謹守分際，絕不讓自己筆下身為男女主角的英雄美女們，與「性事」沾上邊。

如在《射鵰》中，當黃蓉聽洪七公提到當年梁子翁「信了採陰補陽的邪說，找了許多處女來，破了他們的身子」之事時，黃蓉的反應，竟是問洪七公：「怎麼破了處女身子？」洪七公難以回答，黃蓉又問：「破了處女的身子，是殺了她們嗎？」再問：「是用刀子割去耳朵鼻子麼？」」

按理說，此際的黃蓉已經到了青春期，也有了月事，對於性事即使懵懵懂懂，也不該一無所知，卻怎能說話像傻大個兒郭靖一樣，連「處女」跟「非處女」的意思都完全不解呢？

在撰寫《神鵰》時，金庸寫及楊過與小龍女共修《玉女心經》之事，一版說練《玉女心經》的內功須「不穿衣服修習」，因此楊過與小龍女二人均是「除去衣衫修習」，也就是裸體修習的。

這段情節確是引人暇思，想那絕美的小龍女脫得一絲不掛，置身花叢，怎能不叫讀者想入非非？

為了不讓讀者有情慾上的想像空間，二版《神鵰》做了修改。改為楊過與小龍女共修《玉女心經》時，須「全身衣服暢開而修習」，因此兩人是「解開衣衫修習」，而非「除去衣衫修習」。

二版的楊過與小龍女著衣練習，讀者就比較不會有情色上的聯想。

《倚天》中張無忌雖戀四女，卻絕無情慾的情節。《天龍》中倒是有一段，即段譽與木婉清遭段延慶下毒，均服下「陰陽和合散」，因而情慾斗生之事。

然而，就算是男女皆服春藥，於金庸寫來，最火辣的敘述，也不過「段譽見木婉清雙頰如火，說不出的嬌艷可愛，一雙眼水汪汪地，顯然只想撲到自己的懷中來。」這般敘述將情色的尺度降到最低。

《笑傲》是金庸首度嘗試將「同性戀」（即孌童）寫入小說的作品。《笑傲》述及同性戀之事有兩處，一處是嵩山派的狄修曾威脅令狐冲與田伯光，說「我要將你二人剝得赤赤條條地綁在一起，然後點了你二人啞穴，拿到江湖上示眾，說道一個大鬍子，一個小白臉，正在行那苟且之事，被我手到擒來。」另一處則是東方不敗與楊蓮亭的戀情，兩處亦皆只是輕描淡寫帶過。

而不戒和尚「玩弄田伯光那話兒」，也算金庸筆下難得的與「性」相涉的情節，不過，不管是一版不戒和尚將袖箭插入田伯光那話兒，還是二版不戒和尚將田伯光那話兒截去一段，都還是戲而不謔，不流於下流。

金庸對筆下江湖，關於「男女性事」的描述，確實慎始慎終，堅守其潔淨度，這就是金庸對自我風格的堅持。

第二十九回還有一些修改：

一．為勸令狐冲接掌恆山派，二版儀文道：「大夥兒聽到兩位師叔圓寂的消息，自是不勝悲傷。」二版儀文是定靜師太弟子，新三版則將儀文改為定閒師太弟子，因此新三版儀文的話也改為：「大夥兒聽到師父和師叔圓寂的訊息，自是不勝悲傷。」

二．送信往華山的于嫂和儀文遲遲未歸，二版令狐冲又派了兩名弟子儀光、儀識前去接應。新三版將「儀識」改為「儀空」。

三．令狐冲接執恆山派掌門法器後，二版儀清展開一個卷軸，說道：「恆山派五大戒律……」新三版改為儀清展開一個卷軸，說道：「恆山派門人，須當嚴守佛戒，以及本門五大戒律……」新三版是要把恆山派的佛教背景說清楚。

四．看過恆山劍法，一版說令狐冲想起曾見定靜、定閒、定逸三位師太與人動手，內功渾厚，劍招老辣。這裡是誤寫，因為令狐冲見過的，只有定靜師太的劍法，二版更正為令狐冲想起曾見定靜師太與人動手，內功渾厚，招式老辣。

五．田伯光被不戒和尚逼著出家，法名「不可不戒。」一版說儀琳明白了爹爹用意。他知田伯光這人貪花好色。最愛姦淫婦女，不知怎樣給她爹爹捉住了，饒他不殺，卻有許多古怪的刑罰加在他身上，這一次居然硬逼他做了和尚。二版刪去了「最愛姦淫婦女」一句。

六・賈布與上官雲上見性峰來，一版兩人著「青衣」，二版改為「黑衣」。

七・令狐冲接掌恆山後，一版儀清說恆山派四大戒律，一戒妄殺無辜，二戒暴亂行兇，三戒犯上忤逆，四戒結交奸邪。二版改為儀清說恆山派五大戒律，一戒犯上忤逆，二戒同門相殘，三戒妄殺無辜，四戒持身不正，五戒結交奸邪。

《葵花寶典》創自一對夫妻，分為乾坤二部
——第三十回〈密議〉版本回較

《葵花寶典》是金庸筆下的「經典秘笈」，但這部秘笈從創始者到流傳過程，都疑點重重。二版說《葵花寶典》的創作者是一位太監，這似乎為練《葵花寶典》必須「引刀自宮」找到堅實的理由。但仔細一想，卻又讓人不解，因為《葵花寶典》若是創自太監，也就只有太監學過，既然如此，太監根本無從想像「正常人」學《葵花寶典》會遇到甚麼問題，也就是說，那位太監雖說練此功需先自宮，但沒有陰莖與睪丸的他，根本無從想像一個人若有陰莖與睪丸，練這套功法會有甚麼後果，可知那位太監說的「欲練神功，引刀自宮」兩句話，純粹只是他個人的「臆測」，而不是定論。

再說，「引刀自宮」究竟要斬斷甚麼？是男性荷爾蒙？還是男人的情慾？若是練功需靜心，而不能有情慾擾功，那麼，奇怪之處又來了，以明代來說，有些太監與宮女是「對食」（一起吃飯，卻沒有性關係的情人），可見太監即使無陽具，仍是有情慾的。倘使情慾會擾亂練功，那麼，割不割那話兒跟練《葵花寶典》又有甚麼絕對關係？

但上述都是二版的問題，一版《葵花寶典》的創始者根本不是太監，而是一對夫妻，因此上述的推論在一版完全不成立。且來看看一版金庸原創意中的《葵花寶典》源流。

故事要由方證大師、沖虛道長與令狐沖三人上恆山懸空寺，議論左冷禪欲併五嶽劍派為「五嶽派」說起。

三人話題談到「辟邪劍法」，一版令狐沖問道：「那日在少林寺中，左冷禪和任教主比藝較量之時，以指作劍，向問天向大哥聲稱這是辟邪劍法。晚輩是井蛙之見，實不知左冷禪所使，是否真是辟邪劍法，要向二位前輩請教。」

一版左冷禪是江湖上第一位學得「辟邪劍法」的高手，令狐沖因而有此問，二版已改去左冷禪學得「辟邪劍法」之事，這段遂改為令狐沖向沖虛問道：「辟邪劍法到底實情如何，要向二位前輩請教。」

接著，方證向令狐沖說起「辟邪劍法」的由來。解說前，方證先問令狐沖：「令狐掌門，你可曾聽過《葵花寶典》的名字？」

令狐沖說他曾聽師父說過，《葵花寶典》是武學中至高無上的祕笈，可是失傳已久，不知下落。後來又聽任教主說，他曾將《葵花寶典》傳給了東方不敗，是以這部《葵花寶典》目前是在朝陽神教（二版日月神教）手中。

聞令狐冲之言，一版方證搖頭道：「這只是半部，而不是一部。」

二版則改為方證搖頭道：「日月教所得的殘缺不全，並非原書。」

這「半部」與「殘缺不全」兩詞的差別，便關乎一版與二版《葵花寶典》的差異，且再聽一版與二版方證的解析。

方證先說起華山派當年劍氣二宗之爭即起因於《葵花寶典》，一版方證說：「這部『葵花寶典』，武林中向來都說，是一雙夫妻所合着。至於這一對前輩高人姓甚名誰，已是無可查考，有人說，男的名字中有一『葵』字，女的名字中有一『花』字，所以合稱『葵花寶典』，但把多半也只是猜測之詞。大家只知道，這對夫妻初時恩愛甚篤，後來卻因故反目。這對夫妻撰作『葵花寶典』之時，年方壯盛，武功如日中天，反目之後，從此避不見面，而一部武功祕笈，也就分為兩部，歷來將那男子所着的祕笈稱為乾經，女子所着的稱坤經。」

方證又道：「經分乾坤，那也只是武林中某一些人的說法，也有人稱之為『天書、地書』、『陽錄、陰錄』的，總之原書上並無標籤，任由後人隨意稱呼了。」方證接著說，二百餘年來，始終無人同時讀通了乾坤二經。在百餘年前，乾坤二經都曾歸福建莆田少林寺下院所有，但當時的莆田少林寺方丈紅葉禪師也未通解全書。

若照一版的說法，《葵花寶典》出自一對夫妻，且分為「乾經」與「坤經」，可知金庸直到創作此回時，仍未將《葵花寶典》設定成是必須「引刀自宮」方能習練的功夫。豈知在下一回的故事中，馬上轉折成《葵花寶典》是必須自宮方能習練的功夫，也就因為如此，才會有人妖般的東方不敗。

二版因《葵花寶典》的內容已經完全修改，這段也改為方證道：「這部《葵花寶典》，武林中向來都說，是前朝皇宮中一位宦官所著。」又道：「至於這位前輩的姓名，已經無可查考，以他這樣一位大高手，為甚麼在皇宮中做太監，那是更加誰也不知道了。」方證接著說，三百餘年來，始終無一人能據書練成寶典中的武功。百餘年前，這部寶典為福建莆田少林寺下院所得，當時的莆田少林寺方丈紅葉禪師參究此經多年，但直到逝世，始終沒起始練寶典中所載的武功。

方證接著說起華山派與《葵花寶典》的因緣，一版方證道：「故老相傳，乾經與坤經中所載武功的基本法門，所走路子，不但大異其趣，而且是截然相反。據說華山派有兩位師兄弟，曾有一個機緣到莆田少林寺作客，不知如何，竟然看到了這部『葵花寶典』。」

二版因《葵花寶典》已不再分成「乾坤雙經」，而是某太監的一部完整著作，因此方證的話語，二版刪成「據說華山派有兩位師兄弟，曾到莆田少林寺作客，不知因何機緣，竟看到了這部『葵花寶典』。」

一版方證接著說：「其時忽忽之中，二人不及同時遍閱全書，當下二人分讀，一個人讀一部，後來回到華山，共同參悟研討。不料二人將書中功夫一加印證，竟然是牛頭不對馬嘴，越說越是鑿枘，二人又深信對方讀錯了書，只有自己見的才是真經。既然越說越離得遠，二人就分別自練，這樣一來，華山派就分為氣宗、劍宗，兩個本來親逾同胞骨肉的師兄弟，到後來竟然變成了對頭冤家。」

二版則改為：「其實匆匆之際，二人不及同時遍閱全書，當下二人分讀，一個人讀一半，後來回到華山，共同參悟研討。不料二人將書中功夫一加印證，竟然牛頭不對馬嘴，全然合不上來。二人都深信對方讀錯了書，只有自己所記得的才是對的。可是單憑自己所記得的一小半，卻又不能依之照練。兩個本來親逾同胞骨肉的師兄弟，到後來竟變成了對頭冤家。華山派分為氣宗、劍宗，也就由此而起。」

一版說華山兩個前輩「分別自練」《葵花寶典》的「乾經」與「坤經」，顯然是不合理的，若是兩人分別自練「乾經」與「坤經」，各自傳下「劍宗」與「氣宗」，那麼，可以想見，「乾經」與「坤經」便各是「說氣」與「說劍」的兩書，那麼，兩人將書中所學分傳「氣宗」與「劍宗」後輩，華山派不是早該將《葵花寶典》當做本門功夫了嗎？這麼一來，岳不羣理當也學過「辟邪劍法」，更不可能不知道令狐冲有沒有學過「辟邪劍法」。

二版改說華山兩位前輩「不能依之照練」，也就是說，華山派從無一人習練過《葵花寶典》，這當然合理多了。

至於華山派這兩位到莆田少林偷閱《葵花寶典》的前輩高人是誰？一版說是「閔肅和朱子風」，二版則改為「岳肅和蔡子峰」。

一版方證接著道：「閔朱二位不得紅葉禪師允可，私閱『葵花寶典』之事，紅葉禪師不久便即發覺。他老人家知道這部寶典中所載武學，太過博大精深，他自己以數十載之功，尚且難以通曉，閔朱二人囫圇吞棗的趕讀，一知半解，定然後患無窮，當下派遣他的得意弟子渡元禪師，前往華山，勸諭閔朱二位，不可修習寶典中的武學。」

二版則改為方證道：「岳蔡二位私閱《葵花寶典》之事，紅葉禪師不久便即發覺。他老人家知道這部寶典中所載武學不但博大精深，兼且凶險之極。據說最難的還是第一關，只消第一關能打通，以後倒也沒有甚麼。天下武功都是循序漸進，越到後來越難。這《葵花寶典》最艱難之處卻在第一步，修習時只要有半點岔差，立時非死即傷。當下派遣他的得意弟子渡元禪師前往華山，勸諭岳蔡二位，不可修習寶典中的武學。」

二版所謂的「第一關」，當然就是「自宮」，「自宮」是一版寫及第三十一回時，金庸才神來一筆突發的創意，一版因此毫無伏筆，二版遂於此回補埋伏筆，將《葵花寶典》緊緊扣住「自宮」兩字。

說畢岳蔡二人偷讀《葵花寶典》，因而將華山派分裂為劍氣二宗後，方證大師又說起渡元禪師奉紅葉禪師之命，來勸岳蔡二人不可習練《葵花寶典》，自己卻反而學得《葵花寶典》，隨後還俗之事。

一版方證接著說：「由於這一件事，紅葉禪師和華山派之間，生了許多嫌隙，而華山弟子偷窺『葵花寶典』之事，也流傳於外，又隔數十年，遂有魔教十長老攻華山之舉。」

一版魔教十長老攻華山，竟已在閔朱二人習練《葵花寶典》「數十年」之後，若真時隔這麼久，華山派劍氣二宗後人，不是早都該學會《葵花寶典》了嗎？又怎會不敵魔教長老的攻山？

二版改為方證道：「由於這一件事，少林下院和華山派之間，便生了許多嫌隙，而華山弟子偷窺《葵花寶典》之事，也流傳於外。過不多時，即有魔教十長老攻華山之舉。」

二版將「隔數十年」改為「過不多時」，便無華山派流傳《葵花寶典》之虞。

接著，方證說起魔教十長老攻華山的舊事，一版方證說的是「魔教十長老攻華山，為的是這部『葵花寶典』，其時華山一派勢孤力弱，無力與魔教相抗，當下與泰山、嵩山、恆山、衡山四派結盟，五嶽劍派之名，便由此而起。第一次在華山腳下大戰，魔教十長老鍛羽而去，但五年之後，十長老精研了五嶽劍派的劍法之後，捲土重來……

「這一次十長老有備而來，對五嶽劍派劍術中的精妙之着，都想好了破解之法。二次決鬥，五嶽劍派着實吃了虧，聽說有一部傳抄的『葵花寶典』，就此落入了魔教之手，只是那魔教十長老，卻也不得生離華山，想像那一場惡戰，定是慘烈非凡。」

一版的故事當然是大有破綻的，若是魔將十長老奪得《葵花寶典》後，全數死在華山，任我行與東方不敗怎可能得到《葵花寶典》呢？

一版的另一處破綻是，若閔肅和朱子風習練《葵花寶典》數十年，甚至傳之後輩，卻仍不敵魔教攻山，那麼，魔教搶這部連自己武功都不及的《葵花寶典》，目的究竟為何？

二版則將方證的話改為：「魔教十長老攻華山，便是想奪這部《葵花寶典》，其實華山派已與泰山、嵩山、恆山、衡山四派結成了五嶽劍派，其餘四派得訊便即來援。華山腳下一場大戰，魔教十長老多數身受重傷，鎩羽而去，但岳肅、蔡子峰兩人均在這一役中斃命，而他二人所筆錄的《葵花寶典》殘本，也給魔教奪了去，因此這一仗的輸贏卻也難說得很。五年之後魔教捲土重來。這一次十長老有備而來，對五嶽劍派劍術中的精妙之著，都想好了破解之法。沖虛道兄與老衲推想，魔教十長老武功雖高，但要在短短五年之內，盡破五嶽劍派的精妙劍招，多半也還是由於從《葵花寶典》中得到了好處。二次決鬥，五嶽劍派著實吃了大虧，高手耆宿，死傷慘重，五派許多精妙劍法從此失傳湮沒。只是那魔教十長老卻也不得生離華山。想像那一場惡戰，定是慘烈非凡。」

二版改為岳肅、蔡子峰二人尚未習練《葵花寶典》，秘笈即為魔教所奪，且岳肅二人在魔教來攻時死去，故而也無法再口述或筆錄《葵花寶典》留存華山，自然較為合理。

說罷魔教十長老攻華山之事後，方證說起渡元禪師還俗後改名「林遠圖」，並創立了「福威鏢局」。三人又說起林家因「辟邪劍法」而家破人亡之事。

而後，一版令狐冲問冲虛「那日在少林寺中，左盟主和任教主相鬥之時，以指作劍，向問天大哥說道這是辟邪劍法。其中緣由，還請道長賜教。」冲虛道人搖了搖頭，道：「這道理我也推想不出，說不定左冷禪威逼令師，將劍譜強奪了去，也或許令師以劍譜與左冷禪共同參悟。左冷禪武功見地，俱比令師為高，二人若是共參，於令師也是大有益處。再說，左冷禪以指作劍所使的劍法，是否就是辟邪劍法，我們也難以確定。」令狐冲道：「林師弟家傳的辟邪劍法，我們華山門下是人人見過的。那日左盟主所使，有幾招似乎相同，有幾招卻又大異。」

二版因已無左冷禪習得「辟邪劍法」之事，令狐冲與冲虛的這段對話全數刪去了。

接著，一版方證道：「時至今日，這部葵花寶典上所載的武學秘奧，魔教手中有一些，令師岳先生手上有一些，似乎嵩山派左盟主手中也有一些，怕只怕左冷禪心有不足，得知所見並非全豹，要想滅了魔教，吞併少林，將整部葵花寶典都收歸嵩山，武林中就此多事了。」

一版左冷禪要併五嶽，再平魔教，據方證推測，竟是為了這部《葵花寶典》，這點在二版做了修改。

二版將這段改為冲虛道：「時至今日，這部《葵花寶典》上所載的武學秘奧，魔教手中有一些，令師岳先生手上有一些。你林師弟既拜入華山派門下，左冷禪便千方百計的來找岳先生麻煩，用意顯然有二：一是想殺了岳先生，便於他歸併五嶽劍派：其二自然是劫奪《辟邪劍譜》了。」

令狐冲連連點頭，說道：「道長推想甚是。那寶典原書是在莆田少林寺，左冷禪可知道嗎？

倘若他得知此事，只怕更要去滋擾莆田少林寺。」

方證微笑道：「莆田少林寺中的《葵花寶典》早已毀了。那倒不足為慮。」令狐冲奇道：「毀了？」方證道：「紅葉禪師臨圓寂之時，召集門人弟子，說明這部寶典的前因後果，便即投入爐中火化，說道：『這部武學秘笈精微奧妙，但其中許多關鍵之處，當年的撰作人並未能妥為參通解透，留下的難題太多，尤其是第一關難過，不但難過，簡直是不能過、不可過，流傳後世，實非武林之福。』他有遺書寫給嵩山本寺方丈，也說及了此事。」

二版不只刪去了左冷禪學得「辟邪劍法」之說，還配合第三十一回東方不敗「引刀自宮」之事，再一次強調修練《葵花寶典》，須先「自宮」。

一版到二版的修改至此，若照一版的說法，《葵花寶典》創自一對夫妻，分為「乾經」與「坤經」，故事發展到最後，必然是令狐冲與任盈盈這對佳侶分別學得《葵花寶典》的「乾經」與「坤經」，夫妻二人因而威震天下。但既然在第三十一回，故事峰迴路轉，《葵花寶典》又變成要先「自宮」才能修習的功夫，如此一來，金庸立的局，金庸又自己破了局，令狐冲也就只能違反金庸書系的慣例，以男主角之身，卻竟然沒學得全書最引人側目的秘笈了。

【王二指閒話】

做為「射鵰系列完結篇」，從《射鵰》到《天龍》的創意，《笑傲》多所延用。因此，閱讀《笑傲》時，讀者對其中的不少情節，理當都會心生「似曾相識」的雷同感。

比如令狐冲接掌恆山一節，創意明顯就是仿生自一版《倚天》。

在一版《倚天》中，張無忌答允為周芷若辦一件事，這件事在書末周芷若決定出家時，告訴了張無忌，她要張無忌接下峨嵋派第五代掌門之位。為了兌現對於周芷若的承諾，張無忌戴上了鐵指環，當起了峨嵋派第五代掌門人。

不過，張無忌當上峨嵋派掌門人後，《倚天》全書也就結束。然而，「男俠而為女子門派掌門人」的想像，鐵定仍在金庸腦際盤旋。於是，在《笑傲》中，金庸就將這創意發展成令狐冲接任恆山派掌門的故事。

《笑傲》仿生自前書創意的例子，除了「令狐冲接掌恆山派」外，「朝陽神教」那對教主滿口腴詞的描述，顯然也是仿生自《天龍》星宿派的故事。金庸在寫畢《天龍》後，對於星宿派弟子向丁春秋歌功頌德的情節，似乎還沒創作過癮，因此，「朝陽神教」又延續星宿派的模式，向其教主諂媚。或許這個創意在完成《笑傲》後，金庸都還沒感覺發揮到淋漓暢快，故而《鹿鼎》中又有個濫呼腴詞的「神龍教」。

《笑傲》的武功也明顯有《射鵰》到《天龍》的影子。在一版《射鵰》到《天龍》故事中，江湖中最具有傳奇性的高明武功，分別是《射鵰》的《九陰真經》、《倚天》的《九陽真經》、《神鵰》的獨孤求敗武功、以及《天龍》的《易筋經》。

身為「射鵰系列大結局」的《笑傲》，將這四種武功或秘笈全都匯流入書中。《神鵰》未寫明的獨孤求敗武功，《笑傲》將之寫明了，即是風清揚傳承予令狐冲的「獨孤九劍」；《天龍》游坦之習得的《易筋經》，《笑傲》中亦為令狐冲所學得。

至於《射鵰》與《神鵰》中的武學寶典《九陰真經》與《九陽真經》，在一版《笑傲》中，雖不存於江湖，但金庸又從《九陰真經》與《九陽真經》，仿生出了《葵花寶典》。一版中說《葵花寶典》創自一對夫妻，分為「乾坤二部」，也就是「陰陽二部」，推而想之，《葵花寶典》自也跟《九陰真經》與《九陽真經》一樣，可以分為《葵花陰經》與《葵花陽經》。

若照《倚天》中，張無忌練得《九陽真經》，周芷若習會《九陰真經》，陰陽雙經，各屬男女的創意來看，《笑傲》中《葵花寶典》分為「乾坤二部」，推測起來，金庸最有可能的原構思，自是令狐冲學得《葵花寶典》「乾部」，任盈盈習得《葵花寶典》「坤部」，而後，乾坤合璧，陰陽成雙，自此笑傲於江湖。

但金庸最後思路一轉，決定將《葵花寶典》改成「自宮」才能練就的功夫，因此《葵花寶典》也就成了東方不敗的絕技，至於金庸的原思路方向為何，那也就只能聊做猜想了。

第三十回還有一些修改：

一．說起《葵花寶典》，二版方證道：「百餘年前，這部寶典為福建莆田少林寺下院所得。」新三版將「福建莆田少林寺下院」改為「福建泉州少林寺下院。」

二．冲虛說起左冷禪要將五嶽併派及推舉掌門之事，二版令狐冲道：「他嵩山、泰山、衡山、華山四派早已商妥，我恒山派孤掌難鳴，縱然反對，也是枉然。」新三版令狐冲又加說：「恆山派既已不再聽令於左冷禪，這嵩山之會那也不必去了。」

三．令狐冲向賈布認輸，二版賈布道：「任大小姐自幼跟東方教主一起長大，便看在任大小姐面上，我們也不敢對令狐公子無禮。」賈布這幾句話很容易讓讀者誤以為，任盈盈與東方不敗是青梅竹馬的總角之交，新三版做了更正，改為賈布道：「任大小姐自幼在東方教主照料下長大，便如是東方教主的嫡親姪女一般，便看在任大小姐面上，我們也不敢對令狐公子無禮。」

四．聞魔教追捕童百熊，二版盈盈道：「五六年前，東方不敗見到童伯伯時，熊兄長，熊兄短，親熱得不得了，哪想到今日竟會反臉無情。」但東方不敗早於十一歲就與童百熊交好，怎會在「五六年前」才稱童百熊為「熊兄」呢?新三版將盈盈話中的「五六年前」改為「以前」。

五．方證問令狐冲：「左盟主為何不許你做恒山掌門？」一版令狐冲道：「在少林寶剎之中，晚輩得罪了他，他心下對晚輩甚是痛恨。他要將五嶽劍派併而為一，晚輩又曾阻撓他的大計。」但在少林寺中，令狐冲得罪的明明是岳不羣，怎會變成左冷禪呢？二版改為令狐冲道：「左盟主要將五嶽劍派並而為一，晚輩曾一再阻撓他的大計，殺了不少嵩山派之人，左盟主對晚輩自是痛恨之極。」二版令狐冲所說才是真的。

六．為了解釋風清揚為何沒捲入華山派劍氣二宗之爭，二版較一版增寫了一段關於風清揚的故事，這段故事是：冲虛道：「當年武林中傳說，華山兩宗火拼之時，風老前輩剛好在江南娶親，得訊之後趕回華山，劍宗好手已然傷亡殆盡，一敗塗地。否則以他劍法之精，倘若參與鬥劍，氣宗無論如何不能佔到上風。風老前輩隨即發覺，江南娶親云云，原來是一場大騙局，他那岳丈暗中受了華山氣宗之托，買了個妓女來冒充小姐，將他羈絆在江南。風老前輩重回江南岳家，他的假岳丈全家早已逃得不知去向。江湖上都說，風老前輩惱怒羞愧，就此自刎而死。」

七・賈布說喊到「三」字一出口之際，只聽得靈龜閣中一個清脆的女子聲音喝道：「且慢！」來人便是盈盈。二版刪去了「賈布這『三』字一出口之際」一句，因為賈布「三」字若出口，毒水亂噴，令狐冲三人哪裡還有命在？

八・為擒拿賈布，一版盈盈對上官雲道：「上官叔叔，你將叛徒賈布拿下，你便升作光明左使。」二版則如前回所述，將「光明左使」改為「青龍堂長老」。

九・一版盈盈命令教眾救火，叫的是：「快下去救火！」二版改為盈盈叫：「千秋萬載，一統江湖！日月神教教眾，東方教主有令：快下去救火！」二版增寫日月神教頌詞，以與下一回的情節相扣合。

十・前往黑木崖的大石門刻字，一版左首是「文成武德」，右首是「仁義英明」，橫額上刻着「中興聖教」四個大紅字。二版將橫額上刻的「中興聖教」，改為「日月光明」。二版的刻字是要與「日月神教」的教名相契合。

任我行將祖千秋等所有加入恆山派的魔教好手徵召回黑木崖

——第三十一回〈繡花〉、第三十二回〈併派〉版本回較

身為恆山派掌門的令狐冲，以單身男子之身而領導大批女弟子。為了解決令狐冲的窘境，任盈盈曾差遣祖千秋等「泛魔教」大批豪士前來加入恆山派，但一版任我行卻橫生枝節，將祖千秋一干人全抽調回黑木崖去。且來看這段故事。

先說第三十一回任我行一行回黑木崖奪回教主寶座之事。

話說令狐冲一行隨楊蓮亭至東方不敗居所，在東方不敗房中，一版東方不敗對童百熊說起：「當年我用藥物迷倒任教主後，為烈火堂堂主羅古德發覺，幸虧你一刀將羅堂主殺了滅口，我才大事得成，你真是我的好兄長。」

照一版此處所說，當年任我行為東方不敗生擒，乃是因被藥物迷倒。然而，以任我行的老謀深算，又怎能被東方不敗下毒，卻毫無警覺呢？

二版因此改為東方不敗對童百熊道：「當年我接掌日月神教大權，朱雀堂羅長老心中不服，囉哩囉唆，是你一刀將羅長老殺了。從此本教之中，再也沒第二人敢有半句異言。你這擁戴的功

勞，可著實不小啊。」

改寫為二版後，就沒有東方不敗向任我行下毒之事了。

而關於東方不敗的情節，二版到新三版的修改，是在東方不敗死於任我行手下之後，任我行搜出東方不敗身上的《葵花寶典》，二版說任我行揚了揚手中的舊冊頁，說道：「這本冊子，便是《葵花寶典》了，上面註明，『欲練神功，引刀自宮』，老夫可不會沒了腦子，去幹這等傻事，哈哈，哈哈，……」

新三版改為任我行未將此心思說出口，只在心中想：「這《葵花寶典》要訣注明，『欲練神功，引刀自宮。煉丹服藥，內外齊通。』老夫可不會沒了腦子，去幹這等傻事，哈哈，哈哈，……」

新三版之所以將「欲練神功，引刀自宮」改為「欲練神功，引刀自宮。煉丹服藥，內外齊通」，或因「引刀自宮」只是割去睪丸，但沒有睪丸並不會讓男人變成同性戀，因此新三版加說東方不敗「煉丹服藥」，或許就是要說，丹藥造成東方不敗體質的改變，因此才會轉變成同性戀。

故事緊接到第三十二回，令狐沖助任我行奪回教主之位後，回到恆山，準備帶門人前往嵩回到恆山後，一版的故事是：令狐冲屈指計來，離三月十五嵩山之會已無多日，於是率同一眾女弟子及恆山別院中的羣豪，向嵩山進發。

這一晚眾人在黃河邊上歇宿。次日清晨令狐冲一覺醒來，只覺四下裡靜悄悄地，他於是到羣豪聚居的那座大祠堂，只見祠堂內一人也無，大廳桌上卻放着一張紙，紙上寫著：「令狐公子，屬下等頃接神教黑木令，任教主有令，命眾人即刻回歸黑木崖，不得有片刻延誤，亦不得告知公子。咱們只好告辭了，抱歉抱歉。」下面寫着「計無施、祖千秋、老頭子與眾兄弟同拜上。」

令狐冲看到這信，方得知群豪被任我行下令召去，隨即心想：「任教主為什麼突然下黑木令將眾人召去？又不許我得知？那自是心中對我大為不滿了。他要我加盟朝陽神教，我沒有答應。在長殿之外，他們痛罵東方不敗，我卻又縱聲大笑，自是得罪了他。老頭子這些人中，有許多服了三尸腦神丹，一見到黑木令，自是嚇得魂飛魄散，不敢違拗，連夜上黑木崖去了。這件事盈盈若是知道，必定生氣，但願她別和她爹爹吵嘴才好。」

而後，儀和、儀清、儀琳等也都躍進祠堂。得悉羣豪突然間不告而別，儀清道：「任教主召喚他們回去，自有深意。咱們到嵩山去，為的是推選五嶽派的掌門人，這個掌門人，將來是要和魔教作對為敵的。他魔教的部屬參與推選，那算什麼樣子？」鄭萼也道：「不錯，他們走了好得多。否則的話，如果大家推選大師哥做五嶽派掌門人，嵩山派的人一定會持異議，他們說恒山派中有這些魔教人士，恒山派掌門怎能為五嶽派之首？」

一版這段任我行將祖千秋一行徵召回黑木崖的故事，二版全數刪去，二版祖千秋等人仍好端端地在恒山。

二版將這段情節改為令狐冲回恒山後，離三月十五嵩山之會已無多日，他準備出發，前往嵩山，至於前往嵩山，要不要帶上通元谷群豪，儀和等都說，恒山派要對抗嵩山派的併派之議，帶同通元谷群豪上嵩山固然聲勢浩大，但難免引得泰山、衡山、華山三派的非議，也讓左冷禪多了反對恒山派的借口。令狐冲於是向計無施、祖千秋、老頭子三人說了，計無施等也說以不帶通元谷群豪為妥。

令狐冲次日即率同一眾女弟子向嵩山進發。

二版祖千秋等群豪仍未參加嵩山併派之會，但未與會的理由並不是被任我行徵召回黑木崖，而是留在恒山。

因為一版到二版這一大段的改變，牽動後續段落的變動。

在前往嵩山的路上，一版令狐冲尋思：「任教主突然將這些人都召回黑木崖，行事如此隱秘，不讓我知曉，可見他對我甚是惱怒。盈盈夾在這中間，定是令她十分為難了。」他的臉上因此現出愁意。

儀琳見狀，問令狐冲是不是不開心，令狐冲搖了搖頭，儀琳道：「這些人都聽任大小姐的話，任大小姐又對你極好。他們對你不起，難道不怕任大小姐生氣？」令狐冲道：「任大小姐的父親現下是朝陽神教的教主，他們非聽他號令不可，否則身體內的三尸蟲發作起來，那可不是玩的。」

二版因無任我行徵召群豪之事，這段也一併刪了。

一版到二版的修改即到此處。

在這段故事中，一版任我行看來是完全不懂女兒心情的。想來盈盈派祖千秋等一票男人投入恆山派，表面上是要免去令狐冲以男子之身而出掌女子門派的尷尬，骨子裡卻是在提防令狐冲感情出軌，因為令狐冲處身妙齡少女群中，若無男性加以監視看管，萬一他跟儀琳、鄭萼、或秦絹等美少女酒後亂性，到時盈盈鞭長莫及，管不了他，這「未婚夫」可就要白白送人了。

在一版第二十五回，令狐冲曾對莫大先生自承，對於恆山派諸美女「小侄卻也不是不動心，只是覺得不該動心。不瞞莫師伯說，有時煩惱起來，到岸上妓院中去叫幾個粉頭陪酒唱曲，倒是有的。」在船上時，令狐沖還能上岸召妓陪酒，此刻的令狐沖卻是與恆山諸美女同住在恆山見性峰，若「性衝動」一來，沒男性朋友一齊喝酒，令狐沖難保不對儀琳或鄭萼、秦絹等美女「性幻想」。

盈盈苦心佈局，一版任我行卻輕易地將豪士們抽調回黑木崖，使得盈盈的計劃完全破局。還好二版做了修訂，不然，只怕任我行將來就得做不戒和尚，待令狐沖娶儀琳後，再來央求令狐沖收盈盈當「小妾」了。

【王二指閒話】

金庸筆下有一些人物，出場的篇幅雖短，卻叫讀者印象深刻，這般角色概分兩類，一類是「武功超強型」，如《天龍》中能制服蕭遠山與慕容博兩位一流高手的掃地僧，以及《倚天》中輕易宰制周芷若的黃衫美女，都是剎現剎隱的絕頂高手；另一類則是「故事精彩型」，如《天龍》中以美色魅惑段正淳、馬大元、白世鏡、全冠清及徐長老，還能將喬峰陷害得走投無路的康敏，其相關故事雖然不長，卻極其精彩，叫人一讀難忘。

東方不敗則兩型兼具，他既是武功超強的功夫好手，又是金庸書系中，唯一的同性戀者，故事極為精彩。

然而，金庸在塑造東方不敗時，對於其武功的描述，卻是前後不一。

且看《笑傲》中如何形容東方不敗的行動速度，當他要殺童百熊時，書中寫的是「眾人只覺眼前有一團粉紅色的物事一閃，似乎東方不敗的身子動了一動。但聽得噹的一聲響，童百熊手中單刀落地。」

與此類似，對速度極「快」的形容，在金庸小說中並非第一次出現，如《天龍》中，虛竹抓著天山童姥與李秋水出興州城，以及慕容復竄出枯井，書中的形容都是快如閃電，疾如鬼影。

《天龍》中見到虛竹與慕容復的，分別是西夏護衛與鄉農，這些「凡人」的眼光，怎能比得上注視東方不敗的任我行與令狐冲呢？若東方不敗的速度，連任我行與令狐冲都無法清晰看見，他的速度之「快」，理當遠勝於張無忌或韋一笑等輕功高手。

殺童百熊時，東方不敗的速度如電似鬼，奇怪的是，殺任盈盈時，東方不敗的速度卻緩慢下來了。攻擊盈盈時，書中形容東方不敗是「一團紅雲向盈盈撲去」。如此清楚的一大團紅雲撲過來，而不是像殺童百熊那時的「紅色事物一閃」，難怪任我行與令狐冲一出劍便殺了東方不敗。卻不知為甚麼，前後才不過一眨眼的時間，東方不敗的速度竟然慢了這麼多？

此外，《笑傲》雖說東方不敗武功奇高，但說起東方不敗使繡花針，卻當真莫名其妙。說來東方不敗習練的是《葵花寶典》，《葵花寶典》即是「辟邪劍法」，可知東方不敗最拿手的兵器理應是劍，然而，迎戰任我行與令狐冲時，東方不敗竟然不用他最稱手的長劍，而是用彆手彆腳的繡花針，他究竟是輕敵？還是賣弄武藝？又或是他只想讓任我行一行都明白，他渴望轉男身為女身，因此，即使面臨生死戰鬥，他仍必須緊緊抓著最能代表女性的繡花針？

再說到東方不敗的同性戀，這與「自宮」並無絕對關係，因為割睪丸只是讓男性失去「睪固酮」，但沒有「睪固酮」，並不等於「變成女性」，其理由是，割去睪丸，下視丘及腦下垂體仍會分泌促性腺素及黃體激素，此外，更重要的是，就算割去睪丸，男性在心理上還是男性，這就是為甚麼古時的宦官還會有異性伴侶，即「對食」的原因，倘若割去睪丸就會變成女性，太監們豈不都要愛上皇帝或大臣了？

如此看來，東方不敗原來的性向就是同性戀，他愛上男人，跟有沒有「自宮」根本無關，再大膽一點推測，莫非東方不敗囚禁任我行，其實是他當年迷戀任我行而不可得，才由愛生恨？

第三十一回還有一些修改：

一．任我行等人隨上官雲上黑木崖拜見東方不敗，卻在紫衫侍者斥喝後才下跪，二版上官雲解釋說他們「一見到教主，喜歡得渾身發抖，忘了跪下，教主恕罪。」但在教主面前，豈有人敢「忘了跪下」？新三版將上官雲話中的「忘了跪下」更正為「遲了跪倒」。

二．東方不敗以繡花針刺令狐冲，二版說令狐冲左邊眉心微微一痛，已為東方不敗刺中。新三版為免詞意上的誤會，將「左邊眉心」改為「左邊眉間」。

三．東方不敗傷於令狐冲一行手下後，二版的東方不敗說起：「我練那《葵花寶典》，照著寶典上的秘方，自宮練氣，煉丹服藥。」新三版刪去東方不敗話中的「自宮練氣」，此因東方不敗大可不必在眾人面前公開自己的隱私。

四．有教眾誣指東方不敗荒淫好色，二版令狐冲心想：「東方不敗為練《葵花寶典》中的奇功，早已自宮，甚麼淫辱婦女，生下私生子無數，哈哈，哈哈！」新三版因令狐冲未聞任我行說練《葵花寶典》須自宮之事，這段心思也改為：「東方不敗早已甘心化身為女子，只愛男人，不喜女色，甚麼淫辱婦女，生下私生子無數，哈哈，哈哈！」

五．離開黑木崖前，令狐冲對盈盈說道：「就算我狂妄自大，在你面前，永遠永遠就像今天這樣。」盈盈歎了口氣，道：「那就好了。」新三版而後增寫說：盈盈隨即笑問：「像今天這樣，是怎麼樣？」令狐冲正色道：「千秋萬載，令狐冲是婆婆跟前的一個乖孫子。」盈盈嫣然一笑，道：「這樣，我才真正佔盡了天下的好處。甚麼千嬌百媚，青春年少，全不打緊。千秋萬載，萬載千秋，我任盈盈也永遠是令狐大俠身邊的一個乖女孩。」

五．令狐伸嘴在盈盈臉頰上輕輕一吻。二版說盈盈滿臉飛紅，嬌羞無限，伸手推開了他。新三版刪去「伸手推開了他」這大殺風景的一句。

六．揭穿「假東方不敗」後，一版任我行對教眾們說：「我是你們的前任教主，你們認不認得？」但任我行既不承認東方不敗的正當性，怎會自稱「前任教主」呢？二版改為任我行道：「我是你們的真正教主任我行，你們認不認得？」

七．上官雲向任我行參拜後，一版說當下眾人也即一齊向任我行跪倒。然而，這些教眾又不是全無腦筋，怎會集體隨上官雲倒戈呢？二版改為當下便有數人向任我行跪倒。

八．眾人到東方不敗房中，一版說房中掛着一幅錢起所繪的仕女圖，二版刪去「錢起」之名，只說房中掛著一幅仕女圖。

九・向任我行說起舊恩，一版東方不敗道：「我在朝陽神教之中，本來只是風雷堂主座下第三枝香的副香主，你提拔於我，連年升我的職。」二版將「第三枝香的副香主」改為「一名副香主」，免得還需解釋「第三枝香」何意。

十・任我行、向問天與令狐冲三人合攻東方不敗。一版說這當世三大高手並肩而戰，縱然是千軍萬馬，也擋他們不住。二版改去這極為誇張的說法，改說這當世三大高手聯手出戰，勢道何等厲害。

十一・令狐冲劍刺不著身法太快的東方不敗，一版說這情景便如密閉的房中似刀劍砍擊飛燕麻雀一般，燕雀雖是不懂武功招數，卻總能在毫厘之差的空隙中避開。二版刪去這不當的比喻，東方不敗焉能不懂武功招數？

十二・上官雲向任我行介紹「成德殿」，任我行呵呵而笑，道：「文成武德，文武全才，那可不容易哪。」一版還說，他口中說不容易，心裡卻已覺得：「文成武德，天下捨我其誰？」二版刪去這段任我行的心理描述。

十三・任我行奪回教主之位後，一版是「水火堂堂主」率眾來拜，二版改為「玄武堂長老」率眾來拜。二版日月神教是以四神獸之名來分堂，即青龍堂、白虎堂、朱雀堂、玄武堂，賈布與上官雲曾任青龍堂及白虎堂長老，長老地位尚在堂長之上。

第三十二回還有一些修改：

一・二版鄭萼稱令狐沖「大師哥」，新三版改為「掌門師兄」。

二・儀琳為岳靈珊新婚之事安慰令狐沖，二版儀琳道：「任大小姐雖是魔教中人，但容貌既美，武功又高，那一點都比岳小姐強上十倍。」新三版在「武功又高」之下，加了「對你又一心一意」，這點才是盈盈真正強岳靈珊十倍之處。

三・令狐沖為岳靈珊新婚大哭後，回到破祠堂。二版說儀和、儀清等見他回來，無不喜動顏色。新三版再加說「又見他雙目紅腫，誰也不敢多說多問」。

四・二版說左冷禪的名字中雖有一個「禪」字，卻非佛門弟子，其武功近於道家。新三版將「近於道家」改為更明確的「屬於道家」。

五・左冷禪指莫大殺了費彬，二版莫大先生心中一凜：「我殺這姓費的，只有劉師弟、曲洋、令狐沖、恆山派一名小尼、以及曲洋的孫女親眼所見。其中三人已死。」二版說曲非烟見莫大殺費彬是錯的，因在莫大殺費彬之前，曲非烟早已死於費彬劍下，新三版改為莫大先生心中一凜：「我殺這姓費的，只有劉師弟、曲洋、令狐沖，以及恆山派一名小尼姑親眼所見。其中二人已死。」

六．左冷禪說定閒師太生前同意五嶽併派，二版鄭萼道：「我們掌門人和兩位師伯、師叔圓寂之前，對併派之議痛心疾首，極力反對。」二版鄭萼是定閒弟子，新三版改為是定逸弟子，因此新三版鄭萼的話改為：「我兩位師伯和師父圓寂之前，對併派之議痛心疾首，極力反對。」

七．二版桃根仙稱鄭萼為「鄭姑娘」，新三版為強調桃谷六仙亦身屬恆山派，遂改稱鄭萼為「鄭萼鄭師妹」。

八．在嵩山上，令狐冲問左冷禪方證與冲虛到了沒，一版左冷禪淡淡的道：「他二位住得雖近，但自持身份，不免要擺擺架子，那是不會來的了。」二版刪去左冷禪話中「不免要擺擺架子」這頗為酸言酸語的一句。

九．寧中則勉令狐冲以後別再胡鬧，一版岳不羣冷笑道：「他不再胡鬧？那是日頭從西方出來了。這恆山派掌門能當到今日，也心滿意足了吧？」二版改為岳不羣冷笑道：「他不再胡鬧？那是日頭從西方出來了。他第一日當掌門，恆山派便收了成千名旁門左道的人物，那還不夠胡鬧？聽說他又同大魔頭任我行聯手，殺了東方不敗，讓任我行重登魔教教主寶座。恆山派掌門人居然去參預魔教這等大事，還不算胡鬧得到了家嗎？」

十．左冷禪說起莫大先生殺費彬之事，莫大先生不認，一版左冷禪冷冷一笑，道：「若是正大光明的單打獨鬥，莫大先生原是未必能殺得了我費師弟，只是當日衡山郊外，圍攻我費師弟的，除了莫大先生與令師弟劉正風外，還有北嶽恆山派的弟子，西嶽華山派的弟子，更有魔教中的長老曲洋和他孫女兒。」他說這幾句話時，莫大先生不由得背上陣陣發毛，尋思那日在荒郊殺死費彬，在場的除了師弟劉正風、曲洋祖孫之外，尚有令狐冲和恆山派的女弟子儀琳，不知如何竟然洩漏了風聲，想必是年輕人不知輕重，吐露了當時真相。一版左冷禪莫非是有天眼通，否則怎能知曉當時的真況？二版改為左冷禪冷笑道：「若是正大光明的單打獨鬥，莫大先生原未必能殺得了我費師弟，但如忽施暗算，以衡山派這等百變千幻的劍招，再強的高手也難免著了道兒。我們細查費師弟屍身上傷痕，創口是給人搗得稀爛了，可是落劍的部位卻改不了啊，那不是欲蓋彌彰嗎？」莫大先生心中一寬，搖頭道：「你妄加猜測，又如何作得準？」心想原來他只是憑費彬屍身上的劍創推想，並非有人洩漏，我跟他來個抵死不認便了。二版左冷禪是憑傷口推測，自然較為合理。

十一．害死天門道人的惡人，一版叫「東海雙惡」，但因為另一惡始終沒出現，二版遂改名為「青海一梟」。

十二・一版說正鄭萼是面目娟秀的青年女子，二版改說是圓臉女郎。

十三・桃谷六仙自稱願當五嶽派掌門，一版嵩山派中一名身穿土黃色布衫的老者大聲說道：「是誰推舉你們作五嶽派掌門人了？」這名老者在第三十四回才說其名字叫「韓天鵬」，二版則將「身穿土黃色布衫的老者」改為「身材高大的老者」，「韓天鵬」改為「托塔手丁勉」。

十四・在桃谷六仙胡鬧中，一版嵩山派中站出一名老者，朗聲道：「五嶽劍派同氣連枝，聯手結盟，近年來均由左掌門為盟主。」二版則將「一名老者」改為「瘦削的老者」，即「陸柏」。金庸在一版好像渾然忘了有過丁仲、陸柏、湯英鶚這些「嵩山十三太保」，來到嵩山封禪台參與五嶽併派大會的，竟然只有一個先前從未出現的「韓天鵬」，其他人全不知那裡去了，真是怪哉！

岳靈珊精通五嶽派劍法，在嵩山大顯身手

——第三十三回〈比劍〉版本回較

岳靈珊似乎是個武學奇才，她自思過崖後洞學得魔將十長老所刻五嶽派劍招及破解之法後，武功層次竟能馬上超越終身習練「泰山劍法」的玉音子與玉磬子，以及「衡山劍法」一流的莫大先生，技壓嵩山封禪台下的一眾泰山與衡山派高手們。

不過，從一版到二版，岳靈珊的五嶽劍招尚有「真實」與「似是而非」的差異，且來看這段修改。

故事要由封禪台下五嶽劍派大會，共議「併派」之事說起。

且說桃谷六仙抓住玉璣子四肢，左冷禪當機立斷，劍斬玉璣子雙手一足。

桃根仙與桃幹仙譏諷左冷禪不仁不義，一版嵩山派中一名老者憤而指責桃谷六仙動不動就將人撕成四塊，並說左掌門出手相救玉璣子道長，正是瞧在同門的份上。

二版將「嵩山派中一名老者」改為「托塔手丁勉」。

金庸在一版寫及「封禪台併派」之事時，似乎渾然忘了曾經出場過的「嵩山十三太保」丁仲

(二版丁勉)、陸柏、湯英鶚、林厚(二版樂厚)、鍾鎮、鄧八公(新三版滕八公)及高克新等人，此時在封禪台的，竟只有一位先前未曾出現的「韓天鵬」。

而後，桃葉仙倡議「比武奪帥」，由武功最高的高手來出掌五嶽派。

岳靈珊率先下場，以思過崖後洞中學來的泰山派劍法挑戰泰山派的玉音子。

岳靈珊先使一招「岱宗如何」，接著再出「五大夫劍」一招。岳靈珊使「五大夫劍」時，二版較一版增說，玉磬子但眼見岳靈珊這五招似是而非，與自己所學頗有不同，卻顯然又比原來劍法高明得多。

二版「岳靈珊鬥劍」故事的最大修改之處，就是一版岳靈珊見過思過崖後洞魔教十長老所刻的五嶽劍派劍法後，即在短時間內，真正學會了五嶽派中最高明的劍招。但這樣的情節實在太不合理，因為五嶽劍派的劍招都是各派高手們歷經百餘年以上的錘鍊才創制出來的，豈能在短時間內學會？

二版因此改為岳靈珊所使的五嶽劍招皆空有五嶽派劍術的外形，卻未得其精髓，這樣的說法才合理。

岳靈珊以泰山派劍法的「岱宗如何」一招打敗玉音子後，二版較一版增說，玉音子發現岳靈珊只不過擺個「岱宗如何」的架子，其實並非真的會算。更氣人的是，岳靈珊竟將泰山派的劍招在關鍵處忽加改動，自己和師哥二人倉卒之際，不及多想，自然而然以數十年來練熟了的劍招拆解，而她出劍方位陡變，以致師兄弟倆雙雙中計落敗。倘若她使的是別派劍法，不論招式如何精妙，憑著自己劍術上的修為，決不能輸了給這嬌怯怯的少婦。但她使的確是泰山派劍法，卻又不是假的，心中又是慚愧氣惱，又是驚惶詫異，更有三分上了當的不服氣。

最後岳靈珊劍刺泰山派玉音子與玉磬子兩道，隨後再迎戰衡山派掌門莫大先生生。

岳靈珊亦使衡山派劍法來鬥莫大先生，當岳靈珊使出橫山派「天柱雲氣」一招時，一版說莫大先生自知無法抵擋，斜刺撲出，手中短劍舞成一團白光，向左側急砍急刺，這些劍招並未指向岳靈珊，只不過眩人耳目，掩飾自己的窘態。

一版又說，莫大先生聽岳靈珊說她父親已精通五嶽劍法，於是想試試岳靈珊會不會使衡山劍法，故而下場跟她比劍。豈知竟被岳靈珊以衡山劍法連使奇招，險些兒難以招架。到得後半招「天柱雲氣」使將出來時，他見機得快，不架而走。

若照一版這段說法，岳靈珊的衡山劍法已然遠邁莫大先生。

二版則將這段刪為只說，那衡山劍法的「天柱劍法」主要是從雲霧中變化出來，極盡詭奇之能事。莫大先生一見岳靈珊使出「天柱雲氣」，他見機極快，當即不架而走。

二版莫大先生只是被岳靈珊的劍招外形所惑，而非劍術不如她。

一版接著說，莫大先生知道衡山五大神劍之中，最厲害的一招叫做「雁迴祝融」，這招劍法乃是「一招包一路」。在衡山派中，誰也沒見過這招神奇的劍法。不料今日與岳靈珊一接手。竟赫然見到故老相傳最神奇的「一招包一路」。莫大先生知道岳靈珊必有奇遇，學到了這幾路神妙的劍法。可是所學卻定然不精，否則這些奇招使出來，自己怎能還逃得過她長劍的一擊？

二版將這段改為，莫大先生知道衡山五大神劍之中，最厲害的一招叫做「雁迴祝融」。莫大先生的師父當年說到這一招時，含糊其詞，並說自己也不大清楚，如果岳靈珊再使出這一招來，自己縱不喪命當場，那也非大大出醜不可。

一版岳靈珊確實使出了衡山派劍法最厲害的「雁迴祝融」，二版岳靈珊則未使此招。

而後，莫大先生又出劍來擊岳靈珊。

一版說莫大先生使的是「雲霧幻劍」，二版則改為第六回劉正風使用過的「百變千幻雲霧十三式」。

最後，莫大先生將岳靈珊的手中長劍擊得飛上天空，岳靈珊則以兩塊圓石擊得莫大先生短劍斷為兩截，人則肋骨斷去數根，並當場吐血。

一版到二版的修訂即至此處。

照岳靈珊這種「看圖學功」，照本宣科運使思過崖後洞所刻劍招，即幾乎無敵於五嶽派的資質，岳不羣根本無須憂慮「五嶽派掌門」不落入他華山派手中。或許五嶽劍派的這一代還有人勉強可敵岳靈珊，但在各派下一代門人中，根本無人能匹敵岳靈珊。可知第一代「五嶽派掌門」不論誰來當，第二代「五嶽派掌門」必是岳靈珊的囊中物，只要岳不羣願耐心等待，即使沒有「辟邪劍法」，「五嶽派」仍遲早都是他岳家的。

【王二指閒話】

金庸筆下的俠士，總是身負驚人藝業，如《射鵰》郭靖身擁「降龍十八掌」與《九陰真經》、《神鵰》楊過集東邪、西毒、北丐、中神通及林朝英的絕藝於一身、《倚天》張無忌學得《九陽真經》、「乾坤大挪移」、「太極拳」與「太極劍」、《天龍》蕭峰以「降龍十八掌」無敵於天下、《笑傲》令狐冲則以「獨孤九劍」及「吸星大法」笑傲江湖。

但擁有絕世武功的俠士們，真能在江湖中一帆風順，無人能傷嗎？答案當然是否定的。不過，金庸非常厚愛筆下的俠士，當俠士們傷了、病了、弱了之時，他的愛情往往也就滋生了。

比如楊過與小龍女早於古墓中便師徒相戀，卻始終未結為夫妻，直到楊過被郭芙斬斷了一臂，小龍女方知「楊過的一條臂膀，比她自己的生死實在重要得多。」楊龍二人也終於確定「決不能沒有了對方而再活著，對方比自己的生命更重要過百倍千倍。」兩人因此拜堂，結成夫妻。

再如張無忌在光明頂上技壓少林峨嵋等五大門派，卻被周芷若當胸刺了一劍。劍刺張無忌後，周芷若下山時「忍不住向張無忌望去。張無忌卻也正自目送她離去。兩人目光相接，周芷若蒼白的臉頰上飛了一陣紅暈。」周芷若的一顆心也就從此繫在張無忌身上了。

蕭峰本是不近女色的硬漢，卻在被指為契丹人，心靈嚴重受創時，聽到阿朱說：「今後我服侍你，做你的丫鬟。」兩人因此成為情侶。

俠士之所以能在受傷受苦時得到俠女的愛情，是因為俠女有其「母性」。當俠士病痛或心傷時，就從鐵錚錚的漢子，轉變成需要撫慰關懷的小男孩，俠女也就在此時發揮「母性」，照顧俠士。而當俠女投入了情感之後，她的心也就纏在俠士身上了，俠士與俠女於是就能發展出愛情。

可知令狐冲追不到岳靈珊，究其原因，他常自責是因自己浮滑無行，比不上守禮的「小君子劍」林平之，但這不見得是真正的原因。更可能的原因是，令狐冲在岳靈珊面前，「大師哥」的形象既瀟灑又自在，這跟林平之身負家仇，拼命學藝的形象完全不同。或有可能是因林平之那孤臣孽子的落難公子樣，激發出岳靈珊的「母性」，岳靈珊想要照顧他，兩人才因此萌生出愛情。

在嵩山封禪台前，令狐冲自甘讓岳靈珊長劍所刺，這當然有機會激出岳靈珊的「母性」，但令狐冲這一招來得未免太遲，早在林平之出現前，他若使用這招，或許兩人已成一對佳偶。但岳靈珊既已嫁給林平之，令狐冲再想用受傷來「討愛」，岳靈珊也不可能冒著被質疑「外遇」的危險，對前男友令狐冲關心示愛。可知令狐冲被刺這一劍，時機不對，也就難能喚回岳靈珊的愛情了。

第三十三回還有一些修改：

一．玉璣子出言要殺桃谷六仙，二版桃枝仙道：「今日我五派合併，第一天你泰山派便動手殺了我恆山派的六大高手，五嶽派今後怎說得上齊心協力，和衷共濟？」新三版將桃枝仙的話改為：「今日我五派合併，第一天你五嶽派中的泰山支派便動手殺了我恆山支派的六大高手，五嶽派今後怎說得上齊心協力，和衷共濟？」新三版桃枝仙的話語更是毫無破綻。

二．二版岳不羣說五嶽派「比武奪帥」需五嶽派門人方能參加，否則便是爭奪「武功天下第一」的名號，新三版將「武功天下第一」改為更精確的「劍法天下第一」。

三．玉磬子問玉音子：「你不理長幼之序，欺師滅祖，本派門規第一條怎麼說？」玉音子應道：「你動不動提出泰山派門規來壓人，只可惜這當兒卻只有五嶽派，沒有泰山派了。」二版玉磬子無言可對，左手食指指著玉音子鼻子，氣得只是說：「你……你……你……」新三版改為桃枝仙插口道：「有五嶽派而沒泰山派，正是大大的好事，為甚麼玉音子要說『可惜』？你們想拆散五嶽派，再興泰山派，是不是？玉音子，你倒說說看，為甚麼說這『可惜』兩字？」玉音子和玉磬子一時都無言可對。新三版更能表現出盈盈的機鋒。

四．二版玉音子與岳靈珊鬥劍時使的一招「朗月無雲」，新三版改為「青天無雲」。

五．泰山派老道說要推舉「德才並備、威名素着的前輩高人」來當五嶽派掌門，一版桃枝仙道：「德才兼備，威名素着？夠得上這八字考語的，武林中除了桃谷六仙之外，我看也只有少林寺的方丈方證大師了。」二版刪去「武林中除了桃谷六仙之外」一句，以免將這段話淪為幽方證一默，毫無恭敬心的玩笑話。

六・一版桃谷六仙的兵器是「短劍」，二版改為「短鐵棍」。

七・令狐冲「比武奪帥」之議提出後，一版群豪賀采：「勝者為掌門，敗者作弟子，公平交易，最妙不過。」二版將「敗者作弟子」改為「敗者聽奉號令」。二版自是較合理，因為勝者不見得會收敗者為徒，敗者也不見得願拜勝者為師。

八・贊成「比武奪帥」，一版岳不羣道：「比武紛爭只可點到為止，一分勝敗便須住手，切不可傷殘性命。適才泰山派天門道兄，玉璣道兄一死一傷，令我好生傷悼，這可大違我五派合併的本意了。」二版將「適才泰山派天門道兄，玉璣道兄一死一傷，令我好生傷悼，這可大違我五派合併的本意了。」四句改為「否則可大違我五派合併的本意了。」此因一版岳不羣的說法對左冷禪的諷刺之意太強，而挑釁左冷禪並不符合岳不羣此刻說話的旨意。

九・左冷禪說一派只能派一個人比武，而後泰山派玉音子欲出頭，桃葉仙說玉音子若敗，泰山派便不能再派第二人。一版玉磬子說道：「我們可沒答應一派只出一人。如果玉音子師弟敗了，泰山派另有好手，自然可再出手。」二版將玉磬子話中的「我們可沒答應一派只出一人」改為「玉音子師弟並非我們公舉」，因為「一派只出一人」是左冷禪所提，玉磬子應不敢公然唱反調才是。

十·一版泰山派劍招之「峻嶺回馬」，二版改為「峻嶺橫空」，此因「峻嶺回馬」與稍後提到的「石關迴馬」兩招招名太過雷同。

十一·莫大先生不願劍傷岳靈珊，岳靈珊又使出衡山派劍法的「泉鳴芙蓉」及「鶴翔紫蓋」兩招，一版說他心下吃驚，手中絲毫不緩，奮力抵擋。要知他和岳靈珊對劍，一上手便以變幻劍法佔了先機，豈知岳靈珊眼見不敵，竟使出後輩女子的撒嬌打法來。她明知莫大先生不會使殺手傷他，便對砍來劍招不加理會，逕以厲害招數反擊。她可不理莫大先生的劍招，莫大先生卻不能不理她的殺著，這一加理會，可真有些不易對付。二版將這整段當「冗說明」，刪了。

十二·一版岳靈珊的長劍是從令狐冲右肩後直插了進去。二版將「右肩」改為「左肩」。

岳不羣與左冷禪的「辟邪劍法」大對決——第三十四回〈奪帥〉版本回較

在一版《笑傲》中，左冷禪是全武林中最早學得「辟邪劍法」的高手，他還曾以「辟邪劍法」力挫任我行。金庸寫及左冷禪學會「辟邪劍法」時，說「辟邪劍法」（即《葵花寶典》）乃是創自一對夫妻，那時並未提及習練「辟邪劍法」必須「自宮」。

而後寫及東方不敗「自宮」之事，又改說若想練「辟邪劍法」，就必須先「自宮」。岳不羣是在創作東方不敗之後才習得「辟邪劍法」的，因此岳不羣跟東方不敗一樣，沒了下面兩枚蛋蛋。

有趣的是，一版先後學得「辟邪劍法」的左冷禪與岳不羣，竟在封禪台上，各以他們「有蛋蛋」與「沒有蛋蛋」的「辟邪劍法」，廝殺起來，且來看這段情節。

故事要由岳靈珊以思過崖後洞所刻嵩山派劍招向左冷禪叫陣說起。

因岳靈珊所使劍法極為雄奇精奧，左冷禪竟看到忘我。一版說左冷禪在二十四歲上，便已學會了嵩山派一十五路劍法，二十九歲時再學會一路，最後一路劍法，則是他本師逝世之後，自己依據劍譜學的。這數十年來，他去蕪存菁，將本劍法中種種不夠狠辣的招數，不夠堂皇的姿式，一一修改，使得這一十七路劍法，招招完美無缺。

二版則為強調「魔教力挫五嶽劍派」之事，將這段左冷禪的學劍經歷，改為：當年五嶽劍派與魔教十長老兩度會戰華山，五派好手死傷殆盡，五派劍法的許多精藝絕招，隨五派高手而逝。左冷禪彙集本派殘存的耆宿，將各人所記得的劍招，不論精粗，盡數錄了下來，匯成一部劍譜。這數十年來，他去蕪存菁，將本派劍法中種種不夠狠辣的招數，不夠堂皇的姿式，一一修改，使得本派一十七路劍招完美無缺。

在岳靈珊展演一十三招思過崖上的嵩山派劍招後，左冷禪即起手將岳靈珊長劍震斷。左冷禪戰勝岳靈珊後，岳不羣上陣挑戰左冷禪。左冷禪與岳不羣出劍比武，先各以本派劍法互鬥，再以「寒冰神掌」鬥「紫霞神功」，而後，岳不羣以毒針偷襲左冷禪，刺中他左手掌。

接著，岳不羣即使出了招式詭奇的劍招。

岳不羣出劍招後，台下羣雄大感詫異，有人低聲相詢：「這是什麼劍法？」一版說左冷禪一聲冷笑，心道：「我料到你最後定要使出看家法寶來，殊不知我這早就有備。你這『辟邪劍法』對付旁人有用，在左某面前卻是班門弄斧。」

一版左冷禪是武林中首位習得「辟邪劍法」的高手，他曾以之與「寒玉真氣」併用，在少林寺大敗任我行，因此左冷禪認為岳不羣使「辟邪劍法」，在他面前也不過班門弄斧罷了。二版左冷禪則只學過「辟邪劍法」的皮毛，因此删去了這段左冷禪的「心道」。

而後，左冷禪亦使出「辟邪劍法」來迎戰岳不羣的「辟邪劍法」，令狐冲則於一旁觀看。一版接著說，數招之後，令狐冲便想到那日在少林寺中，左冷禪與任我行相鬥之時以掌作劍，招數奇特，其時向問天曾叫了出來：「辟邪劍法！」此刻師父和左冷禪所用的，正便是當日左冷禪掌上的武功，難道他二人以之相鬥的竟然都是辟邪劍法？

令狐冲眼見岳不羣的劍法與左冷禪相似到了極處，二人攻守趨避，配合得天衣無縫，便如同門師兄弟數十年來同習一套劍法，這時相互在拆招一般，如果左冷禪使的是辟邪劍法，那麼岳不羣使的當然也是辟邪劍法了。令狐冲心想：「多半師父最近尋得了劍譜，與師弟他們一同修習。可是左冷禪怎麼又會使這套劍法？是了，這劍譜先前被左冷禪盜了去，師父又設法奪了回來，倘若真是如此，那可大大不妙。劍法相同，左冷禪卻修習較久，造詣自然較深，兩人如此相鬥，師父處境定然不利。」

二版因無左冷禪學「辟邪劍法」較岳不羣久，造詣較岳不羣深之事，這一整段二版全刪了。

一版接著說，果然封禪台上二人相鬥的情景與令狐冲猜測相符，左冷禪着着進逼，岳不羣不住倒退。

二版則將這段修改為二人攻守趨避，配合得天衣無縫，便如同門師兄弟數十年來同習一套劍法，這時相互在拆招一般。二十餘招過去，左冷禪招招進逼，岳不羣不住倒退。

最後，左冷禪擊飛了岳不羣的長劍，岳不羣則以快捷無比的手法刺瞎了左冷禪眼睛之後，左冷禪以長劍指住岳不羣胸口。

一版說岳不羣長劍當胸，劍刃微微顫動。發出一片閃閃光芒，竟似閒暇。可是他臉上紫氣愈來愈濃，一張臉全成紫色，顯然也已將「紫霞神功」發揮到了極致，以備抵擋左冷禪這乾坤一擲的猛擊。

二版將這段刪去了，刪除之因，當因岳不羣此刻所使內功，應是來自「辟邪劍法」，而非華山派正宗武功「紫霞神功」。

而後，左冷禪思及他的五嶽併派之想竟爾功敗垂成，心中一酸，熱血上湧，哇的一聲，一口鮮血直噴出來。

一版說岳不羣不敢稍動，只怕腳步一移，洩了這口真氣，那便擋不住對方的劍擊。當下滿頭滿臉盡為左冷禪的鮮血所污。鮮血不住從他身上劍上下滴，羣雄無不驚佈。

二版改為岳不羣微一側身，早已避在一旁，臉上忍不住露出笑容。最後，岳不羣當上了「五嶽派掌門」。

接著，岳不羣以「五嶽派掌門」之尊，分派各支派事務。其中，一版岳不羣所道：「泰山事務請玉磬、玉音兩位道長共同主持。」

二版改為岳不羣道：「泰山事務請玉磬、玉音兩位道長，再會同天門師兄的門人建除道長，三人共同主持。」

至於嵩山事務，一版岳不羣道：「依在下之見，便請韓天鵬韓師兄會同左師兄，一同主理日常事務。」

一版這位在封禪台爭奪「五嶽派掌門」情節中，才突然蹦出來的嵩山派高手「韓天鵬」，二版刪去了，關於嵩山事務，二版改為岳不羣說道：「依在下之見，暫時請湯英鶚湯師兄、陸柏陸師兄，會同左師兄，三位一同主理日常事務。」

但二版岳不羣指派之人，顯然漏了「嵩山十三太保」之首的丁勉，因此，二版改為新三版時，岳不羣的話也改為：「依在下之見，暫時請丁勉丁師兄、陸柏陸師兄、湯英鶚湯師兄會同左師兄，三位一同主理日常事務。」

一版到二版的修改至此。

從一版改寫成二版，左冷禪從武林中最早學得「辟邪劍法」之人，變成了只學會勞德諾偷來的一點皮毛「辟邪劍法」，岳不羣則後來居上，成了真正學得「辟邪劍法」之人。可見成功還是得付出代價的，岳不羣的「辟邪劍法」是用兩枚蛋蛋換來的，左冷禪則沒付出他的兩枚蛋蛋，結果岳不羣靈活運使「辟邪劍法」，左冷禪的「辟邪劍法」則被改為只學得皮毛，說來兩人之間的差別，就在那兩枚「蛋蛋」了。

【王二指閒話】

金庸的創意中，不可思議的趣味之一，就是同為武林中人，但每個人對「時間」的感知都不盡相同，也就是說，某甲的動作明明是「疾如風」，但在某乙看來卻是「徐如林」，亦即某甲的動作雖快，但看在某乙的眼裡，卻彷彿是慢動作。

比如《天龍》中，王語嫣勘破動武者的招式來路，並指導迎擊者如何出招應對，就是各人「時間座標」不同之例。在「聽香水榭」中，王語嫣教導諸保昆迎戰司馬林與姜老者，書中說的是：司馬林向諸保昆「狂風驟雨般狠打急戳」，王語嫣見之，道：「諸爺，你使『李存孝打虎勢』，再使『張果老公騎驢』！」諸保昆一怔，心想：「前一招是青城派武功，後一招是蓬萊派的功夫，這兩招決不能混在一起，怎可相聯使用？」但這時情勢緊急，哪裡更有詳加考究的餘暇，一招「李存孝打虎」使將出去，當當兩聲，恰好擋開了司馬林和姜老者擊來的兩錘，跟著轉身，歪歪斜斜的退出三步，正好避過姜老者的三下伏擊。

這就是典型的「你雖是急驚風，在我眼裡卻成了慢郎中。」想那司馬林出招狠捷，王語嫣是武學兩角書櫥，能識破其招數，尚屬合理。但王語嫣識破司馬林的招術後，一字一句說出對應招式，諸保昆聽聞後，再經思考，還能在時間內準確地迎擊，可知「司馬林及姜老者」與「王語嫣和諸保昆」兩組人的「時間座標」根本不同。

再看《笑傲》的「獨孤九劍」，在藥王廟令狐冲以「獨孤九劍」對戰叢不棄時，令狐冲其時還未熟練「獨孤九劍」，卻已能做到「眼見叢不棄勢如瘋虎的拚撲而前，早已看出他招式中的破綻，劍尖斜挑，指向他小腹。」此外，令狐冲對抗封不平，書中寫的也是「不論封不平以如何凌厲狠辣的劍法攻來，總是一眼便看到他招式中的破綻所在，隨手出劍，便迫得他非回劍自保不可。」之所以會有這種結果，便因叢不棄與封不平的速度雖迅如黑豹，但從令狐冲的「時間座標」

看來，卻慢如烏龜，因為令狐冲的時間感迥異於叢不棄與封不平，因此，叢不棄與封不平再怎麼迅捷，令狐冲都像在看刻意慢速播放的電影一樣，可以輕易看出其破綻並將之擊破。

再說到《笑傲》中練完《葵花寶典》的動作之速，書中說東方不敗殺童百熊的速度是「眾人只覺眼前有一團粉紅色的物事一閃，似乎東方不敗的身子動了一動。但聽得噹的一聲響，童百熊手中單刀落地。」此外，書裡寫及岳不羣練過「辟邪劍法」的速度，也是「突然之間，白影急晃，岳不羣向後滑出丈餘，立時又回到了原地，一退一進，竟如常人一霎眼那麼迅捷。」

人因為有骨骼肌肉的限制，速度再怎麼快，仍絕不可能如鬼如魅如影如電，而東方不敗與岳不羣竟能「鬼魂」一樣，在高手面前神移飄忽，這只能說兩人的「時間座標」與武林中人確有不同，因而才能快到無人能辨識了。

第三十四回還有一些修改：

一・二版說湯英鶚是「嵩山派第七太保」，新三版改為「嵩山派第六太保」。

二・一版說左冷禪見岳不羣腳踢令狐冲，反而震斷了自己右腿，更知他內功修為亦不過爾爾，凡是內功精深之人，發力擊人，縱然傷不到對方，也決不會反傷己身。二版刪去「凡是內功精深之人，發力擊人，縱然傷不到對方，也決不會反傷己身。」幾句解釋。

三・恆山派治令狐沖的劍傷，一版說儀和取出「熊膽回生散」，一瓶子的藥末盡數倒在令狐沖口裡。二版改為儀和取出「白雲熊膽丸」，手忙腳亂的倒出五六顆丸藥，餵入令狐沖口裡。二版中並沒有一版的粉劑「熊膽回生散」，只有丸劑「白雲熊膽丸」。

四・左冷禪戰岳不羣時，一版說左冷禪自起心合併五派，便收羅了華山派劍宗的好手成不憂等，暗中指使，命他們去和岳不羣為難，一來是削弱華山派的勢力，二來是派遣得力門人弟子，從旁察看岳不羣武功的精要所在，然後詳細回報。華山劍宗數次滋擾雖未得逞，左冷禪卻已摸到了岳不羣武功的根底，那原是「知己知彼，百戰不殆」的意思，此次比劍，在他原是成竹在胸，勝券在手。二版將這整段刪去了。

五・岳不羣上封禪台挑戰左冷禪，一版問岳不羣自以為「比之左掌門卻又如何？」的嵩山派高手是韓天鵬，二版改為「嵩山十三太保」之首丁勉。二版刪去韓天鵬其人，一版韓天鵬所行之事，二版均改為丁勉或湯英鶚所為。

六・岳不羣刺瞎左冷禪後，一版韓天鵬命兩大弟子上台扶左冷禪下來，兩大弟子竟被左冷禪斬成四截。二版改為湯英鶚命兩大弟子上台扶左冷禪下來。而一版沒有名字的這兩大弟子，二版有了姓名，即第一冊出現過的史登達與狄修兩人。

七．岳不羣下山時，忽有一個女子聲音說道：「偽君子！」一版說令狐冲不知道句話是恆山派中那一個人所說，但這三個字正打入了他心坎，在這時候，更沒另外三個字能更明白的說出他心中所感。一位他素來感激、敬重、愛戴的恩師，突然之間，將戴在臉上的假面具撕了下來，露出一張陰險毒辣、猙獰可怖的臉孔。二版將這段描述改為令狐冲身子一晃，傷處劇烈疼痛，這「偽君子」三字，便如是一個大鐵椎般，在他當胸重重一擊，霎時之間，他幾乎氣也喘不過來。

令狐冲出手助林平之擊敗余滄海與木高峰——第三十五回〈復仇〉版本回較

《笑傲》走筆到此回，已進入收尾階段，從這一回開始，金庸要讓書中反派人物，一個一個陸續退場。首批被終結的反派人物，就是余滄海等青城派師徒，及「塞北明駝」木高峰。在第一回的故事中，余滄海犯下福威鏢局滅門血案，木高峰隨後則整死林震南夫婦。這一回林平之要上演「復仇記」，將敵人全殲於劍下。

且來看這一回一版到二版的修改。

故事要從下嵩山後，林平之至茶館屠戮青城派弟子說起。

林平之夫婦馳馬至青城派所在的茶館時，令狐冲尚在騾車中養傷，他觀看車外情景，見到林平之以快劍殺了一名青城弟子，而後離去。令狐冲想及林平之所使劍法，與岳不羣一樣，都是「辟邪劍法」，頓時一動而使傷口奇痛。

一版儀琳站在車旁，忙問：「你要喝茶嗎？」

一版儀琳似乎總是「貼」在令狐冲身邊，兩人彷似小昭與張無忌的翻版，二版儀琳則沒這麼黏令狐冲，改為秦絹站在車旁，忙問：「要喝茶嗎？」

而後，到中夜時，林平之夫婦回到茶館，又在一瞬間殺了四名青城派弟子。林平之夫婦再度縱馬而去後，青城派一行與恆山派均來到江邊，林平之夫婦隨後三度前來。

接著，八名青城派弟子將林平之逼在馬上，岳靈珊則被六名青城弟子圍在江邊。此處二版較一版多說，六名青城弟子中，令狐冲認得有侯人英和洪人雄兩人在內。

這一回故事將要完整交代青城派的下場。一版交代的只有余滄海、于人豪及方人智等人，二版則會將有名姓的青城弟子結局一個一個講清楚。

岳靈珊為青城弟子圍攻時，一版說岳靈珊雖然學過華山思過崖後洞石壁上所刻的五派劍法，卻沒有學過青城派劍法。二版再增說石壁上的劍招對岳靈珊而言，都是太過高明，她其實並未真正學會，只是經父親指點後，略得形似而已。

二版此處再度強調岳靈珊的五嶽派劍法是「形似神不似」。

林平之夫婦鬥青城派弟子時，因恆山派信守兩不相助的承諾，盈盈遂挺身而出救岳靈珊。一版盈盈的兵刃是「彎刀」，二版改為「短劍」。

在盈盈襄助下，圍攻岳靈珊的青城六弟子紛紛被擊傷擊退。

故事再接到林平之這頭，一版說林平之劍光閃處，圍在他馬旁的兩名青城弟子眉心中劍。

二版將此處改為林平之劍光閃處，圍在他馬旁的一名青城弟子眉心中劍，此青城弟子即方人智，方人智也就一命嗚呼了。二版而後又較一版增說，林平之劍刺賈人達右腿，賈人達撲地摔倒後，林平之即縱馬踩死了他。

殺了方人智與賈人達後，林平之夫婦馳馬離去。離去前，盈盈牽了一匹馬借岳靈珊，一版岳靈珊對盈盈說：「多謝，你……你好福氣。」

一版岳靈珊的話似乎透露出她羡慕盈盈能有令狐冲當情人，二版則為維持岳靈珊心中唯有林平之的形象，改為岳靈珊道：「多謝，你……你……」

而後，岳靈珊未隨林平之西行，卻隻身東轉而去，令狐冲心中一沉。一版儀琳向令狐冲說道：「她回去嵩山，到她父母身邊，甚是平安，你可不用擔心。」令狐冲心下一寬，道：「是。」心想：「這個小師妹心細得很，不論我想什麼，她都猜得到。」

二版則將此處的「儀琳」改為「秦絹」，也是為了避免讓人感覺，儀琳隨時黏著令狐冲。

次日，恆山派一行在一家小飯店的草棚中打尖。一版說儀琳、儀清二人攜扶了令狐冲，下車來在草棚中坐着休息。

二版此處亦改去儀琳，改由鄭萼與秦絹二人攜扶著令狐冲，下車來在草棚中坐著休息。

而後，林平之四度尋釁而來，木高峰則擄得岳靈珊隨後來到。

木高峰亦是林平之的仇家之一，當林平之提劍要鬥木高峰時，一版說林平之又先殺了青城派中的于人豪與方人智二人，二版則因方人智已死，改為林平之殺的是于人豪與吉人通二人。

接著，林平之劍鬥木高峰，余滄海隨後亦加入戰局，與木高峰共抗林平之。三人戰到最後，林平之為木高峰駝峰中的毒水噴瞎，一雙腿則被木高峰抱住，余滄海又咬住林平之右頰。三個人纏成一團，都是神智半清半迷。青城派眾弟子提劍便向林平之身上斬去。

見到林平之有性命之憂，一版說令狐冲在車中看得分明，當下顧不得自己身上有傷，急從車中躍出，從地下拾起一柄長劍，刷刷數劍，都刺在青城群弟子持劍的手腕之上，救得林平之性命。

一版令狐冲為了救林平之，竟不顧己身之傷，二版則改為令狐冲在車中見到林平之有險，於是叫盈盈救林平之。盈盈遂縱身上前，短劍出手，將青城群弟子擋在數步之外。

最後，木高峰與余滄海雙雙慘死，林平之則哈哈狂笑。

戰局結束後，令狐冲要岳靈珊拿恆山靈藥為林平之治傷，林平之卻冷言對岳靈珊道：「他對你這般關心，你又一直說他好，為甚麼不跟了他去？你還理我幹麼？」

而後，岳靈珊向盈盈借得一輛大車，與林平之驅車遠去。

令狐冲一行則夜宿破祠堂。到中夜時，盈盈與令狐冲易容為老農夫婦，驅車追蹤林平之夫婦而去。盈盈而後藏身高粱叢中聽林平之夫婦說話。

聽林平之夫婦說起《辟邪劍譜》時，盈盈想起了東方不敗的《葵花寶典》，再想及親生爹爹任我行現在身為教主，她反無昔時東方不敗掌教時的權柄風光。

一版說，盈盈自幼給任我行、東方不敗二人寵得慣了，行事不免頗為任性乖張，對羣豪頤指氣使，大作威福，只道是理所當然，但當一片柔情深繫在令狐冲身上之後，整個性子突然變了，溫柔斯文，大具和順之德。

二版則將這段說明刪除了。

而後，盈盈又聽林平之說起林遠圖學「辟邪劍法」的舊事，一版林平之說起：「遠圖公娶妻生子，是在得到劍譜之前。」又說：「那時候他自然還是在當和尚。和尚不能娶妻，生子卻是可以的。我爺爺若是遠圖公的親生兒子，那便是個私生子。」、「遠圖公所以要離寺還俗，想必就為了此事。當是私情敗露，不得不走。」

從一版林平之的話語可知，林遠圖是林平之的「親曾祖」，然而，不可思議的是，照林平之的說法，「和尚不能娶妻，生子卻是可以的。」因此林遠圖在當和尚時，生下了兒子，而若照一版第一回的說法，林遠圖是生下兩個兒子，長子林伯奮，次子林仲雄，卻不知和尚「不能娶妻，卻可生子」是哪家佛寺的規定？

二版則將林平之的話改為：「我爺爺決不能是遠圖公的親生兒子，多半是遠圖公領養的。遠圖公娶妻生子，只是為了掩人耳目。」

二版林遠圖不是林平之的「親曾祖」，林平之的爺爺是被林遠圖領養的，這說法顯然合理多了。

二版接著又較一版增寫說：只聽得岳靈珊輕輕啜泣，說道：「當年遠圖公假裝娶妻生子，是為了掩人耳目，你……你也是……」林平之道：「不錯，我自宮之後，仍和你成親，也是掩人耳目，不過只是要掩你爹爹一人的耳目。」

林平之說罷自己自宮之事後，一版岳靈珊道：「事勢所逼，你也無可奈何，當年司馬遷身受宮刑，發憤著書，大為後人敬仰。那也沒有什麼。」

二版刪去了一版岳靈珊的這一段話，岳靈珊也就不再大掉書袋，引古人為例了。

而後，林平之的話頭又接到岳不羣與左冷禪在封禪台上的「辟邪劍法」之戰。一版林平之對岳靈珊道：「那一日左冷禪與你爹爹在封禪台大戰，鬥到酣處，兩人使的全是辟邪劍法。只不過左冷禪在前三十六招，使的尚頭頭是道，三十六招之後，越來越是不對。每一招竟似要輸給你爹爹。」

二版則將林平之這段話改為「那一日左冷禪與你爹爹在封禪台上大戰，鬥到最後，兩人使的全是辟邪劍法。只不過左冷禪的劍法全然似是而非，每一招都似故意要輸給你爹爹。」

一版林平之接著又說：「左冷禪學會了辟邪劍法，面臨大敵之際，非使不可，那也不奇。我想不通的是，左冷禪這辟邪劍法何處學來，何以又學得似是而非？」

二版則將林平之這段話改為「左冷禪沒有自宮，練不成真正的辟邪劍法，那也不奇。我想不通的是，左冷禪這辟邪劍法卻是從那裡學來的，為甚麼又學得似是而非？」

一版到二版的修改即至此處。

從一版改為二版時，多次藉人物之口，提起「自宮」之事。經過一再強調後，「欲練神功，必先自宮」也就成了《笑傲》一書中最特別，也讓讀者印象最深的創意了。

對於武林中人而言，「有恩報恩，有仇報仇」，乃是天經地義的真理，尤其「父母之仇，不共戴天」，若有殺父殺母之仇，更是非報不可，然而，在金庸筆下，卻又不是這麼回事。金庸所創造的「主角俠士」，絕不會為逞一時的快意恩仇，任意將殺父殺母仇人斃於掌底劍下。「手刃仇人」的戲碼，向來不會在「主角俠士」身上上演。

如《射鵰》郭靖，他父親郭嘯天慘死，一家家破人亡，並北逃蒙古，仇人之首便是大金王爺完顏洪烈與大宋官員段天德，因此郭靖母親李萍從小教育郭靖，絕不能忘記仇人「段天德」的名字。豈知郭靖後來在歸雲莊見到段天德時，並未殺仇人而後快，而是楊康出手解決了段天德。此外，郭靖隨成吉思汗西征，在花剌模國擒得完顏洪烈，郭靖的反應竟是「但見完顏洪烈滿臉愁苦，心中仇恨頓消。」

再如《神鵰》楊過，楊過在得知郭靖夫婦便是他的殺父仇人之後，本亦意欲殺郭靖夫婦以報血海深仇。但當與郭靖同塌而眠時，楊過雖已暗藏匕首，心中想的卻是：「郭伯伯一生正直，光明磊落，實是個忠厚長者，以他為人，實不能害我父親。莫非傻姑神智不清，胡說八道？我這一

【王二指閒話】

刀刺了下去，若是錯殺了好人，那可是萬死莫贖了。」一場刺殺之行，也就因此無疾而終。

再說到《倚天》張無忌，張無忌童年時，少林派等諸大門派為打聽「屠龍刀」所在，一齊上武當山逼問張翠山夫婦謝遜的下落，這竟成了逼死了張翠山夫婦的原因之一。待張無忌學得《九陽真經》與「乾坤大挪移」，武功已臻一流後，面對六大門派與明教的衝突，張無忌不只沒有趁機對六大門派尋仇，心中還想：「張無忌，張無忌！今日的大事是要調解六大門派和明教的仇怨，千萬不可為了一己私嫌，鬧得難以收拾。」這麼一來，甚麼「復仇」之念，全都暫先放下了。

金庸不僅不讓大俠們成為「仇恨必報」的血腥暴力者，因此連「殺父大仇」都可釋忿，他還多次描述報「殺父大仇」的俠士們，反為「仇恨之火」所吞噬，因此，「復仇者」即便報得了大仇，自己的一條命往往也會搭在「仇恨之火」中。

如《碧血》金蛇郎君親姊為溫方祿污辱及殺害，溫方祿又將金蛇郎君父母兄長，一家五口盡數殺死，金蛇郎君因此立誓殺溫家五十人，污溫家婦女十人。想不到這場報仇行動，最後竟因金蛇郎君愛上溫儀，反被溫家設計下迷藥，並割斷了腳筋與手筋。

《笑傲》林平之也是如此，若從傳統武人快意恩仇的角度看，余滄海與木高峰毀林家鏢局、殺林平之父母，林平之本當潛心練功，蓄意報仇。然而，當林平之報得大仇後，金庸卻又安排他被木高峰的毒水射瞎了雙眼，致使林平之即便報了父母之仇，也無甚快意可言了。

這也是金庸的創作原則之一，此原則即是，真正的大俠，就算有「仇恨」之心，也不會對仇恨念茲在茲，更非定要「以血洗血」，拿仇人之命償父母之命不可。

金庸筆下的大俠有許多共通性格，而「寬恕」，正是其中之一。

第三十五回還有一些修改：

一．岳靈珊探視令狐冲的傷，二版儀和向岳靈珊冷冷的道：「你放心，死不了！」新三版將儀和的話改為更譏刺犀利的：「死不了，沒能如你的意。」

二．二版儀和批判岳靈珊，道：「這女子有甚麼好？三心二意，待人沒半點真情。」新三版在「三心二意」之下，加上「水性楊花」一句。

三．令狐冲因岳靈珊的離去而失魂落魄時，盈盈似在封禪台一角打盹。二版說令狐心想：「只盼她是睡著了才好。」但盈盈如此精細，怎會在這當兒睡著？令狐冲這麼想，明知是自己欺騙自己，訕訕的想找幾句話來跟她說，卻又不知說甚麼好。新三版刪去「令狐冲這麼想，明知是自己欺騙自己，訕訕的想找幾句話來跟她說，卻又不知說甚麼好。」幾句「冗解釋」。

四．林平之再度前來殺青城派弟子，二版說桃谷六仙看得心驚，忍不住呼叫。三個人叫道：「小子，小心！」另外三個叫道：「小心，小子！」這段新三版刪去了，因為桃谷六仙是渾人，即使是死戰，在他們眼中也不過就是一場熱鬧罷了，怎會「心驚」？

五．林平之對岳靈珊口氣兇惡，令狐冲欲發作而不敢。二版說令狐冲聽林平之的言語，顯是對自己頗有疑忌，自己一直苦戀小師妹，林平之當然知道。新三版在「顯是對自己頗有疑忌」之下，加了句「話中大含醋意」。

六．令狐冲與任盈盈乘騾車，見到官道上林平之夫妻的車後。二版說他們任由騾子緩步向前，與前車越來越近。新三版改為任盈盈輕勒韁繩，令騾子慢行，車聲不響，以免林平之察覺。新三版的說法較為妥當。

七．盈盈聽到林平之對岳靈珊道「你我僅有夫妻之名，並無夫妻之實，你還是處女之身。」本欲害羞離去。二版說只走得幾步，好奇心大盛，再也按捺不住，當即停步。新三版在「只走得幾步」之下，增寫了「想到林平之那句『回頭到令狐冲那裡去罷』，這事跟自己切身有關」兩句。新三版是要為盈盈偷聽林平之夫婦說話，找出合理的理由。

八．思及任我行之事，二版盈盈心想：「沖郎體內積貯了別人的異種真氣，不加發散，禍胎越結越巨，遲早必生大患。」新三版將「不加發散」更正為「不加融合」。

九．說起練「辟邪劍法」之事，二版林平之道：「這辟邪劍法，自練內功入手。」新三版增說為林平之道：「這辟邪劍法，自練內功入手，再要加煉內丹，服食燥藥。」

十．聞岳靈珊道：「世上真正信得過大師哥的，只有媽媽一人。」二版盈盈心道：「誰說只有你媽媽一人？」新三版增為盈盈心道：「誰說只你媽媽一人？還有我呢！」

十一．在封禪台上，一版儀和稱令狐冲為「令狐大哥」，二版改稱「掌門師兄」。二版還解釋說，她仍叫令狐冲「掌門師兄」，顯是既不承認五派合併，更不承認岳不羣是本派掌門。

十二．一版說恆山弟子向來甚少涉足江湖，與朝陽神教亦無多大怨仇，大家心目中早就將這位任大小姐當作是未來的掌門夫人。一版這說法當然不妥，因為華山思過崖上為魔教掌老所殺的高手中，不也有恆山派前輩嗎？怎會說恆山派與魔教「無多大怨仇」呢？二版刪去了恆山弟子「向來甚少涉足江湖，與朝陽神教亦無多大怨仇」兩句。

十三．余滄海見恆山群尼，一版說若是數十名尼姑結成劍陣圍攻，那可辣手得緊。二版將「數十名尼姑」改為「數百名尼姑」，上嵩山的恆山尼姑人數於是增加了十倍。

十四・林平之夫婦下封禪台後，令狐冲握著盈盈的手入眠，一版說次晨醒轉，令狐冲坐起身來，覺到仍是握着盈盈的手，向她微微一笑。盈盈滿臉通紅，將手抽回了。但一版盈盈在恆山群尼面前，讓令狐冲臥著手直到醒來，這大違反盈盈靦腆害羞的性格，二版改為次晨醒轉，令狐冲覺得手中已空，不知甚麼時候，盈盈已將手抽回了，但她一雙關切的目光卻凝視著他臉。

十五・想起林平之殺青城派門人的劍法，一版令狐冲想的是「難道這便是『辟邪劍法』嗎？」但令狐冲已見過東方不敗與岳不羣使「辟邪劍法」，怎會不識「辟邪劍法」？二版因此改為令狐冲想的是「這自然便是『辟邪劍法』了。」

十六・殺了方人智與賈人達（一版兩名青城弟子）後，林平之叫岳靈珊上馬，一版說岳靈珊突然之間，心中說不出的厭惡，寧可立時死了，也不願再跟他在一起，向他怒目而視。二版刪為只說岳靈珊向他怒目而視。二版更符合岳靈珊「嫁雞隨雞，嫁狗隨狗」的認命順從性格。

十七・岳靈珊拿手帕輕按林平之面頰上傷口時，林平之突然右手用力一推。一版說這一推竟是使足了全力。二版刪去這句話，以林平之此刻的功力，在岳靈珊毫無防備下，若林平之使足全力，岳靈珊豈不是死定了？

十八・林平之指岳靈珊是為了騙取《辟邪劍譜》才下嫁於他，一版林平之又道：「此刻我雙眼盲了，反而突然間看得清清楚楚。你父女倆若非別有存心，為甚麼……為甚麼，哼，我二人成婚之後你卻待我如此？難道……哼，我也不用多說了，你自己心中明白。」二版刪去林平之話中「哼，我二人成婚之後你卻待我如此？難道……哼，我也不用多說了，你自己心中明白。」這令人難解的幾句，因岳靈珊對林平之向來謹守夫妻之道，反倒是林平之自己從來不願與岳靈珊圓房，所以不知林平之話中之意為何？

十九・盈盈偷得老農夫婦衣衫，與令狐冲易容成農夫農婦，在大車上，令狐冲想伸手摟住盈盈親上一親，只是想到她為人極是端正，半點猥褻不得。一版令狐冲接著還想，江湖豪士只見到她和自己在一起，便給她充軍充入大洋之中的荒島，永遠不得回歸中原。二版刪去令狐冲這段大殺風景的心思。

二十・林平之說《辟邪劍譜》落入了岳不羣手裡，一版岳靈珊尖聲叫道：「不，不會的！爹爹說，劍譜給大師哥拿了去，爹爹逼他還給你，他說甚麼也不肯。」二版將「爹爹逼他還給你」一句，改為更確實的「我曾求他還給你」。

二一・岳靈珊對林平之說話情意真摰，一版說盈盈在高粱叢中聽着，對岳靈珊頓生好感，覺得她其實是個很好的姑娘，只是遭際不幸，有時行事未免乖張。二版將此處刪為只說盈盈在高粱叢中聽著，不禁心中感動。

二一．說起林遠圖昔年習「辟邪劍法」之事，一版林平之說道：「遠圖公是在寺廟中見到劍譜的，他一見之後，當然立即就練。」二版刪去「是在寺廟（即莆田少林寺）中見到劍譜的」這錯誤的一句，因為林遠圖明明是在華山派見得「辟邪劍譜」的。

不戒和尚對寧中則調笑，激怒了儀琳的娘
——第三十六回〈傷逝〉、第三十七回〈迫娶〉版本回較

岳不羣處心積慮，終於當上「五嶽派掌門」。為了得到這個位置，他自割睪丸，即使犧牲下半生夫妻間的魚水之歡亦在所不惜。

然而，「五嶽派掌門」這個爭破了頭才搶來的頭銜，岳不羣獨得後，到底能用這頭銜來完成甚麼特別的事功呢？一版以大篇幅描述岳不羣以「五嶽派掌門」之尊，利誘仇松年等人密謀顛覆恆山派之事，這即是岳不羣執掌「五嶽派掌門」後的第一樁大計畫，二版雖仍保留這樁密謀，卻將篇幅大幅刪減。

且來看一版到二版的修改。

故事要由第三十六回令狐冲在山谷中以長劍制住岳不羣說起。

制住岳不羣後，盈盈命鮑大楚對岳不羣蒐身。一版說，只見鮑大楚從岳不羣懷中取出一面錦旗，那是五嶽劍派的盟旗，又有一本薄薄的冊子，十幾兩金銀，另有兩塊銅牌。

一版這「一本薄薄的冊子」，自然就是岳不羣手錄的《辟邪劍譜》了，但以岳不羣機心之

深，當他熟記劍譜後，怎還會手錄成冊，讓他人再有機會覷此劍譜呢？

二版刪去了岳不羣懷中這「一本薄薄的冊子」。

蒐身完畢後，一版說鮑大楚提起腳來，重重踢了岳不羣一腳，喀的一聲响，踢斷了他一根臂骨。

然而，岳不羣的故事還未就此告終，怎能輕易讓他斷臂？二版改為鮑大楚提起腳來，在岳不羣腰間重重踢了一腳。

而後，盈盈瞞著令狐冲，逼岳不羣服下「三尸腦神丹」。一版盈盈逼服時，將嘴湊在岳不羣耳邊，低聲道：「你若將這丸吐了出來，我立使小重手，點斷你的三陰六脈。」

一版還解釋說，岳不羣知魔教中確有一門小重手點斷三陰六脈的手法，受害者全身筋脈俱斷，便如是個沒有骨頭之人一般，成為一團軟肉，偏生又不斃命。

二版刪去了「小重手」這門魔教武功，因為單是一顆「三尸腦神丹」，就足以叫岳不羣嚇得渾不附體了，何需畫蛇添足，再加「小重手」呢？

服下「三尸腦神丹」後，岳不羣離去。接著，在黃昏時分，一版說盈盈從懷中取了一本冊子出來，正是鮑大楚從岳不羣身上搜出來的，對令狐冲說道：「這本辟邪劍譜，累得你華山門中家破人亡，實是個大大的禍胎。」說着將那冊子撕得粉碎，在岳夫人和岳靈珊的墓前燒了。

二版因無這部手抄本《辟邪劍譜》，這段也連帶刪除了。

故事繼續接到第三十七回。

第三十七回一開始，就是岳不羣驅使桐柏雙奇等人攻打恆山派陰謀的相關故事，一版長達四頁的情節，二版全刪了。這段二版消失的故事是：

令狐沖與盈盈二人僱了大車，逕向北行。不一日到了山西省境，離恆山尚有七八日路程，這一晚二人在昇平鎮上借宿，兩人分房而住。睡到半夜，令狐沖平聽得隔着院子的客房，有人提起「恆山派」，還有一個中年女子的聲音說道：「咱們在恆山別院住了這麼久，說來其實也是恆山派座下之人。今日回去攻打恆山派，如何對得住令狐公子？」

令狐沖再仔細聆聽，原來說話的幾人，是張夫人、桐柏雙奇、長髮頭陀仇松年、西寶和尚、玉靈道人、以及「雙蛇惡乞」嚴三星。這七人為了得到辟邪劍譜，曾圍攻青城掌門余滄海。其後也曾隨令狐沖去攻打少林寺，在恆山別院居住。

令狐沖再聽七人對話，「雙蛇惡乞」嚴三星提到岳不羣雖是五嶽派掌門，但已暗中歸附朝陽神教，並持黑木崖教主的黑木令牌，命令七人到恆山派臥底，而後攻打恆山派。仇松年說岳不羣答允事成之後，以辟邪劍譜授予他們七人。玉靈道人則說，岳不羣說，辟邪劍法除了傳他們七人外，也傳滑不留手游迅，還說岳不羣叮囑這八人，此事不得外傳。

聽聞七人對話，令狐冲心想，師父多半並未歸附朝陽神教，他之所以會有黑木令牌，很可能是因他殺了鮑大楚，再取走鮑大楚身上的黑木令牌。

令狐冲又想，岳不羣之所以會想毀滅恆山派，應是因為鬥他不過，一口惡氣無處好出，便想乘着他受傷未癒，一舉將恆山派挑了。

一版岳不羣這樁大陰謀，二版還是存在的，只是一版這段「山雨欲來」的四頁大長段預告，二版全刪了。不過，岳不羣意圖覆滅恆山派的故事並未因這段的刪去而有所改變。

回到恆山後，這日清晨，令狐冲來到上通元谷恆山別院。一版說昔日羣豪在此聚居，令狐冲每日裡和他們賭博飲酒，這恆山別院便在深夜，也是鬧聲不休，後來任我行傳令，命眾人離去，那通元谷中這才鴉雀無聲。此刻聽到羣豪聚鬨，他不喜反憂，尋思：「這些人此番重來，意欲不利於恆山，若是無法將他們勸走，非動武不可，不免反臉成仇了。」令狐冲和這些人數度聚會，意氣頗為相投，想到說不定真要動手殺人，頗感鬱鬱。

一版此段是要與第三十二回任我行將群豪徵召回黑木崖之事相扣合，二版則因已無任我行徵召羣豪之事，故而將這段全刪了。

而後，令狐冲見到公孫樹上吊著仇松年等八人，八人額頭上寫著「陰謀已敗，小心狗命！」八字。

將八人吊在公孫樹上的，正是啞婆婆。

接著，因令狐冲裝扮成「啞婆婆」，儀琳遂將令狐冲這「啞婆婆」引到小溪旁吐露心事。

儀琳說起不戒和尚自言與愛妻勃谿的舊事，原來當年不戒和尚抱了三個月大的女兒在門口，恰有一美貌少婦經過，少婦問不戒和尚女娃娃那裡偷來的，不戒和尚說是自己生的。那美貌少婦認為和尚不可能生孩子，以為不戒和尚言語輕薄，便拔劍刺來。

令狐冲說這少婦「幹麼好端端地便拔劍刺人？」一版儀琳說：「爹爹道：『是啊，當時我一閃避開，說道：「你怎地不分青紅皂白，便動刀劍？這女娃娃不是我生的，難道是你生的？」那女人脾氣更大了，向我連刺三劍。我看她劍法是華山派的。』」令狐冲一怔，心想：「是華山派的？」一版儀琳接著道：「我一聽是華山派的，便想：難道是令狐大哥的小師妹岳姑娘麼？她的脾氣可大得很。但隨即知道不對，岳姑娘跟我年紀差不多，那時我剛生下三個月，她也還是個嬰兒了。」一版這位引起不戒和尚家庭失和的少婦，便是華山女俠寧中則。二版則將此少婦是寧中則之事刪去，改為儀琳道：「爹爹道：『是啊，當時我一閃避開，說道：「你怎地不分青紅皂白，便動刀劍?這女娃娃不是我生的，難道是你生的？」那女人脾氣更大了，向我連刺三劍。她幾劍刺我不中，出劍更快了。」

儀琳接著說到母親當年因不戒和尚與美貌少婦調笑，故而負氣離去，自己也被寄養在恆山白雲庵（一版無色庵）之事。

一版令狐冲心道：「原來這中間尚有這許多過節。」儀琳道：「我問爹爹，那個華山派的女人害人不淺，卻不知是誰。爹爹說：『這女人說來也有點小名氣，那便是岳不羣的老婆。我拾起她掉在地下的長劍，見劍柄上刻着「華山寧中則」五個字。我找你媽媽找不到，心中氣不過，便去華山尋岳夫人，想殺了她出氣。到了華山，見她抱了個女娃兒，正在給孩子說故事唱歌，我見那女娃兒生得可愛，想到你來，終於不忍下手，便饒了她。』啞婆婆，那個女娃娃，便是令狐大哥的小師妹岳姑娘了。令狐大哥很喜歡他的小師妹，那自然是個可愛的娃娃。」令狐冲想起岳夫人和岳靈珊這時都已長眠在那青山翠谷之中，心頭不禁大痛。

二版因此美貌少婦並非寧中則，這段全段刪去。

說過不戒和尚夫妻勃谿之事後，儀琳又跟「啞婆婆」說起她對令狐冲的愛慕：「我日裡想着令狐大哥，夜裡想着令狐大哥，做夢的時候，也總是想着他。」

聞儀琳之言，一版令狐冲心道：「我若不是已有盈盈，萬萬不能相負，真要便娶了這個小師妹，她待我這等情意殷殷，令狐冲今生如何報答得來？」

由這段心思可知，一版令狐冲確然是對儀琳有情意的，若不是與盈盈的婚約綁住了他，他定將想娶儀琳為妻。

二版刪去了令狐冲想娶儀琳為妻的心思，改為只說令狐冲心道：「她待我這等情意，令狐冲今生如何報答得來？」

儀琳訴說完心曲，遂離令狐冲而去，接著，真正的啞婆婆現身，並在一番爭鬥後，將令狐冲點穴，拖上靈龜閣。

在靈龜閣中，啞婆婆將令狐冲剃光頭髮，逼令狐冲當和尚，並要比照不戒和尚當年「和尚娶尼姑」的模式，強迫令狐冲娶儀琳為妻。

聞啞婆婆之言，一版令狐冲心想：「儀琳小師妹溫柔美貌，對我又是深情一片，若得娶她為妻，原是人生幸事。但我心早已屬於盈盈，豈可負她？這婆婆如此無理見逼，大丈夫寧死不屈。」

一版此處再度明白說出令狐冲想娶儀琳為妻，只是受限於與盈盈的婚約，才無法如願。

二版令狐冲則不再當花心大蘿蔔了，改為令狐冲心想：「儀琳小師妹溫柔美貌，對我又是深情一片，但我心早已屬於盈盈，豈可相負？這婆婆如此無理見逼，大丈夫寧死不屈。」

一版到二版的修改即至此處。

看過一版到二版的改變，再看二版到新三版的變革。

且說令狐冲欲潛進恆山，盈盈遂要幫令狐冲易容為懸空寺聾啞僕婦。二版說盈盈用二兩銀子向一名鄉婦買了一頭長髮，細心梳好了，裝在令狐冲頭上，再讓他換上農婦裝束，宛然便是個女子。

新三版將這段故事改為盈盈解開了令狐冲的頭髮，細心梳了個髻，插上根荊釵，再讓他換上農婦裝束，宛然便是個女子。

此處修改是要為稍後「啞婆婆抓著令狐冲頭髮旋轉」，做出合理解釋，因為令狐冲若戴假髮，在啞婆婆的拉扯旋轉下，假髮理當脫離，因此用真髮為妥。

而這一回一版到二版的修訂重點之一，就是令狐冲的「多情轉專情」。在一版這回故事中，明明白白說出令狐冲的心思，若不是因為令狐冲已經與盈盈有了白頭之約，他真心願意娶儀琳為妻。二版則改為令狐冲心中唯有盈盈，對儀琳並無情意。

原來一版令狐冲也愛儀琳，只是魚與熊掌，不可得兼，為了盈盈，他才不得已割捨對於儀琳的愛情。

【王二指閒話】

金庸筆下的主角大俠，其生命軌跡幾乎都可以用明顯的「切割線」分成前後兩段，前一段是「武林行俠段」，後一段是「退出江湖段」。小說寫的都是俠士們「武林行俠段」的生命歷程，至於俠士們「退出江湖段」的人生，既然書中未寫及，不只讀者無法得知，連身為作者的金庸，應該也沒思考過究竟發生了甚麼事。

而俠士們的「武林行俠段」與「退出江湖段」兩段生命，中間這條切割線往往便是「婚姻」，或至少是婚姻前的「穩定愛情狀態」。

在「婚姻」之前，俠士都擔負著穩定與整合江湖的重責大任，至於「婚姻」之後，俠士的人生則不外兩類。

一類是走向「常人的正當職業」，比如《射鵰》郭靖，在婚姻前，他的武功成長使得他足能與黃藥師及洪七公平分秋色，婚姻後他則選擇到襄陽助呂文德守城，當國家正規將領身旁的「義勇軍、軍師及幕僚」，此後的郭靖也就較少參與江湖事務了。再如《天龍》段譽，在婚姻前，他在武林中闖蕩，練出一身「北冥神功」及「六脈神劍」，婚姻後，他回到大理，接掌皇帝之位，成為大理國君。

另一類則走向「退出江湖，回歸家庭」，比如《神鵰》楊過，婚姻前在江湖上是人所共仰的「神鵰大俠」，婚姻後則回到古墓中，每日與小龍女卿卿我我。再如《倚天》張無忌，婚姻前是領導明教羣豪對抗元朝政府的「明教教主」，婚姻後則與趙敏回到蒙古，做一對平凡的小夫妻。

古人云：「國家不幸詩家幸。」對於武林而言，則是俠士們「愛情不幸江湖幸」，因為俠士們一但愛情圓滿，便不再留戀江湖了。而所以有這樣的共通邏輯，原因則為：

一、從俠士的角度來看：金庸筆下的俠士都是酷愛自由的，但江湖偏偏就是最沒有自由的地方，一但參與了某樁江湖事件，或與某個惡人結仇，那麼，不到整樁事件完整落幕，或該惡人自江湖中消失，江湖的智計廝殺根本沒完沒了，因此俠士在婚姻後，寧可好好享受家庭生活，而不願再投身江湖事務。

二、從文學的角度看：以文學創作而言，俠士與惡人有其對等性，也就是說，因為江湖上有惡人行惡事，才須要俠士的存在，以成為制衡惡人的力量。但在每一部小說的書末，惡人通常都已受到制裁。莊子云：「聖人不死，大盜不止。」反過來說，「大盜死絕，何需聖人？」當江湖上的惡人都消失後，文學上亦定須安排俠士們退出江湖，否則，在沒有惡人的江湖，空有大俠的存在，豈不是變成無事可忙的「無業遊俠」？

金庸筆下的俠者，幾乎都是一邊學武，一邊行俠，一邊談戀愛的，而全書進行到最後時，往往俠者都是武功站在江湖頂尖，事業達到武林巔峰，愛情也終於抱得美人歸。為了讓故事落幕，金庸只能安排俠士們在「婚姻」這個時間點上，讓他們或是轉入「正當行業」，或是「回歸家庭」。

準備走入婚姻的大俠，往往都才二十出頭，卻被強迫不得不自江湖上「退休」，雖說「退休」年齡早了點，卻是金庸在多重考量下，所能描述的最好結局了。

第三十六回還有一些修改

一・說起與岳不羣的恩怨，二版勞德諾道：「當年我混入華山派門下，原來岳不羣一起始便即發覺，只是不動聲色，暗中留意我的作為。岳不羣所錄的辟邪劍譜上，所記的劍法雖妙，卻都似是而非，更缺了修習內功的法門。他故意將假劍譜讓我盜去，使我恩師所習劍法不全。」新三版將勞德諾的話細說為：「當年我混入華山派門下，原來岳不羣一起始便即發覺，只不動聲色，暗中留意我的作為。那日在福州，我盜走紫霞秘笈一事敗漏，在華山派是待不下去了，但我仍暗中跟隨，窺伺岳不羣的一舉一動。那知他故意將假劍譜讓我盜去，使我恩師所習劍法不全。岳不羣所錄的辟邪劍譜上，所記的劍法雖妙，卻都似是而非，更缺了修習內功的法門。」新三版勞德諾所說盜得假「辟邪劍法」的來龍去脈才是完整周延的。

二．欲與令狐冲練〈笑傲江湖曲〉時，二版盈盈道：「這曲子有個特異之處，何以如此，卻難以索解，似乎若是二人同奏，互相啟發，比之一人獨自摸索，進步一定要快得多。」新三版在這段話之下，加上「大概曲子寫聶政和他姊姊手足情深，兩心相融之故。」這是要與前面增寫〈廣陵散〉意喻「聶政刺韓王」之事相扣合。

三．認出車中老人是勞德諾後，林平之問勞德諾：「八師兄是你所殺的了？」一版勞德諾哼了一聲，並不答話。一版勞德諾看似默認了，這與隨後的情節矛盾，二版改為勞德諾哼了一聲，說道：「不是。英白羅是小孩兒，我殺他幹麼？」

四．林平之說勞德諾盜去的「辟邪劍譜」是岳不羣偽造的假貨。一版勞德諾咬牙切齒，說道：「若非如此，封禪台上比劍，我恩師怎會輸在岳不羣這惡賊手下？那……那劍譜上，漏記了許多主要的關鍵，以致劍法雖妙，修習內功的法門卻付缺如。」林平之嘆了口氣，道：「修習這劍法的內功，也沒什麼好處。」他心下明白，岳不羣取得袈裟後，錄成副本，卻略去了「引刀自宮，武林稱雄」等等修習內功的要訣，左冷禪和勞德諾所習的只是劍法，無相應的內功與之配合，自是威力大遜。二版將這整段當「冗情節」，全刪了。

五．勞德諾欲觀《辟邪劍譜》，一版說林平之心想：此刻自己若不答應，勞德諾便即用強，殺了自己和岳靈珊二人，還是將劍譜奪了去。一版的說法有誤，因為錄有《辟邪劍譜》的袈裟，早被林平之毀去，因此不在他身上。林平之跟段譽一樣，都是「活劍譜」，勞德諾怎能奪之？二版改為林平之心想：若不答應，勞德諾便即用強，殺了自己和岳靈珊二人，勞德諾此議倘是出於真心，於己實利多於害。

六．一版魔教薛姓長老名為「薛冲」，但這名字明顯與「令狐冲」撞名，二版將其名字刪去。

七．一版包長老說話時，令狐冲聽他話聲之中頗帶威嚴，心想這人的聲音聽來也熟，多半也是見過面的。一版是要為稍後說「包長老」就是「鮑大楚」預埋伏筆，但「鮑大楚」並非重要人物，二版因此刪去這幾句伏筆。

八．魔教挖陷阱要擒岳不羣，岳不羣前來時，見到盈盈，岳不羣出劍要斬盈盈，一版說令狐冲眼見勢危，左手拾了一塊石子，便往岳不羣胸上投去。金庸在一版此處可能忘了，當魔教教眾挖陷阱時，令狐冲手中本就握有石頭，準備投石警告岳不羣，二版因此改為令狐冲左手一直拿著一塊石頭，本意是要用來相救岳不羣，免他落入陷阱，此時無暇多想，立時擲出石頭，往岳不羣胸口投去。

九．盈盈令鮑大楚回黑木崖面稟教主岳不羣已服「三尸腦神丹」之事，一版說鮑大楚登時大喜，料知教主得報之後，定有重賞。二版刪去「料知教主得報之後，定有重賞」兩句，想那鮑大楚是魔教長老，又非小嘍囉，怎會一心期待「重賞」呢？

十．岳不羣服「三尸腦神丹」後離去，一版說令狐冲和盈盈四目交投，經過適才這場禍變，兩人間的恩愛又深了一層，盈盈縱體入懷，兩人相擁在一起。二版將這整段刪了。

第三十七回還有一些修改：

一．令狐冲於恆山聽儀清說話，二版儀清提到：「岳不羣這惡賊害死我們師父、師叔……」二版儀清是定閒師太弟子，新三版則將儀清改為是定靜師太弟子，儀清的話因此也變為「岳不羣這惡賊害死我們兩位師叔……」。

二．令狐冲聽得白熊大罵「操你臭蚊蟲的十八代祖宗」，二版黑熊笑道：「我寧可血臭，好過給幾百隻蚊子在身上叮。」新三版增為黑熊笑道：「我寧可血臭，好過給幾百隻蚊子在身上叮。蚊子的十八代祖宗也是蚊子，你怎有本事操牠？」新三版自是要增添幽默感。

三．儀琳錯以為令狐冲是真的「啞婆婆」，要對「她」盡吐心事。二版令狐冲心想：「她要說甚麼心事？我騙她吐露內心秘密，可太也對不住她，還是快走的為是。」新三版刪去令狐冲這段心思。

四．儀琳說起不戒和尚當年惹怒其妻之事，二版儀琳道：「爹爹說：『事情也真不巧，那時候有個美貌少婦，騎了馬經過門口，看見我大和尚抱了個女娃娃，覺得有些奇怪，向咱們瞧了幾眼，讚道：『好美的女娃娃！』我心中一樂，說道：『你也美得很啊。』」新三版將「心中一樂，說道：『你也美得很啊。』」改為「心中一樂，禮尚往來，回讚她一句：『你也美得很啊。』」新三版自是要說明不戒和尚此言，實屬「動機純正」。

五．說起儀和等人希望儀琳接掌恆山之事，二版儀琳道：「她們盼我練好劍術，殺了岳不羣，那時做恆山派掌門，誰也沒異議了。」新三版改為儀琳道：「她們盼我練好劍術，殺了岳不羣，如我勝不了岳不羣，大家結劍陣圍住他，由我出手殺他，那時做恆山派掌門，誰也沒異議了。」新三版儀琳的說法合理多了，若不是結劍陣殺岳不羣，而是要等儀琳練出比岳不羣更高明的劍法，只怕以儀琳的資質，一輩子都做不到。

六．二版說啞婆婆穿著「淡灰色布衫」，新三版改為「淡藍色布衫」，以與令狐冲服色一同。

七．令狐冲威脅啞婆婆，說碰到他這「男人」的肌膚，觀音菩薩不會饒她。二版說令狐冲想這女人少在外間走動，不通世務，須得嚇她一嚇，免得她用剃刀在自己身上亂割亂劃。新三版在最後加了句「更免得她強迫自己練辟邪劍法」。這也是新三版展現幽默感之處。

八．要將令狐冲易容為懸空寺老婦，一版說盈盈將令狐冲臉皮扯而向下，半邊眉毛便吊了下來。二版刪去這說法。

九．在恆山腳下，一版說令狐沖與盈盈約定七日之後在懸空寺畔聚頭。二版將「七日」減為「三日」。

十．令狐沖到無色庵，一版說他來到牆邊，見一扇窗中透出燈光，悄悄行近，伸指沾了些唾沫，濕破窗紙，湊眼向內張望，見是一間四壁肅然的小房，正是定閒師太昔年靜修之所，木桌上點着一盞油燈，燈前供着三塊靈位，卻是定閒、定靜、定逸三位師太的靈位。令狐沖見到這等淒涼的景象，不由得心中一酸。二版刪去這段，因這情景令狐沖早在就任恆山掌門時就已見到，此刻怎又這般傷情？

十一．想起定閒與定逸兩師太死於鋼針之下，一版令狐沖尋思：「其時東方不敗已死，能使一枚小針而致這兩位高手師太的死命，若不是練了葵花寶典的，便是練了辟邪劍法的。」一版令狐沖「青年癡呆」，記憶錯亂了，當時東方不敗還在黑木崖活得好好的，哪裡死了？二版更正為令狐沖尋思：「能使一枚小針而殺害這兩位高手師太，若不是練了葵花寶典的，便是練了辟邪劍法的。東方不敗一直在黑木崖頂閨房中繡花，不會到少林寺來殺人，以他武功，也決不會針刺定閒師太而一時殺她不了。」

十二．明白岳不羣殺了定閒與定逸兩師太後，一版令狐沖尋思：「不管師父如何想害我，二十年的養育之恩，畢竟非同小可，我自己自是不能殺他，但恆山羣弟子要為師報仇，我亦不能阻攔。只不過師父武功今非昔比，儀和、儀清她們不管怎生用功，這一世總是及不上我師父的了。我授她們的幾招劍法雖精，又豈是辟邪劍法之敵？」二版將令狐冲的心思改說為：這些道理本來也不難明，只是他說甚麼也不會疑心到師父身上，或許內心深處，早已隱隱想到，但一碰到這念頭的邊緣，心思立即避開，既不願去想，也不敢去想，直至此刻聽到了儀和、儀清的話，這才無可規避。自己一生敬愛的師父，竟是這樣的人物，只覺人生一切，都是殊無意味，一時打不起精神到恆山別院去查察，便在一處僻靜的山坳裡躺下睡了。

十三．令狐冲上恆山別院，一版說那別院是在通元谷中，雖說也在恆山，與見性峯相距卻有數十里之遙。令狐冲展開輕功，在小道上疾奔。二版刪去這段「冗說明」。

十四．儀琳示意要和「啞婆婆」到遠處說話。一版說令狐冲無奈，見她輕輕向西行去，便跟在她身後。二版刪去「令狐冲無奈」之說，想來令狐冲對儀琳，應不致生「無奈」之心。

十五．對「啞婆婆」說起愛慕令狐冲之事後，一版儀琳道：「我早晨敲木魚唸經，晚上又敲木魚唸經，經上說應當勘破世間色相，須知綺年玉貌，到頭來皆成白骨骷髏；榮華富貴，賞心樂事，只不過春夢一場。經上的話自然都對，可是……可是……我就不知道怎麼辦？若是師父在世，我就求她老人家指點一條明路。」儀琳這段話二版全刪了。

十六・向「啞婆婆」傾吐過對令狐冲愛慕的心思後，一版說儀琳說得誠摯之極，當真全心全意，就是在盼令狐冲逍遙快樂。她牽着令狐冲的衣袖，抬頭望了望月亮，道：「我得回去了，你也回去吧。」二版為符合儀琳的佛教出身，改為儀琳出了一會神，輕聲念道：「南無救苦救難觀世音菩薩，南無救苦救難觀世音菩薩。」她念了十幾聲，抬頭望了望月亮，道：「我得回去了，你也回去罷。」

十七・見到自己與啞婆婆同時倒影溪中，一版令狐冲說道：「啞婆婆，原來是你，這可嚇了我一大跳。」但聽得自己的聲音發顫，看來雖說不怕，心中還是在害怕。二版改為令狐冲說道：「啞婆婆，原來……原來是你，這可……這可嚇了我一大跳。」但聽得自己的聲音發顫，又甚是嘶啞。二版將一版的「心理描述」改為「行為描述」，這是二版的一貫風格。

十八・說起對令狐冲的感情，一版儀琳道：「婆婆，你不懂的，我只是盼他心中喜軟，他心中喜歡，我自然就喜歡了。」二版改為儀琳道：「婆婆，我只是盼他心中歡喜。我從來沒盼望他來娶我。」

岳靈珊嫁林平之後，深悔未早嫁令狐冲
——第三十八回〈聚殲〉版本回較

金庸武俠小說主要的訴求讀者是男性，或許也就因為如此，金庸在創作俠士的愛情時，總是會滿足許多男性讀者的「處女情結」。在金庸的小說中，俠士可能會與多位美女或俠女萌生愛情，卻不可能每一段愛情都圓滿，不過，即使美女或俠女未情歸俠士，或者還愛上他人、甚至嫁給他人，金庸仍將維持她們的「處女之身」，這樣的創作原則通用於《書劍》嫁給乾隆皇帝的香香公主、《倚天》嫁給宋青書的周芷若、《天龍》情歸慕容復的王語嫣、及《笑傲》嫁給林平之的岳靈珊、，金庸讓這些俠士的前女友、舊情人們，即使嫁了人，都仍維持著「處女之身」。

《笑傲》岳靈珊不只在婚後仍是處女，金庸在一版故事中，還說她婚後痛悔不早嫁令狐冲，也就是說，婚後的岳靈珊仍是深愛令狐冲的。這段情節二版全數刪去了。

且來看一版這段二版悉數刪掉的「岳靈珊悔不早嫁令狐冲」故事。

故事由令狐冲與盈盈下恆山後，途遇魔教長老，說起嵩山派上華山之事說起。

一版令狐冲與盈盈說話時，魔教天風堂副香主易中及長老秦鵬前來拜見盈盈，易中說起他在

臨風驛見到嵩山派的一百餘人，由左冷禪的兒子左飛英率領，前赴華山。

《笑傲》一書進行到此回，已在朝尾聲前進，因此創作方向理當是「交代已創作的人物，停止創作新的人物」，一版金庸卻違此道，在原本已創作的多名魔教長老之外，此回又創造出副香主易中及長老秦鵬兩名魔教新人物。

此外，一版有「馬鞭點穴」神功的左飛英，打從第十二回出現一次後，就不再出現，連左冷禪意欲於封禪台奪五嶽派盟主時都未到場，這會兒卻又出現，實在極為突兀。

二版將這段改為，令狐冲與盈盈說話時，魔教天風堂香主桑三娘及長老秦偉邦前來拜見盈盈，桑三娘說起她在臨風驛見到嵩山派的六七十人，一齊前赴華山。

二版改為前來拜見盈盈的是曾於梅莊出現過的桑三娘與秦偉邦，自是較易中與秦鵬飛兩個新創人物符合小說創作原則，至於左飛英一角，則在二版完全刪除了。

二版改寫為新三版時，又將「秦偉邦」改成「王誠」，此因新三版秦偉邦在梅莊時，就已被向問天踢死。

而後，因令狐冲與盈盈自藍鳳凰口中得知，恆山弟子們盡為岳不羣率眾擄上華山，便也上華山而來。

在華山上，令狐沖與盈盈來到岳靈珊的昔時舊居。一版此處有一大段故事，二版刪去了。這段故事說的是：令狐沖欲出房時，卻見盈盈對着牆壁，正在看懸掛着的一幅字。令狐沖走近兩步一看，只見上面寫的是一首詩，詩云：

「星使追還不自由，雙童捧上綠瓊丹。九枝燈下朝金殿，三素雪中傳玉樓。鳳女顛狂成久別，月娥孀獨好同遊。當時若愛韓公子，埋骨成灰恨未休。」

令狐沖文理並不甚通，於詩中所說的什麼「鳳女」「月娥」這些典故全然不懂，但於最後兩句卻是入目心驚，喃喃唸道：「當時若愛韓公子，埋骨成灰恨未休。韓公子，那是誰？」盈盈道：「這是她錄寫李商隱的詩。」令狐沖道：「李商隱？」盈盈道：「那是唐期的詩人。詩中說的是一個女道士，她當年如果愛了韓公子，嫁了他，便不會這樣孤單寂寞，抱恨終生了。」

令狐沖心中一驚，說道：「埋骨成灰恨未休！不錯，小師妹埋骨成灰，心中卻仍是抱恨無窮。可是她當時快做新娘子，為甚麼要抄寫這種詩？」盈盈道：「這是她寫的字嗎？」令狐沖道：「正是！」

一版這段情節著實令人震驚，原來岳靈珊在與林平之成婚後，不僅悔恨當時未嫁令狐沖，而且還將對令狐沖的愛慕之情，光明正大地掛在牆上，若岳靈珊真的為妻如此，那只能說林平之真的太寬容大度了，他竟也能接受岳靈珊這般堂而皇之地懷念舊情人。

或許是因一版這段內容將岳靈珊對令狐冲的愛寫得太露骨，也太不合理，因此二版全數刪去。

一版到二版接下來的改寫，即是莫大先生在改版中「死而復生」。一版莫大先生死於華山思過崖石洞，二版則將莫大先生改為未曾死去，二版因此必須將一版涉及莫大先生死於華山的情節逐一修改。

且說出了岳靈珊舊居後，令狐冲與盈盈前赴思過崖。

在思過崖前，令狐冲與盈盈聽聞山洞中傳出兵刃相交之聲，而後，聽得有人大叫一聲，顯是受了傷，聲音依稀是莫大先生，兩人趕緊搶進洞去。

二版這段改為令狐冲與盈盈聽聞山洞中傳出兵刃相交之聲，而後，聽得有人大叫一聲，顯是受了傷，兩人趕緊搶進洞去。

一版到二版的改變，就是「莫大先生受傷」一事刪除了，這是改寫「莫大死亡」的第一步。

進入石洞後，令狐冲見到嵩山、泰山、衡山三派的門人弟子各在觀看壁上的己派劍招。一版說令狐冲四下一看，不見莫大先生，但適才那一聲慘呼，絕非聽錯，難道莫大先生是在後洞山道中遭了暗算。

二版將這段改為令狐冲在石洞中，只見衡山派人群中一人白髮蕭然，呆呆的望著石壁，正是莫大先生，令狐冲一時拿不定主意，是否要上前拜見。

可知一版莫大先生是受傷的，二版莫大先生則未受傷。

而後，山洞口忽為大石阻斷。因洞內完全黑暗，眾人在恐懼下，廝殺成一團。緊接著，左冷禪率林平之及十五名當年被令狐冲刺瞎的瞎子前來，將山洞中的嵩山、泰山與衡山派門人屠戮殆盡，方才離去。令狐冲逃過一劫後，左冷禪一行去而復返，幸因盈盈自人骨中得到零星光茫，令狐冲得能殺了左冷禪與十五名瞎子，並廢了林平之四肢。

離開山洞時，一版說令狐冲、盈盈與林平之三人見到一具死屍躺在地下，卻是衡山派的莫大先生，左手握着胡琴，右手握着一柄極薄極細的短劍。莫大先生額上、臉上、胸口、腹部都是血肉模糊的創傷，想必在這狹隘的山道之中，受眾瞎子圍攻而死。令狐冲想起這位莫師伯對自己愛護有加，不幸慘死於此，心下甚是難過，將他屍身扶在一邊，躬身說道：「莫師伯，晚輩出洞之後，必再回來好好安葬你老人家的遺體。」

二版則改為令狐冲道：「不知莫師伯怎樣了？」縱聲叫道：「莫師伯，莫師伯！」卻不聞絲毫聲息。令狐冲心想莫大先生當已慘死洞中，心下甚是難過，但放眼洞中遍地屍駭，一時實難找到莫大先生的屍身。

二版故佈疑陣，寫得好似莫大先生已死，最末回才又讓莫大先生現身，給讀者意外的驚喜。一版莫大先生就此死於華山思過崖，二版則改為莫大先生好好活著，還到令狐冲與盈盈的婚禮拉一曲「鳳求凰」以為祝賀。書中人物在改版後「復活」，莫大先生還真是金庸書系中罕見的特例。

【王二指閒話】

在金庸書系中，俠士的情人死亡，對俠士來說，必是「不可承受之重」。於俠士而言，與情人「生離」，尚不見得會造成嚴重的衝擊，但若與情人「死別」，俠士就會開始悼念情人生前的款款深情，並很可能會打從內心對已逝的情人「守節」，這麼一來，俠士將難以再愛上他人，讀者也就能感受到俠士的「專情」與「深情」。

如《射鵰》郭靖，在與黃蓉熱戀時，郭靖尚掙扎於「道義上該娶華箏，愛情上應擇黃蓉」的兩相拉扯中，但後來黃蓉落入歐陽鋒手中，生死未卜，郭靖遂決定為黃蓉「守節」，並告訴母親李萍，他對婚配對象的決定是「若是蓉兒平安，孩兒當守舊約，與華箏公主成親。倘若蓉兒有甚不測，孩兒是終身不娶的了。」亦即言之，黃蓉若沒死，華箏仍是他考慮的妻室人選，倘使黃蓉死了，他將終身當為黃蓉「守節」的「未亡人」。

再如《神鵰》楊過，少年時與小龍女共居古墓時，楊過既與小龍女解衣練《玉女心經》，又對練頗為催情的「亭亭如蓋」、「願為鎧甲」等功夫，楊過更會在夜半時偷抓小龍女的玉腳，但這個已有情人的楊過，出古墓後，既稱陸無雙為「媳婦兒」，又留情於程英，再調笑於公孫綠萼。然而，在小龍女為愛失蹤後，楊過這花心大蘿蔔竟瞬間變成了「守節的鰥夫」，他馬上告訴程英與陸無雙：「咱三人相識以來，甚是投緣，我並無兄弟姊妹，意欲和兩位義結金蘭，從此兄妹相稱，有如骨肉。兩位意下如何？」也就是說，楊過與程陸二人結成了兄妹，他只忠於可能已死的小龍女一人，再不可能對程陸二女有所情愛。

《倚天》張無忌原本也可能對遭周芷若所害的蛛兒「守節」，幸而蛛兒在死前告訴他，她真正喜歡的是小時候認識的張無忌，而非眼前的曾阿牛。既然蛛兒自承喜歡的不是張無忌，張無忌也就不須為蛛兒「守節」了。

《天龍》阿紫進不了喬峰心中，只能無奈地告訴喬峰：「我……甚麼地方不及阿朱了？相貌沒她好看麼？人沒她聰明麼？只不過她已經死了，你就時時刻刻惦念著她。我……我恨不得那日就給你一掌打死了，你也會像想念阿朱的一般念著我……」阿紫道出了金庸筆下俠士的「愛情原則」，正是因為喬峰必須為阿朱「守節」，故而阿紫再怎麼努力，都無法打動喬峰的心。

一版《笑傲》的岳靈珊與令狐冲曾經是一對戀人，岳靈珊若當真清楚表露對令狐冲的愛慕，即便是死後才為令狐冲所知，依金庸的「俠士愛情原則」，以及從郭靖、楊過、張無忌及喬峰等幾位俠士的愛情模式來看，令狐冲必將掛念死者的舊情，也會對岳靈珊「守節」。可知這段「岳靈珊婚後才悔不嫁令狐冲」的情節非刪不可，如果有這段情節，即使令狐冲不為岳靈珊「守節」，心中只怕也會對岳靈珊念念不忘，這麼一來，令狐冲與盈盈的愛情之間卡著岳靈珊，就難以圓滿了。

第三十八回還有一些修改：

一．仇松年一行到靈龜閣，二版說一推開閣門，突然見到令狐冲和盈盈二人手足被縛，吊在樑上。這裡是誤寫，因為令狐冲本被吊在樑上，但後來自通穴道，摔在樓板上，盈盈則根本沒被吊過。新三版將此處更正為一推開閣門，突然見到令狐冲和盈盈二人手足綁縛，分別坐在桌上和地上。

二．仇松年等人欲殺盈盈，張夫人則割斷盈盈手足上的繩索。餘人見盈盈綁縛已解，心下均有懼意，退到門旁，便欲爭先下樓。二版說，但見盈盈摔在地下，竟不躍起，才知她穴道被點，又都慢慢回來。新三版配合前面的修正，改為但見盈盈一動不動，竟不躍起，才知她穴道被點，又都慢慢轉回。

三．令狐冲胡謅「辟邪劍法」，唸道：「綿綿泪泪，劍氣充盈，辟邪劍出，殺個乾淨……」二版說這「殺個乾淨」四字，是他信口胡謅的，華山劍訣中並無這等說法。新三版改為這「殺個乾淨」四字，是他信口胡謅的，華山劍訣中本是「華山劍出，氣凝神定」。新三版是要說明令狐冲捏造劍訣亦有所本。

四．盈盈放「桐柏雙奇」二人離去時。新三版較二版增寫「盈盈又命周孤桐除下身上長袍，好讓令狐冲換下身上的女服。」這兩句增寫是要彌補二版令狐冲易容為啞婆婆後，未交代他換回男裝的疏漏。

五．二版令狐冲稱藍鳳凰為「大妹子」，新三版因藍鳳凰的年紀改小了，令狐冲也改稱她為「小妹子」。

六・嚴三星、玉靈道人、桐柏雙奇及玉靈道人皆不願出手到令狐沖懷中取《辟邪劍譜》，一版說五個人心中都甚明白，伸手到令狐沖懷中去取劍譜，後心就是賣給人家，這四人若加偷襲，絕對防守不了，而且四人一定會加攻擊，不論是誰伸手，這人總之非死不可。二版刪去這段「冗說明」，因為就算不說明，讀者亦均知這五人的盤算。

七・令狐沖解穴後大展劍法，游迅向令狐沖求饒，一版令狐沖笑道：「聽說朝陽神教中有幾顆三尸腦神丸，剝了外皮服下，其味無窮。」但令狐沖不是鄙夷魔教以邪法宰制群豪的惡行嗎？怎會隨口用「三尸腦神丸」威脅游迅呢？二版改為令狐沖笑道：「練那辟邪劍法，第一步功夫是很好玩的，你這就做起來罷！」

八・桐柏雙奇，男的一版叫「周狐桐」，二版改名「周孤桐」。（但也可能是一版排版用字錯誤。）

九・令狐沖說起有人被弔在高樹上，一版不戒怒道：「他媽的，又是那狗娘養的幹的好事。」二版改為不戒「啊」的一聲，神色古怪，身子微微發抖。二版不戒顯然知道那是啞婆婆幹的。

十・在完全黑暗的思過崖後山山洞中，為求自保，一版說令狐沖長劍一抖，使出「獨孤九劍」中的「破器式」來，向前後左右點出。二版改為令狐冲長劍一抖，使出「獨孤九劍」中的「破箭式」，向前後左右點出。獨孤九劍依次為總訣、破劍、刀、槍、鞭、索、牌、箭、氣。可知一版的「破器式」是筆誤。

十一．左冷禪一行離開思過崖山洞後，令狐冲與盈盈重聚。令狐冲說起曾刺中一名女子，疑是盈盈之事，一版盈盈輕笑道：「我的聲音和人家的聲音你都分辨不出，還虧你說一直想著我呢。」二版刪了盈盈此話。

十二．令狐冲刺得林平之右臂筋骨齊斷後，又分刺他左右兩腿。一版說令狐冲生怕林平之再反撲，又在他腰間踢了一腳，點了他的穴道。二版則改為令狐冲生怕林平之再反撲，在他左臂補了一劍，削斷他的筋脈。二版是要林平之傷得徹徹底底，絕不再有機會運使「辟邪劍法」。

令狐冲體認到娶盈盈為妻，從此難以逍遙自在
——第三十九回〈拒盟〉、第四十回〈曲諧〉版本回較

金庸在新三版《倚天》與《天龍》書末，對二版原本留有想像空間的俠士愛情，均予以大幅補白，卻也因此使得張無忌與趙敏、周芷若及小昭的戀情，及段譽與王語嫣的愛情，迥異於二版。新三版《笑傲》書末也對令狐冲與任盈盈的愛情進行了補白。二版《笑傲》的結局是任盈盈扣住了令狐冲手腕，說道：「想不到我任盈盈竟也終身和一隻大馬猴鎖在一起，再也不分開了。」新三版則又在其後，補寫了一段「令狐冲婚姻心得」，且來看這段修改。

先說一版到二版的變革。

且說任我行在朝陽峰上定下藉攻恆山之名，一舉傾覆少林武當兩大門派的大計，而後志得意滿，哈哈大笑，說道：「但願千秋萬載，永如今……」說到那「今」字，突然聲音啞了。他一運氣，要將下面那個「日」字說了出來，只覺胸口抽搐，那「日」字無論如何說不出口。他右手按胸，要將一股湧上喉頭的熱血壓將下去，只覺頭腦暈眩，眼前陽光耀眼。

一版說諸教眾聽他一句話沒說完，忽然聲音嘶啞，都是吃了一驚，抬起頭來，只見他臉上肌

肉扭曲，顯得極是痛楚，身子一晃，一個倒栽蔥直摔下來。向問天叫道：「教主！」盈盈叫道：「爹爹！」一齊搶上，雙雙接住。任我行身子抖了幾抖，便即氣絕。

一版還說，自古英雄聖賢、元惡大憝，莫不有死。

這段二版自然全刪了，不刪此段，下一回盈盈即是「任教主」，方證、沖虛等高手卻如臨大敵的情節，就不會給讀者帶來任何驚喜了。

而後，故事接到第四十回，盈盈接位為「任教主」後，上恒山來與少林武當恒山諸派盡釋前愆。

一版盈盈送給方證大師的，是一部梵文《法華經》。

但少林寺屬於禪宗，為了符合少林寺的屬性，二版改為盈盈送方證梵文《金剛經》。

故事最後接到令狐沖與盈盈的婚禮。

婚禮後，羣豪退出新房。一版令狐沖笑道：「盈盈，不想……」（即想不到之意）。

二版此處增寫為：突然之間，牆外響起了悠悠的幾下胡琴之聲。令狐沖喜道：「莫大師伯……」盈盈低聲道：「別作聲。」

只聽胡琴聲纏綿宛轉，卻是一曲〈鳳求凰〉，但淒清蒼涼之意終究不改。令狐沖心下喜悅無限：「莫大師伯果然沒死，他今日來奏此曲，是賀我和盈盈的新婚。」琴聲漸漸遠去，到後來曲未終而琴聲已不可聞。

二版莫大先生就於此處起死回生，這與一版莫大先生死於思過崖山洞迥然不同。

看過一版到二版的修改，再看二版到新三版的變革。

且由魔教一行鼓樂大奏上恆山說起。

魔教「聖教主千秋萬載，一統江湖！」之聲響起時，令狐冲正苦於腹痛，無法持劍。二版說秦絹（一版則是儀敏）將劍掛在他腰帶之上。

這二版秦絹（一版儀敏）也太無禮了，她怎會這般隨便地將劍掛在掌門人腰帶之上呢？

新三版改為秦絹持劍站在令狐冲身旁，說道：「待會你說個『劍』字，我便遞劍給你。」

新三版秦絹顯然是守上下之份多了。

而後，魔教「任教主」上見性峰來，接著，「任教主」約令狐冲於無色庵觀音堂中相見，令狐冲於是走進了無色庵。

原來「任教主」就是任盈盈，原本預期的一場惡鬥，也就消弭於無形。而後，盈盈釋出善意，贈方證大師、冲虛道長及恆山派以厚禮，雙方因此大和解，日月教一行遂回黑木崖而去。

故事再說到三年後令狐冲與盈盈的婚禮，話說群豪退出新房後，莫大先生於令狐冲與盈盈的新房外拉奏〈鳳求凰〉。此處新三版較二版增寫，這三年來，令狐沖一直掛念莫大先生，派人前往衡山打聽，始終不得確訊。衡山派也已推舉新掌門人，三年來倒也相安無事。

而後，全書結束，在書末，新三版較二版增寫了一大段令狐沖的「婚後人生心得」，這段心得是：

令狐沖一生但求逍遙自在，笑傲江湖，自與盈盈結褵，雖償了平生宿願，喜樂無已，但不免受到嬌妻的管束，真要逍遙自在，無所拘束，卻做不到了。突然之間，心中響起了〈笑傲江湖之曲〉的曲調，忽想：「我奏這曲子，要高便高，要低便低，只有自己一個人奏琴，才可自由自在，然如和盈盈合奏，便須依照譜子奏曲，不能任意放縱，她高我也高，她低我也低，這才說得上和諧合拍。佛家講求涅槃，首先得做到無欲無求，這才能無拘無束。但人生在世，要吃飯，要穿衣，要顧到別人，豈能當真無欲無求？涅槃是『無為境界』，我們做人是『有為境界』。在有為境界中，只要沒有不當的欲求，就不會受不當的束縛，那便是逍遙自在了。」

二版到新三版的修訂也於此結束。

老子曰：「大盈若沖，其用不窮。」與郭靖黃蓉、楊過小龍女或張無忌趙敏等金庸筆下的愛侶相較，令狐「沖」與任盈「盈」是金庸筆下唯一一對刻意在名字中透露將會配成雙的戀人。

不過，令狐沖與盈盈的愛情，從小說中看來，卻是由「報償恩義」轉為「愛情」的，這與郭靖黃蓉、楊過小龍女或張無忌趙敏等戀人，從兩情相悦發展成愛情並不一樣。

新三版增寫的這段令狐沖心思，非常清楚地說明了，令狐沖對於婚姻的想法，就是婚後再也無法消遙自在了，也就是，對令狐沖來說，婚姻即是枷鎖，也是牢籠，而既然如此，不知令狐沖為甚麼非結婚不可？若是終身未娶，像洪七公等人這般，一生自由自在，笑傲江湖，不也是快意人生嗎？

【王二指閒話】

金庸對筆下俠士的武功創造，概分兩個階段，從《射鵰》、《神鵰》到《倚天》，其主角郭靖、楊過及張無忌，都是穩紮穩打的「苦練型」俠士，而自《天龍》之後，金庸的創作思維丕變，不再讓俠士個個「苦盡甘來」，轉而將俠士們全都塑造為「速成型」的俠士，功力都是不費吹灰之力，就輕易得來的。

「苦練型」俠士與「速成型」俠士的差別，就在「內力」的培養或取得，在「射鵰三部曲」及《天龍》與《倚天》兩書中，俠士修練出「內力」的方法截然不同。

《射鵰》郭靖在蒙古跟隨江南六怪學藝，卻總不得其門而入，後來得馬鈺傳習內功，方有了學武的根基。馬鈺在蒙古傳給了郭靖「思定則情忘，體虛則氣運，心死則神活，陽盛則陰消」等內功要訣，以及「睡覺之前，必須腦中空明澄澈，沒一絲思慮。然後斂身側臥，鼻息綿綿，魂不內蕩，神不外游」等練功之法，郭靖從此習得了呼吸運氣之法及靜坐斂慮之術。也就因為長年苦練內功，郭靖才有了學「降龍十八掌」的根基。

《神鵰》楊過則從童年拜入古墓派後，即遵小龍女之命睡「寒玉床」，而「寒玉床」依小龍女所說是「初時你睡在上面，覺得奇寒難熬，只得運全身功力與之相抗，久而久之，習慣成自然，縱在睡夢之中也是練功不輟。」可知楊過長年夜眠「寒玉床」，內力自然深厚。

《倚天》張無忌在翠谷苦學《九陽真經》，第一卷經書花了四個月時光，第二卷亦用去數月光陰，第三卷整整花了一年時光，最後一卷更練了三年多，方始功行圓滿。以這麼長的時間苦練，內力自是紮實。

郭靖、楊過及張無忌，都是「苦練型」的俠士，但創作到《天龍》時，金庸不再讓俠士走「苦練」的學功之路了。從《天龍》到《笑傲》，俠士均是「速成型」的高手。《天龍》喬峰的內力來自天賦異稟，段譽是以「北冥神功」吸人內力，虛竹則是被無崖子將七十餘年的真氣輸體內。《笑傲》令狐冲跟段譽類似，亦是以「吸星大法」吸人內力而得深厚內功。

然而，「速成而為高手」，只怕連金庸自己都覺得並不牢靠，因此《天龍》中說，段譽只能時靈時不靈地運使「六脈神劍」，無法依自己的意志出劍。

至於《笑傲》令狐冲，金庸在他名震江湖後，仍安排他學得《易筋經》。所謂《易筋經》，書中說這是部博大精深的「內功心法」，此外，方證大師還配合《易筋經》，指點令狐冲種種呼吸、運氣、吐納、搬運之法。經過令狐冲「苦練」《易筋經》後，他才從「速成型」的俠士轉為「苦練型」俠士，也就與郭靖、楊過及張無忌三人一般，都是穩紮穩打型的高手了。

第三十九回還有一些修改：

一．說起為岳不羣所擄之事，二版儀琳對盈盈道：「我和三位師姊給關在一個山洞之中，剛才爹爹和媽媽救了我出來。」新三版增為儀琳道：「我和三位師姊給關在一個山洞之中，剛才爹爹和媽媽和不可不戒救了我出來。」因為田伯光能嗅出女人的脂粉味，所以是營救行動中的主角，儀琳怎能略過他不提？

二・日月教令五嶽劍派上下齊至朝陽峰會聖教主，二版令狐沖上峰前，向儀和道：「咱們同門師姊妹尚有多人未曾脫困，請這位田兄帶路，盡快去救了出來。」新三版在其下加了句「另請派幾位師姊到思過崖洞口去擒住林平之。」這句增寫是要將二版沒說明白的林平之下落交代清楚，增寫了這句，才能扣到令狐沖最後將林平之關入西湖地底之事。

三・說起岳不羣之死，二版儀清向任我行道：「今日菩薩保佑，掌門師父和定逸師叔有靈，藉著本派一個武功低微的小師妹之手，誅此元兇巨惡。」二版儀清是定閒師太弟子，新三版則改為定靜師太弟子，因此二版儀清話中的「掌門師父」，新三版改為「掌門師叔」。

四・任我行答允盈盈嫁給令狐沖為妻後，二版令狐沖接著說道：「承教主美意，邀晚輩加盟貴教，且以高位相授……」新三版改為令狐沖說道：「承岳父美意，邀小婿加盟貴教，且以高位相授……」新三版令狐沖應變速度比二版快多了，不會像郭靖那般改不過口來。

五・諸長老盛頌任我行，二版秦偉邦道：「為聖教主辦事，就算死十萬次，也比糊里糊塗的活著快活得多。」新三版秦偉邦已於梅莊被向問天踢死，因此將「秦偉邦」改為「王誠」。

六・岳不羣抓令狐沖右腕以防他自毀雙目，一版說令狐沖一翻手，抓住了他手掌，催動「吸星大法」，將岳不羣的內力源源不絕的吸將過來。但岳不羣是令狐沖最尊敬的師父，他怎會惡意

運使「吸星大法」吸岳不羣內力呢？二版改為令狐冲一翻手，抓住了他手掌，岳不羣的內力更源源不絕的洶湧而出。依二版此說，就不是令狐冲故意運使「吸星大法」了。

七·岳不羣將長劍刺向令狐冲眉心，一版說令狐冲情急智生，當即在眉心間運起「吸星大法」，只盼劍尖一碰到自己眉心，便經由長劍而吸去岳不羣的內力，使得長劍不致刺入。但是否得能生效，事出無奈，勝於束手待斃了。二版刪去這段情節，當是因為令狐冲絕不會以「吸星大法」，對付他最崇敬的恩師才是。

八·儀琳劍鬥勞德諾時，令狐冲叫道：「猴子，猴子，啊，這是六師弟的猴子。乖猴兒，快撲上去咬他，這是害死你主人的惡賊。」一版說勞德諾側身反手一劍，向身後砍去，卻見身後岩石邊有六七隻猴子跳來跳去，和他相距尚遠，也不知其中是否有陸大有所養的那隻在內。原來一版令狐冲說有猴子是實話實說，二版則改為勞德諾側身反手一劍，向身後砍去，卻哪裡有甚麼猴子了？二版令狐冲只是用計騙勞德諾，而非真有猴子。

九·田伯光說他能嗅出女人身上的氣息，一版令狐冲哈哈大笑，道：「田兄真是天才。」二版改為令狐冲哈哈大笑，道：「據說有些高僧有天眼通、天耳通，田兄居然有『天鼻通』。」二版令狐冲更見幽默。

十．令狐冲聞日月教盛讚任我行之聲，丹田中一陣劇痛，幾乎暈去。一版盈盈走到他身後，低聲道：「冲郎，我在這裡。」若是在無人之處，她早已握住他手細加慰護了。二版刪去「若是在無人之處，她早已握住他手細加慰護了」兩句「冗說明」。

十一．恆山派上朝陽峰，一版朝陽教中一名長老說道：「眾位朋友請去參見聖教主。」二版將此長老寫實為「鮑大楚」。

十二．嵩山等四派未上朝陽峰朝見任我行，一版一名黃衫長老向任我行躬身說道：「啟稟聖教主：在思過崖山洞之中，發現數百具屍首。嵩山派掌門人左冷禪、衡山派掌門人莫大均在其內，尚有嵩山、衡山、泰山諸派好手，不計其數，似是自相殘殺而死。」任我行道：「衡山派莫大也死了，沒看錯嗎？」那長老道：「屬下親眼檢視，並未看錯。」二版將此「黃衫長老」說實為「上官雲」。此外，因二版的莫大先生未死，這段對話二版改為上官雲向任我行躬身說道：「啟稟聖教主：在思過崖山洞之中，發現數百具屍首。嵩山派掌門人左冷禪便在其內，尚有嵩山、衡山、泰山諸派好手，不計其數，似是自相殘殺而死。」任我行道：「衡山派掌門人莫大哪裡去了？」上官雲道：「屬下仔細檢視，屍首中並無莫大在內，華山各處也沒發見他蹤跡。」令狐冲和盈盈又感欣慰，又是詫異，兩人對望了一眼，均想：「莫大先生行事神出鬼沒，居然能夠

脫險，猜想他當時多半是躺在屍首堆中裝假死，直到風平浪靜，這才離去。」

十三．向問天吹捧任我行後，一版一名長老大聲說道：「聖教主智珠在握，天下大事，都早在他老人家的算計之中。」二版將此長老說實為「上官雲」。

第四十回還有一些修改：

一．方證說起風清揚命桃谷六仙至少林寺傳書，通知方證魔教將攻恆山之事。二版令狐冲心想：「桃谷六仙給風太師叔擒住，這件事他們一定是隱瞞不說的，但東拉西扯之際，終究免不了露出口風。」新三版改為令狐冲心想：「桃谷六仙給風太師叔擒住，只怕他們反要說，是他們擒住了風太師叔，只因好心，這才來替風太師叔傳言。」新三版令狐冲對桃谷六仙知之更深。

二．二版冲虛道人介紹扮過挑菜漢子的老道說：「這位是我師侄，道號成高。」新三版將「成高」改號「玄高」。

三．魔教上見性峰時，令狐冲苦於腹痛，遂以方證所授之法導引真氣。二版說他不敢稍有怠忽，凝神致志的引氣盤旋。新三版再加寫令狐冲心想：「恆山派今日遭逢大劫，恰於此時我內息作反，當是大數使然，我於今日畢命便了。」新三版這段增寫是要表明令狐冲大敵當前，卻能凝

心導氣的心情。

四・三年後，令狐冲以將恆山掌門之位交給儀清。新三版又較二版增寫，至於嵩山、華山、泰山、衡山等派，由各派自行推舉掌門人，慢慢培養人才，恢復元氣。新三版對各大門派的後續發展，做出了完整的交代。

五・桃谷六仙躲在令狐冲與盈盈新房床底下，二版盈盈笑喝：「再不出來，我用水淋了！」但「水」怎能嚇倒桃谷六仙？新三版遂將盈盈話中的「水」改為「滾水」。

六・日月教（朝陽教）來到見性峰下，令狐冲不見盈盈，疑心盈盈自殺，一版令狐冲忍不住一衝而前，朝着向問天道：「向大哥，任姑娘呢？」向問天點了點頭，道：「令狐兄弟，你好！」令狐冲又問：「任姑娘怎地不來？」向問天道：「待會你便知道了。」令狐冲只得退回原處。二版改為令狐冲胸口熱血上湧，丹田中幾下劇痛，當下便想衝上去問向問天，但想任我行便在轎中，終於忍住。二版的寫法更能達到「賣關子」的效果。

七・「任教主」指示向問天，向方證與冲虛道：「朝陽神教任教主說道，少林寺方證大師，武當山冲虛道長兩位武林前輩在此相候，極不敢當，日後自當親赴少林，武當相謝賠罪。」一版說方證和冲虛都是哼了一聲，知道他話中說得客氣，其實是說日後必來掃蕩少林、武當。二版刪去這段把方證與冲虛寫得氣量甚窄的說明。

令狐冲看到恆山美女會有性衝動

江湖中美女如雲，俠士們則都青春年少，當正值春青的俠士，見到肌膚勝雪，嬌豔欲滴的美女時，會不會像許多青少年一樣，心生性幻想，以及性衝動？

俠士們似乎總是異人而有異行，即使對美女心生愛慕，也都「發乎情，止乎禮」，甚至美女當前，俠士們仍都心如止水，比如《倚天》張無忌在綠柳山莊抓住趙敏的玉足，即似毫無生理反應。一版《神鵰》楊過與小龍女練《玉女心經》時，是兩人都脫光光，全身赤裸對練，但在這種連讀者都血脈噴張的狀態下，楊過竟像入定老僧，完全無性衝動。

《射鵰》郭靖與黃蓉在密室療傷時，郭靖曾一度萌生了性衝動。那時的郭靖與黃蓉共處一室，郭靖眼中看著黃蓉白中泛紅的美麗臉蛋，手裡握著黃蓉溫軟柔嫩的纖纖玉手，身心因此有了異樣反應，他告訴黃蓉，他想抱抱她，親親她，黃蓉則回郭靖：「我在想，將來你總會抱我親我的，我是要做你妻子的啊。」

聽完黃蓉說這幾句話，郭靖的性衝動竟也就沒有下文了。

看在我輩凡人眼裡，大俠們果真有其異於常人之處。

然而，當我閱讀一版《笑傲》時，我發現令狐沖跟上述幾位俠士不同，當美女在身邊時，令狐沖的生理反應跟常人是頗為相似的。

話說令狐沖與恆山諸女經歷了龍泉鑄劍谷劫難後，共搭烏蓬船，沿水路北返恆山。

聽聞令狐沖要與恆山諸女共處一船，莫大先生說：「唉，有多少風流，便有多少罪孽。恆山派的姑娘、尼姑們，令晚可要遭大劫了。」莫大先生言下之意是，令狐沖若晚上色心一起，只怕恆山的姑娘、尼姑們，就要慘遭蹂躪了。

想不到船行數十晚，令狐沖與恆山美女們始終相安無事，莫大先生於是贊令狐沖說：「令狐世兄，你不但不是無行浪子，實是一位守禮君子。對著滿船妙齡尼姑，如花少女，你竟絕不動心，不僅是一晚不動心，而且是數十晚始終如一。似你這般男子漢、大丈夫，當真是古今罕有，我莫大好生佩服。」

令狐沖則回莫大先生：「小侄卻也不是不動心，只是覺得不該動心。不瞞莫師伯說，有時煩惱起來，到岸上妓院中去叫幾個粉頭陪酒唱曲，倒是有的。但恆山派同道的師妹，卻如何可以得罪？」

這段故事讓我們明白，原來美女當前，大俠令狐沖也會有性衝動，不過，因為令狐沖守禮自

律，不會對美女亂伸鹹豬手，因此，他就自行到妓院去發洩了。

一版這段故事，讀來真是平易近人，原來令狐冲也是男人，與美女同睡一船，也會有生理反應，但在一版改寫為二版時，或許是基於「為賢者隱」，不想再讓讀者感覺大俠令狐冲也會有色心，也會有性衝動，故而將整段故事刪去了。

一版《笑傲》寫於一九六七到一九六九年之間，二版《笑傲》修訂於一九七〇年到一九八〇年之間，雖然時隔未久，但金庸的想法顯然已經有了轉變，在一版《笑傲》中，令狐冲是在美女面前會心癢難搔，因此必須到妓院發洩的平凡男人，二版令狐冲則已轉變成美女當前，也不會動凡心的聖人了。

可知金庸小說的版本比較著實樂趣無窮，因此，衷心希望有更多金庸小說同好們，跟我們一起來，發現更多金庸版本變革中的好玩妙趣之處，獲得更多閱讀的快樂！